KB167486

의지와 운명 2

La voluntad y la fortuna

LA VOLUNTAD Y LA FORTUNA

by Carlos Fuentes

세계문학전집 252

의지와 운명 2

La voluntad y la fortuna

카를로스 푸엔테스

김현철 옮김

민음사

차례

1권 차례

3부
막스 몬로이

내가 지금까지 서술한 사건이 벌어지고 일 년이 지났다. 내 삶의 모든 국면에서 많은 일들이 일어났다. 나는 이름도 없는 공동묘지에 묻힌 안티구아 콘셉시온을 다시는 찾아가지 않았다. 시간이 갈수록 감상적으로 느껴지는, 날개에 상처 입은 새처럼 이리저리 날아다니는 루차 사파타에 대해서도 더 이상 생각하지 않았다. 기분 나쁜 내 여간수 마리아 에힙시아카에 대해서도 까맣게 잊어버렸다. 내 간호사였던 엘비라 리오스만이 돌고 도는 우연적인 사건 속에서 그나마 결정적인 역할을 한 여자였다. 에스트레야 데 에스파르사 부인은 땅에 묻혔고, 그녀의 비열한 남편 나사리오 씨는 그 부도덕성 탓에 그의 집 마당에서 산 채로 불태워졌고, 야비하고 어리석은 사라 P, 테페타테의 맥베스 부인은 무시무시하고 어리석은 자기 고백을 한 후에 못된 장난질을 함께한 짝, 불멸의 마리아치 막시와 함께 산후안데아라곤의 감옥에 갇혔으며, 막시는 사라 P와 모든 범죄자 무리를 이끌고 탈옥했고, 감옥의 제왕이라고 믿었던 내 친구 미겔 아파레시도는 그 때문에 분노와 절망에 휩싸였으며, 깡패 집단에게 조롱을 받은 탓에 나로서는 크기를 가늠할 수도 없는(그렇게 짐작했다.) 육체적이고 윤리적인 고뇌에 빠져든 데다가, 우리에 갇힌 호랑이의 눈에 드러난 어떤 비밀을 푸른 멍이 든 눈꺼풀로 어렵사리 감추고 있었다. 내게 많은 소식을 전해 주고 내 삶의 항로를 이끌어 준 안토니오 상히네스 변호사가 (잠시나마) 내 삶에서 벗어나 있기도 했지만, 사실 앞에 얘기한 이 모든 것은 내게 중요하지 않았는데 그 이유는 아주 단순한 것이었다.

나는 사랑에 빠졌던 것이다.

여러분에게는 솔직해야 할 것이다. 출석과 결석을 동시에 하는 참을성 있는 독자들에게는 말이다.(내 글을 기꺼이 읽어 주는 사람은 출석한 것이고, 내 글을 읽다가 잠시 중단한 사람은 다시 읽을 때까지 결석한 것과 같다.) 또한 내가 하고 싶은 이야기를 들려주어야 할 것이다. 일 년, 열두 달, 삼백육십오 일, 팔천칠백육십 시간, 오십이만 오천육백 분, 삼천백오십삼만 육천 초. 한 개인이, 만일 그가 죽음에서 죽음까지 이어지는 소설의 작가 겸 주인공이라면 그 시간 동안 무슨 일을 못 하겠는가? 그 어떤 무용담이 내 이야기에 금지된단 말인가? 그 어떤 거짓말이 내 기억력을 이겨 내지 못한단 말인가? 과거의 어떤 기억이? 미래의 어떤 욕망이? 내 말을 들어 보시라. 나는 나 자신의 절망(운이 따른다면 여러분의 절망까지)을 위해 노력한다. 나는 지금 여기서 과거를 욕망하는 동시에 미래를 기억한다.

과거를 욕망하다.

미래를 기억하다.

내 여러분에게 확신하건데, 어쩌면 그것이 죽음의 패러독스인지도 모른다. 죽음에 대해 알기 위해서는 죽어야만 한다.

내가 지금 하고 싶은 이야기는 이런 것이다. 산타페의 그 고상한 (하지만 부활한) 지역에 위치한, 바스코 데 키로가 신부가 새로운 스페인에 건설한 르네상스 유토피아의 옛 본거지에 위치한 막스 몬로이의 사무실에서 일 년 내내 열심히 일하며 나 역시 다시 태어났다는 사실이다. 나는 사랑을 위해 다시 태어났다. 나는 아순타 호르단에게 정신없이 빠져들었다. 내 이야기는 바로 이런 사실을 바탕으로 한다.

막스 몬로이의 사업 제국에서 무언가 보탬이 되기 위해 내가 처음에 어떤 경험을 했는지는 이미 이야기했다. 처음에는 내 의욕과 선의를 과시하기 위해 이 층에서 저 층으로 부지런히 뛰어다녔다.(계단을 한꺼번에 두 개씩 뛰어오르며.) 나는 업무에 대해, 전문용어에 대해, 명칭에 대해 서서히 깨쳐 나갔다. 동사, 형용사, 특히 부사가 중요했다. 나는 끝이 애매하게 끝나는 부사뿐만 아니라 어미가 생략된 부사도 배웠다. 내가 근무하는 사무실에서는 'mente'와 같은 꼬리를 사용하지 않는다는 점을 머지않아 깨달았다. 모든 부사에서 어미가 생략되었다. 'reciente', 'paciente', 'original', 'definitiva', 'ocasional', 'formal' 등 모두 'mente'가 생략된 채 사용되었다. 그렇다고 정신이 빠진 것은 아니었다.* 그렇다고 해서 어미의 생략을 정신의 죽음으로 간주하면 곤란하다. 그것은 함축적인 의미라는 경지로 상승하는 것이다. 부사가 생략되자 모든 주역을 동사가 차지했다. 내일을 품은

* 스페인어로 'mente'는 정신을 의미한다.

오늘만이, 쓸모없는 추억으로 점철된 어제가 빠진 오늘만이 중요했다.

사무실 달력에는 '어제'라는 개념이 없었다. 마치 막스 몬로이의 권위가 퍼져 나와 과거의 페이지들을 잿더미로 만들어 버린 것 같았다. 모든 것이 오늘로 집중되었다.(과거를 불태워 버린 오직 오늘-오늘-오늘이었다.) 오직 오늘의 오늘만 중요했다. 미래의 모든 약속이 포함된 바로 이 순간, 그리고 잘 보낸 오늘이었다고 해도 그 어떤 망각보다도 더 짙은 안개 속으로 순식간에 사라지고 말았다.

그래서 이 사업에서는 모든 것이 새로웠다. 그리고 그 신선함은 오늘 했던 일을 내일 해야 할 일로 성실하게 연결하는 것이었다. 축소된 블로그는 어느 여인의 핸드백에 들어갈 것이다. 휴대용 카메라는 우리 모두를 일시적인 파파라치로 만들어 버릴 것이다. 마이스페이스, 마이사이먼, 딜파일럿 페이지는 가격, 상품, 가능성을 동시에 비교할 수 있게 해 주며, 수많은 약칭과 타이틀, 예컨대 kddi, XAML(페이스북 엔트리), ebxml, Oracle, Noveli는 로제타넷과 같은 이집트 이름처럼 단 하나의 명칭으로 판독될 수 있을 것이다.

기가 막힌 패러독스였다. 우리 모두의 사생활은 더 많이 노출될수록 더 많이 강조되는 꼴이었다. 블로고스피어에 입장한 이상 무슨 수로 신비로운 존재로 남아 있을 수 있단 말인가? 우리의 삶이 사진으로 찍히는 세상에서 어떠한 비밀을 감출 수 있단 말인가? 이게 바로 막스 몬로이와 그의 사업의 야심작이란 말인가? 우리의 사생활이 드러날 정도로 옷을 벗겨 냈다가 다시 입혀 주는 것?

이게 과연 무엇이란 말인가? 자신의 가장 비밀스러운 부분을, 무슨 수를 써서라도 대중에게 알려지지 않도록 감추려 드는 그런 것을 따로 떼어 내서 보호해 주는 것, 이게 사생활에 대한 역설적인 침해가 아니고 대체 무엇이란 말인가? 도대체 뭘 노리는 것일까? 우리의 영혼? 혹시 이 새로움과 미스터리 전체를 공공장소로 이끌어 내면 이전에는 정부가 감춰 두고 엘리트만 이용했던 정보를 모든 시민들에게 알려 줄 수도 있지 않을까?

그렇다면 결국 막스 몬로이는 가장 폐쇄적인 독재 정권과 가장 개방적인 민주주의의 상징이 아니고 그 무엇이란 말인가?

머지않아 알게 될 것이다.

모든 것은 알려지기 마련이다. 모든 것은 드러나기 마련이다. 이제는 벽장도 없고, 벽장에 숨겨진 시체도 없다. 우리는 우리에게 남아 있는 사생활의 찌꺼기를 최선을 다해 지켜야 한다. 카메라의 눈은 우리의 사생활을 노리며, 오늘날에는 카메라가 최고 종교재판관이다. 그리고 도스토옙스키의 최고 종교재판관은 무슨 일을 하는가? 신앙을 공격하는 자들로부터 그것을 사수하는 일이다. 신앙이라는 가장 영적인, 추상적인 권위를 지키기 위해 가장 구체적인 권력의 무기를 사용하는 것이다.

나는 예전에 필로파테르 신부와 나누었던 대화를 떠올려 보았다. 신앙은 말하고 생각하는 것이다. '신앙은 믿을 수 없는 것이기 때문에 확실한 것이다.' 신앙을 시험해 볼 수 있는 사물들 때문에 믿을 수 있는 경지에 이른 신앙이 존재할까? 우주적인 삶에 대한 확신과 같이 신앙을 진보 프로젝트에 포함시킬 수 있을까? 우리는 항상 앞을 향해 나간다. 그 어느 것도 우리를 막을 수 없다. 인류의 발전은 필연이며 항상 위로 상승한다. 화장로, 집단 수용소, 아우슈비츠, 굴락, 아부그라이브, 관타나모 등이 정반대의 실상을 우리에게 보여 줄 때까지……. 이처럼 의심스러운 순간에 어떻게 필로파테르 신부의 목소리에 의지할 수 있으며, 그와 나눈 대화를 통해 내 친구 예리고와 어린 시절의 우정을 회복하기를 바랄 수 있단 말인가? 또다시 과거로 돌아갈 수 있단 말인가? 디오스쿠로이, 카스토르와 폴룩스, 나라를 건설한 두 형제, 레길루스 호수 전투에서 공화국 로마에 승리를 안겨 준 빛의 천사들.

앞에서도 얘기했듯이 신참자답게 직업에 대한 열정으로 가득 찬 이 얼뜨기 영웅은 부지런히 층계를 오르내렸다. 결국 나는 엘리베이터를 이용하기로 결심했다. 하지만 오직 십이 층까지만 올라갈 수 있었다. 이미 얘기했듯이 그 위로 두 층은 금지된 장소였다. 그 두 층에는 동화에서 볼 수 있듯이 식인귀, 즉 마음씨 착한 푸른 수염이 살고 있었다. 푸른 수염은 이전에 만났던 여자들을 하나하나 죽여 갔다.(수십 년에 걸쳐 얼마나 많은 '늙은 여자들'이 이미 팔순을 넘긴 남자를 거쳐 갔을까? 평균적으로 일 년에 여자들이 몇 명이나? 그리고 그 보상은 무엇이었던가?) 어쩌면, 여러분은 동의하지 않겠지만, 푸른 수염은 오직 한 여자와 뿌리를 내리고 살았을지도 모른다. 바로 아순타 호르단이라는 내가 사랑하는 원수 같은 여자와 말이다.

직업상의 관계는 차갑게 시작해서 뜨겁게 끝날 수도 있다. 그게 아니더라도 적어도 서로에 대한 호감 정도는 가질 수 있다. 그리고 직업상의 관계는 애정으로 시작해서 증오(혹은 무관심)로 끝날 수도 있다. 그 어떤 경우든, 날마다 얼굴을 마주 대한다는 것은 이런저런 방법으로 무언가를 나눈다는 것이다. 나와 아순타의 관계는 이도저도 아니었다. 그야말로 뜨뜻미지근한 관계였다. 뜨겁지도 않고 차갑지도 않았다. 아순타는 분명한 임무를 맡고 있었다. 막스 몬로이라는 분명하지 않은 이름으로 불리는, 코끼리처럼 거대한 이익집단이 돌아가는 상황을 내게 보여 주고 설명해 주는 일이 그녀의 임무였다. 그 목적이 내가 내 역할을 감당할 수 있도록 준비시키는 것임은 분명했다. 너트의 역할? 끝이 없는 계단을 거쳐야 할까? 평범한 중간 간부? 어쩌면 사장? 관리직? 최고 경영자? 아순타의 건방진 얼굴은 내게 아무 대답도 들려주지 않았다.

전문가로서 완벽한 겉모습은, 갈라진 틈도 창문도(문은 감히 꿈도 꿀 수 없었다.) 찾아볼 수 없는 한결같은 '공식적인' 표정은 내 호기심을 자극할 뿐이었다. 내 호기심은 내 욕망과 떼려야 뗄 수 없는 관계에 있었고, 내 욕망은 무슨 수를 써서라도 그녀를, 아순타 호르단을 소유하고 싶은 에로틱한 의지에서 나온 것이었다. 그래서 나는 내게 금지된 방향을 향해 첫걸음을 내디뎠다.

나는 근무시간 중에 아순타의 침실의 어둠 속으로 기어들었다. 나를 방해하는 것은 아무것도 없었다. 출입 금지 팻말이 달려 있을 뿐이었다. 하지만 동화책을 읽어 보면 누구나 다 알 수 있다. 경고문보다 더 호기심을 자극하는 것이 있을까? 경고문보다 더 비밀을 파헤치라고, 상상의 자물통을 깨부수라고 유혹하는 것이 있을까? 이곳을 침입하면 벌을 받을 것이다. 이곳으로 들어오면 다시는 나가지 못할 것이다. 이곳으로 들어온 이상 운이 좋으면 차가운 시체로 남을 것이고 최악의 경우 이곳에 영원히 갇힐 것이다.

나는 정오에 자리를 비우기 위해 적당한 핑곗거리를 쥐어짜

냈다. 나는 아순타 호르단이 사용하는 방들이 있는 십삼 층으로 올라갔다. 나는 환한 거실을 지나 어두운 침실로 들어갔다. 침실에는 창문이 없었다. 내 환상 속에 등장하는 잠자는 미녀는 다른 사람의 호기심을 자극하는 열린 틈을 전혀 남겨 두지 않았고, 태양조차도 호기심을 충족할 수 없었다. 나는 침대를 힐끗 쳐다보았다. 킹사이즈, 퀸사이즈. 여왕에게 적당한 크기였다. 내 시각과 후각의 욕망은 더욱더 어두운 공간으로 나를 이끌었다. 옷들이 계절별로 정리되어 걸려 있었다. 나는 손끝으로 옷들을 만져 보았다. 면, 비단, 캐시미어, 가죽. 손을 조금 더 높이 들었다. 펠트모자와 밀짚모자, 수달 모자와 여우 모자, 야구 모자, 챙 모자, 파나마모자의 그 독특한 조직, 부인용 맥고모자(모든 결혼식에서 썼던 모자, 안타깝게도 나와의 결혼식에서 쓸 모자는 없었다.)가 손가락 끝에 느껴졌다. 하지만 그것들은 내 관심을 끌지 못했다. 내 손가락은 내 눈을 인도했고, 내 눈은 내 후각을 인도했다. 마침내 탐욕스러운 코(여러분도 알듯이 그 길고 홀쭉한 코)가 내가 찾아 헤매던 향수를 맡아 냈다.

나는 아순타 호르단의 속옷이 들어 있는 서랍을 열었다. 눈이 부셔 눈을 감아야만 했다. 나는 후각의 쾌락에 모든 것을 맡겼다. 하지만 굶주림에 허덕이던 내 손은 향긋한 것들을 만지고 싶은 욕망을 이겨 내지 못했다. 내 코와 내 손이 서로 다투는 사이로 라벤더 향과 팬티의 레이스가, 꽃향기와 브래지어의 봉긋한 부분이, 이름을 알 수 없는 향수 냄새와 아순타라는 이름을 지닌 앙증맞은 팬티가, 비단 상자와 뽕이 달린 브래지어가, 치실이, 비키니가, 각양각색의 속옷들이 뒤섞여 들었다. 그것이 내가 사랑하는 여자의 몸에 접근할 수 있는 유일한 길이었다. 그것은 매번 내 시선에서 달아나기만 했던, 나를 초대한 적도 없고 나를 거부한 적도 없는 그녀의 벌거벗은 몸보다 더욱더 자극적이었다. 레이스, 나일론, 비단. 속옷. 멜빵.

나는 흥분한 마음으로 아순타의 속옷들이 깊이 잠들어 있는 서랍들을 하나하나 섭렵해 나갔다. 그 순간 내 육신과 정신은 무척이나 고양되어 있어서 오로지 그것을 가지는 것만으로도 만족할 수 있을 것 같았다. 육체적인 것으로의 접근은 매우 조심스럽기 때문에 그만한 흥분을 자아내지 못할 것 같았다. 정신적인 흥분과 파렴치함은 아순타의 사생활을 침해했으며, 그 목적은 아순타의 사생활을 내 사생활과 연결하기보다는 이름을 알 수 없는 욕망의 거대한 영역으로 나를 끌어내기 위한 것이었다.

바로 그 은밀하고 신성한 순간에 나는 알 수 있었다. 욕망은 우리에게 욕망의 대상을 차지하는 것으로 만족하지 못하고 그 이상의 것을 원하게 만든다. 우리는 우리가 가지지 못한 것을 원하며, 그것을 손에 넣는 순간 오로지 우리를 위해 그것들을 지배하기를, 그것들의 자유를 빼앗아 우리 자신의 욕망의 법칙에 굴복시키기를 원한다.

나는 눈을 감았다. 숨을 깊이 들이마셨다. 서랍을 닫았다. 이 은밀한 사생활 침해를 넘어 아순타를 소유하고픈 생각이 들까 싶어 두려웠다. 특히 나 자신이, 나 자신의 욕망이, 끝도 없이 펼쳐질 것만 같은 나 자신의 욕망이 두려웠다. 바로 이 순간처럼, 내가 손으로 만지고 코로 냄새 맡은 그 물건들로 만족하게 되지 않을까 싶어, 혹은 욕망의 대상이 복잡하게 얽혀 있는 곳으로 빠져들지 않을까 싶어 두려웠다.

어느 순간 아순타의 하녀가 나타나 불을 켰다.

"어, 당신, 여기서 뭐하시는 겁니까?"

* * *

내가 뭘 빼먹었더라? 그렇다. 나는 예리고와 나의 관계에 대해 말하고 싶다. 에롤 에스파르사를 필두로 한 학교 악동들로부터 나를 지켜 준 친구. 마리아 에힙시아카로부터 버림받아 오갈 데 없는 나를 자기 집으로 받아 준 친구. 그 외에도 내게 많은 도움을 주었던 친구. 예리고는 내게 자동차를 운전하는 방법을 가르쳐 주었다. 프라가 거리의 다락방에 수집해 둔 고전음악으로 내 귀를 열어 주었다. 한가득 모아 둔 우편엽서(유명한 화가들의 작품 복제품)로 과거의 위대한 화가들의 그림을 감상할 수 있는 눈을 열어 주었다. 필로파테르 신부가 우리 머리에 심어 준 철학의 씨앗들을 재점검하도록 나를 몰아세워 주었다. 우리의 독서 범위를 디킨스와 도스토옙스키까지, 발자크와 베케트까지 확장시켜 주었다. 심지어 내게 춤까지 가르쳐 주었다. 비록 빈정대는 듯한, 하지 말라고 말리는 듯한 경고를 하기도 했지만.

어느 날 밤, 예리고가 나를 어느 카바레로 초대했다. 그는 나를 댄스 플로어로 이끄는 대신 사무실처럼 보이는 곳으로 데려갔다. 그곳에서는 춤을 추는 사람들을 볼 수는 있었지만 음악 소리는 들리지 않았다. 나는 잠시 멍청하게 서 있었다. 그러다 어느 순간, 춤을 추는 사람들의 모습을 지켜보고 있자니 나도 모르게 웃음이 터져 나왔다. 그들의 자세, 그들의 표정, 기품이라고는 찾아볼 수 없는 몰상식한 코미디였다. 춤을 위해 수족관 안에 갇힌 사람들. 그들은 자신들의 춤이 요염하고, 우아하고, 세련되고, 관능적이고, 자연스럽고, 자유분방하다고 여기고 있었다. 이리저리 돌아가는 머리, 꿈을 꾸듯 감겨 있거나 날조된 감격으로 벌어진 눈, 보이지 않는 공을 주고받기 위해 사방으로 휘두르는 손, 기괴한 체조를 하는 듯한 어깨, 자제력을 잃어버린 다리, 기도하는 것도 아니고 똥을 누는 것도 아닌 애매한 자세. 그리고 발. 밟혀 죽지 않기 위해 신발을 신은 바퀴벌레들, 두 가지 색상의 남성용 구두, 전통적인 장화, 끝이 뾰족한 여성용 구두, 여기저기 보이는 테니스화. 모든 사람들이 조용히 춤을 추고 있었다. 스스로를 속이는 육체들의 그로테스크한 의식. 우아한 척, 육감적인 척, 귀여운 척하는 사람들. 음악 소리가 실리지 않은 그 모습. 춤을 추는 사람들은 예고된 죽음을 흉내 내는 것만 같았다. 죽음의 춤.

우정은 판독할 수 없는 무엇이라는 생각이 들었다. 자만, 관용, 애정, 받아들인 결핍, 침묵한 보류, 기억을 사들이는 용기, 혹은 기억을 완전히 잊어버렸다는 씁쓸함. 이 모든 것이 가깝지만 아주 먼 합창처럼 하나로 섞여든다. 현재보다 기억 속에서 더욱 생생하다. 피아노 콘서트장에 울려 퍼진 한 방의 총성처럼 예측할 수 없는 미래의 징조가 순간순간 드러난다.

"우리는 독립적인 인간이 되어야 해." 예리고가 총을 쏘듯 말했다. "다른 사람들의 의견에 휩쓸려서는 안 돼."

그 말이 나를 놀라게 했다면, 그건 그 말에 우리의 관계에 대한 묵시적인 진실이 담겨 있었기 때문이다. 우리는 언제나 독립적인 인간이었어. 나는 내 친구에게 대답했다. 너는 아냐. 그가 말했다. 너는 독재자와 같은 유모 밑에서 죄수처럼 살았고, 나와 함께 살면서부터 너 자신을 구원할 수 있었어.

"너는?" 그에게 물었다. "그럼 너는 언제나 독립적인 인간이었나?"

예리고는 다정다감한 눈빛으로 나를 쳐다보았다.

"너 자신이 대답할 수 있는 질문을 내게 던지지 마. 그냥 입 다물어, 내 쌍둥이 친구. 우리가 독립적인 인간이라고? 먼저 너 자신에게 물어봐. 우리가 기억할 수 있는 순간부터 누가 우리를 먹여 살렸지?"

내가 끼어들었다. "변호사들. 상히네스 변호사와……."

그가 내 말허리를 잘랐다. "그들이 보냈다고? 하인이며 그 모든 사람들을 그들이 보냈다고……?"

"물리적으로 혹은 윤리적으로?" 나는 그 이상한 대화를 얼른 끝내고 싶었다. 그와 나는 일 년 이상 서로 얼굴을 보지 못했고, 프라가 거리의 허름한 집에서 우리가 만날 수 있었던 것도 그가 먼저 원했기 때문에 이루어질 수 있었다.

그는 내 말에 상관하지 않았다. "우리는 우리에게 과거가 없다는 점을 기정사실로 받아들였어. 우리는 하루하루를 겨우겨우 살아왔어. 변호사들이 우리를 도와주겠지. 만일 우리가 쓸데없는 질문을 던지면 마법은 사라지고, 왕자의 지위를 잃고 개구리가 되어 버린 우리는 안락한 침대에서 쫓겨나 물웅덩이에서 살겠지……. 틀림없어."

나는 그의 말이 옳다고 인정했다. 우리는 당장 급한 상황에서 벗어나 그 이상의 것을 알아보려고 단 한 번도 시도하지 않았다. 우리는 매달 정기적으로 수표를 받았다. 때때로 상히네스가 비밀로 통하는 문으로 우리를 데려가기는 했지만 결코 그 문을 열지 않았다. 마치 우리 두 사람(예리고, 여호수아)이 우리가 알던 것 그 이상을 알게 될까 봐 두려워하는 것 같았다. 우리는 아무것도 몰랐다. 나는 내 친구의 빈정대는 듯한 눈초리 앞에서 내 의견을 말했다. 우리의 태만함이 우리를 구원했던 거야. 우리의 질문에 누가 뭐라고 대답할 수 있었을까? 우리는 누구죠? 우리는 어디에서 왔죠? 우리의 부모는 누구죠? 누가 우리를 먹여 살리죠?

"예리고, 누가 우리를 먹여 살리지?" 나는 거울을 들여다보듯 그를 쳐다보았다. "우리는 순진한 포주가 아닐까? 두랑고의 헤타라나 엉덩이에 벌을 문신한 창녀보다 더 나은 인간일까?"

친구는 내 당돌한 질문에 놀라지 않은 척하며 잠시 침묵을 지켰다.

"우리가 학교에 다닐 때 만난 필로파테르 신부를 기억하지?"

나는 고개를 끄덕였다. 당연한 일이었다.

예리고는 바닥을 내려다보다가 이윽고 입을 열었다. 나와 그 자신에게 하는 말이었다. 우리는 미처 몰랐다고, 필로파테르 신부가 어설픈 이단자처럼 행동한 것은 신앙에 대해 얘기하고 싶었기 때문이었다고, 일부러 불경한 척 행동한 것은 우리를 믿음으로 향하는 길로 유도하기 위해서였다고.

"필로파테르는 두 가지 일을 했기 때문이야, 여호수아. 한편으로는 우리로 하여금 이성의 빛으로 드러난 신앙의 우둔함을 보게 만들었어. 그리고 다른 한편으로는 신앙의 빛으로 드러난 이성의 아둔함을 우리에게 보여 주었어."

"그러니까 이성은 신앙을 위협하고 신앙은 이성을 위협한다는 뜻이로군." 나는 별다른 생각 없이 그렇게 덧붙였다. 마치 절대적이고 적확한 결론을 내리듯, 도그마를, 독단적인 신념이나 학설을 선포하듯.

"도그마." 예리고가 내 생각을 읽었다. "우리는 또 다른 카스토르와 폴룩스였어, 신비스러운 쌍둥이, 디오스쿠로이. 떼려야 뗄 수 없는 한 쌍."

"과연 그 누가 하나의 도그마를 도그마라고 판단할 수 있을까?" 나는 형제애라는 깊은 심연에서 빠져나오며 물었다.

"권위."

"권력?"

"네 생각이 그렇다면."

그가 도대체 무슨 이야기를 하려는 것인지 종잡을 수 없었다. 나는 권력만으로는 충분하지 않다고 대답했다. 권력은 권위가 있어야 더욱더 강력해진다.

"그럼 권력 없는 권위는?" 예리고가 물었다.

"그건 윤리야." 나는 위험을 무릅쓰고 그렇게 말했다.

"윤리가 뭔데?"

"내 말이 옳다고 주장하진 않겠어. 윤리와 신앙은 결국 같은 것일 테니까."

"그렇다면 윤리는 불확실한 것이 되겠군."

"맞아. 내 생각에 유일하게 확실한 것은 불확실성이야."

"그 이유는?"

"괜찮다면 말이야, 예리고, 부탁 하나만 하자. 네가 남보다 우월하다거나 열등하다고 생각하지 말아 줘. 그냥 동등하다고 생각해 달란 말이야."

"우리가 어렸을 때 우리 자신에게 던진 질문들 생각나? 무엇이 인간을 쓸모없게 만드는가? 무엇이 인간의 가치를 떨어뜨리는가?"

나는 고개를 끄덕였다.

"그럼 지금 대답해 봐." 예리고가 도전적으로 물었다.

"너와 나는 각각 성공을 향한 모험의 길로 접어들었어. 솔직히 말해, 아직까지는 우리 자신을 구체적으로 정의할 수 없어. 우리는 순간순간 변해 가기 때문에 항상 다른 인간이 되는 거야."

"나는 할 수 있어." 예리고가 도전의 강도를 높였다.

"나는 아냐." 나는 어깨를 으쓱했다. "네 말을 믿지 못하겠어, 친구."

"내가 증명해 보이길 원하나?"

그가 나를 노려보는 것만큼 나 역시 그를 노려보았다. 그때 내 마음에는 무엇이 들어 있었던가? 적의? 심술? 조롱?

"해 봐, 좋아. 네가 부럽다. 나는 너처럼 확신이 없거든. 들어보고 싶어"

나는 그가 말하기를 기다렸다. 우리는 서로에 대해 너무나 잘 알았다. 예리고가 잠시 망설였다. 그러다 그가 싱긋 웃었다. 말보다는 행동으로 내게 대답했던 것이다. 우리에게는 그게 더 어울렸다. 나도 미소로 답하며 팔짱을 끼었다. 그것은 순간적인 반응이었다. 그와 내가 열아홉 살 이후로 같이 살아왔던 이 집에서 바로 그 순간 내가 취할 수 있었던 유일한 동작이었다.

"길을 가다 중간에서 멈추면 안 돼." 그가 갑자기 내뱉었다.

"걸어가는 대로 길은 생기는 거야. 노래 가사 중에 이런 게 있지."

"내 말을 알아들었구나."

"왜냐하면 나는 여기에 앉아 있고 너는 거기서 멈춰 있으니까. 우리가 서로 위치만 바꾸면 돼. 그러면 이전의 모든 진실은 무너지고, 먼지로 사라지고, 의심으로 남을 테니까."

"그리고 기억도." 나는 멈추지 않았다. "우리가 예전에 어디에 있었는지 기억해 보자."

"우리가 앞으로 어디에 있게 될지도 모르는데."

"우리는 예견할 수 있어."

"벼락이 우리 머리 위로 떨어지면?"

"살거나 죽거나 둘 중 하나겠지." 나는 미소 지었다.

"살아남아야지." 예리고가 눈을 반쯤 감고 나를 쳐다보았다. 그러다 마음속 상관에게 명령이라도 받은 듯 눈을 번쩍 떴다.

"산 채로, 아니면 죽은 채로?" 나는 의심스러웠다.

"살았건 죽었건 우린 생존자일 뿐이야. 영원히."

나는 고개를 저었다.

"우리에게는 아버지가 없어." 예리고가 말했다.

"그래서?"

"만일 우리에게 아버지가 있었다면 우리는 자라면서 아버지를 존경했을 거야. 그랬다면 아버지는 우리를 자랑스럽게 여겼을 테지."

"그러니까 우리에게는 아버지가 없으니까……."

"우리는 우리 자신만을 위해 존재할 수 있는 거지."

"우리 스스로를 존경한다는 조건으로?" 나는 미소 지었다.

"도중에 길을 잃으면 안 돼."

친구가 그 말을 반복했을 때 나는 친구의 내적인 동요를 감지할 수 있었다.

"도중에. 그리고 더 있어. 너와 나보다 더 중요한 것. 우리 조국. 이 나라."

나는 대놓고 웃었다. 나는 말했다. 로스피노스에서 일하는 직원이 요행수를 바랄 수는 없는 노릇이라고. 나는 분위기를 좀 더 밝게, 좀 더 가볍게 만들고 싶었다.

"경우에 따라 다르겠지." 내가 말했다. "목표가 뭔데?"

"우리에게 도전하는 모든 사람들보다 우월해지는 거야." 그가 숨을 깊게 들이마셨다.

"동등해지는 것만으로 충분하지 않을까?"

"농담하지 마. 다른 사람들이 우리에 대해 이렇게 말하도록 허용해선 안 돼. 그들도 다른 사람과 똑같다, 항상 그 꼬락서니다, 다를 게 전혀 없다, 어중이떠중이……. 내 말에 동의하지?"

그럴싸한 얘기라고 나는 생각했다. 내 친구의 말이 개인적으로 뛰어날 필요가 있다는 뜻이라면. 왜 아니겠는가……. 동의하고말고…….

"우리가 다르다는 거야? 너와 내가?" 예리고가 한동안 말이 없어 마침내 내가 입을 열었다.

"무슨 말이야?"

"너와 나는 생존을 위해 애쓸 필요가 없었다는 거야. 우리는 항상 잘 차려진 밥상을 받아 왔어."

"고통도 영광도 없이? 내가 그랬다고 생각하는 거야?"

나는 한 걸음 내디디고 말았다. 그러지 말았어야 했다. "그랬을 거라고 짐작해."

그 짐작 속에는 여러분이 이미 알고 있는, 성이 없이 그냥 '예리고'라는 이름으로만 알려진 한 남자에 관한 도저히 풀 수 없는 의심들이 포함되어 있었다. 예전에는, 베를린 거리의 집에 대해서도, 마리아 에힙시아카의 보살핌에 대해서도, 엘비라 리오스 간호사에 대해서도 나는 전혀 의심을 품지 않았다. 내 운명과 예리고의 운명이 두 불덩어리의 강줄기처럼, 카스토르와 폴룩스처럼 하나로 합쳐지기 전까지는 말이다. 나는 그저 여호수아 나달일 뿐이었다.

성이 없는 예리고, 이름이 없는 여권을 가지고 여행을 했던 친구, 여권도 없이 여행을 했던 친구. 그에 대한 나의 애정이 지금까지 꼭꼭 숨겨 두었던 그 모든 것이 갑자기 겉으로 드러났다. 그 친구는 프랑스에도 가지 않았고, 미국에도, 그 어디에도 가지 않았을 것이다. 그저 자신의 영혼 속 안식처에 숨어 있었을 것이다. 그것으로 충분하지 않은가? 나는 마음속으로 외쳤다. 몸을 숨길 수 있는 영혼만으로 충분하지 않겠는가? 그것만으로도 차고 넘치지 않겠는가?

"살았건 죽었건……. 생존자……."

바로 그 순간, 그 말을 듣는 순간, 우리 삶의 한 단계가 영원히 닫혀 버렸다는 느낌이 들었다.(그리고 그 결과 우리 우정의 한 단계도.) 바로 그 순간부터 그와 나는 우리들 각자의 존재를 감당해야 한다는 사실을, 그때까지 우리를 하나로 묶어 주었던 형제간의 협정이 깨졌다는 사실을 알 수 있었다. 그 형제간의 협정은 과거에 대한 질문을 하지 않고도 우리가 친구로 함께 살 수 있도록 해 주었고, 우리는 함께 이야기하고 함께 행동하는 것만으로도 우리 삶의 빈 공간을 충분히 채울 수 있었다.

우리가 학교 운동장에서 친구가 되었을 때는 마치 삶이 새로 시작되는 것 같았다. 그런데 그 우정에 금이 가는 순간 죽음이 맨발로 우리에게 달려오는 듯한 기분이 들었다.

* * *

그날 밤 아순타 호르단이 내게 말했다. "막스 몬로이에게는 두 가지 행동 규칙이 있어. 첫째, 어떠한 공격에도 반응을 보이지 않는다. 왜? 공격이 너무 많으니까. 공격을 받지 않으면 그와 같이 걸출한 인물이 될 수 없어. 특히 성공이 쉽게 용서되지 않는 나라에서는 말이야. 머리를 내밀기만 해도, 여호수아, 사람들이 몰려와서 가능하다면 머리를 싹둑 잘라 버리는 거야."

"이 나라의 원한이 워낙 오래되고 사무친 것이기 때문이죠." 나는 그렇게 토를 달았지만 그 여자의 의견에 반대한다는 인상을 주지 않기 위해 얼른 소크라테스처럼 덧붙였다. "멕시코는 모든 것이 반대로 돌아가는 나라입니다. 무슨 일만 생기면 패배자들을 기리고 승리자들을 증오하죠."

"아이돌을 좋아하면서도 그 모양이야. 만일 네가 아이돌이 된다면, 아이돌 가수, 볼레로의 아이돌, 텔레비전 드라마의 아이돌, 스포츠의 아이돌이 된다면 목숨은 살려 줄 거야." 아순타가 공공연한 우스갯소리를 하듯 그렇게 말했다.

"이 나라에서 우상숭배는 역사가 아주 깊죠." 나는 계속 알랑거리며 미소 지었다. "우리는 하느님을 믿으면서 우상을 숭배합니다."

아순타는 우아하게 머리를 흔들어 이데올로기적인 내 말을 내쫓아 버렸다. "하지만 어떠한 공격에도 반응을 보이지 않는다는 것은 가공할 만한 무기야. 공격자에게 달콤한 꿈을 꿀 수 있는 시간을 주는 게 아냐. 걱정하게 만드는 거지. 막스 몬로이는 무슨 이유로 반응을 보이지 않을까? 막스는 언제 반응을 보일까? 막스가 만약 반응을 보인다면 어떤 반응일까? 막스는 반응을 보일 때 어떤 무기를 사용할까?"

"이런 식이야." 아순타가 말을 이었다. "막스는 자신을 공격하는 사람들에게 대답하기 위해 아무 일도 할 필요가 없어. 아무 일도 하지 않는다는 것은 두려움을 부추기고, 그래서 마침내 공격자를 쓰러뜨리지. 공격자는 상대방이 왜 반응을 보이지 않는지 그 이유를 몰라. 그래서 공격의 효과와 강도에 대해 의심을 품고, 결과적으로 대답을 듣지 못한 자신을 못난 놈으로 여기고, 마지막에는 공격과 공격자는 까맣게 잊히고, 막스 몬로이는 더욱더 위대한 인물로 남는 거지……."

"조니 워커처럼." 나는 웃음을 터뜨렸다.

그녀는 내 농담을 달가워하지 않았다. 아순타는 두 번째 예를 들 준비가 되어 있었고, 막스 몬로이의 행동 규칙을 완성시켜 내게 보여 주고 싶어 했다. 원망을 품은 구름 한 줄기가 그녀의 눈을 스치고 지나갔다. 그녀가 나를 외면한 채 말을 이었다. 그녀는 막스 몬로이의 명성을 공격해서 유명해지려고 했던 사람들에 대해 이야기했다. 그들이 얻은 교훈은 그럴수록 막스 몬로이만 더욱더 유명해진다는 사실이었다. 막스 몬로이를 공격했던 사람들은 잊혔다.

"그럼 두 번째 규칙은요?"

아순타는 꿈에서 깨어난 듯한 표정을 지었다.

"막스 몬로이는 아주 신중한 사람이야." 아순타는 씁쓸한 추억에 잠겨 미소를 지었고, 나는 그녀의 표정을 놓치지 않았다. "두 번째 예는 이런 거야. 막스는 원래 신중한 사람이기도 하지만 부당하거나 예상치 못했던 은혜를 입으면 더욱더 신중해지지."

"부당한?"

아순타는 잠시 망설였을 뿐이다. 그리고 말했다. "단지 위대한 막스 몬로이를 위해 위험한 인물을 감옥에 가두어 두는 것처럼 부당한 은혜."

나는 아순타의 목소리와 시선과 자세에서 웃음기, 빈정대는 듯한 기미, 분노의 기색을 찾아보려 했지만 헛수고였다. 조각상이 만일 말을 할 수 있다면 아순타처럼 말했을 것이다.

"은혜를 입으면 갚아야 할 텐데요." 나는 대화가 끊어지지 않도록 끼어들었다. 마치 거기서 대화가 끊어져 버릴 것만 같았다. 나는 앞뒤를 재 보고, 내가 알던 사실과 모르던 사실을 연결해 보았다.

"은혜는 대가를 치러야 하지. 대가를 치를 때 실수를 깨닫는 거야. 그리고 은혜가 우리에게 강요한 빚과 같은 의무를 지울 수 있는 행동을 미친 듯이 찾아 나서지. 무슨 말인지 알아듣겠어?"

"죽음?" 나는 거울 앞에서 수없이 연습한 순진한 표정을 지어 보이며 물었다.

"죽음?" 그녀는 확신이 부족한 표정으로 대답했다. 그녀의 말은 대답이 아니라 질문으로 변해 버렸다.

"죽음." 그녀가 안정을 되찾았다. 하지만 무언가 애원하는 듯한 기색이 그녀의 목소리에 남아 있었다.

"누구의?" 나는 먹이를 놓치지 않았다.

그녀가 잠깐 망설였다. 그리고 말했다. "우리에게 은혜를 베푼 사람의 죽음."

"부당한?"

혹은 예상치 못했던. 예상치 못했던?

"막스에게 은혜를 베푼 사람은 죽었어."

"노인들의 유리한 점이죠." 나는 어설픈 짐작으로 그렇게 말했다. 어림없는 말이라는 것을 나는 이미 알았다. 그녀는 내 말뜻을 알아차리지 못했다. 그 대신 막스 몬로이가 어느 정도는 '셀프 메이드 맨'이라는 사실을 강조했다. 그는 많은 것을 물려받았다.(나는 비밀을 지켜야 유리한 경우에는 막스의 어머니, 안티구아 콘셉시온과 나의 관계에 대해 입을 열지 않았다.)

막스의 어머니 콘치타 부인(그녀가 이름을 바꾼 것은 올바른 판단이었다. 그녀는 축소사를 거절했지만 그 대신 스스로 늙은이라는 명칭을 받아들였다.)이라면 이렇게 말했을 것이다. 토지 분배가 그와 그의 어머니에게 똑같은 은혜를 베푼 것이다. 베네룩스 전 지역과 맞먹을 정도로 엄청나게 거대한 농장들이 모두 사라졌다. 치와와와 소노라에 있는 윌리엄 랜돌프 허스트의 땅을 가로지르는데 기차로 이틀이나 걸렸다. 시민 케인. 내가 추임새를 넣었다. 그러나 그녀는 내 말을 이해하지 못하고 이야기를 이어 갔다. 강의가 계속되었다. 멕시코 땅의 삼십 퍼센트가 미국인의 손에 넘어갔다. 농장 제도가 무너지고 집단농장 제도가 들어섰다. 모든 이를 위한 것이었다. 왜 아니겠는가. 농지법이 유린되었고, 규모가 작은 토지가 축적되었고, 해변에 호텔을 건설하기 위해 농부들의 토지가 강탈당했다. 농부들은 사례도 받지 못했고, 위스키도 마시지 못했고, 하트 모양의 수영장에 몸을 담글 수도 없었다. 대부분의 농부들은 도시로 향했다. 특히 '볼거리가 많고 화려한' 멕시코시티로, 석유 국유화로 인해 탄생한 새로운 산업 단지로 많이들 몰려갔다. 막스의 재산. 첫째, 토지 분배. 둘째, 공유재산. 셋째, 영세 농지. 넷째, 신용도 기계도 없고 시장

법칙이 지배하는, 보호받지 못하는 국유지. 다섯째, 산업 단지로 몰려드는 농민, 국내시장의 생성, 포화 상태의 수요, 불평등, 실업, 미국으로의 노동력 유출, 이주 노동자들이 고향으로 송금하는 돈, 값싼 소비재의 폭발.

"몬로이가 그 모든 것을 이용했단 말입니까?"

"그는 강도가 아냐." 아순타가 정나미 떨어지는 눈으로 나를 쳐다보았다. "과거에도 부자였고 현재도 부자일 뿐이야. 이전에 있던 재산, 즉 그의 어머니의 재산 위에 또 하나의 재산을 쌓아 올린 거야. 콘치타 부인(제발! 안티구아 콘셉시온이라고 부르란 말이야! 돌아가신 분들을 공경해야지!)의 재산을 몇 배로 불린 거지. 그는 엄격한 기준을 요구했어. 훈련, 정의, 자립. 그는 인격과 명성이 별개라는 사실을 알지. 그는 인격을 보호하고 명예를 경멸해. 그는 고위 간부 자리에 무능력한 자가 앉지 못하도록 무자비하게 행동해. 그는 중심의 중심을 차지하고 있어. 그는 다른 사람들을 좀 더 효율적으로 지배하기 위해 자기 자신을 다스려. 그는 대중을 지나치게 자극하지 않아……."

"대체 뭘 위해 그 모든 것을?" 나는 불쑥 끼어들었다. 막스에 대한 그녀의 찬양이 나를 지치게 했을 뿐만 아니라 질투심을 유발하기 시작했던 것이다. 나는 고인이 된 막스 어머니의 애정을 통해 그를 알게 되었다. 음반처럼 반복되는 찬양, 오르가슴처럼 고삐 풀린 찬양이 내 분노에 불을 지폈다. 그 여자는 시간이 갈수록 더욱더 지겹게 굴었고, 그래서인지 더욱더 가지고 싶은 마음이 들었다. 혹은 그 반대였는지도…….

"왜?" 그녀가 멍청하게 물었다.

"누구를 위해……." 나는 그녀가 솔직하지 않다는 것을 알았지만 감히 내색할 수는 없었다. 그녀가 내게 들려준 모든 이야기는 어디선가 배운 듯한 인상을 풍겼다. 반드시 암기해야만 하는 과목. 그것을 막스 몬로이의 충실한 하녀가 반복하는 것 같았다.

그녀는 내 말을 듣지 못한 듯 말을 이었다. "막스는 자신이 공급할 수 있는 것으로 수요를 조절하지." 그녀는 자동피아노처럼 말했다.

"뭘 위해, 누굴 위해……." 나는 자동피아노에 동전을 집어넣었다.

"그가 유산을 상속받는 것으로 만족했다면, 여호수아, 그가 상속받은 재산을 더욱더 불릴 필요가 없었다면……."

"누굴 위해……." 나는 내가 낼 수 있는 가장 아름다운 목소리로 말했다.

아순타의 몸에서 분노의 떨림이 체념의 한숨과 한판 승부를 펼쳤다. 그녀는 충분히 만족한 듯한 표정을 지었다.

"당신을 위해?" 나는 그녀의 어깨를 힘껏 붙잡았다. "당신이 상속인이 되는 거야?"

"그에게는 자손이 없어." 아순타가 깜짝 놀라며 한숨을 토해냈다. "그에게는 자식이 없어……."

"애인은 있겠지, 이런 젠장……."

내 몸에서 힘이 점점 빠져나갔고, 아순타는 내 손에서 빠져나갔다. 욕망이 나를 강하게 만들어 줄 것 같았다. 욕망이 나를 파고들었다. 그녀를 차지하고 싶은 욕구. 단지 욕구뿐이었다.

"무엇이 당신들을 묶어 주나요? 그는 노인네란 말입니다. 아순타, 도대체 무엇이 당신들을 묶어 주나요?"

놀랍게도 그녀는 냄새가 그들을 묶어 준다고 말했다. 어떤 냄새? 많은 냄새. 이제는, 늙은 남자의 특이한 냄새, 동굴에 사는 짐승의 냄새. 이전에는, 우리가 서로 알게 된 시골의 냄새. 나는 깔깔대며 웃었다. 소, 닭, 당나귀, 똥 냄새. 그녀는 심각하게 말할 때조차 기품이 흘러넘쳤다.

그녀가 나를 뚫어지게 쳐다보았다. 사랑과 도전 사이에서 갈팡질팡하는 모습.

"멕시코, 가난한 시골 마을, 평범하고 시샘 많은, 적의……."

그녀가 내 목을 끌어안았다.

"그곳으로 돌아가고 싶지 않아. 무슨 일이 있어도."

그녀가 내 귀에 그렇게 속삭였다. 나는 그녀를 쳐다보았다. 그녀는 웃지 않았다. 심각한 표정이었다. 그녀가 내 손을 잡았다. 내 손을 쳐다보았다. 내 손이 예쁘다고 말했다. 나는 미소 지었다. 아순타의 매력을 일일이 열거하고 싶지 않았다.

"부탁이야, 나를 이해해 줘." 그녀가 말했다. "나는 내 모든 것을 막스 몬로이에게 빚졌어. 예전에 내 삶은 형편없었어. 하지만 지금 나는 막강한 힘을 지녔어. 누군가에 의해 조종당하고 있지만."

"일종의 미사일처럼?" 나는 분위기와 어울리지 않는 농담을 던졌다. 마치 여자의 포옹에서 그 어떤 심각한 점도 눈치채지 못한 것처럼.

그녀가 다시 나를 쳐다보았다.

"제발 부탁이야, 나를 헷갈리게 하지 마."

나는 새벽이 되기도 전에 잠에서 깨어났다. 모두 잠들어 있었다. 나는 아순타 호르단 옆에 있던 자명종 시계를 껐다. 나는 내가 진정으로 원했던 것을 얻을 수 있었지만, 그로 인해 징벌과 같은 고통이 나를 기다리는 것을 느낄 수 있었다. 지금, 다른 사람들은 모두 잠들어 있다. 바깥세상에는 무엇이 있을까?

* * *

멕시코시티 제2의 아우디엔시아(법원)는 1531년에 세워졌고, 인디오를 노예로 사용하면 광산업자와 식민지 개척자들에게 유리하다는 사실이 밝혀졌다. 그랬다. 그러나 아우디엔시아의 일원이었던 바스코 데 키로가는 인디오 착취를 반대했다. 인디오들의 노동은 지상의 힘줄과 같은 것이다. 아우디엔시아는 그렇게 판결했다. 지상의 번영은 인디오들의 전통을 존중해야 이뤄질 수 있다. 키로가는 그렇게 대답하며 말이 아니라 행동으로 보여 주었다. 그는 자신의 노예들을 해방했다. 성직자가 되었다. 산타페(바로 이곳, 여호수아, 네가 지금 머무는 이곳)에 병원 공화국을 세웠다. 그곳에서 인디오 아이들을 보살폈다. 스페인어와 함께 오토미족 언어를 가르쳤고, 노래하고 미사를 치르는 법, 부모들에게 기독교에 대해 설교하는 법을 가르쳤다. 그는 인디오들의 제례 의식을 더럽히지 않았다. 기독교와 전통 종교를 혼합해 베일도 쓰지 않고 성별식도 없이 '조촐한 미사'를 올렸다. 마치 서로 공유하는 영성으로 정중하게 초대하는 것 같았다. 키로가는 모든 사람들이, 스페인 사람과 인디오들이 같은 시대를 살게 해 주었다. 오토미족의 신화적인 영혼과 원시기독교 교회의 신앙 안에서 부활한 황금시대 같았다. 키로가는 이렇게 썼다. 인디오들은 단순하고, 온화하고, 겸손하고, 순종적이고, 거만하지 않고, 야망이 없고, 탐욕이 없다. 그들은 노예가 되기 위해 태어난 것이 아니다. 그들 역시 이성적인 존재다. 이리저리 떠돌아다니는 사람이 있다면 일하는 방법을 가르쳐야 한다. 게으른 사람이 있긴 하지만 그것은 이 땅에서 먹을거리를 너무나 쉽게 구할 수 있기 때문이다. 인디오들과 기독교인들은 과거나 현재나 미래에 있어서 모두가 똑같다. 바스코 데 키로가는 산타페를 떠나 미초아칸으로 건너갔다. 그리고 파츠쿠아로 호수 부근에 산타페 병원을 세웠다. 그는 스페인어를 가르쳤지만 타라스코족의 언어를 존중했다. 그는 토마스 모어의 『유토피아』에서 영감을 얻었다. 인디오들은 공동사회를 만들어야 한다. 현재 인디오들은 레이저 광선처럼 그 땅을 가로지른 잔혹한 정복에 의해 수천 조각으로 분열된 상태다. 잔혹한 정복은 멕시코만에서 태평양까지, 오토미족의 땅에서 푸레페차족의 땅까지, 오아하카에서 할리스코까지 휩쓸어 버렸다. 너무나 신속했다. 만일 우리가 인디오들에게 언어, 집, 보살핌, 가르침, 직업, 자존심 등을 베풀지 않는다면 오늘의 역사도 어제의 역사도 내일의 역사도 망가지고 말 것이다. 키로가 아저씨, 키로가 아빠, 바스코 신부님. 인디오들은 그를 그렇게 불렀고, 그는 인디오들에게 공동으로 소유하는 땅을 주어 하루 여섯 시간씩 일을 하게 했고, 노동의 결실을 생활비로 사용하게 했다. 그는 네 가족을 하나로 묶어 우두머리 한 사람이 다스리게 했다. 바스코 데 키로가. 여호수아, 넌 지금 그 사람의 그늘 밑에서 일하는 거야. 그는 이렇게 가르쳤다. 사회구조가 실용적인 경제를 요구한다면, 유럽은 인디오들의 관습과 함께 조화롭게 사는 법을 배워야 한다. 이러한 가르침에서, 이러한 상호 존중에서 무엇이 태어날 것인가? 단순한 삶, 노동, 그리고 교육이 멕시코에 새로운 공동체를, 정복자도 없고 피정복자도 없는 사회를, 자유와 법률에 의해 보호받는 세상을 창조해 낼 것이라고 믿어도 좋단 말인가?

"행복에도 가격을 매길 수 있을까?" 여호수아, 너는 네가 날마다 그 앞을 지나다니는 바스코 데 키로가, 키로가 아저씨의 동상에게 물어본다.

"물론이지." 신부가 자신 있게 대답한다. "인디오들을 강제로 모집해서 행복해지는 법을 가르치면……."

"그에 대한 대가는?" 너는 키로가 아저씨에게 물어본다.

"기독교의 재탄생이지."

"방법은?"

"전통을 사용해서……."

"지배하기 위해서?"

바스코 신부는 네 말을 듣지 않는다. 미초아칸에는 물이 부족했다. 키로가는 지팡이로 바위를 힘껏 내리친다. 주교의 구부러진 지팡이가 바위를 건드리는 순간 물이 바위에서 쏟아져 나온다. 여호수아, 너는 기적만으로는 만족할 수 없는가? 너는 기적 이상의 것을 바라는가?

정복자 누뇨 데 구스만의 짐승 같은 군인들이 할리스코에서 내려온다. 그들은 마을에 불을 지르고, 사람들을 포로로 잡고, 공물과 술과 노동을 요구하고, 드넓은 땅과 풍부한 물을 차지한다. 수위나 심부름꾼이 어울리는 종족에게 유토피아는 좋지 않다. 유토피아는 광산에서의 강제 노역과 농장들의 독점 가게를 용납하지 않는다. 은, 가축, 빼앗긴 땅, 결혼식과 장례식을 위한 술. 누뇨 데 구스만의 칼과 말에 굴복한 인디오가 바스코 아저씨의 유토피아에서 달아난다. 인디오는 대농장으로 숨는다. 갈수록 태산이라더니……. 우리가 그에게 뭘 해 줄 수 있단 말인가.

여호수아는 멕시코 연방구 산타페 지역에 서 있는 바스코 데 키로가, 바스코 아저씨의 동상을 아침마다 찾아가 묻는다.

"나는 네 문화의 아버지다." 어느 날 바스코 아저씨가 여호수아에게 말한다.

여호수아는 자신의 임무가 그 문화를 유지하는 것인지 아니면 바꾸는 것인지 자문해 본다.

* * *

"Ándale, ándale, ándale."

명령, 만났을 때 헤어질 때 나누는 인사, 전화할 때 하는 말, 친밀함과 생소함을 의미하는 말. 이러한 멕시코 특유의 표현은 섬처럼 동떨어진 이 나라에서 수많은 해석을 가능케 한다. 멕시코를 벗어나면 그 누구도 "Ándale"와 같은 표현을 사용하지 않는다. 멕시코 사람은 그 말 한마디로 자신이 멕시코 사람임을 드러낼 수 있다. 어느 겨울날 밤 안토니오 상히네스 변호사는 코요아칸에 있는 자신의 집에서 내게 그렇게 말했다.

이번에는 장난꾸러기 아이들이 상히네스의 목으로 기어오르지 않았다. 나는 그의 얼굴에서 낯익으면서도 낯선 진지함을 발견했다. 아니, 그는 거의 언제나 심각한 표정을 지었다. 하지만 이번에는 오직 나만을 향한 심각함이었다. 이 '나만을 향한'이라는 표현은 상히네스를 만나기 전에 내가 알고 지낸 한 사람을 제외시킨다. 그는 바로 내 쌍둥이 형제 예리고였다.

"못 본 지 얼마나 됐지?"

"일 년 정도 됩니다."

"Ándale."

항상 그래왔듯이 상히네스 교수는 발렌틴 페드로 카레라 대통령과 나눈 대화에 대해 언급하며 이야기를 시작했다. 상히네스는 정부에서 그리고 대기업에서 권력자들의 자문 역할을 하는 자신을 자랑스럽게 생각했다. 그는 그 두 가지 분야를 훤히 꿰고 있었다. 그는 산타페에 있는 대기업 건물에도 나타났고, 로스피노스의 정치 캠프에도 모습을 드러냈다. 그는 아주 간단하게 그런 식으로 말했다.

막스 몬로이가 산타페에서 항구적인 제국을 이끌어 가는 동안 발렌틴 페드로 카레라는 로스피노스에서 육 년이라는 짧은 기간 동안 대장 노릇을 해 왔다. 대통령 궁에 살고 있는 인물은 자신이 이내 사라질 것이라는 사실을 알았다. 그러나 대기업의 총수는 영원을 꿈꾸었다. 이 두 권력자들이 무슨 수로 서로를 이해할 수 있단 말인가?

상히네스가 굳이 내게 말해 주지 않아도 알 수 있었다. 그는 정치인과 기업인 사이에서, 발렌틴 페드로 카레라와 막스 몬로이 사이에서 중재자 역할을 하는 자신을 자랑스러워했다. 상히네스는 그런 점을 증명이라도 하듯 눈도 깜박이지 않고 나를 쳐다보며 두 손으로 턱을 괴고 카레라 대통령에게 해 주었다는 충고를 늘어놓기 시작했다. 그랬다. 줄줄이 늘어놓았다. 그 모습이 마치 멕시코의 마키아벨리 같았다.(촌 동네의 피렌체 사람이라고는 말하지 않겠다. 그렇게는 절대 말하지 않겠다. 어쨌든 상히네스는 그 악마 같은 니콜로 마키아벨리에 관한 내 논문을 지도하는 교수였으니까 말이다.)

기대치를 과장하지 마십시오.

육 년 임기를 연장하려고 하지도 말고 재선을 바라지도 마십시오.

그 자리에 오래 있으면 명예에 손상을 입을 수 있습니다.

역대 대통령들이 희망의 빛으로 시작해서 경험의 어둠으로 끝났다는 점을 명심하십시오.

야당일 때는 순수해야 합니다.

권력을 차지했을 때는 약속을 지켜야 합니다.

자리에서 물러나기 전에 미리 준비해 둬야 합니다, 대통령 각하.

훌륭한 전직 대통령이 되는 방법을 알면 훌륭한 대통령으로 보일 수 있습니다.

잠시 휴식. 나는 상히네스가 그때처럼 신랄한 표현을 사용하는 모습을 본 적이 없었다.

과장하십시오.

연장하십시오.

이 나라에 빛을 비추십시오.

아무것도 약속하지 마십시오.

그 자리에 영원히 앉아 계십시오.

물러나지 마십시오.

제가 여기 있습니다.

Ándale, 예리고, ándale.

나는 그 순간 의심했다. 상히네스는 지금 상처를 다독이는 것이다. 지난 일 년 동안 예리고가 대통령의 귀를 독차지했고, 상히네스는 가장 먼 변두리로 밀려난 것이다.

무슨 이유로 지금 나를 부른 것일까?

말을 이리저리 돌려 하는 멕시코 변호사답게 안토니오 상히네스는 이야기를 길게 늘어놓았고, 그렇게 밤이 깊어 갔다. 과거를 들추었고, 했던 말을 또 했고, 허둥지둥 달려가다가, 어느 순간 멈췄다.

"영웅들의 시대는 지나갔습니다." 예리고는 카레라에게 그렇게 말했다.(상히네스도 카레라에게 그렇게 말했다.) "혁명 국가는 스스로를 정당화합니다. 워싱턴, 링컨, 레닌, 마오쩌둥, 카스트로, 마데로-카란사-오브레곤-카예스-카르데나스. 틀라텔롤코와 혁명 국가에 뒤따르는 순수하고 단순한 행동에 반한 범죄를 통한 비합법화까지. 국가의 움직임을 멈추고 사회의 움직임으로 그걸 대체해야 합니다. 미국은 은밀한 개혁의 표본입니다. 극단적인 보수주의 집단들이 반란을 일으켰습니다. 아메리카 혁명의 딸자식들은 아직까지도 코안경과 목걸이를 사용하고 엷은 청색으로 머리에 물을 들이는 보수주의 노파들의 집단입니다."

"영웅들의 시대는 지나갔습니다. 정부, 국가, 혁명은 이제 같은 게 아닙니다. 그 늙은 혁명 국가는 모든 정당성을 상실했습니다. 새로운 현실에는 새로운 정당성을 부여해야 합니다." 예리고가 열변을 토했다.

"저와 의논하시지요." 상히네스가 대통령에게 말했다.

"제가 맡은 일입니다." 예리고가 카레라에게 말했다. 그리고 이내 덧붙였다. "물론 각하의 이름으로 말입니다."

무언가가 우리를 연결시키고 있어. 상히네스가 한숨을 토했다. 무언가가 자네 친구 예리고와 나를 하나로 연결시키고 있어. 우리는 권력에서 멀리 떨어져 있을 때 더욱더 강렬한 권력을 행사해 왔어. 예리고의 거리와 비교해 볼 때, 내 거리는 이해관계를 떠난 거였어.

상히네스는 국가를 위해 대통령에게 충고했다고 말했다.

"그럼 예리고는요?" 내가 물었다.

그는 서글픈 눈으로 나를 바라보았지만 대답은 하지 않았다. 하지만 항상 자잘한 내용이 삶을 비춰 주는 법이다. 어느 귀족의 딱딱한 초상화에 강아지 한 마리가 생기를 부여하듯 상히네스의 작은 몸짓 하나가 그의 생각을 큰 소리로 내게 들려주었다. 아주 하찮은 행동이었다. 빵 부스러기를 모아 공처럼 뭉치더니, 그렇게나 예의 바른 사람이 엉뚱하게도 그 공을 바닥으로 내팽개치고 구두로 짓밟았던 것이다.

그런 다음 이야기를 이어 갔다.

"나는 발렌틴 페드로 카레라에 대해 잘 알지. 그의 경력을 요약해서 들려주지. 그는 젊은 이상주의자였어. 그는 병든 아내와 함께 대통령 선거를 치렀어. 그걸 비꼬아야 할까? 아니면 동정해야 할까? 그는 유권자들을 울게 만들었어. 클라라 부인은 카레라가 대통령에 당선되고 얼마 지나지 않아 이 세상을 떠났어. 제때에 죽은 거지. 카레라는 아내의 죽음과 그로 인한 고독 덕분에 제2의 전성기를 누릴 수 있었어. 장례식은 끝났지만 고독은 그렇지 않았지. 그래서 전횡의 불길이 타오르기 시작했어. 권력을 남용하고, 운명에 복수를 감행하는 거야. 그렇게 높은 자리까지 이끌어 준 운명은 권력이 그에게 뭉텅이로 안겨 준 것들을 다시 빼앗아 가기 마련이야. 외관, 눈에 보이는 것들을 이용하고, 외모를 남용하고……. 내 충고는, 여호수아, 그렇게 극단적인 행동을 자제하고 권력을 위해 권력 다툼을 이용하기를 바라는 마음에서 나온 것이었어…….”

상히네스가 빈 찻잔에서 뭘 마셨는지 나는 알 수 없었다.

“나는 권력에 생긴 커다란 균열을 발견했다고 믿었어. 권력자는 자신의 이름으로 어떤 일들이 벌어지는지 알려고 하지 않아. 희대의 범죄자 알 카포네 같은 사람은 그걸 알고 그걸 명령해. 하지만 아무리 무서운 폭군이라고 해도 그 자신이 손쓸 수 없는 폭력의 수문을 열어 놓기 마련이야. 누가 마테오티를 죽였지? 그는 최후의 야당 하원 의원이었어. 그런데 그는 무솔리니에게 민주주의적인 변명거리를 제공했고, 그 결과 독재 정권이 탄생했어. 다른 선택의 여지가 없었지. 힘러는 히틀러의 미친 추상적인 의지를 넘어 집단 수용소라는 공포를 만들어 냈어. 히틀러의 의지를 아우슈비츠의 산더미처럼 쌓인 가방, 머리카락, 안경, 틀니, 찢어진 인형으로 구체화했단 말이지. 스탈린은 또 어때? 제때에 죽은 혁명가, 무신론자 성인 레닌의 폭군 같은 의지를 이어받아 무슨 짓을 저질렀지? 스탈린은 부하린이나 카메네프 같은 좀 더 민주적인 레닌의 후계자들보다 레닌의 뜻을 더 잘 이해했을까? 트로츠키는 스탈린만큼 냉혹하지 않았어. 그런데 교양인이라는 것이 그의 불행이었지…….”

신중한 내 눈초리에는 질문이 한 가지 담겨 있었다. 그럼 발렌틴 페드로 카레라는?

상히네스가 또 다른 이야기를 들려주었다. 카레라는 자신이 내뱉은 말을 사랑하는 남자야. 그는 몇 시간 동안이라도 쉬지 않고 말할 수 있어. 그가 말을 시작하면 중간 중간 끊어 줘야 해. 그를 위해서. 그가 숨을 고를 수 있도록. 물을 한 모금 마실 수 있도록. 대통령이 공식적인 참견꾼을 필요로 한다는 사실은 우리 모두 알아. 대통령 보좌관인 우리들은 돌아가며 그의 말을 끊어 줘야 해.

"그게 뭡니까? 그가 하는 말은 뭐든지 재미있다고 여기는 겁니까? 겁이 나서 그의 입을, 그의 말을 막지 못하는 겁니까? 반론을 펴기가 두려운 겁니까?" 순진해 빠진 나는 그렇게 물었다.

"잘 들어. 대통령의 말을 중간에서 끊는 것도 하나의 예술이야. 영민한 예리고는 절대로 대통령의 말을 중간에 자르지 않아. 카레라가 그런 점을 눈치챘지."

"예리고, 자네는 한 번도 내 말을 자르지 않는군. 고맙네. 그 이유가 뭔지 내게 말해 주겠나."

상히네스가 옆에 있었다. 예리고는 아무 말도 하지 않았다고 한다. 상히네스가 옆에 있어서? 상히네스가 없었다면 예리고는 카레라에게 뭐라고 대답했을까?

"대통령은 수다스러운 사람이야. 자기 입으로 그러더군. 게다가 먹물이 든 사람답게 우유부단한 성격이기도 하지. 여러 가지 가능성을 이리 재고 저리 재는 햄릿처럼 우유부단한 것은 아니야. 그의 우유부단함은 일종의 사기야. 역설적으로 이런 말을 하고 싶은 거지. 내가 권력을 쥐고 있는 것은 어떠한 결정도 내리지 않기 위해서다, 나는 하고 싶은 말을 마음대로 할 수 있다."

다시 한 번 강조한다. 상히네스의 찻잔은 텅 비어 있었다.

"그래서 예리고가 교활하다는 거야. 이제야 알겠군. 카레라가 순전히 허영에 차서 자기 멋대로 행동하는 사람은 아니라는 것을 그 녀석은 알았어. 그리고 예리고는 그를 위해 일했고. 카레라는 그걸 몰라. 만일 안다면 예리고를 고맙게 생각하겠지. 그가 원치 않았던 책임감을 벗겨 주었으니 말이야. 결정을 내린다는 것은 권력의 여왕벌이 되는 거야. 물론 죽은 파리가 될 수도 있겠지만."

대통령은 무엇을 원했던가? 불가능한 일. "어려운 문제를 쉽게 처리할 수 있는 방법을 말해 봐."

"Ça n'existe pas.(그런 건 없어.)" 상히네스가 중얼거렸다. "예리고가 사악한 것은……."

나는 눈썹을 치켜들었다. 상히네스가 한숨을 내쉬었다. 나는 그가 무슨 말을 할지 알 수 있었다. 그의 목소리는 권력의 은혜로부터 밀려나 앙심을 품은 사람의 목소리가 아니었다. 그는 충실한 자문관으로 계속 남아 있고 싶어 했다. 그리고 책임감 있는 시민으로 남아 있고 싶어 했다. 나는 어쩔 수 없이 눈을 내리깔았다. 내 감상주의가 못마땅했다. 나는 상히네스에게 많은 것을 빚졌다. 그러나 예리고와의 오랜 우정도 어쩔 수 없었다. 예리고와 비교해 볼 때 나는 그때까지 순진했기 때문에…….

"기술자처럼 생각하시고 농민처럼 말씀하십시오. 자유 만세. 평등 타파. 저와 상의하십시오. 많은 자문관들에게 의지하지 마십시오. 각하께서 직접 요리하십시오. 요리사가 많으면 요리를 망칩니다. 각하의 원수들을 아주 멀리 떨어진 나라의 대사로 보내십시오. 각하의 친구들도 마찬가지입니다."

예리고는 이와 비슷한 말로 대통령을 사로잡아 갔다. 때로는 위협했고("지금은 위급한 상황입니다. 이 위기에서 벗어날 수 없습니다. 하지만 언제까지나 이런 상황에 갇혀 있을 수도 없습니다.") 때로는 격려했고("지나치게 걱정하지 마십시오. 평등은 이 세상에서 가장 불평등한 것입니다.") 경우에 따라 결론을 내리기도 했고(손날을 목에 대는 고전적인 상징을 사용하며) 때로는 경고하기도 했고(조금 덜 고전적인 방법, 즉 오른손 검지를 눈꺼풀 위에 올려놓으며) 증거를 내세우기도 했다.("정치는 느슨해질 수도 있습니다. 하지만 이권은 언제나 견고합니다.") 대통령은 예리고에게 단순한 업무를 맡겼다. 신문을 읽게, 예리고. 그리고 내게 요약해 줘. 중요하다고 생각되는 내용은 밤에 읽어 볼 테니까.

"자네 친구가 무슨 짓을 저질렀는지 알아?" 상히네스가 멋을 부리며 말했다. "자넨 알겠어?"

상히네스가 고약한 표정으로 나를 쳐다보았다. 나는 행복한 표정으로 그를 바라보았다.

"그 녀석은 기사를 선별했어. 상황에 따라 이로운 것만 잘라 냈지. 발렌틴 페드로 카레라 정권 아래 이루어진 안정, 행복, 번영에 관한 기사만 오려 낸 거야. 대통령은 점점 더 고립되어 가고, 그러다 결국 자신이 믿고 싶은 것만, 측근들이 믿게 만들려는 것만 믿은 거지……."

내가 중간에 끼어들었다. "예리고는……, 제 생각에……."

"완전무결한 신하지. 여호수아, 자신을 속이지 마."

"그럼 선생님은요?" 나는 그를 놀려 먹고 싶었다.

"다시 말하지. 나는 충실한 자문관이야."

Ándale, ándale, ándale.

* * *

"입을 벌리지 마. 아무 말도 하지 마."

나는 낭만적인 구절들을 준비해 두었다. 노래 가사에서 따온 감상적인 비유들, 아마도 네르보의 시구절들, 미국 영화에 나오는 대사들.("우리는 왜 달을 사랑하지? 우리에게는 별이 있는데.") 모두 섬세한 것들이었다. 천박한 것은 전혀 없었다. 침대에서의 내 바른 몸가짐이 그녀를 실망시킬지 몰라 두렵기는 했다. 어쩌면 그녀는 내가 좀 더 난폭하게 대해 주기를, 좀 더 상스러운 말("넌 내 창녀야, 창녀. 난 네 쫄깃쫄깃한 보지가 너무 좋아.")을 해 주기를 바랐을지도 모른다. 아니다. 나는 감히 그럴 수 없었다. 나는 오로지 사랑스러운 말만 하고 싶었다. 그래서 내가 그녀의 몸을 올라타고 첫마디를 들려주려는 순간 그녀가 거칠게 소리 질렀던 것이다. "입을 벌리지 마. 아무 말도 하지 마."

나는 조용히 일을 치렀다. 나는 내 입을 단단히 단속했고, 내 입은 그녀의 벼락같은 명령에 굴복해 단 한 순간도 벌어지지 않았다. 그렇다고 불평하지는 않았다. 그녀는 말을 제외한 모든 것을 내게 허락했다. 나는 궁금하기 짝이 없었다. 사랑을 할 때는 말이 필요 없는 것일까? 말이 없는 사랑은 감정이 미완성으로 끝나는 어중간한 사랑이 아닐까? 그렇게 생각할 수는 없었다. 그녀는 내게 모든 것을 주었다. 내게 모든 것을 허락했다. 마치 그녀 속에서, 그 행위 속에서 어중간하게 끝난 엘비라 리오스 간호사와의 정사가, 고통스럽기만 했던 루차 사파타와의 정사가, 돈으로 산 엉덩이에 별을 문신한 창녀(에롤 에스파르사의 아버지와 결혼했고, 나사리오 살해 혐의로 감옥에 갇혔고, 미겔 아파레시도가 철저히 지켜보았음에도 감옥에서 탈출한 그 여자)와의 정사가 모두 모여 절정을 이루는 듯싶었다.

아순타 호르단…….

사랑의 서막, 부러진 큐피드의 화살. 하지만 나는 완벽한 섹스로 엄청난 쾌락을 경험했다. 본능적이면서도 계산된, 요구하면서도 허용하는, 자연스러우면서도 인위적인, 순수하면서도 타락한 완전한 섹스. 아순타 호르단의 몸속에는 도대체 무엇이 들어 있단 말인가? 도대체 무엇이 한 여자의 몸 안에, 단 한 순간의 행위 안에 모든 것을 집어넣을 수 있단 말인가? 아무것도 없었다. 여자가 행위 중에 내뱉은 말에 따르면 아무것도 없었다. 행위가 곧 말이었다. 나는(모든 남자는) 모든 것을 주고 싶었다. 절정에 이른 순간 외치고 토해 내고 고함친 말들을 나중에 후회하거나 잊어버릴지라도.

말이 필요했을까? 행위 그 자체만으로 충분하다, 말들은 쾌락보다 열등하기 때문에 사랑을 싸구려로 만들어 버린다고 아순타가 말했던가? 노래 가사에서, 시에서, 사랑의 행위와 말 사이의 그 불가능한 비유에서 나온 표현들은 모두 다 그렇단 말인가?

"내 얼굴에 손대지 마."

안 돼. 안 돼. 안 돼. 그 순간 그녀의 입에서 나온 모든 부정적인 말은 축제에 찬물을 끼얹었지만, 그 축제는 기억에 남을 만했고 나는 그 어떤 불평거리도 없는 바보 멍청이였다. 나는 사랑을 창조한 신처럼 만족했지만 말을 하지 못했기 때문에 그 행위가 충만하지 못한 것처럼 느껴졌다. 하지만 그건 나의 오해였다. 나는 선천적인 벙어리가 될 수도 있었고, 그랬다면 한마디 말도 없이 여자와 즐겼을 것이다. 왜 말을 하려고 하는가? 말이 없어도 절정에 이를 수 있는 그 행위에 무슨 이유로 말을 덧붙이려고 하는가? 그녀는 무슨 이유로 그렇게 벼락같은 말로 내 입을 막아 버렸을까? "입을 벌리지 마. 아무 말도 하지 마."

그리고 나는 무슨 이유로 입을 꼭 다물고 혼란에 빠져서는, 사랑스럽고 다정한 표정을 애써 지어 가며 금지된 말을 하려고

기를 썼을까? (사랑과 애정은 서로 다른 것이다. 사랑은 열정이지만, 애정은 양보다.) 왜 나는 착하게 굴려고 기를 썼던가? 물론 고마웠기 때문이다. 그녀를 꾀는 데 무슨 말이 필요했단 말인가?

우리는 많은 시간을 함께 보냈다. 사무실에서, 때로는 업무에서 벗어나 쉬기 위해 카페에서, 그리고 드물기는 했지만 공식적인 만찬장에서, 그리고 그보다 자주 열리는 칵테일파티에서. 그녀는 막스 몬로이의 권력의 일부로 칵테일파티에 나타났다. 유명한 만큼 신비에 싸인 그 남자의, 눈으로 볼 수 있고, 손으로 만질 수 있고, 그래서 갖고 싶은 권력. 나는 산타페의 사무실에서 일 년 동안 근무했지만 그 사장이라는 사람을, 그 보스맨(boss-man)을, 그 카이드(caïd)를 단 한 번도 보지 못했다.

나는 그녀가 끊임없이 그와 접촉하고 있다는 사실을 알았다. 내가 그에 관해 아는 내용은 모두 그녀를 통해 들은 것이었다.(물론 무덤에 묻힌 안티구아 콘셉시온의 거만한 목소리를 통해 몰래 들은 내용도 있었지만, 그런 사실을 밝힐 수는 없었다.) 일 층에서 십 층까지, 그리고 그 위로 두 개 층에 근무하는 직원들 중 막스 몬로이 사장을 본 사람은 아무도 없었다. 그래서 나는 급기야 막스 몬로이가 꾸며 낸 허구적인 인물이라고, 절대로 건드릴 수 없는 권력을 믿게 만들어 회사의 권위를 유지하기 위한 술책이라고 생각하기에 이르렀다. 만일 아순타가 가끔씩 필멸의 인간들이 사는 땅으로 내려와 막스 몬로이의 말과 행동에 대해 내게 들려주지 않았다면 나는 그렇게 믿었을 것이다. 아순타는 그의 일에 대해 끊임없이 설명했고, 그의 말에 대해 가끔씩 이야기했지만, 그의 현재 상황에 대해서는 절대로 언급하지 않았다.

아순타와 나의 관계는 순전히 업무상의 관계였다. 예외가 있었다면 그것은 내가 그녀의 규방에서 벌인 모험이었다. 여성의 속옷을 만지고 냄새를 맡으며 했던 상상들. 그것은 나와 그 순간 나를 발견했던 하녀만이 알고 있는 사실이었다. 하녀가 그 얘기를 아순타에게 전하지는 않았을까? 아니면 너무 신중해서(혹은 두려워서) 입을 꽉 다물어 버렸을까? 나는 그걸 알아낼 재간이 없었고, 또 그에 대해 물어볼 용기도 없었다. 아순타는 그걸 알면서도 일부러 모르는 척 시치미를 떼고 있었는지도 모른다. 아순타가 알든 모르든 내 성욕은 점점 더 커져만 갔다. 만일 그녀가 내 모험에 대해 안다면? 비밀을 공유한다는 것이 내게 엄청 짜릿한 느낌을 안겨 주었다. 만일 그녀가 그걸 모른다면? 여인의 몸을 감쌌던 속옷을 나 혼자 독점했다는 기분에 더욱더 짜릿한 흥분을 느꼈다. 아무튼, 느낌이든 흥분이든, 브래지어를, 팬티를, 가터벨트를, 스타킹을, 마치 리비도의 작은 군대처럼 그녀가 서랍에 종류별로 분류해 놓은 그것들을 생각할 때마다 내 가슴은 부풀어 올랐다.

일상적인 업무를 떠나 그녀에게 더 가까이 다가갈 수 있는 방법은 없을까? 그녀의 현실을 상상하거나 혹은 그녀의 상상을 현실화할 수 있는 방법은 없을까?

나는 바스코데키로가의 건물에서 근무하는 직원들에게 접근하면서 그녀에게 다가가려고 했다. 내가 원하는 여자의 원치 않았던 정체가, 몬로이가 고용한 '유토피아'라는 건물에서 일하는 사람들의 정체 속에서 더욱더 생생히 나타나기라도 할 것 같았다. 그들에게 다가가면 아직 권력을 획득하지 못한 평범한 아순타를 볼 수 있을 것 같았다. 불행하게도 원한에 사무친 나는 올림포스 산에서 쫓겨나 익명의 노동이라는 소규모 지옥으로 떨어진 여자를 보고 싶어 했는지도 모른다.

* * *

나는 쉬고 있었다. 두 팔을 머리 뒤로 올려 두 손으로 머리를 받치고 있었다. 그때 계단을 올라오는 발자국 소리가 들렸고, 나는 그 발자국 소리에 예리고를 떠올렸다. 유령과 같은 발자국 소리. 나는 발자국 소리를 들으며 우리가 다정하게 지내던 때로, 내 생애 가장 행복했던 순간으로 돌아갔다. 모든 것이 혼란스러웠다.(추억은 그리 오래 지속되지 못하는 법이다.) 예리고가 프라가 거리에 있는 우리가 함께 살던 아파트로 돌아왔을 뿐만 아니라 우리가 함께 공유했던 열쇠로 현관문을 열었단 말인가?

갑자기 불쾌해졌다. 지금 이곳에 사는 사람은 바로 나다. 나는 이곳에서 나가 산후안데아라곤의 교도소를 방문하거나 산타페에 있는 사무실로 출근한다. 나는 생전 처음으로 집주인이 되었던 것이다. 예리고가 잠긴 문을 열쇠로 따고 들어온 것은 육체적으로, 정신적으로 나를 침해한 행위나 다름없었다. 예리고는 베드로가 자신의 집으로 들어가듯 그렇게 내 집으로 들어왔다. 예리고는 처음부터 이렇게 말했다. 비록 나와 함께 이 공간을 나눠 쓰지만 이 공간은 자신의 목소리를 필요로 한다고.

"일어나, 여호수아." 예리고는 문을 열고 들어서서 군대식 경례처럼 한 손을 이마 쪽으로 들어 올리며 그렇게 말했다.

"벌써 일어났어." 나는 다가오는 그림자를 곁눈질하며 무덤덤하게 말했다.

"밥은 먹었어?" 그는 다시 물었지만 내게 대답할 시간을 주지는 않았다. "그러니까 말이지, 누가 더 소화를 잘 시킬까? 실컷 먹고 잠을 자는 사람일까, 아니면 사냥을 나가는 사람일까?"

나는 어깨를 으쓱했다. 예리고는 아순타에 관한 달콤한 공상에 잠겨 있던 나를 방해했다. 그녀가 어떻게 했더라? 내가 그녀를 어떻게 하려고 했더라? 내가 다시 사랑할 수 있을까? 우리의 만남은 졸속으로 이루어진, 아무런 결과도 없는, 무성의한 만남이 아니었을까?

나는 정성을 다해 아순타의 몸을 생각해 내려 했고, 예리고는 시체를 난도질하듯 계속해서 잔인하게 굴었다. "사냥하러 나갈 거야? 아니면 잠이나 잘 거야? 어떻게 할 건데?"

그는 내 배꼽을 찔렀고 손가락으로 내 배를 긁었다.

"배를 갈라 줄까 보다."

그가 웃었다.

"여기 증거가 있어."

나는 졸음기를 털어 냈다. 침대 끝에 앉았다. 예리고가 커피를 준비했다. 나는 화가 나서 중얼거렸다. 저 녀석에게는 뭔가가 있어, 절대로 놓치지 않는 뭔가가. 침입자는 나였다. 나는 빈털터리나 다름없었다.

"원하는 게 뭐야?" 나는 예리고를 불편하게 만들고 싶었다.

그는 눈 하나 깜짝이지 않았다. "너를 원하지." 그는 김이 모락모락 피어오르는 찻잔을 내게 건넸다. 맛없는 인스턴트커피였다.

"이거 알아?"

그가 연설을 늘어놓기 시작했다. 끝없이 이어질 것만 같았다. 그와 나는 어떤 사람이었던가. 아버지의 권위로부터 떨어져 나온 두 조난자. 바로 그 점이 우리를 형제처럼 묶어 주었지. 우리에게는 가족이 없어. 우리에게는 꼰대가 없어. 우리는 버려졌어. 될 대로 되라는 식으로 버려졌단 말이야.

"지들 맘대로."

"그래서?"

"그래서 우리는 우리의 내적인 한계를 알아야 하는 거야. 너도 알 거야. 대부분의 인간들은 단 한 번도 심각한 질문을 자기 자신에게 던지지 않아. 나는 누구인가? 무엇이 내 한계인가? 왜 그런가? 가족과 사회가 가야 할 길과 경계선을 정해 주기 때문이지. 여기야, 얘야, 길에서 벗어나면 안 돼요, 원한다면 멀리 봐도 돼, 하지만 왼쪽이나 오른쪽으로 눈을 돌리면 못써요. 우리가 가리키는 지평선에 눈을 고정해야 해. 다 너를 생각해서 이러는 거니까, 내 아들, 우리는 너를 위해 최선을 다하고 있어요, 너는 아무것도 생각하지 마, 모든 것을 이미 정해 놓았으니까, 꼬마야, 다 너를 위해 그런 거야, 엇나가면 못써요, 모험도 안 돼, 네 운명에서 벗어나지 마, 넌 알 필요가 없어, 얘야, 우리가 이미 정해 놓았으니까 굳이 알려고 달려들 필요가 없단 말이야. 침대를 정리하듯 네 미래를 준비해 놓았어, 베개는 여기 있고, 시트는 저기 있어, 들어와 자기만 하면 돼, 꼬마야, 침대를 망치지 마, 너를 위해 이렇게 준비하는 데 얼마나 돈이 많이 들어갔는지 몰라서 그러니, 자고 또 자고 또 자려무나. 꼬마야, 꼬맹이야, 아가야, 아기야, 너는 아무것도 걱정하지 않아도 돼."

예리고가 험상궂은 표정을 짓더니 갑자기 한바탕 웃음을 터뜨렸다.

"잠에서 깨란 말이야, 여호수아. 일어나, 자, 어서!"

나는 알아들었다고 말했다. 그는 내 말에 귀를 기울이지 않았다. 그는 연설을 계속 이어 나갔고, 나는 찍소리 없이 그의 말을 들어야만 했다.

"한마디만 더. 너와 나는 가정을 꾸리기 위해 태어난 팔자가 아냐. 네 성생활을 생각해 봐. 여기서 저기로, 떠돌이 여자, 창녀, 간호사, 비서……."

"그래도 너보다는 낫지 뭐. 넌 정말 외로운 황야의 이리 같아." 모를 것이라고 여겼던 것을 그가 안다는 사실에 나는 화가 치밀었다.

"우리에게는 친구가 없어." 그가 정신없이 말했다.

"우리가 사라진 문명의 일부가 될 수 있을까? 너는?"

"우리는 항상 우리 운명의 잘못된 부분을 수정하도록 강요당해 왔어. 그게 뭐든 말이야, 여호수아. 진실보다 더 중요한 그 무엇을 위해……."

"다른 운명? 어떻게?"

"사람들 속으로 파고드는 거지. 사람들을 조직하는 거야. 너와 내가 함께 샤워를 했던 것처럼 대중탕을 이용하는 거야. 이제는 보상받기를 원하는 사람들 수백만 명과 함께 샤워를 하는 거야."

"스스로 보상받는 게 더 좋지 않을까?"

"아냐!" 예리고가 거의 소리를 지르듯 말했다. "머리가 필요해, 리더가……."

"무솔리니 같은, 히틀러 같으니라고." 나는 씁쓸한 미소를 지으며 말했다.

"이 나라도 이제 성숙했어." 예리고가 단언했다. 그는 얼른 표정을 바꾸고 그 자신에게로, 내게로 돌아왔다.

"맞아, 그래. 너는 너 혼자고, 나는 나 혼자야. 우리는 남편이 되거나, 한 가정의 가장이 되거나, 충실한 애인이 되기 위해 태어난 팔자가 아냐. 너와 나는, 여호수아, 아무런 속박이 없는 자유를 위해 태어났어. 우리가 걷는 길은 깨끗이 치워져 있어. 우리가 누구인지, 무슨 일을 하는지 아무도 몰라. 내 말 알아들어? 우리는 자유로운 존재야, 형제, 공기처럼, 비처럼, 바다처럼, 새들처럼!"

"사냥꾼의 총에 맞아 땅으로 떨어져 요리가 될 때까지. 왜 아니겠어……."

"위험이야 따르겠지." 예리고가 웃음을 터뜨렸다. "공기는 태풍에 의해 흩어지고, 비도 바람에 흔들리고, 바다도 마찬가지지. 하지만 새는, 운이 좋으면, 패배를 모르면, 자유를 향해 높이 날아갈 수 있어."

"늙은 새를 말하는 모양이지." 나는 옛 친구의 들뜬 기분을 맞춰 주기 위해 그렇게 말했다. 심지어 나는 노래를 부르기까지 했다. "새벽의 상처 입은 새는……."

"여호수아, 너 이거 알아, 너와 내가 특별한 임무를 맡았다는 사실을? 우리에게는 사랑과 가정과 결혼이 금지되어 있다는 사실을?"

"우정만으로도 충분하겠지." 나는 중얼거렸다. 반박하고 싶지도 않았고, 더 이상 파고들고 싶지도 않았다.

그는 주먹으로 다른 쪽 주먹을 내리쳤다. 그것은 행동을, 용기를, 에너지를, 자발적으로 앞서 나가는 의욕을 의미하는 동작이었다. 그는 나를 자기 쪽으로 끌어당겼고, 자신을 내 쪽으로 밀어 넣었다.

그는 말했다. 이 나라는 진보하지 않았어. 왜? 대통령은 소심한 인간이야. 강력하게 지배하지 않아. 우리는 모든 것을 어중간하게 처리하고 있어. 너와 나는? 그렇지 않아. 우리를 지배하는 자들. 모두 어중간하고, 모두 평범해. 우리는 우리 자신을 전 세계의 왕으로 여겨 왔어. 우리에게는 석유가 있었으니까. 우리는 석유를 비싸게 팔아먹었어. 그리고 그 돈으로 순전히 싸구려 물품만 사들였어. 사치스러운 육 년 임기. 우리는 벼락부자처럼 놀았어. 우리에게 '내일'은 없었어. 가격을 낮췄어. 빚이 쌓여 갔어. 또 다른 지평선. 상업. 또 다른 육 년 임기를 꾸미기 위한 신속한 거래. 사물은 자유롭기 때문에 스스로 움직일 수 있어. 사람은 아냐. 돈이, 주식이, 상품이 움직여. 노동자들은 가만히 있지. 비록 미국에서 노동력이 필요하다고 해도. 노동자들은 우리가 그들을 필요로 하기 때문에 와. 하지만 그들이 오면 우리는 그들을 죽이고 말아. 오케이? 페어 이너프?(Fair enough?) 그러니까 우리는 다음번 구덩이가 열리기 전에 구덩이를 막는 거지. 우리는 동화에 나오는 네덜란드 꼬마와 같은 거야. 피할 수 없는 범람을 막기 위해 해안 간척지 둑에 난 구멍을 손가락으로 막았던 아이 말이지. 하지만 우리는 우리의 깊숙한 똥구멍을 손가락으로 막고 있는 꼴이야. 더러운 냄새가 진동해.

내 친구 예리고는 연극배우처럼 창문 커튼을 확 열어젖혔다. 우리 다락방으로 멕시코시티에 만연한 도시의 혼돈이 펼쳐졌다. 깊고 거대한 톨테카 시멘트 피라미드, 아메리카 보험, 쿠아우테목 거리, 무너진 피라미드, 원시의 진흙탕으로 가라앉은 피라미드, 오염된 공기에 질식한 피라미드, 정체된 교통, 사람들로 가득 찬 버스, 셀 수도 없이 많은 거리들. 새벽 5시 직장으로 출근하는 노동자들의 행렬, 저녁 7시 집으로 퇴근하는 노동자들의 행렬, 다시 새벽 5시 직장으로……. 근무 시간 여섯 시간, 출퇴근 시간 여덟 시간. 인생이란.

"알아먹겠어?" 예리고가 폭발했다. 나는 그의 모습을 주시했다. 셔츠 소매는 둘둘 말려 있었고, 셔츠 자락이 벌어져 배꼽이 드러났고, 젖살이 빠지고 털이 없는 가슴은 청동 조각상처럼 빛이 났고, 영웅 같은 표정과 창백한 두 눈의 광채가 삼켜 버린 얼굴의 토실토실한 뺨이 보였다.

알아먹겠어? 예리고가 아래쪽과 저 먼 곳을 가리키며 물었다. 인구 일억이 넘는 나라, 그 인구 중 절반에게 일자리와 먹을거리와 교육을 베풀 수 없는 나라, 노동자 수백만 명을 고용할 수 없는 나라, 도로, 댐, 학교, 주택, 병원을 짓기 위해, 숲을 보존하고, 농토를 비옥하게 하고, 공장을 세우기 위해 필요한 노동자들, 허기와 무지와 실직이 범죄를 유도하는 나라, 모든 곳에 범죄가 침투한 나라, 경찰이 범죄자인 나라, 질서가 무너진 나라, 여호수아, 정치는 부패했고, 배는 가라앉았어. 우리는 우리를 구원해 줄 수 있는 마리아칸델라리아나 로렌소라파엘이나 돼지들이 없는 소치밀코에 살고 있어. 운하들은 쓰레기로 가득 찼고, 기름때, 쓰레기, 가시, 돼지 사체, 닭 뼈, 꽃 찌꺼기가 운하를 잠식하고…….

그가 내게 다가왔지만 내 몸에 손을 대지는 않았다.

"여호수아, 올해 나는 이 나라를 구석구석 돌아다녔어. 대통령이 축제를 열기 위해 내게 모임을 조직하라고 명령했어. 나는 대통령을 배반했어, 여호수아. 나는 이 마을 저 마을 돌아다니며 반란군을 조직했어. 빠져나갈 구멍이 없는 밀입국자들, 티엘시(양도 가능 대출 증서, TLC) 때문에 파산한 농민들, 불만이 많은 노동자들, 그 모든 사람들을 모아 부추겼어, 여호수아. 태업, 불매운동, 부품 도둑질, 사고, 방화, 암살……."

나는 황홀함과 두려움이 뒤섞인 심정으로 그의 말에 귀를 기울였다. 두려움은 그를 멀리하라고 재촉했고, 황홀함은 그에게 다가가라고 부추겼다. 바보 같은 생각이었지만 내가 속으로 피하려 했던 것과 내가 속으로 원했던 것을 적절하게 표현해 주었다. 그가 반복했다. 이 마을 저 마을 돌아다니며 사람들을 모았어, 장례식에서, 교회에서, 무도회에서, 불고기 파티에서…….

"대통령 각하의 명령을 수행하면서 말이야. 무슨 말인지 알아먹겠어? 사람들을 한눈팔게 하기 위한, 사람들을 속이기 위한, 그들의 눈을 막기 위한 축제를 준비하면서 말이야. 대통령에게는 그 일이 매우 중요해. 여호수아, 그래서 나도 모르게 행동으로 나설 수 있는 엄청난 힘을 모았지. 지치고 버림받고 절망에 빠진 사람들, 무슨 일이든 할 준비가 되어 있는 사람들……."

나는 말없이 물었다. 무슨 일이든?

"순종과 자포자기. 이게 바로 수 세기 동안 전해 내려온 법칙이야." 예리고가 내 눈에 나타난 질문을 읽고 대답했다. "축제를 이용한 사기극, 그게 바로 대통령이 원하는 거야."

"그럼 너는?" 나는 겨우 입을 열 수 있었다.

그가 무슨 말을 할지 말할 필요도 없었다.

그럼 너는?

"대답을 듣기 싫다면 아예 질문도 하지 마." 예리고가 말했다.

* * *

“내 얼굴에 손대지 마.” “입을 열지 마.” “아무 말도 하지 마.” 아순타가 내게 금지한 이 모든 것들은 내 상상력을 휘저어 놓으며 내게 죄의식을 심어 주었다. 나는 나 자신에게 물어보았다. 여자와의 섹스만으로 만족 못 하면 그게 그렇게 나쁘단 말인가. 나 자신의 시를 보충해 줄 수 있는 말을 여자에게 요구하는 게 그렇게 나쁘단 말인가. 내 감상적인 상상 속에서 육체적 사랑에 호응하는 그런 말들. 나는 내 속에서 시적 기품의 샘을 느꼈다. 좀 더 야만적인 것, 즉 섹스라는 동물적인 습관에 동반했으면 싶은 그런 것을 느꼈다. 노래에 반주가 따르고 영화에 배경음악이 깔리듯 말이다. 그러니까 한마디로 말해 좀 더 천상에 가까운 것 말이다.

아순타는 내게 침묵을 요구했다. 그녀는 내 말을 끊었고, 나는 당황했다. 나는 침묵을 요구하는 것이 약속의 조건이라는 것을 몰랐다. 입을 다물면 나를 다시 만날 수 있어. 어쩌면 형벌의 조건이었는지도 모른다. 다시는 나를 차지하지 못할 테니까 입을 다물어. 그게 바로 여자의 숭고한 교태란 말인가. 나는 그런 궁금증에 어정쩡한 상태로 남게 되었다. 나는 최고의 것과 최악의 것을 짐작해 보았다. 다시 살아난 기쁨이냐 쾌락에서의 퇴출이냐, 아순타와 함께하는 천국이냐 그녀가 없는 지옥이냐.

나는 믿고 싶었다. 나는 미녀 마법사에게 사로잡힌 포로다, 그녀는 생각지도 못했던 어느 날 밤 다시 침대로 돌아와 은혜를 베풀고 축복을 내려 줄 것이다. 어쩌면 그녀는 나를 시험해 보는지도 모른다. 나의 남성다움이 그녀를 영원히 내 곁에 붙들어

둘 것이다. 그녀는 속으로 이렇게 말하고 있을지도 모른다. 여호수아, 너를 사랑해, 너를 더욱더 사랑해. 그리고 그녀의 교태(혹은 그녀의 신중함)는 그녀를 숨게 만든다. 그 이유는 기다림을 쾌락으로, 새롭고 증폭된 쾌락으로 만들기 위해서다……. 그렇게 믿는 것으로 충분했다. 나는 더 많은 선물을 얻어 내기 위해 인내심으로 무장했다. 첫째, 내게는 미덕이라는 선물이 있었다. 나는 여자의 사랑을 받을 만한 자격이 있었다. 나는 옛날의 기사들처럼 충실했고 절망하지 않고 기다리는 법을, 섹스의 무기를 감추는 법을, 조용히 내 귀부인이 부르는 소리에 귀 기울이는 법을 알고 있었다. 그 순결한 사랑에 대한 생각이 며칠 동안 내 상상력을 사로잡았다. 나는 『돈키호테』를 읽고 또 읽었다. 특히 둘시네아에게 바치는 사랑의 찬가를 큰 소리로 읽었다.

하지만 그런 열정도 오래 지속되지 못했다. 내 육체는 참을성이 없었고, 내 마음은 내가 생각했던 것보다 강하지 못했던 것이다. 그래서 아순타는 둘시네아-이졸데-엘로이즈에서 비천한 페티시로 전락했다. 내 침대 머리맡에 있는 그녀의 사진은 거의 순결한 자리를 차지했다. '거의'라고 표현한 이유는 때때로 밤이면 유혹을 참지 못하고 그녀의 얼굴을 쳐다보며 수음을 했던 것이다.(침대에 누워 있을 때면 핀에 꽂혀 수직으로 걸린 그녀의 사진이 보였던 것이다.) 아순타에게 버림받은 나는 고독한 쾌락에 굴복했고, 내 나약함을 나무라면서도 '오난은 알았지만 돈 조반니는 몰랐던 그 짓거리'를 반복했다.

돈 조반니! 나는 모차르트의 오페라를 사랑했다. 하지만 놀랍게도 그 오페라에서는 유혹자가 그 어느 누구도 유혹하지 않는다. 무뚝뚝한 아나 부인도, 시골 아낙 제를리나도, 복수심에 사무친 옛 애인 엘비라 부인도.

변명도 필요 없고 문학적인 근거(꿈, 오나니즘, 페티시즘)도 소용없었다. 독자 여러분, 내게 과연 무엇이 남았단 말인가? 다시 공격으로 나서는 것, 용기를 내는 것, 공격하기 위해 힘을 키우는 것, 그 외에 또 무엇이 남았단 말인가? 한밤중에 유토피아의 성으로, 아순타가 차지한 십삼 층의 궁전으로, 어느 날 모험을 감행해 내 귀부인의 속옷을 바라보고 만져 보고 냄새 맡았던 그 장소로 돌아갈 수 있는 용기를 내야 했을까. 바보같이 그녀의 침실로 스며들어 강제로 그녀를 차지하려고 시도해야 했을까. 혹은 그녀는 나를 받아들였을지 모른다. 신사 숙녀 여러분, 그녀는 속으로 내가 그렇게 해 주길 바랐을지도 모른다. 대담함, 위험, 무모함, 용기, 독자 여러분은 어떤 단어를 사용해도 좋다. 아순타라는 한 여자의 육체를 시험해 보고 싶은 욕망, 그녀의 몸을 지배하고 싶은 욕망, 그 순수하고 단순한 욕망을 여러분이 무엇이라 부르든 상관하지 않겠다.

나는 회사에서 관리직에 있었기 때문에 마스터키가 있었다. 나는 아순타의 방을 마음대로 들락거릴 수 있었다. 나는 도둑놈처럼 내 사랑하는 여인의 공간을, 심지어 그녀의 침실을 탐험한 적이 있었다. 나는 어둠에 점점 더 익숙해졌고, 그녀의 침실에 도착하자마자 그녀가 없다는 사실을 알 수 있었다. 침대는 완벽하게 정돈되어 있었다. 그녀가 이곳에서 잠을 잤다는 증거를 전혀 찾아볼 수 없었다.

그 단순한 사실 하나가 내 마음속에 질투의 폭풍을 불러일으켰고, 나에게 엉뚱한 상상을 하도록 만들었다. 여기 없다면 새벽 1시 30분에 어디를 쏘다니고 있단 말인가? 나는 명백한 이유들은 제외했다. 만찬장에 있었을까? 왜 내게 얘기해 주지 않았단 말인가? 그녀가 사교계에서 무슨 일을 하든 내게 알려 줄 의무가 없으니까. 휴가를 떠났을까? 그건 불가능한 일이다. 나는 나의 스케줄보다 그녀의 스케줄을 더 잘 알았다. 아순타는 일중독자였고 그녀의 업무 일지에는 휴식 시간이라곤 단 일 분도 없었다. 그렇다면 화장실에……. 그 역시 아니었다. 화장실 문을 열어 보았다. 화장실은 물기 한 방울 없이 깨끗했고, 인간의 체취도 맡을 수 없었다.(내가 바라던 사람의 체취.) 텅 빈 화장실을 보고 있자니 시체 공시소가 떠올랐다. 나는 이성을 잃고 말았다. 아순타는 틀림없이, 나를 놀리기 위해, 침대 밑에 숨어 있을 것이다. 그것도 아니었다. 혹시 옷장에 들어가 있는 건 아닐까. 지방 소도시에서 평범한 아내로 살았다면 가져 보지 못했을 옷가지들에 둘러싸여 냄새를 맡고 그 부드러운 촉감을 즐기기 위해? 아니었다. 자기 자신으로부터 달아나기 위해 커튼 뒤에 숨어 있는 건 아닐까? 그럴 리가.

무엇이 더 남아 있었던가? 흥분으로 달아오른 내 심장, 파도치듯 밀려오는 질투심, 폭풍에 휘둘리는 내 욕정, 상식을 벗어난 내 감각, 그 모든 것으로 인해 나는 내 몸을 주체할 수 없었다. 목과 겨드랑이로 땀이 흘러내렸고, 팔다리가 부들부들 떨렸으며, 산타페라는 기만적인 유토피아의 어느 한구석에서 나를 기다리는 사랑의 대축제를 위해 편안하게 쉬고 있던 성기가 불끈 달아올라 소리 없는 아우성으로 요동치기 시작했다.

"막스 몬로이는 강인하고 자신에 대한 확신이 강한 남자야, 여호수아. 그래서 그는 십사 층에 있는 자신의 아파트 문을 절대로 잠그지 않아."

헬리콥터 한 대가 건물 옥상에서 막스의 명령을 기다리며 대기해 있다는 사실을 나는 알았다. 그리고 옥상에는 요리사, 경호원, 하인, 헬리콥터 조종사를 위한 별채도 하나 있었다. 그리고, 다시 한 번 강조하지만, 막스 몬로이가 자신에 대한 지나친 확신 때문에(권력자의 자만심) 아파트 문을 잠그지 않는 것을 알았다. 나는 이제 그 아파트로 숨어들었다. 나는 욕망으로 대담무쌍해져서 겁대가리를 상실했던 것이다. 나는 무턱대고 달려들었다. 알고 보니 거실이었다. 야밤에 텔레비전들이 홀로 켜져 있었다. 마치 꺼지기를 거부하며 상업광고를, 드라마를, 정치 토론을, 뉴스를, 옛날 영화를 밤낮없이 내보내고 있는 듯싶었다. 애초부터 실패한, 결론을 서두르는 순진한 경박함.

나는 의자 열두 개가 놓인 식당을 지나쳤다. 책등이 반짝이는 서재. 조명이 밝혀진 사라가, 소리아노, 수르바란의 그림들.(나는 삼인조 가수라도 대하듯 그들을 존경했다.) 마침내 나는 휴식과 고립의 냄새를 풍기는 어느 문 앞에 도착했다.

문을 열었다.

아무도 내게 신경 쓰지 않았다.

문을 여는 순간 아순타가 막스에게 속삭이는 사랑의 밀어가 들렸다. 독자 여러분은 그 소리를 상상할 수 있으리라…….

* * *

나는 아순타의 뒤를 따라 헬리콥터에 올랐다. 아순타는 비행기 뒤쪽, 막스 몬로이라는 그림자 옆에 자리를 잡았다. 나는 그에게 인사를 건넬 시간이 없었다. 내가 조종사 옆에 앉는 순간 프로펠러가 요란한 소리를 내며 돌아가기 시작했고 그래서 대화가 불가능했다.('안녕하세요.' 같은 기본적인 인사도 불가능했다.)

헬리콥터는 하늘에 구멍이라도 뚫으려는 듯, 일순간에 영원에 닿으려는 듯 위태롭게 수직으로 날아오르더니 이윽고 아래쪽을 향해 날아갔다. 무섭기도 했고 재미있기도 했다. 헬리콥터가 좌우상하로 흔들렸다. 헬리콥터는 우리를 산타페에서 로스 피노스로, 공화국 대통령 발렌틴 페드로 카레라의 집무실로 데려갔다. 바닥을 포장한 텅 빈 공간, 납작하고 중무장한 건물들에 둘러싸인 공간. 주변에 몰려든 사냥개들이 요란하게 짖어 대는 소리가 침묵을 강요하듯 헬리콥터의 엔진 소리를 집어삼켜 버렸다.

나는 제일 먼저 헬리콥터에서 내렸고, 그때 처음으로 막스 몬로이를 볼 수 있었다. 아순타가 먼저 내려 비행기 뒷좌석에 앉아 있던 유령 같은 존재에게 손을 내밀었다. 그는 마치 그림자처럼, 그때까지(아니 평생 동안) 그림자였다는 듯 그렇게 내 앞에 나타났다. 내게 막스 몬로이는 그런 존재였다. 그래서 그의 육체적인 존재감이 나의 영혼을 드러내는 것처럼 느껴졌다. 유령이 드디어 모습을 드러냈고, 그것은 내 안에 있었지만 내가 모르던 물리적인 실체가 드러난 것과 같았다.

아순타가 팔을 내밀었다. 몬로이는 점잖지만 당당하게 거절했다. 아주 거만한 동작이었다. 그는 아무도 쳐다보지 않고 앞만 바라보며 포장길을 따라 걸었다. 마치 이 지상의 일에는 아무런 관심도 없는 것처럼 행동했다. 아순타는 그의 옆에서 걸었다. 그녀는 눈에 띄게 불안해했다. 엘비라 리오스 간호사가 내게 보여 준 진지한 보살핌(엄격한 보살핌은 아니었다.)과는 사뭇 달랐다.

나는 두 사람 뒤에서 걸었다. 우리들 앞에는 장교 한 사람이 걸어갔다. 계급은 알 수 없었다. 내 눈은 오로지 막스 몬로이를 향했다. 검은 양복에 흰색 와이셔츠, 흰 점이 점점이 박힌 파란색 나비넥타이.

그는 아무 말 없이 똑바로 걸었다. 호박이 어두운 밭에 놓여 있듯 그의 머리가 어깨 위에 놓여 있었다. 목이 없었다. 그의 옷은 지나치게 짧으면서도 지나치게 길었다. 나는 그의 키가 얼마나 될지 궁금해졌다. 크지는 않았다. 작지도 않았다. 그의 옷만큼이나 확실하지 않았다. 개성을 상실한 것처럼 보이면서도 개성 있는 옷차림. 그 순간 그 특별한 존재는 위장한 인간처럼 보였다. 그 자신의 모습으로 위장한 인물. 다른 사람들, 즉 우리 모두가 현실 속에서 실제로 산다고 여기는 동안 그것이 연극임을 알고 이 세상이라는 거대한 연극 무대에 등장하는 사람.

이 세상이 연극 무대라는 사실을 안다는 것, 현실이 무엇인지 안다는 장점, 비록 그렇지 않다는 것을 알지만……. 나는 오늘 이때까지 이런 질문을 나 자신에게 계속 던져 왔다. 막스가 헬리콥터에서 내려오는 모습을 목격하고, 여든을 넘긴 노인네가 당당한 걸음으로 착륙장 포장길을 걸어가는 것을 목격하면서도, 내 복장이, 아순타의 복장이, 활주로에 남아 회의적인 미소를 지으며 우리를 쳐다보던 조종사의 복장이 우스꽝스럽다고 생각하진 않았다. 우리를 안내했던 대통령 경호원의 복장도 마찬가지였다. 왜 그랬을까. 나는 몬로이의 몸에서, 그가 몸을 움직이고 걷는 모양을 통해 복잡한 역설을 발견했던 것이다. 우리는 카니발에 참석할 때보다 일상생활을 할 때 더 많은 위장을 한다. 직장에 갈 때, 사랑에 빠질 때, 오락을 즐길 때, 고뇌에 빠지거나 희열에 넘칠 때. 그리고 벌거벗은 우리의 모습을 볼 때는? 벌거벗은 모습이야말로 우리의 원초적인 위장술이 아닐까? 우리 뇌를, 우리 뼈를, 우리 내장을, 각각의 근육을 가려 주는 겉 피부가 바로 위장막이 아닐까? 우리 몸이 하나의 대륙이 아니라면, 장바구니가 바닥에 엎어지면서 내용물이 흩어지듯, 피부 없이는 우리 몸도 산산이 떨어져 나가지 않을까?

사냥개들이 짖어 댔다. 막스가 다가가자 개들은 침을 흘리며 침묵을 지켰다. 개들은 뒷걸음치며 막스에게 길을 열어 주었다. 틀림없이 대통령 경호원이 개들을 조용히 시켰을 것이다. 막스가 계속해서 내 관심을 끌었다. 막스는 단 한 순간도 속도를 줄이지 않았고, 개들을 쳐다보지도 않았고, 장애물도 위험도 없다는 듯 당당하게 앞으로 나아갔다. 지금 내가 하는 얘기는 내가 지어낸 얘기일까? 현실에 대한 내 해석이 아니라 현실 그 자체에 복종해야 할까? 그건 혹시 막스 몬로이의 손아귀에 나를 올려놓았다는 딜레마가 아니었을까? 현실과 환상 사이의, 아니 좀 더 정확하게 표현하자면 현실과 현실의 지각 사이의 한계를 알아야 한다는 영원한 숙제가 아닐까? 모든 현실은 환상이 아닐까? 막스 몬로이 같은 남자, 드라마의 주인공 역을 맡은 남자가 자신의 환상을 진리로 받아들이고 다른 사람들을 유령의 환상으로 인도하는, '인생'이라 불리는 화려한 성찬 신비극에서 주연 배우의 보조 역할로 인도하는 그런 환상이 아닐까?

나는 그런 심리 상태에서 어렸을 때 읽은 칼데론 데라바르카와 그의 『세계의 대극장』이라는 작품을 떠올리지 않을 수 없었다. 인류라는 주인공이 무대 뒤에서 최고 연출자인 신이 나타나 이렇게 외치기를 초조하게 기다린다. "액션! 무대로 나가라." 하지만 인류는 하나의 추상이기 때문에 신이 실제로 하는 일은 그의 모든 피조물들 각자에게 그들의 역할을 부여하는 것뿐이다. 막스 몬로이에게, 아순타 호르단에게, 예리고에게, 그리고 나에게……, 이 소설의 모든 배역들에게. 하느님 주식회사라는 대기업과 비교하면 너무나 보잘것없는 역할.

전진. 광고. 여기에 경고가 따른다. 막스 몬로이라는 스타. 다른 사람들은 부수적인 역할이나 엑스트라로 만족해야 한다. 우리가 맡은 역할은 병풍, 합창단, 대중이다.

그렇다면 저 남자는, 비밀 무기 사이로, 침묵을 지키는 개들 사이로, 장교와 아순타와 나라는 조촐한 경호원을 뒤에 달고 당당하게 걸어가는 저 남자는 과연 누구란 말인가? 그가 위장한 인간이라면, 얼마나 고상하게 위장을 했으면 저럴 수 있단 말인가. 그는 대통령 집무실로 향하는 층계를 올라갔고, 이를 악물었고, 보이지 않는 입술을 꼭 깨물었고, 입을 꼭 다물었고, 계속 전진하여 대통령 집무실로 들어갔고, 대통령 곁에는 예리고밖에 없었고, 그는 예리고에게는 눈길도 주지 않았고, 그윽한 눈빛으로 대통령만 쳐다보았고, 발렌틴 페드로 카레라는 그에게 어서 오라고 인사하며 손을 내밀었고, 막스 몬로이는 인사를 받지 않았고, 대통령이 우리에게 의자를 권하며 자리에 앉았을 때 막스 몬로이는 과거의 기억과 미래에 대한 예견으로 가득한 깊은 눈길로 대통령을 쳐다보았다.

"그냥 서 계시지요, 대통령 각하."

카레라는 깜짝 놀랐지만 그런 기색을 드러내지 않았다.

"좋으실 대로 하시지요. 서서 얘기하는 것을 좋아하시나 보죠?"

몬로이가 자리에 앉았다.

"아닙니다. 자리에 앉겠습니다. 각하께서 일어나시죠."

우리는 순간 눈짓을 교환했다. 예리고가 나를 쳐다보았고 나는 예리고를 쳐다보았다. 아순타는 대통령을 쳐다보았고 대통령은 몬로이를 쳐다보았다. 막스는 아무도 쳐다보지 않았다. 모든 것을 압도하는 거만이 아니었다. 오히려 그 반대였다. 마치 누군가를 쳐다보는 것을, 누군가가 자기를 쳐다보는 것을 고통스러워하는 것 같았다. 나는 그 순간 왜 그가 다른 사람에게 자신의 모습을 보여 주지 않는지 이해하려고 애썼다. 남들의 시선이 그를 고통스럽게 만들었다. 누군가를 보거나 누군가에게 보이는 것이 그에게 상처를 입혔다. 그의 왕국은 부재의 왕국이었다. 그리고 그것이 가장 큰 역설이었다. 그의 사업은 가시적인 것이었고, 귀에 들리는 것이었으며, 볼거리였다. 그는 그의 것이 아닌 것을 이용해, 그가 싫어하는 것을 이용해 살아왔던 것이다.

나는 한순간 무슨 일이 벌어졌는지 알 수 없었다. 몬로이는 공화국의 대통령을 모욕했고, 대통령은 의자에 앉아 있는 몬로이 앞에 할 말을 잃고 서 있었다. 대통령은 우리를 그곳까지 안내한 장교에게 명령했다.

"자네는 그만 물러가게, 대위."

* * *

예리고와의 우정이 일단 뒤로 물러나자 이중적인 움직임이 나를 앞으로 또 과거로 밀어붙였다.

앞으로라 함은 막스 몬로이의 사무실에 근무하는 직원들과의 일시적인 접촉이었다. 나는 베를린 거리에 있는 집에서 고립된 상태로 성장했고, 내 곁에는 엄격한 마리아 에힙시아카 외에 다른 사람이 없었으며, 학교 친구(에롤과 예리고) 외에 다른 친구가 없었기 때문에, 다른 젊은이들과의 접촉이 전혀 없었던 것은 아니었지만 극히 드물었다. 신중한 독자 여러분, 나는 잘 모르겠다. 내가 화자(친절한 독재자)의 권리를 이용해서 내 인생의 밝은 부분만 언급하고 학교에서, 직장에서, 거리에서 나와 마주쳤던 많은 사람들을 이 소설의 변방으로 내쫓아 버리지는 않았는지 말이다.

앞에서도 이야기했듯 나는 정해진 시기에 무언가에 이끌려 베를린 거리의 집에서 나와 프라가 거리의 아파트로, 산후안데아라곤의 교도소로, 세라다데치말포포카로, 막스 몬로이의 사무실로 옮겨 다녔다. 나는 막스 몬로이의 사무실에서 거의 이 년 가까이 근무해 왔으므로(비록 나는 아순타 호르단과 주로 상대했고, 또 그녀를 통해 내가 상상 속에서 유령과 같이 희미한 존재로 받아들인 막스 몬로이라는 사람을 상대했지만.) 내가 지금 여기서 얘기하는 것보다 조금 낮은 경지에서이기는 하지만 직장 동료들을 관찰하지 않을 수 없었고, 그들과 어울릴 수밖에 없었다.

여기서 한 가지 밝혀야 할 점이 있다. 나의 불면증과 염려, 수수께끼와 굴욕은 두 가지 극히 다른, 아니 서로 상반되는 차원에서 출구를 찾아냈다.

나는 한동안 직장 동료들과 어울려 지냈다. 예리고와 내가 온실 같은 환경에서 사육되었다는 사실을 독자 여러분은 기억해 주기 바란다. 나는 다른 사람들과의 접촉 없이 마리아 에힙시아카라는 여간수와 함께 베를린 거리의 집에 갇혀 살았고, 예리고는 프라가 거리의 다락방에 갇혀 살았다. 그것은 사전에 짜인 계획에 의해 이루어진 것이 아니라 자연스럽게 이루어진 일이었다. 이미 얘기했듯이, 예리고와 나는 학교에서 '철없는 아이들'(스포츠, 듣기 거북한 농담, 특히 가정의 법칙에 관심이 많은)로부터 떨어져 나와 우리 두 사람만 어울렸다. 그리고 예리고와 나는 지적인 궁금증을 나누며 필로파테르 신부의 지도 아래 이내 형제와 같은 친구가 되었다. 우리는 아이들 장난보다는 니체와 성 아우구스티누스를 더 좋아했고, 다른 선생들과의 접촉은 수업 시간에나 이루어졌다. 운동을 하기 전 음흉한 솔레르 신부가 우리의 복장을 점검할 때 은근슬쩍 이루어지기도 했지만.

에롤 에스파르사는 우리가 사귄 친구 중 유일하게 가족이 있는 친구였다. 하지만 에롤의 가족을 보면 차라리 가족이 없는 편이 나은 것 같았다. 가족과 함께하는 삶은, 에롤이 나사리오 씨와 에스트레야 부인과 함께하는 삶은 고아로 사는 게 얼마나 축복받은 삶인지를 증명하는 것 같았다. 고아로 사는 것이 비록 버림받은 삶이라고 해도, 잃어버린 부모를 만날 수 있다는 희망이 있고, 혹은 다시는 못 만날 것이라고 체념해 버리는 것도 가능했다.

언젠가 카스토로와 폴룩스와, 어느 여왕과 한 마리 백조 사이에 태어난 신화적인 인물들과 비교되었던 사람들 머리에 실제로 이런 생각들이 떠올랐는지 나는 모른다. 나는 몇 년 동안 예리고를 보지 못했고, 그가 어디서 살았는지, 무슨 일을 했는지 확실히 알 수 없었다. 프랑스에서 살았다는 그의 말은 어느 모로 보나 거짓이 분명했다. 그의 이야기 속에는 빛의 도시 파리가 존재하지 않았다. 파리에 대해서는 그저 문학 작품이나 영화를 언급할 뿐이었지만, 그에 반해 그가 하는 모든 행동은 미국에서 살았을 것이라고 짐작하게 만들었다. 예리고가 지녔던 베데커 여행 안내서는 겨우 미국에 도착했을 뿐 대서양을 건너지는 않았다. 나는 그렇게 결론을 내렸다. 하지만 그 점을 직접적으로 증명해 보려고 시도하지는 않았다. 앞에서도 얘기했듯이, 나는 예리고가 내게 개인적인 질문을 하지 못하도록 그에게 아무것도 물어보지 않았던 것이다.

한편 그동안 나는 많은 일을 경험했다. 루차 사파타와 독토레스 지역의 작은 집. 미겔 아파레시도와 산후안데아라곤의 교도소. 나는 그 모든 것이 그다지 흔치 않은 경험이라는 것을 알 수 있었다. 루차는 엉뚱하고 연약한 여자였고, 교도소에 갇힌 미겔과 다른 죄수들은 한마디로 말해 중심에서 벗어난 변두리 인생들이었다. 그래서 나는 결심했다. 나는 산타페 지역에 위치한 바스코데키로가 광장의 건물, 막스 몬로이 제국의 본거지에서 이 층에서 저 층으로, 이 사무실에서 저 사무실로 부지런히 옮겨 다니며 사람들을 만나 보았다. '다른 사람들'이란 도대체 어떤 사람들일까?

그들을 분류하기란 어려운 일이다. 건축가들은 예외였다. 그들은 대체적으로 재산이 많거나 유명한 가문 출신이었다. 어정쩡하게 봉건적인 19세기적 전통 가문의 자손들은 건축가의 길을 선택했다. 혁명에 의해 사라진 그 가문들은 잃어버린 지위를 회복하기 위해 자식들과 손자들이 '점잖은 사람들을 위한' 직업, 즉 건축가가 되기를 희망했다. 해변, 시골, 도시에 있는 신흥 부자들의 집은 전통 부자들(혹은 신흥 거지들)의 자손인 건축가들의 작품이었다. 막스 몬로이의 사무실에서 근무하는 사람들도 예외가 아니었다. 그들은 단골 재단사들이 우아하게 만들어 준 양복으로 치장했고, 흰색을 별로 찾아볼 수 없는 그들의 와이셔츠는 티 하나 없이 깔끔했고, 그들의 넥타이에는 외국 상표가 붙어 있었고, 그들의 구두는 이탈리아 모카신이었고, 그들의 헤어스타일은 고급 미용실에서 다듬은 것이었다.

그들은 예외였다. 회사의 변호사들, 회계사들, 여비서들은 다른 변호사들, 회계사들, 여비서들의 자식이었다. 하지만 그 다양성이 나를 매료했다. 나는 그들에 대해 알고 싶어서 그들에게 자주 접근했고, 우리 사회의 한구석에서 그렇게 빨리 승승장구할 수 있다는 사실에 감탄하지 않을 수 없었다. 나는 한 마리 땅벌처럼 커피를 마시며, 부탁을 하며, 정보를 수집하며, 유토피아 건물이라는 벌집 안을 싸돌아다녔고, 구멍가게 주인의 아들을, 구두 수선공의 아들을, 기계공의 아들을, 치과 의사의 아들을, 재봉사의 딸을, 안내양의 딸을, 미용실 직원의 딸을, 그리고 또 시어스 사 직원의 자식들을, 하급 관리의 자식들을, 행상인의 자식들을 알게 되었다. 멕시코의 포드와 폭스바겐의 자식들, 과나후아토 부자들의 자식들, 밀레니엄 페리수르의 자식들, 여행사와 병원의 자식들, 니바다 시계, 구찌 구두, 애로우 와이셔츠, 페라가모 넥타이로 무장한 사람들, 매달 삼천 페소 분할로 구입한 도요타 자동차를 몰고 다니는 사람들, 오디세이 미니밴을 타고 가족과 함께 휴가를 떠나는 사람들, 스코티아뱅크 카드를 이용하는 사람들, 유럽에서 수입한 물건으로 파티를 여는 사람들. 각양각색의 남녀였다. 키가 크거나 작은 사람, 뚱뚱하거나 마른 사람, 피부가 희거나 까무잡잡한 사람, 검붉거나 밤색인 사람. 스물다섯 살 미만이거나 쉰 살 이상인 사람은 아무도 없었다. 젊고 세련되고 깨끗하고 국가 자본주의(때로는 신식민지 자본주의, 때로는 글로벌 자본주의)의 사회생활에 안주한 사람들. 대체적으로 행동거지가 올바른 사람들. 속이 비치는 스타킹과 굽이 높은 구두 차림으로 껌을 짝짝 씹어 대며 천박한 모습을 보이는 아가씨들도 있기는 했다.(결코 내 마음에 들지 않았던 엔세나다 데 엔세나다 데 엔세나다와 같은 아가씨들.) 하지만 거의 대부분의 아가씨들은 전문가답게 처신했고, 맞춤 정장을 입었고, 머리 모양이 단정했다. 마치 회사의 안방마님 아순타 호르단을 모델로 삼은 것 같았다. 그들은 대체적으로 예의가 바르고, 말투가 점잖았으며, 선천적인 친절함에 푹 젖어 있는 것 같았다. 간혹 남자들 사이에서 멕시코 사나이들의 우정을 증명하는 육두문자가 오가긴 했지만.(동성애를 의심할 수 있는 표현은 없었다. 특히 남자들 사이의 인사가 서로 껴안는 것인 이 나라에서는 그 점이 중요했다. 미국인이라면 이상하게 생각할 것이고, 영국인이라면 혐오스러워할 것이다.)

나는 유토피아 건물 내에서 내게 출입이 허용된 열두 개 층을 돌아다니며 신중에 신중을 기했다. 붙임성 있게 굴었고, 버릇없이 행동하지 않았고, 누구도 속이려 들지 않았고, 약점을 잡지도 않았고, 교활한 눈짓을 보내지도 않았다. 그에 반해 아순타의 경멸 때문에 상처받은 나의 감상적인 영혼은 가장 저열한, 가장 형편없는 보상을 바랐다. 그것은 바로 어린 시절의 사창굴로 돌아가는 것이었다. 하지만 이번에는 오로지 나를 궁지로 몰기 위한, 귀까지 진흙탕에 빠뜨리기 위한 작전이었다. 그래서 나는 과거로, 헤타라의 집으로, 어린 시절에 예리고가 나를 처음으로 데려간 곳으로, 엉덩이에 벌을 문신한 여자, 어느 날 갑자기 에스파르사 씨의 두 번째 부인이 되어 나타난 여자, 나중에는 막시 바타야라는 깡패의 애인이자 공범으로 변한 여자, 감옥에 갇혔다가 달아난 여자, 바로 그 여자와 내가 몸을 섞었던 곳으로 갔다. 그녀와 마리아치는 지금 어디쯤 있을까? 또 무엇으로 우리를 다시 놀래 주려고 준비하는 걸까?

막스 몬로이와 그의 회사에 대한 나의 찬사는 마지막을 위해 남겨 두었다. 내 모든 죄를 씻고 존엄한 빛을 받으며 여러분 앞에 다시 나타나기 위해 이런 말을 하는 것이다. 머리 좋은 무수한 멕시코 젊은이들이 장학금을 받고 외국 대학에서 실력을 갈고닦았다. 그들은 학문의 중심지로, 즉 하버드, MIT, 옥스퍼드, 케임브리지, 소르본, 칼테크로 달려간다. 그들은 경이로운 과학적 학문으로 무장한다. 그러나 그들은 멕시코로 돌아와도 직업을 구하지 못한다. 거대한 공기업은 기술을 수입한다. 기술을 자체 개발하지 않는다. 유럽과 미국에서 공부한 젊은이들은 직업을 구하지 못해 외국으로 돌아간다.

외국에서 과학과 수학을 공부한 젊은이들을 멕시코에 붙잡아 둘 수 있었던 것은 모두 막스 몬로이 덕분이었다. 내가 그의 회사에서 보고 행한 것을 최대한 완벽하게 표현하자면 그렇게 말할 수 있다. 몬로이는 한 가지 사실을 깨달았다. 우리가 기술과 학문을 자체 개발하지 않으면 결코 문명의 꼬리에 달린 화물칸에서 벗어날 수 없다. 그래서 그는 옥스퍼드 출신인 살바도르 베네가스와 케임브리지 출신인 호세 베르나르도 로사스를 기술과학팀 팀장으로 임명했고, 런던 경제 대학에서 공부한 로드리고 아길라르를 기술을 취합하고 적용하고 개발하기 위해 설립한 팀의 팀장으로 임명했다.

회사의 팀은 하나의 기준에 따라 움직였다. 혁신보다는 연구에 중점을 두라. 베네가스와 로사스와 아길라르는 막스 플랑크의 양자역학에 기반을 두고 계산과 통신의 비약적인 발전을 추진했다. 모든 사물의 단위는 에너지라고 불린다. 에너지의 증거가 바로 빛이다. 빛은 불연속량으로 방출된다. 이 이론(과학은 확인되지 않은 혹은 사실에 의해 부정된 가정이다. 문학은 아무것도 증명할 필요 없이 확인할 수 있는 사실이다. 나는 그렇게 생각한다.)을 바탕으로 젊은 과학자들은 생각을 실행에 옮겼다. 그들이 텍스트를 즉시 말로 바꿀 수 있는 휴대용 심퓨터를 완성했기 때문에 멕시코의 시골에 사는 문맹자들도 정보에 접근할 수 있었다. 오르테가 이 가세트가 안달루시아 지방의 농민과 대화를 나눌 때 외쳤던 그 말, "이 문맹자는 얼마나 박식한 사람인가!"라는 말이 실현될 수 있었다. 그들은 경제적인 선두와 후미 사이의 거리를 없애 버렸던 것이다. 엘리트에 의해 독점된 알 권리를 공격했다. 좀 덜 심각한 관료들의 복지부동. 좀 덜 반사회적인 자본주의. 좀 더 공동체적인 조직. 경제적인 공간, 대중의 의지, 정치적 견해의 차이를 좁히는 것. 농업 분야에 기술을 도입하는 것. 가난한 사람들에게 무기를 제공하는 것. 그래서 훌리에타 캄포스의 『가난한 사람들을 위해 무엇을 해야 하는가?』라는 책은 유토피아 건물에서 일하는 지성인들에게 복음서와 같은 역할을 했다.

"우리에게 떨어진 지상명령은 무엇인가?" 아길라르는 자신에게 물었다. "시민들이 자발적으로 일어나게 만드는 것이다."

"지역 자치 단체. 지역의 문제는 지역에서 해결한다." 로사스가 덧붙였다.

"도시 대학생들과 내륙 지방 대학생들의 협력." 아길라르가 말을 이었다.

"우리의 국가적인 병폐였던 일가친척 중용, 세습주의, 정실 정치를 끝장내야 해." 베네가스가 덧붙였다.

피부가 까무잡잡하고, 집중력이 강하고, 고지식하고, 영리한 젊은 과학자가 결론을 내렸다. "지방의 자치권과 함께 질서 정연한 성장 모델을 개발하면 좋을 텐데. 두 개로 분열된 멕시코 사이의 거리를 더 벌릴 수도 있어. 성장하는 계층은 부자가 되고 다양해질 수 있어. 그러나 뒤로 처지는 계층은 수 세기 전부터 이어져 온 상태로 그냥 머물게 될 거야. 때로는 포기하고, 때로는 항거하고, 언제나 환멸에 찬 상태로……."

나는 바스코데키로가 광장 옆으로 넓게 퍼져 나간 건물들을 바라보았다. 그 건물들 역시 막스 몬로이의 권력을 보여 주었다. 수평으로 퍼진 벌집. 실험실, 공장, 작업장, 병원, 차고, 사무실, 지하 주차장.

나는 다시 한 번 생각해 보았다. 바스코 데 키로가는 1532년 새로운 스페인, 즉 이곳에 토마스 모어의 유토피아를 건설했다. 인디오들, 즉 고아와 병자와 노인들을 위한 보금자리를 만들어 주기 위해서였다. 그런데 세월이 흐르면서 이곳은 화약 공장, 시에서 운영하는 쓰레기 처리장을 거쳐 이제 산업을 위한 현대적인 유토피아로 변한 것이다. 길고 높고 눈부신 막스 몬로이의 제국. 이곳이 지진을 견뎌 낼 수 있을까? 주변에 늘어선 화산들이 이곳을 위협하면서도 그와 동시에 보호해 주는 듯싶었다.

독자 여러분은 내가 이야기를 질질 끌어도 용서해 주기 바란다. 내가 그런 사람들과 일에 대해 이야기를 늘어놓으며 시간을 끄는 이유는 앞으로 할 이야기와 대조되는(긍정적으로?) 어떤 것이 우리에게(여러분과 나에게) 필요하기 때문이다. 그로부터 몇 달 후에, 바스코데키로가 광장의 작은 직장 공동체에서 일 년 몇 개월 동안 잘 지낸 뒤에, 자발적으로 사건에 뛰어든 인물들의 드라마, 거짓으로 점철된 애정, 자갈밭이 앞으로 펼쳐지기 때문이다.

그 이야기는 이제 곧 들을 수 있을 것이다.

* * *

나는 막스 몬로이가 로스피노스스의 대통령 집무실에서 발렌틴 페드로 카레라 대통령과 만나는 장면에서 이야기를 중단하고 싶었다. 서술에 있어서의 '서스펜스'를 위한 것은 아니었다. 다만 호세 고로스티사가 '표피의 자리'라고 명명한 위치에 나를 세워 두고 싶었기 때문이다. "나로 가득 찬, 내 표피에서 내 목을 조르는 붙잡을 수 없는 신에 의해 포위된 그런 자리……."

그러나 어쨌든 내 목을 졸라 댔던 신은 바로 나 자신이었다. 아무튼 나는 두 신성한 존재가 대결을 벌이는 자리에 함께 있었다. 국내 정치판의 최고 우두머리와 대기업을 운영하는 신격을 갖춘 시민. 막스 몬로이가 어떤 식으로 대통령 집무실까지 왔는지, 그가 어떤 식으로 한 나라의 수반에게 서 있으라고 명령했는지, 그리고 그가 어떤 식으로 단단한 의자를 골라 그 의자보다 더욱더 단단한 표정으로 앉았는지는 이미 설명했다. 그리고 대통령이 어떤 표정으로 서 있었는지, 또 어떤 표정으로 부관에게 물러가라고 명령했는지도 우리는 안다.

"자리에 앉으시지요." 카레라가 몬로이에게 말했다.

“나는 앉지만 당신은 아닙니다.” 몬로이가 대꾸했다.

“실례지만?”

“실례는 필요 없소.”

“실례지만?”

“내 말을 잘 들으시오. 그 자리에 서 있으란 말입니다.”

“무슨 말씀이신지?”

“당신은 서 있으란 말입니다, 대통령 각하.”

나는 그 이유를 알 수 없었다. 오래전에 빚이라도 졌단 말인가? 그래서 오래전에 충성을 맹세했단 말인가? 나이 차이가 심해서? 서로 다른 분야에서 권력을 휘두르고 있어서? 고백할 수 없는 콤플렉스 때문에? 나는 그 이유를 도저히 알 수 없었다. 공화국 대통령은 막스 몬로이의 명령에 따라 앉아 있는 막스 몬로이 앞에 그대로 서 있었다. 그리고 다른 사람들(아순타, 예리고, 그리고 나)은 몬로이가 공화국 대통령을 상대하는 동안 그대로 서 있었다.

“용건으로 곧바로 들어가는 게 더 좋을 것 같소만, 대통령 각하…….”

“물론입니다, 몬로이. 나는 이미 용무를 보았습니다.” 카레라가 그 특유의 농담을 던졌다.

“바닥으로 쓰러지지 않기를 바랍니다.”

“쓰러져도 당신의 발치에…….”

“나는 숙녀가 아닙니다, 대통령. 그렇다고 신사도 아닙니다.”

“그렇다면?”

“경쟁자입니다.”

“사랑의?” 카레라가 비꼬는 투로, 비록 아순타를 쳐다보지는 않았지만, 복수를 하듯 말했다. 그동안 예리고와 나는 서로 눈짓을 교환했다. 나는 이 장면에서 내가 어떤 역할을 맡아야 할지 알 수 없었다. 나는 내 생각에 빠져 냉소적인 표정(반박하려는 표정은 아니었다.)을 지었고, 예리고는 자기 나름대로 생각에 잠겨 있었다.

우리 두 사람은 증인이었다. 이 장면에서, 그리고 우리들 자신의 삶에 있어서.

"아십니까, 대통령? 소에서 말로 넘어가는 데 수 세기가 필요했습니다. 말에서 굴레를 벗겨 주는 데, 말을 질식시키려고 가슴에 묶어 둔 끈을 풀어 주는 데 또 그만큼 긴 세월이 필요했습니다."

몬로이가 입맛을 다셨던가? 그가 눈을 감았던가?

"기원전 마지막 밀레니엄 초기에, 기원전 구백 년 경에 마구가 발명되었고, 그래서 그 짐승을 고통에서 해방해 주었고 힘을 배가해 주었습니다."

"그래서요?" 넋이 나간 대통령이, 혹은 신중함이라는 가면을 쓰고 일부러 넋이 나간 척 연기를 하는 대통령이 끼어들었다.

"우리는 지금 중대한 시점에 놓여 있습니다. 소와 함께 남느냐, 소를 말로 바꾸느냐. 그리고 또 즉시 결정해야 합니다. 말의 가슴에 끈을 묶어 고통을 주느냐, 아니면 마구를 만들어 말을 해방하느냐."

"그래서요?"

"멕시코의 정치 엘리트들이 항상 생각해 왔던 것처럼 당신도 생각해야 합니다. 재능은 결국 무게로 재게 되어 있습니다. 부자는 부자다, 그 이유는 그들이 훌륭하기 때문이다, 가난한 사람은 가난하다, 그 이유는 그들이 못났기 때문이다 같은 결론을 내려야 합니다."

"부자는 바로 당신이지요, 몬로이." 대통령이 깔깔거리며 웃었다.

"나는 옛날 부자입니다." 몬로이가 대통령의 말을 가로챘다. "당신은 신흥 부자입니다, 대통령."

"당신 가족도 처음에는 그랬지요." 카레라가 방어에 나섰다.

"나에 관한 책을 자세히 읽어 보시오. 나는 처음부터 상류층에 있었지만 상류층에서 시작하는 것을 거부했습니다. 나는 위에 있었지만 밑에서부터 시작했습니다. 아시겠소?"

"노력해 보지요, 막스 씨."

"내 말은 재능이란 은행에 쌓인 돈으로 측정되지 않는다는 겁니다."

"그래서요?"

"내가 말했잖소, 소에서 말로, 굴레를 짊어진 말에서 해방된 준마로."

"좀 더 구체적으로 설명해 주시지요. 부탁합니다."

"당신은 축제를 원하는데, 그건 우리가 소의 시대를 계속 살아가기를 원하기 때문이야, 우릴 소처럼 취급하니까, 발렌틴 페드로. 당신은 거국적인 축제를 통해 국민들이 불만을 터뜨리지 못하게 하려고 해. 게다가 더욱더 잘못된 것은 당신은 우리에게 행복을 안겨 준다고 믿는다는 거야. 정말로 그렇게 믿는 거요? 진짜로?"

막스 몬로이의 싸늘한 시선이 레이저 광선처럼 카레라에게서 예리고에게로 넘어갔다. 예리고는 대사업가를 계속해서 주시했다. 그러나 시선을 떨어뜨렸다. 우리를 노려보는 호랑이를 어떻게 감히 마주 볼 수 있단 말인가?

"우리 모두가 사회의 불안에 대해 책임을 져야 합니다." 카레라가 위험을 무릅쓰고 말했다. "하지만 우리의 해결책은 서로 상반되는군요. 몬로이, 당신의 해결책은 무엇입니까?"

"국민들과 소통하는 거요."

"아주 시적인 방법이로군요." 대통령이 마치 도전이라도 하듯 테이블 끝에 몸을 기대며 미소 지었다.

"당신이 내 말을 이해하지 못한다면, 그건 당신이 바보일 뿐만 아니라 사악하다는 것을 증명하는 거요. 당신의 해결책, 즉 즐거움을 안겨 주는 것이 곧 통치라는 생각은 복지를 지연시키고 가난을 지속시키는 것과 같소. 멕시코의 저주는 천만, 이천만, 육천만, 일억의 인구 중에서 절반이나 되는 사람들이 평생 가난에서 벗어나지 못한다는 사실이오."

"도대체 뭘 원하는 겁니까? 우리는 토끼들입니다." 카레라는 계속해서 엇나가기만 했다. 끊임없이 빈정대면 막스 몬로이의 말을 제지할 수 있다고 생각한 모양이었다. "그럼 콘돔을 나누어 주자는 겁니까?"

"그게 아닙니다, 대통령. 우리는 겨우 반세기 전에야 농업 국가에서 벗어날 수 있었소. 우리는 마치 우리가 미국이나 유럽 혹은 일본과 경쟁할 수 있다는 듯이 시간을 허비해 가며 산업화를 서둘렀소. 우리는 기술혁명에서 뒤처졌지. 내가 여기서 지금, 삶의 끝자락에서 당신에게 강력하게 주장하는 이유는, 우리가 그 잔치에 늦게 도착하기를 바라지 않기 때문에, 파장 시간에 도착하지를 바라지 않기 때문에, 혹은 다 끝난 다음에……."

대통령이 빈정거리며 한숨을 토해 냈다. “참으로 답답한 말씀만 하시는군요……. 우리 국민은 오락거리를 원한단 말입니다, 존경하는 막스!”

“그게 아니오.” 몬로이가 강력하게 주장했다. “정보를 제공해야 한다고 말하는 거요. 당신은 국민들에게 오락거리를 제공해서 그들을 잠들게 하기 위해 범국가적인 축제, 투우 놀이, 닭싸움, 마리아치, 색종이, 애드벌룬, 노점상 등을 선택했소. 나는 국민들을 해방하기 위해 정보를 선택했소. 이 얘길 하고 싶어 이곳에 온 거요. 내 의도는 멕시코 국민 모두에게 작은 기계를 하나씩 나눠 주는 거요. 손바닥만 한 작은 기계, 그 기계가 국민들을 교육시키고, 길을 잡아 주고, 다른 국민들과 소통하게 하고, 문제점을 발견하고 해결할 수 있도록 도와줄 것이오. 스스로 혹은 누군가의 도움을 받아 결국에는 해결하게 만들 것이오. 효율적으로 씨를 뿌리는 방법. 효율적으로 추수하는 방법. 필요한 장비. 도움을 줄 친구들. 돈이 얼마나 필요한지. 어디서 돈을 구하는지. 시장이 어디인지. 농부들. 인디오들. 노동자, 사무원, 직장인, 관리, 기술자, 전문가, 경영자, 교수, 학생, 언론인, 나는 이 모든 사람들이 서로 소통하기를 원하오, 대통령 각하. 자신의 이익이 무엇인지, 어떤 것이 다른 사람들의 이익과 일치하는지, 자신의 이익과 사회 전체의 이익을 위해 어떻게 행동해야 하는지 모두가 알기를 바라오. 당신이 제공하는 그 어처구니없는 축제에 영원히 발목 잡히지 않고 말이지. 당신의 그 어처구니없는 거짓말에 속지 않고.”

나는 몬로이가 숨을 쉬었다고 믿는다. 물론 나는 숨을 쉬었다.

“그런 점을 알려 주기 위해 여기 온 거요. 그래서 내가 직접 찾아온 거요. 내가 무슨 일을 하는지 제삼자를 통해, 신문기자들을 통해, 의도적으로 조작된 험담을 통해 당신이 알기를 바라지 않소. 당신과 직접 대면하기 위해 이렇게 온 거요, 대통령. 당신이 더 이상 진실을 외면할 수 없도록. 우리는 상대방의 이익뿐만 아니라 상대방의 실천도 존중해야 하오. 당신에게는 당신만의 방법이 있고, 내게는 나만의 방법이 있소. 나는 안다오. 점점 더 많은 멕시코 국민들이 그 기계를 손에 넣고 있소. 그 기계는 그들을 보호하고, 정치 엘리트의 이익이 아닌 그들 자신의 이익을 위해 그들로 하여금 자유롭게 행동하도록 유도하고……."

"경제 엘리트도 있지요." 발렌틴 페드로 카레라가 빈정이 상한 듯 느물거렸다.

"변화에 적응하지 못하면 그 어떤 엘리트도 살아남을 수 없소, 대통령 각하. 미라 왕국의 우두머리가 되어서는 안 되오."

팔순 노인은 도전적인 표정으로 아순타가 내민 손을 무시하고 의자에서 일어났다. 그리고 카레라에게 고개를 숙인 다음 문으로 걸어갔다. 카레라는 노인을 아니꼽다는 듯 쳐다보았지만 몬로이는 이미 대통령에게 등을 돌렸기 때문에 그런 사실을 알지 못했다.

* * *

솔직히 인정한다. 아순타의 불신(그녀의 공평무사, 사랑에 대한 불신)은 그녀의 무관심(그녀는 나를 원하지도 그렇다고 거부하지도 않았다.)보다 더 참기 어려웠다. 내가 지금까지 이야기한 모든 것에도 불구하고, 그녀와 나의 관계는 차갑고 직업적인 관계로 돌아갔다. 얼어붙기만 할 뿐 넘치지 않는 강과 같았다. 두터운 얼음장 밑으로 물이 흐르고 있었던가? 아순타가 막스 몬로이를 기쁘게 해 준 천박한 사랑의 밀어를 나는 들었다. 그래서 나는 결코 그 '멜로디'를 들을 수 없다는 사실을 깨달았고, 만일 그 멜로디를 들었다면 내 멍청하고 낭만적인 환상을 영원히 빼앗기고 말았을 것이라고 생각했다. 아순타는 '감상적인 이유'로는 결코 내 것이 될 수 없었다. 예리고가 면도할 때 무심결에 흥얼거렸던 옛날 폭스트로트 가사와 유사했다. 포 센티멘털 리즌…….(For sentimental reason…….)

아순타와의 사랑을 제외하면, 막스의 침대에서 증명된 그녀의 성적인 천박함을 제외하면, 내 영혼은 치명상을 입은 불만으로 가득 찼다. 나는 내가 무엇을 원했는지 알 수 있었고, 그때 내가 무엇을 원했어야 했는지도 알 수 있었다. 그리고 그 둘은 내 환상을 여지없이 깨뜨려 버렸다. 엘비라도, 루차도, 아순타도 잃어버린 사랑을 내게 보상해 주지 못했고, 어느 정도 지속적인 사랑으로 나를 데려다 주지도 않았다. 우리는 우리 자신을 난봉꾼이라고 여기기 때문에 단 한 명의 여자와 지속적이고 풍성한 관계를 바랄 수 없단 말인가? 돈 조반니는 무엇을 진정으로 바랐더란 말인가? 지조 있는 여자, 부드러운 외투, 장시간의 평화가 아니었단 말인가?

내가 아순타 호르단을 그런 여자로 생각했다면, 그건 바로 내가 얼마나 순진한 놈이었는지를 증명하는 것이다. 나도 안다. 내 속에는 천진한 구석이 많이 있었고, 볼테르 책의 부제가 말해 주듯 나는 '낙천주의자'였다. 나는 나 자신의 거대한 희망을 잃어버린 환상의 경험과 비교하여 평가해야 한다.

우리는 무엇 때문에 사랑의 환상을 잃어버리면 매음굴을 찾아가 육체적인 보상을 구한단 말인가? 나는 이미 앞에서 저 유명한 헤타라의 집을 찾아가 성적 쾌락으로 깊이 빠져들었다고 증언했다. 예리고와 나는 그곳에서 엉덩이에 벌을 문신한 창녀를 함께 나누어 가졌고, 그 창녀는 결국 나사리오 에스파르사 씨의 미망인이자 에롤의 새엄마가 되었고, 그 후에는 마리아치 막시가 이끄는 범죄 집단의 우두머리가 되었다. 평화를 사랑하는 독자 여러분은 충분히 상상할 수 있을 것이다. 지나치게 구체적인 사악한 유령들과의 부대낌은 나를 두랑고 거리에 있는 사창굴로 다시 데려갔다. 나는 성경에 있는 명령에 따라 그 땅을 탐험했을 뿐만 아니라 육체도 탐험했다. 나는 아무것도 요구하지 않고 모든 것을 제공하는 성적인 자비가 넘치는 그 집 지붕 아래서 내 비겁함과 심장의 떨림을 극복했다.

나는 천사의 얼굴에, 꿀이 흐르는 가슴에, 따뜻한 입맞춤에, 뜨거운 아날 섹스를 하는 라 베보타입니다, 나는 피미아입니다, 나는 작은 침대에서 마사지를 하죠, 나는 귀엽고 준비가 되었답니다, 키스로 당신을 잡아먹을 거예요, 내게는 화려한 꼬리가 달렸어요, 나는 황후입니다, 무엇이든 할 수 있어요, 후회하지 않을 겁니다, 제일 좋은 꼬리, 무엇을 원하시는지 말씀만 하세요, 풍선 없는 오럴 섹스, VIP 수준, 나는 라 촐리랍니다, 섹시하고 깜찍한 인형, 지옥의 언덕, 목구멍이 깊은 전도사, 나는 여왕이랍니다, 당신의 에너지를 높여 드리죠, 나는 뜨겁고 지배하기를 좋아하죠, 나와 함께라면 뭐든지 가능하죠, 나는 충동적이랍니다, 용기를 내서 나를 가지세요, 주저하지 마세요, 잘해 줄게요, 두려움을 버리고 긴장을 푸세요, 나는 레스비아랍니다, 항상 젖어 있고 준비가 되었답니다, 더 이상 찾지 마세요, 귀여운 여자랍니다, 침대에서는 못 하는 짓이 없어요, 나는 에메리타입니다, 훈장과 함께 돌아왔지요, 내 섹스로 모든 것을 얻을 수 있지요, 환상, 내 가슴속에 파고들어 한없이 즐기세요, 나는 파리아랍니다, 뭐든 요구만 하세요, 나는 머리를 잃어버렸기 때문에 입에 입맞춤을 할 수 없어요, 나는 말라비다입니다, 완전한 여신, 나는 역할을 바꿉니다, 이중으로 삽입할 수 있죠, 나는 올라야입니다, 금발 인형입니다, 몸이 뜨겁고 다양한 오르가슴을 느낄 수 있죠, 꼬리로 뭐든 가능합니다, 나는 판초 비야입니다, 내 권총으로, 선인장 사이에서의 사랑, 지고의 쾌락을 약속합니다, 나를 총살해 주세요, 내 사랑, 나는 루시아나입니다, 진짜 풋내기입니다, 유니폼을 좋아하죠, 벌써부터 당신이 그립습니다, 내 사랑, 나는 니논입니다, 수도에는 처음 왔습니다, 멈춘 꼬리, 음탕합니다, 당신에게 빠졌어요, 나는 코바동가입니다, 능력이 있다면 내 처녀성을 돌려주세요, 나는 끈기 있는 남자만 인정합니다, 당신도 그런 남자인가요?

내가 그런 남자였던가?

눈을 감고 아순타를 볼 수 있었던가?

눈을 뜨고 그녀의 부재를 느낄 수 있었던가?

판초 비야가 내게 일깨워 주었다.

"여기 있는 모든 여자는 리오데라플라타에서 왔어요. 아르헨티나는 모든 인종을 수출하죠. 오직 나만 이곳 출신이에요. 한번 확인해 보세요. 아아! 섹스가 우리를 따라다니며 길을 비켜주지 않아요."

4부
카인과 아벨

멕시코시티에서 점심 식사(comida)는 중요한 의식이다. 그러니까 날마다 치르는 의식이라고 할 수 있다. 스페인과 이스파노아메리카에서는 '알무에르소(almuerzo)'라고 부른다. 동사는 '알모르사르(almorzar)'이다. 멕시코에서는 '코메르(comer)'라는 동사를 쓴다. 멕시코에서는 선조 때부터 내려오는 표현을 쓰는 것이다. 가난한 살림을 꾸려 가는 와중에도 다양한 먹을거리에 길들여지지 않았다면 우리는 식인종이 되었을 것이다. 가난한 사람들의 점심 식사, 멕시코의 식탁은 가장 형편없는 식재료들을 이국적이고 사치스러운 요리로 둔갑시켰다.

구더기와 생선 알을 이용해 진수성찬을 만들어 내는 것만큼 놀라운 일은 없을 것이다. 그래서 그날 오후(멕시코 사람들이 선호하는 점심 식사는 오후 2시 30분 전에는 시작되지 않고 오후 6시 전에는 끝나지 않는다. 그리고 때로는 저녁 식사와 카바레까지 연장된다.) 나는 헤노바와 니사 사이에 있는 론드레스(런던) 거리에 위치한 그 유명한 벨링하우젠 레스토랑에서 내 옛 스승 안토니오 상히네스와 함께 테이블을 하나 차지하고 앉아 아구아카테 샐러드를 바른 따끈한 토르티야에 용설란 구더기를 싸 먹으며 과히요 고추 소스 우아손틀레 요리가 나오기를 기다리고 있었다.

나는 그날 오후 3시에 먹은 점심 식사 자리를 마제스틱 호텔 꼭대기 층의 탁 트인 테라스에서 열린 야회와 비교해 보려고 했다.(서로가 보완적이기 때문이다.) 그 테라스에서는 소칼로 광장, 즉 헌법 광장이 내려다보였는데, 전통적인 술통 마개로도 데킬라와 럼주의 시큼한 냄새를 막아 주지 못했으며, 예리고의 존재마저도 광장의 웅장함을 압도하지 못했다.

안토니오 상히네스는 정시에 벨링하우젠에 도착했다. 나는 그를 맞이하기 위해 자리에서 일어났다. 나는 그보다 더 정확한 시간에 도착하려고 노력했다. 이 나라에서는 피엠(p.m.)이 '멕시코의 정확성(puntualidad mexicana)'을 의미하며, 시간을 정확하게 지키지 않는 것이 바람직한 일이고, 시간을 지키지 않는 사람이 존경받는다. 하지만 몇몇 사람들(상히네스나 대통령들은 시간을 지켰다. 상히네스는 좋은 교육을 받아서 그랬고, 대통령들은 총사령부가 '무력으로' 시간을 지킬 것을 요구했기 때문이었다.)은 항상 시간을 엄수했으므로, 나는 세 사람이 식사할 수 있는 테이블을 예약했다. 대통령 궁에서 이미 예리고를 식사에 초대했으므로 그가 우리와 합류하리라고 예상했기 때문이었다. 연말 파티가 다가오고 있었고, 그 시기에 나는 형식적이고 상투적인 우정을 내세워 스승과 두 제자가 한자리에 모여 파티를 열 수 있기를 바랐던 것이다.

로스피노스에서 카레라 대통령과 내 상관들인 막스 몬로이와 아순타 호르단이 팽팽한 긴장감 속에 만난 이후로 나는 예리고를 보지 못했다. 내가 앞에서 얘기한 밤으로의 긴 여로 이후에 예리고를 만나는 것은 그때가 처음이었다. 밤으로의 긴 여로는 나를 비참하게 만들었고, 급기야 나는 나 자신이 '엿보기 좋아하는 톰'처럼 느껴졌다. 엿보기 좋아하는 호색가, 성적으로 운이 없는 그런 놈처럼 느껴졌던 것이다. 노래 가사에 나오는 것과 같았다. "오직 한 번만." 결혼 첫날밤에 남편이 죽어 버린 과부들. 나는 아무런 표정도 없는 얼굴로 나타났다. 보지도, 듣지도, 말하지도 못하는 그런 빈틈없는 놈처럼 굴었다. 같은 날 밤에 나는 시내에 있는 마제스틱 호텔에서 예리고와 만나기로 약속했다. 내 마음은 점심 식사 시간 내내 그를 기다렸다. 해마다 산타클로스와 동방박사들의 품에 안겨 꿈꾸었던 가장 진심 어린 기억과 희망을 품고 나는 기다렸다. "아기 예수가 네게 마구간을 주었다." 로페스 벨라르데는 『부드러운 조국』에서 그렇게 썼다. 그리고 그 아이러니를 강조하기 위해 "악마는 석유의 샘을 선물했다."라고 덧붙였다. 독자 여러분에게 미리 말하지만, 나는 첫 번째 시구절을 마음에 품고 점심 식사에 도착했고, 두 번째 시구절은 밤 시간에 나타날 것으로 예상했다.

"예리고는요?" 나는 레스토랑에서 자리에 앉으며 천진난만하게 물었다.

"그 친구에 대해 말해 주지." 상히네스가 대답했다. 그는 잠시 침묵을 지키다가 음식을 주문하고 나서 활력을 되찾았다.

변호사는 며칠 동안 대통령 궁에서 예리고와 발렌틴 페드로 카레라와 만났다. 상히네스가 막스 몬로이의 행동에 대해 대통령에게 신중하게 처신하라고 충고하는 동안, 예리고는 막스 몬로이의 행위에 대해 보복해야 한다고 주장했다.

"나는 합의점을 찾고 있어. 대통령이 명령한 축제는 단 한 가지 목적에만 유용해."

"빵이 없는 서커스죠." 예리고가 끼어들었다.

내가 말을 계속했어. "정치는 여러 가지 요소의 조화야. 그 총합이지. 상대방의 아이디어 중에서 이로운 것을 이용하는 거야. 우리는 시간이 갈수록 의견이 다양해지는 나라에 살고 있어. 뭔가를 얻기 위해서는 작은 것을 양보해야 해. 협상의 기술은 합의에 도달하는 거야. 예의 때문이 아니라, 상대방의 정당한 이익을 인정해 주면서 말이지."

"그렇게 해서 얻을 수 있는 것은 정부의 정당성을 빼앗기는 것뿐입니다." 예리고가 우쭐대며 말했다.

"하지만 국가는 정당성을 얻을 수 있지." 상히네스가 검을 휘둘렀다. "자네가 대학에서 내 수업을 들었다면, 정부는 일시적이지만 국가는 영원하다는 사실을 알 수 있었을 텐데. 그게 차이점이지."

"그렇다면 국가를 바꾸어야 합니다." 예리고가 덧붙였다.

"왜?" 나는 순진한 척 그렇게 물었지.

"모든 것을 바꾸기 위해 말입니다." 예리고가 얼굴을 붉히더군.

"왜? 어떤 의미에서?" 나는 고집스럽게 묻고 늘어졌어.

예리고가 내게서 시선을 돌리더니 대통령을 바라보더군.

"문제는 정해진 시기에 어떤 세력이 활동하는지를 아는 거야. 선한 세력인지 아니면 악한 세력인지. 그 세력에 반대할 것이냐, 받아들일 것이냐, 소송을 제기할 것이냐를 결정해야 해.

당신은 그 세력이 무엇인지 아십니까, 대통령, 당신이 국민들에게 제시하는 오락거리와 운명의 바퀴로 국민들이 만족하리라고 보십니까?"

"생각해 보십시오. 나는 카레라에게 물었어." 상히네스가 말을 이었다. "당신이 제시한 약속이 얼마나 효력을 거둘 거라고 보십니까?"

"약속! 그놈의 약속!" 그날 밤 예리고는 우리가 마제스틱 호텔의 테라스 레스토랑에서 당구를 칠 때 그렇게 소리쳤다. "이제 실현 가능한 약속은 없어. 카레라 대통령은 소심한 인간이야. 번번이 기회를 낭비하는 경망스러운 인간이지……."

나는 싱긋 웃었다. "자네가 그를 돕고 있잖아, 친구. 자네의 그 유명한 대중들의 잔치로 말이야……."

예리고는 나를 허세나 부리는 사람처럼 쳐다보더니 잠시 후 깔깔대고 웃었다.

"그 이야기를 넌 믿는단 말이야?"

나는 대답했다. 나는 아니라고, 그런데 너는 그걸 믿는 것처럼 보인다고.

예리고는 테라스에 있는 식탁에 앉아 멕시코시티의 거대한 소칼로 광장을 향해 팔을 뻗었다.

"저 광장이 보이지?" 예리고가 폼을 잡으며 말했다.

나는 그렇다고 대답했다. 그가 말을 이었다. "저 광장은 여러모로 쓸모가 많아. 인간 제물을 바치는 것에서부터 군대의 행진에 이르기까지, 얼음이 얼면 스케이트장으로 쓰이고, 쿠데타가 일어나기도 해. 쓰임새가 아주 많은 광장이야. 어떤 광대라도 큰 소리로 외치기만 하면 저 광장을 사람들로 가득 채울 수 있어.

그게 문제야."

나는 고개를 끄덕일 뿐 입을 열고 물어보지는 않았다. 나는 눈빛으로 물었다. "그래서, 지금은?"

"지금은……." 예리고는 생전 처음 들어 보는 어투로 말했다. "지금은 네가 보기 싫어하는 것을 봐야 해, 여호수아. 주변 거리를 둘러봐. 코레히도라를 보란 말이야. 11월 20일의 거리를 돌아보란 말이야. 옆을 보란 말이야. 몬테데피에다드를 보란 말이야. 코레오마요르를 보란 말이야."

나는 그가 말하는 지명을 따라가려고 노력했다. 아니, 계속 보란 말이야, 딴 데 정신 팔지 말고. 뭐가 보여? 코레오마요르, 아카데미아, 헤수스마리아, 로레토, 레오나비카리오, 그 너머로 뭐가 보이지?

"항상 그렇지 뭐, 예리고. 네가 지적한 거리들."

"그럼 사람들은? 여호수아, 사람들은?"

"좋아, 통행인들, 보행자들……."

"그럼 차량들은, 여호수아, 차량들은?"

"좋아, 자신은 별로 없지만, 아주 드물어, 승용차는 별로 없고 버스가 많아……."

"그럼, 그 모든 것을 하나로 합쳐 봐, 여호수아. 소칼로 광장 주변 거리에 흩어져 있는 사람들을 다 모으고, 광장을 버스로 막고, 버스에서 무장한 경호원들이 내리게 해 봐. 그리고 경호원들과 나를 위해 일하는 사람들을 하나로 모아 봐. 여호수아, 내가 무슨 말을 하는지 알겠어? 나를 위해 광장의 네 귀퉁이에 서 있는 사람들, 권총, 못이 박힌 몽둥이, 수갑, 곤봉으로 무장한 사람들, 이 사람들을 버스에서 내린, 매그넘 권총과 우지 기관총과 카빈총으로 무장한 사람들과 함께 모아 봐. 몬테데피에다드와 아윤타미엔토, 그리고 이곳 호텔에 설치된 기관총들을 보란 말이야. 대성당의 종소리를 들어 보란 말이야. 무슨 소리 들리지 않아?"

나는 아니라고 대답했다. 예리고가 무슨 말을 하는지 알아내려고 애를 썼다. 그것은 내 원수를 기쁘게 해 주기 위해 노력하는 것이기도 했다.

"종소리는 들리지 않을 거야. 소리가 나지 않도록 추를 다 묶어 놓았거든."

"항상?" 나는 기를 쓰고 예리고의 이야기를 따라갔다.(어린아이를 쫓아가듯, 어느 미친놈을 쫓아가듯.)

"아니. 우리가 권력을 쥐면 그때 울릴 거야."

"우리? 사람들이 많은가 보지?" 나는 나무 막대기와 같은 표정으로 버스터 키톤에게 물었다. 나는 내 친구의 점점 더 격렬하게 타오르는 이야기 앞에서 불안한 모습을 보이지 않기 위해 노력했다.

"그래." 예리고가 흥분으로 달아올라 대답했다. "많지. 아주 많아. 너는? 너는 어때?" 예리고가 열을 내며 물었다.

"내가 뭐?"

"우리와 함께하는 거야, 아니면 우리에게 반대하는 거야?"

"나는 대통령에게 경고했어." 벨링하우젠에서 점심 식사를 할 때 상히네스가 내게 솔직하게 털어놓았다. "조심하는 것이 후회하는 것보다 훨씬 낫다고."

"누가 더 나은지 두고 보면 알겠지요, 안토니오. 몬로이와 나 둘 중에서 말이야." 대통령은 자랑하듯 그렇게 말했어.

"원수가 집 밖에 있다고 해서 그렇게 안심하면 안 됩니다."

"집 안에 원수가 있단 말인가?" 카레라가 눈썹을 찌푸렸어. "당신은 왜 그렇게 의심이 많은 거요? 걱정할 필요 없소, 이 친구야."

"그렇습니다." 나는 대통령을 똑바로 쳐다보았어. "하지만 그게 다가 아닙니다."

"더 안 좋은 일도 있단 말이오?" 카레라는 호시절 때처럼 위압적으로 나왔어.

"바깥에 있는 원수입니다. 막스 몬로이가 말한 불만 많은 사람들 말입니다, 대통령 각하."

"축제만으로는 그들을 달랠 수 없단 말이오?" 카레라가 다시 방정을 떨며 물었지.

"문제는 축제가 처음 의도와는 아주 다르게 변해 간다는 사실입니다."

"예를 들자면, 상히네스? 그렇게 뜸을 들이지 마시오."

"군대로 변하고 있습니다. 전투 세력으로 변하고 있습니다. 기존 질서를 위협하는 세력으로 변하고 있습니다."

"그럼 예리고는?"

"바로 그 친구가 그런 세력을 조직하고 있습니다."

"예리고가? 어디서? 어떻게?"

"바로 이곳에서요, 존경하는 발렌틴 페드로 카레라. 이 사무실에서 말입니다. 각하의 콧수염 바로 밑에서."

"누가 그런 말을 하던가요?"

"Cherchez la femme.(여자를 찾아 보시죠.)"

"내 앞에서 덜떨어진 프랑스어를 사용하지 마시오."

“몬로이가 아순타 호르단이라는 보좌관과 함께 왔더군요.”

“꽤나 훌륭한 할망구로군.” 카레라가 입술을 핥더군. “그 할망구 봉급을 올려 주도록 하시죠.”

“그 여자는 각하를 위해 일하지 않습니다.”

“아! 아무튼, 훌륭한 할망구야.”

“또 다른 선물도 가져왔습니다.”

“누굴 위해?”

“각하를 위한 선물입니다. 대통령 각하. 막스 몬로이와 아순타 호르단에게 대항할 수 있는 선물입니다. 젊은 친구입니다. 소르본을 졸업했고 신선한 아이디어로 넘치는 친구입니다.”

“프랑스인 천지로군. 울랄라!”

“우리는 도움이 필요합니다. 우리의 원수가 우리를 집 안에 처넣었습니다. 이제 집에는 살모사만 남았습니다. 각하는 귀뚜라미 신세로 전락할 수도 있습니다. 그러니 살모사를 조심해야 합니다.”

상히네스가 문으로 걸어갔다. 문을 열었다. 젊은 여자가 들어왔다. 신중하고, 사랑스럽고, 우아하고, 아름답고, 눈빛에 자신감이 넘치는 여자였다. 물결치는 머리카락, 단정한 맞춤 정장, 우아한 구두, 반짝이는 두 다리.

“대통령 각하, 새로운 보좌관을 소개합니다. 마리아 델 로사리오 갈반 양이라고 합니다.”

“어서 오시오, 마드무아젤.” 카레라는 계속해서 여자의 다리를 쳐다보며 고개를 숙여 여자의 손에 입을 맞추었다.

상히네스가 예리고에 대해 아는 것은 나도 알고 있었다. 나는 그것을 믿지 않으려고 노력했다. 누가 뭐라 해도 학교에 다닐 때부터 내 친구와 나를 연결해 주었던 우정을 굳게 믿었기 때문이다.

* * *

멕시코시티의 중심부는 그 나라와 똑같다. 도시의 표면은 이전의 표면을 가리는 데 이용될 뿐이고, 이전의 표면 역시 그 이전의 표면을 감추는 데 이용될 뿐이다. 이 나라는 열대의 해안으로부터 온화한 고지대로, 높은 계곡으로, 사막과 평원과 산악이 불균형하게 나뉜 지역으로 층층이 쌓여 올라갔고, 도시는 수직으로 잘라 봤을 때 특이한 단면을 보여 준다. 그것은 우리 시대의 변덕스러운 현대화에서부터 우리가 벨기에의 샤를로트(멕시코에서는 카를로타 황후로 불렸다.)에게서 물려받은 가로수 길과 다락방의 모방 작품에 이르기까지 다양하다. 게다가 화려한 식민지 시대의 바로크에서부터 테노치티틀란이라는 아스텍 도시의 폐허 위에 건설된 스페인의 도시까지도 엿볼 수 있다. 멕시코시티는 모든 사람이 아는 미스터리를 보호하기라도 하듯 다양한 방식으로 위장했다. 술집들, 카바레들, 사창굴들, 공원들, 가로수 길들, 고급 레스토랑들, 대중적인 숙박업소들, 교회들, 높은 담과 전기 울타리와 가시철조망으로 둘러싸인 대저택들, 지붕이 평평한 단층 건물들이 모인 넓은 동네들, 화장품 가게들, 식료품 가게들, 기계 공장들, 아기를 품에 안고 숄을 두른 여인네들, 구걸하는 아이들, 복권 상인들, 화려한 색상의 택시들, 장갑차 같은 검은색 트럭들, 끊임없이 건축과 재건축이 이루어지는 도시를 위해, 영원히 완성되지 않는 도시를 위해, 완성되지 않았기에 계속 존재할 수 있다는 듯한 도시를 위해 잡동사니와 벽돌과 시멘트 포대를 싣고 다니는 실용적인 버스들……. 거대한 찬장 같은 멕시코, 이곳에서는 첫 번째 접시가 언제나 마지막 접시다. 걸쭉한 수프, 묽은 수프, 병아리 고기, 고구마…….

예리고와 마제스틱 호텔의 테라스에서 만났을 때 그가 의미심장하게 강조한 거리들을 생각하며 나는 도시의 카오스를 하나하나 떠올려 보았다. 그때는 밤이었고 빛들이 허공을 아름답게 장식했다. 지금은 대낮이고, 나는 그 역사적인 중심지가 더 이상 내 눈앞에서 자신의 모습을 위장하기를 원하지 않는다. 나는 거리들을 확인해 보고 싶다. 코레오마요르, 아카데미아, 헤수스마리아와 코로나, 산티시마와 애국적인 삼중관처럼 보이는 종각, 산토도밍고 광장과 오래된 인디오 연못의 태반에 잠긴 사원, 이제는 영원히 사라져 버린 카누와 수로와 포장도로를 그리워하는 오래된 연못. 멕시코시티는 묻히지 않은, 물리칠 수 없는 그 자신의 유령이다.

용암과 대리석으로 만든 고상한 건물의 외관, 세공한 나무로 만든 현관문, 철창이 달린 창문, 꽃이 만발한 안마당이 있었다. 하지만 나는 아무것도 볼 수 없었다. 노점이 거리거리를 뒤덮었고, 이만여 명에 이르는 행상인들은 라디오, 옷가지, 모조 보석을 사라고 달려들었으며, 심지어 내 코앞에 텔레비전까지 바싹 들이대어 희끄무레한 표면에 내 모습이 비치게 했다. 나는 내 모습을 보며 놀라기도 했지만 한편으로는 담담했다. 이곳에서는 포츠테카 상인들 이만여 명이 장사를 했다. 통나무와 달리 다발로 자신들을 만든 신의 기다란 코에 인도받는 상인들. 그들은 내 삶의 다양한 변주곡들이었다. 내가 가질 수도 있었던 얼굴, 내 것이 될 수도 있었던 몸뚱이들, 내 입에서, 내 겨드랑이에서, 내 엉덩이에서, 내 발에서 날 수도 있었던 냄새들이 뒤섞여 있었다. 나를 밀어붙이고, 내게 물건을 사라고 조르고, 부드럽게 내 몸을 스치고, 무례하게 내 몸을 만지는 사람들의 냄새. 사람들은 이리저리 나를 밀어 댔다. 어디로? 나는 무엇을 찾고 있었던가? 예리고가 선동한 집단? 내 옛 친구는, 내 새로운 네메시스는 정말로 그렇게 믿었던가? 그 가공할 만한 범죄의 세계를 모두 움직일 수 있다고, 윙크만으로 생존자들의 세계를, 권력이 조롱받는 이곳에서, 권력이 단순한 생존의 법칙에 지배되는 이곳에서, 권력에 대항해 잔인한 독립의 세계를 만들어 낼 수 있다고 믿었단 말인가? 예리고는 권력 쟁취를 위해 그들을 절도 있는 군대로 만들어 냈단 말인가? 상히네스가 옳았단 말인가? 나는 사실을 규명하기 위해 그곳을 돌아다녔단 말인가? 예리고가 옳은지 그른지 알아보기 위해. 쉿 쉿 소리를 내며 이 거리에서 저 거리로, 이 시장에서 저 시장으로, 이 사람에게서 저 사람으로 기어 다니는 그 뱀을 길들일 수 있다고 예리고는 진정으로 믿었단 말인가?

머리가 천 개 달린 히드라, 그것이 바로 멕시코시티다. 히드라가 아니라 하더라도, 아무튼 멕시코시티는 오징어였고, 오징어에게는 눈이 하나뿐이라고 예리고는 믿었다. 우리는 한눈에 알 수 있다. 그것은 메두사가 아니다. 그것은 시선으로 우리를 마비시킬 수 없다. 오징어는 눈에 신경 쓰지 않기 때문이다. 오징어는 껴안으려 한다. 오징어에게는 촉수가 있다.

나는 바람을 쐬듯 사람들 사이를 걸어 다녔다. 멕시코 연방구의 인구수는 이천만 명으로 중앙아메리카 전체보다, 칠레 공화국보다 많다. 나는 거리를 따라 산토도밍고 교회를 향해 방랑했다. 도미니코 수도회 소속 훌리안 파블로 신부가 그 교회를 관리했다. 그 교회는 늦출 수 있는, 때로는 늦출 수 없는 재앙에 시달려 왔다. 공격 무기처럼 두 손에 상품을 들고 갈지자로 걸어 다니는 사람들을 피해 나는 산토도밍고 교회에 도착했다. 그리고 교회에서 예전에 사라졌던 '대서인'이라는 직업이 되살아난 것을 발견했다. 남자와 여자 한 무리가 낮은 나무 의자에 앉아 낡은 레밍턴 타자기를 앞에 두고, 글을 모르는 남자와 여자 들이 불러 주는 내용을 듣고 있었다. 멀리 있는 고향으로, 농촌과 산악 지대와 시골에 사는 가족에게 편지를 보내고 싶어 하는 사람들. 후회하는 심정, 사랑의 고백, 때로는 증오의 감정. 서생들이 편지를 대신 써 주고 돈을 받았다. 안전을 위해 '대서인들'이 봉투를 사고 우표를 사야 할 경우에는 두 배로 돈을 받았다. 그들은 우체국에 가서 편지를 부쳐 주겠다고 약속했다.

"때로는 말이야, 여호수아, 사람들이 주소를 잘못 가르쳐 주거나 없는 주소를 말해서 편지가 도착하지 않을 수도 있어. 그러면 망각과 같은 서글픈 일이 벌어지거나, 편지가 도착하지 않은 책임을 대서인의 탓으로 돌리며 그들에게 복수하는 비극이 벌어지기도 해. 실제로는 주소지가 없었지만 말이야."

"주소지란 뭘까?" 예전에는 종교재판소였던 낡은 건물 앞에 줄지어 앉아 있는 사람들 틈바구니에서 나는 그 목소리를 알아듣기 위해 애썼다. "그건 숙명이 아냐. 그건 위장한 의지일 뿐이야. 마지막 욕망이지."

나는 그 목소리와 시선을 하나로 합칠 수 있었다. 몸집이 작은 한 남자. 가발을 쓴 대머리. 울퉁불퉁한 뼈와 강한 팔의 소유

자. 노르스름한 기색을 있는 하얀 얼굴. 한쪽 뺨과 목에 있는 상처 아문 자국. 회색 줄 무늬에 낡은 검정색 옷. 목깃이 지나치게 큰 셔츠. 첫 단추를 풀고, 유행이 지난 넓은 넥타이를 맨 모습. 바싹 마른, 참회의 주먹질로 벌을 받은 얄팍한 가슴 위에 친 커튼 같았다. 빌려 입은 옷. 중고품 옷.

시선이 마주쳤다. 나는 필로파테르 신부를 알아보았다. 카스토르와 폴룩스가, 여호수아와 예리고가 청춘기에 접어들었을 때 그 두 사람을 인도해 준 자상한 안내인. 나는 눈물을 참으며 필로파테르 신부의 손을 잡고 입을 맞추려 했다. 그 순간 무엇이 나를 말렸는지 모르겠다. 그 손톱들, 단정하게 깎여 있지만 밑에 때가 끼어 있으니 더럽다고, 그래서 조심하자고 생각했단 말인가. 하지만 그건 낡은 타자기로 일을 했기 때문에, 말을 잘 듣지 않는 먹지 리본 때문에 생긴 것이었다. 필로파테르 신부가 부주의하게 키를 하나 누르는 바람에 리본 전체가 타자기에서 풀려 나와 버렸던 것이다.

"선생님." 나는 중얼거렸다.

"선생은 자네가 되어야지." 필로파테르 신부가 싱긋 웃으며 대답했다.

신부는 내 초대를 받아들였다. 우리는 브라질 거리에 있는 어느 카페로 들어가 자리를 잡았다. 필로파테르 신부는 무거운 타자기(그의 머리만큼이나 컸다.)를 옆구리에 끼고 있다가 의자에 앉고 나서야 타자기를 바로 앞에 내려놓았다.

신부가 타자기를 쳐다보았다. "자네 아나? 자네가 쓰는 글자 하나하나가 악마를 두드린다는 것을?"

나는 다정하게 웃으려고 했다. 하지만 신부가 손을 뻗어 나를 제지했다.

"말씀하십시오, 선생님. 저는 항상 선생님을 존경해 왔습니다."

그런 얘긴 하지 말았어야지. 그가 잠시 후 화를 내며 말했다. 나는 단지 대서인일 뿐이야. 그의 이야기를 설명하는 데는 그것으로 충분했다.(그는 두 가지 일을 서두르고 있었다.) 커피가 나오자 그가 사도 바울을 인용했다. "순수해질 수 없다면 조심하라." 그리고 성 토마스 아퀴나스의 말로 결론을 내렸다. "오직 순결만이 인간을 천사와 동등하게 만들 수 있다."

"신부님, 무슨 말씀이십니까?"

그는 내가 그런 식으로 부르는 것을 싫어했다. 한때 '교사'였다는 사실을 잊어버리고 싶어 했다. 그가 막 한숨을 토해 내려 했다. 그는 오랫동안 끊겼던 이야기를 다시 이으려는 사람처럼 나를 쳐다보았다. 오늘 하는 말과 어제 했던 말 사이의 간격은 시간으로 잴 수 없을 것 같았다.

"내가 트라피스트 수도회 소속이었다면 좋았을 텐데." 그가 미소 지었다. "트라피스트 수도회 형제들은 손짓, 발짓, 몸짓, 휘파람만으로 의사소통을 하지. 그에 반해 나는 말이야, 자네가 보다시피 이 꼴이라네. 트라피스트 수도회 소속이 아니면 말의 함정에 빠지고 만단 말이지……."

"선생님께서는 저희에게 말을 두려워하지 말라고 가르치셨습니다." 나는 좋은 의도로 그에게 상기시켰다.

"하지만 말을 두려워하는 사람들이 있어, 여호수아. 내 말을 명심하게나. 예수는 '내가 곧 말씀이다.'라고 하셨지. 거기엔 여러 가지 의미가 담겨 있어……."

"그건 자신이 삼위일체의 일부라는 뜻으로 하신 말씀입니다." 나는 마음이 약간 달아올라 그 말을 기억해 내고 반복했다. 내 청춘이 그 기억에 의존하는 듯한, 그리고 내 청춘에 작별을 고하는 듯한 느낌이 들었다. 우리 선생님과의 만남은 내게 다음과 같은 사실을 일깨워 주었다. 한 주기가 끝났지만 그다음 주기가 아직 모습을 드러내지 않았다는…….

"그러니까 제 말은, 삼위일체는 성부 하느님, 성자 하느님, 성령 하느님이다……. 그리고 말씀은 성령의 특징이지만 성부와 성자 역시 그것을 공유하고……."

나는 필로파테르 신부의 눈에서 감탄하는 빛을 찾아보고 싶었다. 하지만 그의 눈에는 동정심밖에 없었다. 내가 무슨 얘기를 하고자 하는지, 그가 무슨 얘기를 하고자 하는지를 그는 간파했고, 우리가 알고 얘기하는 내용 때문에 우리는 서로를 불쌍히 여겼던 것이다. 마치 우리가 기독교 이전의 존재로 돌아갈 수도 있을 듯한, 진정한 이교도가 될 수도 있을 듯한, 무지로 인해 그리스도 신앙이 없는 사람이 될 수도 있을 듯한, 그리스도를 알지만 신앙이 없는 사람이 되도록 선고받은 듯한 느낌이 들었다.

"삼위일체는 하나의 미스터리야." 신부가 다시 입을 열었다. "이성으로는 절대로 알 수 없어. 그것은 계시된 진리야. 신앙을 시험하지. 여호수아, 자네가 믿는지 아니면 믿지 않는지를 시험하는……."

나는 그에게 더 이상 믿지 않는다는 말을 하지 않았다. 그는 내가 결코 믿지 않았다는 사실을 알고 있었다. 그가 즉시 말을 이었다.

"놀라운 사실은, 그와 동시에 삼위일체가, 말씀이 이성을 전파하지만 이성과 다투지는 않는다는 거야."

"삼위일체의 도그마는 이성과 나눌 수 없는 관계가 아닌가요?" 나는 물었다. 나는 필로파테르 신부의 말을 일종의 제안으로, 결론이 아닌 대결로 이끌어 가고 싶었던 것이다. 그의 현재 상태가 내게 분명하게 알려 주었다. 무슨 심각한 일이 벌어져 교사직을 버릴 수밖에 없었다고. 교사직은 청년 시절부터 그의 천직이었다. 그는 보고타의 하베리아나 대학에서 피사로 레온고메스 형제들을 가르쳤고, 콜롬비아 정치가 혼란에 휩싸였을 때 멕시코로 쫓겨나 우리가 다니던 중학교로 왔던 것이다.

"아니." 그가 다시 기운을 차리며 말했다. "그렇지 않아. 하지만 이건 사실이야. 누군가가 신앙의 진실과 진리의 이성을 조화시키려고 하면 교회의 편견이 삼위일체의 도그마를 취해 그 사람을 반대할 수는 있어. 그건 아주 쉬운 일이야." 나는 그때 신부의 목소리에서 익숙하지 않은 경멸을 감지했던가? "그건 아주 치사한 짓이야. 우리가 '신앙은 비록 확실하지는 않지만 진리다.'라고 주장하는 동안 자네는 하나의 도그마에 의해 보호받을 수 있어. 그건 우리가 테르툴리아누스에게 빚진 하나의 패러독스야. '불합리하기 때문에 나는 믿는다.' 그게 바로 신앙의 정의야……."

커피는 맛이 없었고, 우유를 타자 더욱더 형편없어졌다. 필로파테르 신부는 마치 자신을 희생하듯 커피를 홀짝거렸다. 그는 콜롬비아 사람이었던 것이다.

"그에 반해, 자네가 신앙의 합리성에 의지한다면 자네는 사람들의 비난을 피할 수 없을 거야. 자신의 신앙을 합리적으로 설명할 수 없기 때문에 종교에서 이성을 뿌리 뽑으려 하고 맹목적으로 신앙을 선택하는, 무지몽매하게 신앙을 선택하는 그런 사람들 말이야."

필로파테르 신부가 흥분하기 시작했다.

"아냐." 신부가 주먹으로 탁자를 내리쳤다. 유리로 만든 설탕 그릇이 뒤집어지면서 설탕이 사방으로 흩어졌다. "미스터리는 이성과 함께 유지해야 하고, 미스터리로 이성을 강화해야 해. 신앙도 이성을 배제할 수 없고, 이성도 신앙을 파괴할 수 없어. 그래야 독단주의자를, 소극적인 사람을, 종교재판관들처럼 하나의 진리를 강요하는 사람들을 무장해제시킬 수 있어. 자네가 오늘 아침에 나를 찾아낸 바로 그곳에 있는 사람들, 하느님의 작업을 거부하고 담 뒤로 숨어 버리는 사람들……."

"그건 뭐죠?" 나는 다소 건방지게 물었다. "하느님의 작업이라니요, 그건 또 뭐죠?"

"괴로우면서도 인간의 이성을 인정함으로써 세상을 구원하신 일."

설탕 그릇이 탁자 위를 구르다 바닥으로 떨어져 산산조각 나고 말았다. 설탕이 바닥으로 흩어졌다. 열대지방에서 길을 잃고 떨어진 눈송이 같았다.

카페 여주인이 서둘러 달려왔다. 놀라서 화가 나기도 했겠지만 단골손님에게 잘 보이려는 기색도 엿보였다.

"프로 비트리스 프락티스.(Pro vitris fractis.)" 필로파테르 신부가 엄숙하게 말했다. "깨진 유리그릇 값도 계산에 포함하십시오, 부인."

* * *

호랑이 걸음으로 걸어가라. 지방을 연구하라. 관청 사무실을 돌아다녀라. 확인하라. 전화기와 전신기가 어디에 있는가? 저항력이 약한 부분이 어디라고 생각하는가? 소칼로 광장? 레포르마 거리? 멀리 떨어진 동네? 로스 레메디오스? 툴예우알코? 산 미겔테우이스코? 정부 청사? 우체국? 사기업? 아파트 건물? 그 모든 것을 연구하도록. 자네들 생각을 얘기해 보라. 교도소에서 사람들을 모집하라. 나 예리고는 내 명령에 따라 막시 바타야와 사라 페레스, 시보네이 페랄타, 브리얀티나스, 고마스와 벤타나스가 감옥에서 나오는 것을 볼 것이다. 내가 몰래 서명한 대통령의 명령만 있으면 충분하다. 그 범죄자들을 국경에서 탈출구를 찾지 못한 일용직 노동자들과 합쳐라. 그들에게 캘리포니아에 있는 일자리를 약속하라. 멕시코시티의 실직자들에게, 불만투성이 노동자들에게, 일을 할 필요가 없을 정도로 부자가 될 것이라고 약속하라. 약속하라. 미국에서 추방당한 이주 노동자들에게 약속하라. 이제 더 이상 달러를 받지 못할 그들의 가족들에게, 멕시코에서 일거리를 구하지 못하고 항상 굶주림에 시달리는 사람들에게 약속하라. 약속하라. 파업, 태업, 부품 절취, 의도적인 사고, 방화로 시작해서 도시 전체가 불에 타 기능이 마비될 때까지. 마리아치 막시, 너는 시장에서 시장으로 돌아다니고, 브리얀티나스, 너는 위조 허가증을 인쇄하고, 시보네이, 너는 장례식에 참가해 사람들을 모집하고, 고마스, 너는 사람들이 모인 곳을 돌아다니며 헛소문을 퍼뜨려라. 정부가 무너진다, 탄압이 시작되었다, 파업이 시작되었다. 어디서? 저기서? 가자! 가난한 젊은이들을 모집해 무장시켜라. 그들에게 사랑을 베풀어라. 총을 지니고 있으면 존경을 받을 것이라고 말하라. 원한. 원한. 원한이 바로 우리의 무기다. 원한에 불을 지펴라. 멕시코 국민의 섭섭한 마음이 우리 행동의 비료다. 아이들을 붙잡고 물어보라. 누군가 해치고 싶은 사람이 없느냐, 누군가에게 복수를 하고 싶지 않으냐, 필요한 것을 가지고 싶지 않으냐, 불의가, 부정이, 질투가, 불평등이, 너희 부모가, 너희 사장이, 그 젊은 백만장자들이, 그 부패한 정치인들이 너희에게 주기를 거절했던 것을 가지고 싶지 않으냐? 원한. 그 빌어먹을 원한의 전통. 멕시코에서 가장 질긴 전통. 내가 주는 총을 잡아라, 우지 기관총을 잡아라, 곤봉을 잡아라, 몽둥이를 잡아라, 채찍을 잡아라, 아무거나 잡고 공격하라, 리스트를 만들어라, 소년들이여, 누구를 해치고 싶은가? 누구에게 잘못한 짓에 대한 대가를 치르게 하고 싶은가? 리스트를 작성하라! 저항력이 약한 지점을, 무너지기 쉬운 지점을 선택하라. 병원, 약국, 상업 중심지. 우리가 공항을 점령할 수 있다고 믿는가? 하하하! 투명인간이 되어라, 공격을 개시할 때까지 서로를 쳐다보지 마라, 수도관을, 가스관을, 전기선을 끊어라, 도시의 동네들을 고립시켜라, 시내 중심부를 고립시켜라, 중산층이 사는 지역을 고립시켜라, 이름이 없는, 도시가 죽어 가는, 유령들이 사는 지역을 고립시켜라. 개인적인 복수를 감행하라.

"예리고, 대중이 너를 따를 것이라고, 진정으로 그렇게 믿는 거야?"

"미사여구와 현실을 구분해야 해. 나는 나를 정당화하기 위해 대중을 선동해야 해. 승리를 위해서는 적은 수의 전투 집단만 있어도 충분해. 대담한 작은 그룹 말이야. 진보적인 계급이라는 것은 케케묵은 마르크스주의의 미사여구일 뿐이야. 대중이 행동에 나서기를 기다리는 것보다 소들이 돌아오기를 기다리는 것이 더 나을 거야, 여호수아."

나는 그가 사용하는 미국식 표현에 다시 한 번 깜짝 놀라고 말았다. 소들이 돌아오기를 기다려라.(Wait for the cows to come home.)

"모든 국민이……." 나는 내 의견을 밝히기 위해 끼어들었다.(내 말이 맞는지 아닌지 알아보기 위해.) "노동자 대중."

"모든 국민은 투 머치(too much)야."

"그럼 어떤 사람들인데?"

작은 그룹. 예리고는 그렇게 말했다. 폭동 전략을 위해서는 냉혹하고 과격한 작은 그룹이면 충분하다고.

"노동자 대중은……."

"그런 건 필요 없어!" 예리고가 소리 질렀다. "전투 집단만 있으면 충분해. 불만에 빠진 대중을 대표하는 전투 집단. 오십만 명이나 되는 노동자들이 미국에서 멕시코로 돌아왔다는 사실을 넌 알아? 그들을 맞이한 것은 가난과 실업뿐이었어. 그걸 알아?"

"파견대?"

"무장한. 내가 로스피노스에서 말만 하면 그걸로 충분해. 국가 수반을 지키기 위해 무기를 나누어 주라."

나는 터져 나오려는 웃음을 참아야 했다. 웃음이 의심으로 바뀌었다. 나는 겨우 입을 열 수 있었다. "사람들이 네 말을 듣지 않을 텐데."

예리고가 얼굴을 붉혔다. 잔뜩 화가 난 모양이었다. 그의 눈에서 미쳐 버린 무언가를 발견했다. 마치 나에게 그리고 자신에게 이렇게 말하는 것 같았다. 내 말에 복종할 거야.

"적은 수의 사람들." 예리고가 기도하듯 말했다. "한정된 지역. 분명한 목적. 미래를 향한 전위대. 뒤에 남은 대중."

그러는 동안, 솔직히 말해, 예리고가 예견한 폭동 전략보다 예리고 그 자체에, 그의 진화에, 그의 야심에 더 많은 관심이 쏠렸다. 무엇이 나를 놀라게 만들었단 말인가? 그는 내 첫 번째 친구가 아니었던가? 학교에 다닐 때 얼뜨기 깡패들로부터 나를 보호해 준 친구가 바로 예리고가 아니었던가? 베를린 거리에 있는 '어서 가'가 붕괴되었을 때 나를 자신의 아파트로 데려간 사람이 바로 예리고가 아니었던가? 기초적인 독서로 나를 이끈 사람이 바로 그가 아니었던가? 그와 함께 필로파테르 신부를 상대로 토론을 벌이지 않았던가? 샤워를 하며 서로의 알몸을 보지 않았던가? 우리 둘이서 엉덩이에 벌을 문신한 여자를 공유하지 않았던가? 우리는 카스토르와 폴룩스, 디오스쿠로이, 도시의 건설자, 이아손의 동료 아르고 원정대원, 궁병 팔레로, 파수꾼 린세오, 시인 오르페우스, 헤르메스의 아들인 사자, 예전에는 여자였던 라피다의 우편물, 칼리돈의 아탈란타가 아니었단 말인가? 저 멀리 떨어진 올리브 숲에 걸려 있는, 잠들지 않는 용이 밤낮으로 지키는 황금 양털을 찾기 위해 파도를 헤쳐 나간 아르고 원정대가 바로 너 예리고와 나 여호수아가 아니었던가? 나는 곧은 시선이 진실에 대한 보증, 확신에 대한 등대라도 되는 듯 예리고를 뚫어지게 쳐다보았다. 마치 이 세상에서 가장 사악한 사람들에게는 솔직함, 겸손함, 이해, 우정을 동반한 곧은 시선이 거짓, 자만, 고집, 적의의 가면이라는 사실을 모르기라도 하는 것처럼. 나는 그것을 알아내야만 했다. 나는 알고 싶지 않았다. 이야기를 하는 지금 이 순간까지 나는 우리의 과거 중에서 가장 가치 있는 순간이 우리가 어렸을 때 학교에 다니던 바로 그 순간이라고 고집스럽게 생각해 왔다. 우정이 우리의 존재 이유였다. 예리고와 나 사이에 우정 관계가 탄생했다는 믿음이 우리의 존재 이유였다. 나는 그런 사실을 맨 밑바닥까지, 최후의 순간까지 표현해야만 했다. 비록 그래서 영혼을 잃는 한이 있더라도. 나는 속으로 그렇게 생각했다.

우리를 하나로 묶어 준 사상과 이미지에 대한 내 언급은 나에게 그리고 예리고에게 말을 거는 하나의 방식일 뿐이었다. "모든 우정은 하나의 신화 위에 서 있고, 그 신화를 재현한다."

나는 물었다. "황금 양털 외에 그 짐승은 누굴 보호하고 있었지?" 그가 대답했다. "유령. 추방당한 어느 왕의 망령. 그 왕이 돌아오면 왕국에 평화가 되돌아오지."

"하나의 공화국을 희생시키기 위해 하나의 유령을 되찾는 거로군." 나는 그렇게 중얼거렸고, 예리고가 내게 물었다. "황금 양털을 되찾는 일과 유령을 되돌려 주는 일 중에서 어느 것이 더 흥미로울까?"

"망령에게 왕관을 씌운다고?"

나는 그 질문이 우리의 운명 위에 걸려 있다는 것을 이제는 이해한다. 예리고와 나는 카스토르와 폴룩스였고, 의지와 운명을 찾아 영원히 탐험을 계속하는 원정대의 일원이었기 때문이다. 그건 핑계에 불과했다. 그건 망령을 구해 집으로 데려오기 위한 탐험이었다.

"이거 봤어?" 나는 테이블 위에 신문을 펼쳤다.

"뭔데?"

"동물원에서 발생한 사건."
"아니."
"호랑이 한 마리가 다른 호랑이 네 마리에게 물려 죽었어."
"왜?"
"놈들이 배가 고팠거든."
나는 손가락으로 가리켰다.
"내장을 몽땅 먹어 버렸어."
'빚' 때문에 그와 내가 친구가 되었다는 사실을 그에게 지적해 주고 싶었는지도 모른다. 빚이 우리를 묶어 주었다. 우리는 빚 위에서 평생 동안의 동맹 관계를 세웠던 것이다.

* * *

발렌틴 페드로 카레라가 바스코데키로가 광장의 유토피아 건물에 있는 막스 몬로이의 사무실과 집을 방문할 것인가? 아니면 막스 몬로이가 로스피노스의 대통령 관저를 다시 방문할 것인가?

"그가 이곳으로 와야 합니다." 신임 보좌관 마리아 델 로사리오 갈반이 조언했다.

"왜?" 카레라가 물었다. 카레라는 젊은 여성의 아름다움을 높이 평가해 그녀의 실수를 용서하지만, 의견만큼은 무시하기로 결정했다.

"그건, 그러니까, 각하께서는 대통령이시기 때문에……."

카레라가 미소 지었다. "옛날 왕들이 자신의 권리를 행사하기 위해 어떻게 했는지, 자네는 아는가?"

"모릅니다."

"해마다 이 마을 저 마을 백성들을 찾아다녔지. 백성들에게 와서 문안하라고 요구하지 않았어. 왕들이 백성들을 찾아다녔단 말이지. 내 말 알아들었나, 귀여운 아가씨?"

"물론입니다." 신임 보좌관은 평정심을 찾기 위해 노력했다. "산이 마호메트에게 오지 않으면 마호메트가 산으로 가야지요."

"바로 그거야, 이 풋내기 아가씨야."

대통령은 너그럽게 웃어 주고 그의 대리인과 막스 몬로이의 대리인이 합의한 중립지대로 향했다. 차풀테펙 요새. 지금은 국립 역사박물관과 니뇨스 에로에스 공원이 들어서 있고, 합스부르크 제국과 독재자 포르피리오 디아스를 기념하는 곳이다. 몬로이는 그곳에 먼저 도착해 존재하지 않는 것을 바라보듯 높은 곳에서 도시의 황갈색 파노라마를 둘러보았다. 모든 것을 가진 사람이 무슨 이유로 아무것도 없는 사람처럼 행동한단 말인가? 그에 반해, 대통령은 국기에 감싸여 허공으로 떨어지는 어린 영웅처럼 알카사르 평지에 도착했다. 마치 오랫동안(이백 년 조금 넘게) 멕시코를 지배했던 왕가(합스부르크 가문)의 왕좌가 그를 기다려 온 듯싶었다. 마치 삼십 년 동안 나라를 다스릴 준비가 된 사람처럼. 이봐, 마리아 델 로사리오, 나는 영원하리라는 생각으로 그곳에 도착해야 하는 거야, 그렇지 않으면 취임 첫날 육 년 임기를 몽땅 잃어버릴 수도 있단 말이지…….

막강한 기업가 막스 몬로이가 도착하는 모습을 보았던가, 보지 못했던가? 한눈을 팔고 있었던가? 깜짝 놀랐던가? 인사를 나누었던가? 포옹을 했던가?

"아!"

두 남자의 포옹은 카메라와 마이크에 포착되었다. 발렌틴 페드로 카레라와 막스 몬로이는 사람들로부터 벗어나기 위해 열 걸음 정도 앞으로 나갔다. 마리아 델 로사리오 갈반과 아순타 호르단(두 여자의 전문 직업인다운 맞춤 정장은 똑같았다, 약간 짙은 색에 굽이 높은 구두도.)은 기자들의 출입을 막고 손님들을 접대했다.

"친애하는 막스, 휴전입니까?" 대통령의 미소가 도시의 스모그를 치워 버렸다. "두 영혼의 회합? 평등한 자 중의 최고? 아니면 그냥 쇼입니까? 아카템판의 포옹?"

"아닙니다, 친애하는 대통령. 이것도 전투입니다." 몬로이는 웃지 않았다.

"나누면 통치할 수 없습니다." 카레라는 몬로이의 시선을 붙잡기 위해 애를 썼다.

"제멋대로 통치하면 나뉘지만, 그래도 조각들을 통치할 수는 있습니다."

"각자 나름대로의 철학이 있겠지요." 카레라가 한숨을 토하듯 말했다. "중요한 점은 위험이 닥쳤을 때는 서로 합쳐야 한다는 겁니다."

"상호 이익이라는 관점에서 그렇겠지요." 몬로이가 아주 부드럽게 말했다.

"내가 당신에게 의지하고 있다는 얘깁니까, 막스?"

"당신은 항상 내게 의지하고 있지요." 몬로이가 미소 지었다. "당신이 이해하지 못하는 것은, 발렌틴 페드로, 내 정책이 당신 권력의 일부라는 겁니다. 당신의 권력은 수명이 겨우 육 년에 지나지 않습니다. 내 정책은 육 년으로 끝나지 않아요."

"그래서요?" 대통령이 부드럽게, 그렇지만 깜짝 놀랐다는 듯 말했다.

"그러니까 모든 것이 결국에 가서는 줄어든다는 겁니다. 그걸 명심하세요. 육 년 임기도 줄어들고, 우리 삶도 줄어들고, 한 시대도 줄어듭니다."

"어떻게?" 카레라는 깜짝 놀라(혹은 깜짝 놀란 척) 소리를 질렀다. "보세요, 내 배는 점점 더 불룩해지고, 머리카락은 빠지고 있습니다. 나를 흔들지 마십시오."

"물론입니다." 몬로이가 매우 침착하게 말을 이었다. "나는 내 정책으로 당신에게 없는 것을 손에 넣을 수 있습니다. 만일 우리가 당신의 정책만으로 만족한다면 우리는 어중간한 상태로 머물 겁니다. 당신이 빵이 없는 서커스를 믿는다면, 나는 서커스가 있는 빵을 믿습니다. 나는 정보의 힘을 믿고, 그래서 많은 사람들에게 정보를 제공하려고 노력하고 있습니다. 당신은 소수를 위한 음모를 믿습니다. 그래서 장기적으로 볼 때, 나는 당신 없이 내 일을 할 수 있지만 당신은 내가 없으면 일을 할 수 없습니다."

"몬로이, 들어 보세요……."

"내 말을 막지 마십시오. 당신과 나는 다시는 만나지 않을 겁니다. 이 기회에 말씀드립니다만, 당신은 내 존경이 필요합니다."

"감탄은?"

"영화배우들에게나 감탄하시죠."

"평가는?"

"나는 인내심이 강한 사람입니다. 모두들 떠났습니다. 남아 있는 사람들은 내게 은혜를 베풀라고 요구합니다. 우리의 사적인 이야기는 중요하지 않습니다. 라고스 차사로 대통령을 누가 기억한단 말입니까? 산타 아나 장군의 재무부 장관이 누구였습니까?"

정치인은 아주 이상한 눈초리로 기업가를 쳐다보았다.

"우리는 총합의 일부일 뿐입니다. 다른 걸 믿으면 안 됩니다."

"막스, 도대체 무슨 말입니까?"

"내가 왜 이런 얘기를 하겠습니까? 우리가 자주 만날 수 없기 때문입니다."

아순타(앞에 얘기한 내용은 아순타가 내게 들려준 것이다. 아순타는 어떤 내용은 들었고, 어떤 내용은 추측했고, 또 어떤 내용은 입술을 읽었다고 했다.)는 카레라가, 마치 몬로이의 말이 누구나 알고 있는 사실에 확인 도장을 찍은 듯, 한숨을 내쉬었다고 말했다. 대통령은 국민들에게 오락거리를 제공하겠다는 자신의 정책을 바꾸려 하지 않았다. 그 이유는 공식적인 운영자인 예리고가 자기 나름의 권력(결국에 가서는 환상에 지나지 않았다는 점이 밝혀졌지만)의 기반을 찾기 위해 대통령을 배신했기 때문이었다. 몬로이 역시 국민들에게 정보를 이용할 수 있는 수단을 나눠 주겠다는 자신의 정책을 포기하지 않았다. 그 위기는 다음과 같은 사실을 드러냈다. 국민들이 더 많은 정보를 얻는다면 선동적인 환상은 그만큼 기회가 줄어든다는 것이었다.

"공식적인 축제는 어떨까요?" 카레라는 몬로이의 생각을 읽은 듯(아순타는 분명히 그랬다고 믿는다.) 그렇게 물었다.

"이보세요, 대통령. 당신과 내가 공통으로 아는 사실은, 오늘날 실제로 사용되는 통신수단이 통치권을 행사할 수도 있다는 겁니다. 난동을 피우는 사람들은 전화국을 접수하면 권력을 손에 넣을 수 있다고 믿었습니다. 이거 아십니까? 내가 고용한 전화 교환수들은 모두 장님입니다. 장님이란 말입니다, 아시겠어요? 그래서 더 잘 들을 수 있습니다. 장님보다 더 잘 들을 수 있는 사람은 없습니다. 그에 반해, 눈을 뜬 사람들은 모두 휴대전화를 가졌어요. 휴대전화가 텔레비전을, 라디오를, 신문을 대신한단 말입니다. 나는 모든 멕시코 국민들에게, 그들이 읽고 쓰는 법을 알든 모르든, 하나의 메시지를, 가족을, 과거를, 유산을 주고 있습니다. 그들이 진정한 국내의, 그리고 국제적인 정보망을 형성하고 있습니다."

"당신 말이 옳을지도 모르지." 카레라가 입을 열었다. "새한테 노래를 한 곡 들려주는 셈이로군요. 알아들으라고 하면서."

"당신은 국민들을 과소평가하고 있습니다." 몬로이는 대통령을 쳐다보지도 않았다. "그게 바로 당신의 고질적인 실수야."

"휴지가 없을 때는 아무거나 손에 잡히는 걸로 닦아야지." 카레라가 저속한 표정을 지었다. 마치 중세 시대처럼 짚으로 밑을 닦는 사람 같았다.

몬로이는 대통령을 쳐다보지 않았다. "살아남기 위해 필요한 것을 무시하면 안 됩니다."

카레라가 어깨를 으쓱했다. "당신도 알다시피 총알 한 방 쏠 필요도 없었소."

"사실 말이지, 요새는 텅 비어 있었으니까." 몬로이가 찬물을 끼얹었다.

"아니지, 사실 말이지, 당신은 가난한 게으름뱅이야. 단지 그걸 감추고 있을 뿐이야." 카레라는 막스를 향한 존경심이 빠져나가도록 내버려 두었다. 막스는 거짓으로 비위를 맞추듯 카레라를 쳐다보았다.

"그 가엾은 젊은이……, 당신의 동업자……."

"나를 곤란하게 만들지 마시오, 막스." 대통령은 계속 미소를 지었다. "우리 둘이 이긴 거요. 함부로 부르지 마시오."

"좋소. 당신의 부하, 이름이 뭐라고 했더라……."

"예리고."

"예리고." 몬로이는 웃지 않았다. "그 친구가 어떤 교본을 읽었는지 누가 알겠소."

(쿠르치오 말라파르테의 『쿠데타의 기술』, 멀리서 마리아 델 로사리오 갈반이 중얼거렸다. 나폴레옹, 트로츠키, 피우스트스키, 프리모 데 리베라, 무솔리니…….)

"그까짓 폭동은 두려워할 필요가 없소, 대통령, 이전 것들과 같은 불가능한 혁명도 두려워할 필요가 없소. 우리가 두려워해야 할 대상은 선거로 권력을 잡은 폭군, 선거로 선택된 독재자요. 나는 그런 사람이 두렵소이다."

(나는 당연히 막스 몬로이의 어머니 안티구아 콘셉시온에 대해 생각해 보았다. 그리고 역사에 대한 한 편의 서사시와 같은, 혁명적인 그녀의 연설도. 그 역사도 그녀와 함께 땅속에 묻혀 있을까?)

"불명예." 막스 몬로이가 중얼거렸다.

"무슨 소리요?" 대통령은 자신이 듣고 싶은 얘기에만 귀를 기울였다.

"불명예." 몬로이가 반복했다. 그리고 주변 풍경을 감상하는 척하더니 말을 이었다. "우리 사소한 음모는 꾸미지 맙시다. 아이러니를 실행합시다."

"무슨 소리요?"

"아이러니. 아이러니."

"도대체 무슨 말인지 모르겠군."

"그러니까 내 말은, 아무튼 권력을 유지하기가 극히 힘들다는 거요."

"내 말이 바로 그 말입니다."

"그러게나 말이야."

예리고는 내게 말했다. 권력을 잡기 위해서는 배타적인 소수가 관건이라고, 힘이 넘치는 소수와 함께 기반을 단단히 다져야 한다고, 원한이 사무친 사람들의 편견을 이용해야 한다고, 악마에게 권력을 줘야 한다고. 성자들은 통치할 줄 몰라.

예리고는 무엇을 기대했단 말인가? 대통령은 간단하게 군대를 이용했다. 군인들이 고속도로, 교량, 대저택, 식품 저장소, 탄약 저장소, 사거리, 은행을 점거했다. 군대가 예리고의 추종자들을 포위했다. 예리고의 추종자들은 덫에 걸린 생쥐들 같았다. 군대는 출구를 봉쇄하고, 소칼로 광장 주변에 일일천하를 제공했다. 산토도밍고 광장에 있는 필로파테르 신부와 다른 대서인들은 작업에 방해를 받지 않았다. 폭죽, 연기, 떠들썩함, 유례없는 축제의 하루, 몬로이와 카레라의 강제적인 연합, 예리고의 실패한 반란만큼 허무한 연합.

예리고가 모집한 사람들은 소칼로와 미네리아 사이에서 고립되었다. 그들은 반항적이라고 예상했던 대중이나 명백하게 모욕당한 대중과 접촉할 수 없었다. 예리고는 환상적인 이데올로기와 취소 가능한 권력을 기반으로 행동에 나섰다. 독서에서 나온 과장된 이데올로기와 식인귀의 아가리 안에 있는 자신의 지위. 그것은 바로 대통령 집무실이었다.

이제 나는 예리고의 실패가 나의 실패라도 되는 것처럼 심오한 고통에 귀를 기울였고, 생각했고, 보았고, 느꼈다. 마치 우리 둘이서 위대한 지적인 꿈을, 너무나 지적이어서 현실의 증거를 용납할 수 없는 꿈을 꾼 것만 같았다. 내 친구와 나는 고작해야 무정부주의의 추종자였을 뿐 혁명의 예술가가 결코 아니었단 말인가? 우리가 읽고, 듣고, 모방한 사상을 실행에 옮기면 그 모든 가치를 다 잃고 만단 말인가? 우리는 사상과 삶을 그렇게나 혼돈하고 살았단 말인가? 사상은 삶의 입김을 견디지 못한단 말인가? 사상은 현실이 살짝 스치기만 해도 산산이 부서지는 먼지로 만든 조각상이란 말인가? 우리가 공연한 꿈을 꾸었단 말인가?

마리아치와 사라 P, 시보네이 페랄타, 브리얀티나스, 고마스와 벤타나스 패거리는 산후안데아라곤의 교도소로 다시 돌아왔다. 그곳에서 미겔 아파레시도가 그들을 기다렸다.

대통령은 이렇게 중얼거리며(아순타가 그 소리를 들었다.) 차풀테펙 요새에서 먼저 돌아갔다. "예전에는 사형 집행인이 희생자들의 삶은 고깃덩어리를 팔아먹었는데." 그리고 막스는 일이 분 뒤에 자리를 뜨면서 아순타에게 이렇게 말했다. "현실에 기반을 잡는 것과 현실을 창조하는 것은 별개의 일이야."

그리고 덧붙였다. "어서 가자고. 햇빛이 너무 강해. 한낮의 빛 속에서는 많은 실수를 저지르기 마련이야."

대통령은 한숨만 내쉬었다. "결정을 내리는 일은 너무 따분해. 하느님의 진실은……."

대통령이 출구를 빠져나갔다.

* * *

"추잡한 늙은이. 쓸모없는 망나니. 똥 같은 년."

미겔 아파레시도는 감방 벽을 주먹으로 내리쳤다. 상처 입은, 그와 동시에 복수심에 불타는 우렁찬, 그와 동시에 다 죽어 가는 목소리로 소리쳤다. 마치 그의 입에서 말이 아니라 짐승들이, 벌레들이, 쥐들이, 칠면조들이, 비오리들이, 기러기들이, 연꽃들이 튀어나오는 것 같았다. 그는 자신의 기분과 가장 가까운 말을 찾았고, 말은 절망적으로 탈출구를, 그의 기분과 유사한 말을 찾아 헤맸다.

"두 손이 묶인 사람을 고양이와 함께 가두고, 고양이로부터 몸을 보호하라고 요구하는 것과 같아."

그가 나를 사납게 노려보았다.

"이로 자기 몸을 보호하겠지. 다른 수가 없으니까."

무엇이 그를 이렇게까지 바꾸어 놓았단 말인가? 그는 패배했다. 예리고의 영향력으로 풀려났던 죄수들은 다시 철창에 갇혔고, 나는 그들의 미래를 보장할 수 없었다. 예리고의 일시적인 힘(그의 변덕)은 죄수들 한 무리를 풀어 주는 것으로 끝나지 않았다. 예리고는 감옥의 우두머리, 감옥 내부의 위대한 골칫거리인 미겔 아파레시도의 의지를 침해했다. 미겔은 자신이 조롱당했다고 믿었다.

그렇지만, 그의 분노는 단순히 예리고에 대한, 죄수들의 탈옥과 재수감에 대한, 한 남자의 의지가 조롱당한 것에 대한 분노가 아니었다. 다른 뭔가가 더 있었다. 올리브색 얼굴, 노르스름한 눈, 울퉁불퉁한 근육, 감옥 안에서도 운동을 해서 언제 봐도 단단하고 유연한 근육을 소유한 남자. 마치 그는 감옥에서 지내는 동안(해와 달과 날) 운동에만 매달리는 것 같았다. 몸 펴기, 무릎 돌리기, 새도복싱, 두 팔을 뻗어 감방의 벽을 짚고 굽혔다 폈다 하기, 가상의 줄넘기, 마치 역사적인 대결을 앞둔 권투 선수가 준비운동을 하는 것 같았다. 교도소 복도와 지하실에 울려 퍼지는 도시의 소음을 그는 강한 의지로 이겨 냈다.

그는 거칠게 신문을 집어 들었다. "이것 좀 보란 말이야." 그는 손가락으로 막스 몬로이의 사진을 찔렀고 그다음에는 대통령의 사진을 찔렀다. "보라고."

나는 봤다.

"그가 절대로 사진을 찍지 않는다는 사실을 몰랐나?"

"대통령이? 그 사람이야 신문에, 텔레비전에, 전단지에 항상 등장하잖아……. 복권 광고를 하지 않을 뿐이지."

"몬로이 말이야." 미겔은 바로 그 이름에 세상의 모든 역겨움이 담겨 있는 것처럼 말했다. 죄수의 입술 사이로 누런 침이 흘러내렸다. 차풀테펙 동물원에서 피에 굶주린 다른 짐승에게 잡아먹힌 호랑이가 두 배로 커진 모습으로 그의 눈에 다시 나타났다. "몬로이……. 이런 빌어먹을, 그는 적어도 사진에 찍히지 않을 만큼은 신중하게 처신해 왔단 말이야. 다른 사람들 눈에 띄지 않는 조심성. 그런데 그 늙다리 뚜쟁이가, 그 화냥년의 자식이……."

나는 신중한 사람이다. 아니, 겁쟁이인지도 모른다. 나는 공동묘지에서 알게 된 내 옛 친구이자, 막스 몬로이의 화냥년 엄마인 안티구아 콘셉시온을 변호하기 위해 감히 나서지 못했다.

"더 지랄이야, 더 지랄." 미겔이 하나하나 끊어 말했다. "화냥년의 자식보다 막스 몬로이의 자식이 더 지랄 같아."

"그게 누군데?" 나는 순진하게 물었다. 그때 내가 불안해했던가?

이것이 그날 오후 미겔 아파레시도가 산후안데아라곤 감옥의 어느 감방에서 내게 들려준 이야기다. 그는 내가 요구한 설명과 내가 요구하지 않았던 설명을 한동안 길게 늘어놓은 후에 이 이야기를 들려주었다. 나는 이상한 감정을 느꼈다. 미겔 아파레시도는 한시바삐 내용물을 비워 버리고자 하는 모래시계 같기도 했지만, 덧없이 흘러가는 시간 때문에 고통스러워하는 것 같기도 했다. 시간의 도피는 그의 이야기의 도피였고, 나는 그의 이야기를 들을 수 있는 특권을 지녔지만, 미겔의 이야기가 그렇게까지 강하게, 친밀하게 나와 연결된 것인지 그때는 몰랐다…….

처음에 나는 그가 공백과 지리멸렬 사이에서 망설인다고 생각했다. 나는 그 이야기의 끝에서 우리 두 사람이, 이야기를 하는 그와 아무 말 없이 이야기를 듣는 내가, 동정심과 같은 것을 발견하고, 그 동정심을 너머 인식에 이를 수 있을 것이라고 믿고 싶었다. 그때까지만 해도 그것은 단지 나의 희망(의도까지 포함해서)일 뿐이었다. 그런데 미겔 아파레시도의 이야기는 엉뚱한 방향으로 나가고 말았다.

그는 막스 몬로이의 명령에 의해 감옥에 갇혀 있다고 말했다. 그가 말을 서둘렀다. 물론 법적인 요구 조건은 충족시켰지. 물론 나는 재판을 받았어. 물론 증인들의 증언을 듣고 판결이 내려졌지. 나는 내가 저지르지도 않은 죄 때문에 삼십 년 징역형에 처해졌어.

"삼십 년의 감옥살이, 그때 내 나이가 겨우 스무 살이었어." 그가 과거를 회상했다. 과거를 기억하며 추도하는 사람의 목소리였다.

그가 도전적인 눈으로 나를 쳐다보았다. "나는 행실이 바른 사람이었어, 여호수아. 나는 약속을 철저하게 지켰어. 나는 감옥이라는 학교에서 최고의 학생이 되려고 노력했어. 시간을 잘 지키고, 부지런하고, 친절한 학생. 모두 내 성격과 정반대되는 것이었어. 화장실을 청소하고, 똥을 치우고, 토한 것을 걸레로 훔치고……. 여기서 나가기 위해서 그 모든 것을 해냈어. 나는 단 하나의 목적 때문에 이곳에서 나가고 싶었어."

그가 잠시 눈을 내리깔았다.

시선을 들었다.

"살인. 나는 막스 몬로이를 살해하기 위해 이곳에서 나가고 싶었어. 내가 그를 살해하려 했다고 그가 거짓말을 해서 나는 이곳에 갇혔단 말이야. 살인미수죄. 이제는 내 죄목에 대해 할 말이 없어. 나는 나갔어. 살인을 준비했어. 이번에는 진지하게. 유토피아 건물을 둘러보았어. 화냥년의 자식을 없애 버릴 수 있는 방법을 수천 가지나 상상해 보았지. 그런데 그가 갑자기 눈치를 채고 말았어. 그는 몰랐어. 냄새를 맡았을 뿐이야. 내가 풀려났다는 사실을 알았기 때문에 무슨 일이 벌어질 거라고 생각했던 거야. 그는 분명히 이렇게 생각했을 거야. 저 망나니 녀석을 다시 감옥에 처넣기 위해 어떻게 해야 할까? 그는 알았으니까. 이번 두 번째 라운드에서는 그가 나를 죽이든지 내가 그를 죽이든지 결판을 내야 할 테니까……."

미겔 아파레시도는 시선을 내게 고정하기 위해 무진 애를 썼다. 크게 뜬 눈, 개들의 눈처럼 노란 눈, 자물통처럼 튼튼한 턱을 지닌 미겔-늑대, 비록 갇혀 있지만 어서 빨리 달려 나가 먹이를 쫓아가려고 안달하는 팔과 다리, 하지만 자기 스스로 부과한 감옥 생활 탓에 슬픔에 잠긴 남자. 이제 그가 내게 비밀을 밝히고 있다. 미겔은 막스 몬로이의 사무실을 엿보는 짓을 그만두고 감옥으로 돌아갔으며, 안토니오 상히네스에게 도움을 요청했다. 감옥으로 돌아가고 싶습니다, 변호사님, 제발 나를 감옥으로 돌려보내 주세요, 제발 부탁합니다, 제발요, 범죄로부터 나를 구해 주세요, 내 아버지를 죽이고 싶지 않습니다, 당신이 막스 몬로이를 진정으로 좋아한다면 나를 감옥으로 돌려보내 주세요, 변호사님, 당신은 할 수 있습니다, 영향력이 막강하잖아요, 제발 은혜를 베풀어 주세요, 내가 더 이상 죄를 짓지 않도록 도와주세요, 당신 좋으실 대로 나를 고발하세요, 자유에서 나를 끌어내 주세요, 죽이고 싶은 심정을 없애 주세요, 나 자신으로부터 나를 구해 주세요, 내 자유에 족쇄를 채워 주세요…….

"나는 감옥으로 돌아왔어, 여호수아. 상히네스가 그럴싸한 죄목을 하나 만들어 주었지. 나는 그게 뭔지 몰라. 이제는 기억이 나지 않아. 내가 한 말을 이용해 이전과 같은 죄목으로 나를 다시 집어넣었을 거야. 상히네스는 악덕 변호사야. 그는 모든 것을 꿰고 있어. 그는 죽은 사람도 살려 낼 수 있어. 바위에서 물이 쏟아져 나오게 할 수도 있어. 하지만 자유인이든 죄수든 사람들이 질질 끌고 다니는 기억은 지워 버릴 수 없지……."

* * *

시빌라 사르미엔토를 결혼시키기로 결정했을 때, 그녀의 나이는 겨우 열두 살이었다. 모두들 바람직한 결혼이라고 받아들였으나 그녀가 더 클 때까지 기다리는 것이 좋겠다고 생각하기도 했다. 그녀가 월경을 시작할 때까지. 그녀의 겨드랑이에서 털이 자랄 때까지. 그때까지. 시빌라는 아직 인형을 가지고 놀며 동요를 불렀다. 바람직한 결혼이었다. 하지만 너무 조급한 결혼이기도 했다. 소녀의 가족들은 모두 그렇게 말했다.

장차 남편이 될 남자의 어머니가 발끈했다. 아들의 이름으로 신청한 결혼은 거부당할 수 없었다. 결혼은 털이나 월경과는 상관없는 문제였다. 결혼은 이익을 위한 행위였다. 시빌라 사르미엔토의 가족은 잘 알았다. 두 집안의 자식들이 더 이상 지체하지 않고 지금 당장 결혼하면 사르미엔토 가문과 몬로이 가문의 이름과 재산이 하나로 합쳐질 것이었다. 그렇게 되면 거부가 탄생하고 드넓은 토지(미초아칸, 할리스코, 사카테카스)에서 엄청난 생산성을 보일 것이었다. 시장과 상속에 관한 법률이 토지를 분할하기 전에, 반복되는 선동에 의해 토지를 농민들에게 나눠주기 전에, 토지가 집단농장으로 변해 우리 모두를 가난뱅이로 만들기 전에 그 일을 이뤄 내야만 했다.

"이런 노래 알아요? '옥수수 밭 네 개가 외로이 남아 있는……' 그러니 아이들을 결혼시켜 땅을 하나로 묶어야 합니다. 그래야 어쩔 수 없이 땅을 나눠 줘야 할 때가 오더라도 옥수수 밭 네 개보다 많은 것이 우리에게 남을 수 있어요……. 폭풍이 지나간 뒤에는……."

폭풍은 바로 도시의 확장, 도시의 오염, 폭발적인 인구 증가였다. 하지만 안티구아 콘셉시온은 혁명적이면서도 봉건적인, 농촌을 옹호하면서도 도시를 시샘하는 자신의 주장을 포기하지 않았다. 그녀는 미쳤던 것이다! 그녀는 이렇게 말하곤 했다. 농지를 둘러싼 새로운 폭풍이 몰아칠 것이다, 멕시코에서는 그런 일이 주기적으로 반복되어 왔다. 토지, 마을 소유인 물과 산, 오두막, 교회나 공동체에 관한 모든 양도 행위는 무효가 될 것이다. 이전 권력이 법률에 반해 만들었던 모든 것은 새로운 권력이 법률을 옹호하며 전부 무효로 만들어 버릴 것이다. 모든 것이 뒤죽박죽이었다. 그렇게 오래 산다는 것은 고통이었다. 하지만, 그녀는 마녀와 같은 정신의 소유자였다. 그녀는 은유로 점을 쳤다. 이주 노동자들이 멕시코로 돌아왔다. 하지만 그들은 땅도 직장도 구할 수 없었다. 미국산 옥수수가 멕시코산 옥수수를 밀어냈다. 마을들이 죽어 갔다. 안티구아 콘셉시온은 과거에 살면서 현재를 예언했다. 다른 모든 예언자들처럼 그녀는 모순되는 말을 했고, 뒤죽박죽이었다.

"토지는 여러 사람의 손을 거쳐 소수의 사람들에게로, 극소수의 사람들에게로 넘어갔어. 그녀의 말에 따르면 그래." 상히네스가 설명했다. "오십 헥타르가 조금 못 되는 땅을 십 년 이상 차지한다는 것은 예외적인 일이었지. 바로 그런 점이 콘셉시온 부인을 자극했어. 그녀는 과거와 미래가 뒤섞인 광기에 사로잡혀 있었지. 농지개혁과 도시의 폭발, 상속재산과 다시 시작하고 싶은 의지, 성숙한 섹스와 유치한 섹스. 그녀는 아들에게 강요했어. 그녀는 마음속으로 아들을 원했고, 그래서 사춘기도 안 지난 어린아이와 결혼시켜 아들을 거세하고 싶었던 거야. 성적인 만족감을 줄 수도 없고 받을 수도 없는 어린아이와……."

"그저 진저리나게 만들기 위해……."

사르미엔토 가문의 재산과 몬로이 가문의 재산이 합쳐졌고, 땅 사십구 헥타르가 하나로 묶였다. 그리고 나머지 땅은 농촌

공동체라는 명목으로 남겨 두었다. 하느님도 악마도 만족할 만한 결과였다. 그것은 사회적 연대의 모범이었다. 무언가를 구하기 위해 무언가를 희생하는 것. 목적은 땅을 하나로 묶어 지키는 것이었다. 열두 살짜리 시빌라 사르미엔토라는 소녀와 마흔세 살짜리 막스 몬로이라는 남자의 혼인 증명서를 통한 결혼. 신부의 나이 때문에 논란의 여지가 있었지만, 멕시코 중부의 황폐한 시골 마을의 부패한 시 당국자들과 교회 당국자들 덕분에 이뤄질 수 있었다. 신부가 미성년자였음에도 양가의 재산을 하나로 묶을 수 있었고, 무엇보다도 콘셉시온 부인, 안티구아 콘셉시온의 예언은 적중했다. "내 말대로 된 거야. 땅은 우리 것이고 우리는 땅을 분배할 수 있어. 결혼은 그들의 것이고 그들이 알아서 하겠지."

"너는 내 할머니가 어떤 사람인지 몰라." 미겔이 말했다. 나는 감히 반박할 수 없었다. "할머니는 마녀였어. 악마와 계약을 맺었지. 그녀는 무언가를 결심했고, 그것을 얻었어. 그녀는 욕심꾸러기였어. 결코 만족할 줄 몰랐지. 많이 가졌어도 적게 가진 것처럼 보였고, 그래서 더욱더 많은 것을 원했어. 온갖 속임수를 다 동원했어. 지극히 악랄한 속임수. 권력을 유지할 뿐만 아니라 더욱더 큰 권력을 얻기 위해 가장 더러운 계약을 맺었어. 그 모든 것은 역사적 현실이나 정치적 현실과는 상관없는 것이었어. 그녀는 자신의 시간 속에서 살았어. 그녀 스스로 만들어 낸 시간. 시빌라 사르미엔토는 모든 법률을 조롱하기 위해 없어서는 안 될 조각이었어. 유년기, 결혼할 나이, 농지법, 자기 아들의 성격까지. 그녀는 자신이 원하는 것을 얻기 위해 수단과 방법을 가리지 않았어. 땅 한 조각이라도 더 얻기 위해. 나는 '토지'

가 아니라 '땅'이라고 말해. 내 빌어먹을 할머니가 사들인 모든 토지가 그녀에게는 땅이었으니까. 이 세상 전체. 한 뼘 한 뼘 땅으로 구현된 우주. 땅은 그녀의 살이었어. 땅이 그녀를 구체화했지. 그녀가 어디에 묻혀 있는지 나는 몰라. 내 생각에는, 여호수아, 그녀의 무덤도 그녀에게는 하나의 농장일 거야. 그녀가 그토록 가지고 싶어 했던 것. 절대로 그녀의 이익을 위해서가 아니었어. '혁명'을 위해, 그녀가 자신의 의지와 재산을 동원해 증진해 나간다고 믿었던 그 실체를 위해서였어. 그들은 그런 사람들이었어." 나는 미겔 아파레시도가 한숨을 쉬었다고 생각한다. "그렇게 멕시코를 세운 거야. 그들은 이렇게 말하지. 내게 이로운 것은 멕시코에게도 이롭다. 대답 좀 해 봐. 자신의 거짓말을 진실로 믿을 때까지 그런 말을 계속해서 반복하다 보면 어떤 영혼이 구원받지 못하겠어? 이것이야말로 멕시코의 가장 위대한 거짓말이 아닐까? 나는 훔치고, 죽이고, 사람들을 투옥하고, 재산을 모아 간다. 나는 조국을 위해 이런 일을 하는 것이다. 내 이익은 국가의 이익이며, 따라서 국가는 내 도둑질에 대해 고마워해야 한다."

미겔 아파레시도는 나를 쳐다보던 시선을 아래로 떨어뜨렸다. 나 역시 미겔의 말을 들으며 시선을 떨어뜨렸다.

미겔이 말을 이었다. "할머니의 게걸스러움은 다음과 같은 주장에서 고스란히 드러나지. 부동산을 취득하라, 땅을 하나로 합쳐라. 땅을 재산의 기반으로 삼는다는 수백 년 된 전통이 오로지 그녀에게서 유래된 것처럼 말이지. 마치 오늘날 막대한 재산은 땅의 주인이 되어야 얻을 수 있는 게 아니라 공장의 주인이 되어야, 지금처럼 통신 분야를 석권해야 얻을 수 있다고 예상하는 것처럼 말이지." 미겔은 막스 몬로이의 결론을 요약해서 말했다. 막스 몬로이는 그의 어머니와는 다른 사람이었다. 그는 자신의 부가 추구하는 방향을 바꿨다. 그는 땅과 공장을 포기했다. 그는 통신 분야로 뛰어들었다. 그는 땅이나 공장과는 거리가 먼 미래의 제국을 건설했다. 어머니가 출입할 수 없는 무형의 우주, 휴대전화와 인터넷의 세계, 진흙탕과 매연이 아니라 비디오, 통신망, 음악, 게임, 특히 정보를 제공하는 세계. 몬로이의 휴대전화를 소유한 사람들은 누구라도 무료 메시지 이백 가지와 무료 음성 서비스 삼십 분을 얻을 수 있었다.

그렇다면 시빌라는?

밤이 얼굴 위로 떨어지는 장면을 상상해 보라. 밤이 미겔 아파레시도의 얼굴 위로 떨어졌다. 그는 온갖 종류의 감정으로 끊어져 나가는 자신의 이야기를 구하려고 애썼다. 그가 말을 더듬었다. 그에게서는 좀처럼 볼 수 없던 모습이었다. 내가 알던 사람과 너무나 달라 보였다.

시빌라 사르미엔토는 열네 살 나이에 어머니가 되었다. 열다섯 살 나이에 아들을 빼앗겼다. 그녀는 유령처럼 돌아다니도록 벌을 받았다. 그녀는 무슨 일이 벌어졌는지 이해하지 못했다. 그녀는 가구 하나 없는 버려진 오두막으로 쫓겨났다. 하인들이 그녀를 돌보았지만 그들은 그녀에게 말을 건네지 않았다. 그러므로 없는 것과 마찬가지였다. 그녀의 남편 막스 몬로이는 무슨 일이 벌어졌는지 알았던가? 남편 역시 그 상황에서 배제되었던가? 그것은 어머니의 거칠고 강력한 변덕이었다. 자신의 의지에, 아무 때라도 자신의 힘을 펼쳐 보일 수 있는 능력에 푹 빠진 사납고 늙은 여족장. 그녀는 난봉꾼이자 결단력이 부족한 남편인 장군과 자신을 비교했을 때 더 잘나 보이기 위해, 그녀가 시대를 앞서 간다고, 그녀에게는 미래를 엿보는 수정 구슬이 있다고, 그녀가 현실 때문에 고통당하지 않도록 현실이 그녀에게 특권을 주었다고, 그녀가 현실을 창조했다고 사람들로 하여금 믿게 만들기 위해 그렇게 행동했다. 그녀의 변덕이 바로 법이었다. 가장 변덕스러운 변덕, 밑도 끝도 없는 잔인함, 도저히 믿을 수 없는 의지, 가장 비이성적인 이성. 이제 나는 사르미엔토 가문의 땅을 차지했다, 나는 이제 사십 대 노총각인 내 아들을 열두 살짜리 여자아이와 결혼시켰다, 나는 이제 그 여자아이를 미친년이라고 선언하고 프라이 베르나르디노에 감금했다, 그 가엾은 바보는 오두막에서의 고독과 정신병원에 버려지는 것의 차이를 모르기 때문이다, 그 바보가 그곳에서 썩었으면, 자신도 모르는 사이에 죽어 버렸으면 좋겠다, 자신의 자유의지로 모든 역경을 이겨 낸 한 여자의 의지와 권력과 변덕을 그 누가 막을 수 있단 말인가, 불필요한 모든 의무를 벗어던진 암컷, 아이의 엄마는 웃음의 집으로, 아이는 거리로, 혼자서 도움 없이 모든 일을 처리하도록, 그 누구의 보호도 필요 없는 사내대장부가 되도록, 어떻게 하나 한번 보자, 이 어린 녀석아, 무엇을 하는지, 앞으로 달려 나가는지, 그렇지 않으면 화냥년이 물어 갈 것이다. 모두 너를 위한 거야, 막스, 이 모든 것이 다 네가 성장하도록, 네가 아무런 부담 없이, 가족에 대한 의무 없이, 돌볼 아이 없이, 바가지를 긁고, 으르렁거리고, 짐을 지우는 마누라 없이 꿋꿋하게 설 수 있도록 하기 위한 것이다. 너는 자유다, 내 자식아, 네 위대한 엄마의 의지 덕분에 너는 제왕의 자리에 올랐다. 나는 안티구아 콘셉시온이지 콘차도 아니고 콘치타도 아니다. 나는 의지, 열망, 변덕, 창조 그 자체, 결단력의 어미다. 운명의 여주인. 우연의 여왕.

"나는 길거리에서 자랐어, 여호수아. 나는 최선을 다해 성장했어. 내가 버림받았다는 사실을 고마워하기까지 했어. 하지만, 감사하게 생각한다 해도 용서할 수는 없어. 나는 이라도 동원해 나 자신을 보호할 거야."

* * *

나는 필로파테르 신부를 만나기 위해 산토도밍고 광장으로 돌아갔다. 나는 나 자신에게 물어보았다. 무엇이 나를 돌아가게 했는가. 몇 가지 대답을 짐작해 보았다. 필로파테르 신부와 그의 사상에 대한 흥미. 그가 학교와 종단에서 쫓겨난 이유. 특히(필로파테르 신부는 내 청춘기의 마지막 기억과 같은 존재였다.) 그 시절에 대한 기억. 내가 읽는 방법을, 생각하는 방법을, 사상을 논하는 방법을, 나 자신을 느끼는 방법을, 사춘기의 고민(엄격한 가정부의 포로, 나의 근원에 대한 무지)을 다스릴 수는 없었지만 그로부터 해방될 수 있는 방법을 배웠던 바로 그 시절의 기억. 마리아 에힙시아카는 내 어머니가 아니었다. 내 뼈들은 그 사실을 알았다. 그 폭군 같은 가정부의 손에서 베를린 거리의 집 열쇠를 빼앗았을 때는 내 머리도 그 사실을 알 수 있었다. 물론 내 출생에 대한 수수께끼는 여전히 풀리지 않았다. 하지만 바로 그 수수께끼가 내가 내 삶을, 나 자신이, 내 자유가 결정한 그대로의 삶을 시작할 수 있도록 허용했다.

예리고는 내 독립의, 독립적인 인간으로 살겠다는 내 다짐의 상징이었다. 그러나 카스토르와 폴룩스라는 우정의 방정식 안으로 필로파테르 신부가 삼위일체를 완성하려는 듯 끼어들었다. 신부는 우리의 지적 호기심을 자극했고, 정처 없이 떠돌 뻔했던 항해자들에게 항구와 보금자리를 제공했다. 우리는 형제처럼 단단히 뭉쳐 있었으나 경험이 부족한 항해자들이었던 것이다. 나는 필로파테르 신부를 다시 찾아갔고, 거기엔 그럴싸한 핑곗거리가 있었다. 예리고가 멀어졌기 때문에 나는 신부에게 돌아갈 수 있었던 것이다. 내 친구와 내가 공동으로 소유했던 '아버지'가 있었다면 그 사람은 바로 할리스코 학교에서 만난 바로 그 신부였다. 우리에게 변증법의 구문론을, 아직 이론적이지만 이데올로기적인 견해의 명쾌한 요소를 가르쳐 주었던 성직자. 니체의 사상을 상대하기 위해 성 토마스 아퀴나스의 철학을 끌어들인 것도 일종의 훈련이었다. 그랬다. 예리고와 나는 토마스 아퀴나스의 추종자도 아니었고 허무주의자도 아니었다. 흥미로운 점은 필로파테르 신부가 스피노자에게서 도그마와 반항 사이의 균형을 발견했다는 것이다. 신부는 간단하게 이렇게 주장했다. 지식의 이데올로기는 지식 그 자체보다 선행하지 않는다, 그런 일은 불가능하다.

"진리는 선언문이 없어도 스스로 드러나지. 어둠을 몰아내는 빛처럼. 빛은 이데올로기적으로 자신을 선전하지 않아. 생각도 마찬가지야. 오로지 어둠만이 보지 못하도록 방해하지."

필로파테르 신부의 태도가 도그마에 반하는 것이었을까? 그래서 스피노자처럼 종교 공동체에서 결국 쫓겨났단 말인가? 필로파테르 신부가 신앙을 입증하기 위해 신앙의 원칙으로부터 너무 멀리 벗어났단 말인가? 내가 여기서 기억하는 그 모든 사건들, 혼란스럽지만 숙명적인 그 모든 사건들, 그때까지 나를 우정

(예리고)에, 성욕(아순타)에, 야망(막스 몬로이)에, 동감할 수 없는 자비(미겔 아파레시도)에 묶어 두었던 끈을 끊어 버린 그 모든 사건들이 벌어지는 동안 나는 나 자신을 향해 그런 질문들을 던지고 있었다.

내게 무엇이 남아 있었단 말인가? 산토도밍고에서 필로파테르 신부와의 우연한 만남은 내게는 일종의 구원이었다. 구원이라는 말이 영원의 재판정에서 좋은 판결을 받는 것이 아니라 우리 인간의 잠재력의 정확한 실현이라고 한다면 말이다. 지금의 우리가 되었다는 것은 우리가 과거에도 그랬고 미래에도 그럴 것이기 때문이다. 죽음을 초월하는 문제는 지상에서 구원을 받는 동안에는 잠시 보류된다. 지상에서의 구원이 죽음의 초월을 결정하는 것은 아닐까? 죽음 후에 우리에게 일어날 일들은 우리가 살아가는 동안 이룬 일들에 의지하는 것은 아닐까? 어쩌면 최후의 순간에, 우리의 행위와는 상관없이, 고백에 의해, 참회에 의해, 처음부터 숨어서 우리를 기다렸던, 죽는 바로 그 순간에야 우리가 믿는 진리에 대한 최후의 자각에 따라 최후의 구원이 이루어지는 것은 아닐까?

필로파테르 신부의 대답(종단에서 추방당한 이유)은 이랬다. 모든 인간에게 그 자체의 가치를 부여해야 한다. 그가 어떤 집단에, 어떤 당에, 어떤 종교에, 어떤 사회계층에 속하는지는 중요하지 않다. 이 양도할 수 없는 개인은 자신의 근본적이며 개인적인 가치를 잃지 않는다는 조건으로 집단에, 당에, 계층에, 교회에 소속될 수 있다. 그렇다면 종단이 필로파테르 신부에게 그런 조건을 허용하지 않았단 말인가? 그는 자신의 주장만 고집했단 말인가? 손해를 보지 않고 종단에 남아 있으려 했단 말인가?

그는 조직에게 그의 개성을 넘겨주지 않았단 말인가? 감사하는 마음으로 도시의 군중 속으로, 수도원으로, 당으로 사라지려고 하지 않았단 말인가? 그는 우리에게 가르쳤던 내용에 충실히 따랐다. 그는 정통 유대교에서 파문당한, 정통 기독교로 돌아갈 수 없었던, 유대교와 기독교 양쪽으로부터 이단이라고 욕을 먹었던, 신앙은 복종 속에서 시들고 정의 속에서 피어난다고 믿었던 바루흐(브누아, 베네딕트, 베네딕투스) 스피노자의 사랑스러운 아들이었다.

나는 산토도밍고로 돌아가 필로파테르 신부와 이야기를 나누었다. 신부와 나는 광장에서 벗어나 돈셀레스 거리를 거닐었다. 이전에 나누었던 대화의 연장이었다. 나는 사람들이 북적거리는 길을 걸으며 그 선한 신부가 버스에, 자동차에, 자전거에, 노점상 마차에 치이지 않도록 신경을 곤두세워야 했다.

"내가 제명된 이유 때문에 자네가 혼란스러워하지 않기를 바라네." 신부가 그렇게 말하는 동안, 나는 그가 차에 치여 죽지 않고 살아남은 것을 기적이라고 생각했다. "내 잘못은 예수가 성부의 대리인이 아니라고 주장한 것이라네. 예수는 하느님이야. 육신으로 태어났기 때문이지. 그런데 성부는 그걸 용납하지 않아. 저주! 저주!" 내가 신부를 부축해 길을 건너는 동안 신부는 더러운 가슴팍을 주먹으로 두드렸고, 그 바람에 낡은 넥타이가 춤을 추었다. "그게 내 결론이야, 여호수아. 만일 내가 한 말이 사실이라면 하느님은 사람들 중에서 가장 천박한 사람에게만 나타나지."

"믿음이 가장 약한 사람에게요?" 나는 필로파테르 신부의 말에 짓눌려 그렇게 말했다.

"나는 독재자와 같은 하느님은 믿지 않아. 나는 그 자신과 모순되는, 예수로 형상화된 하느님을 믿어. 인간 예수는 겟세마네 동산에서 이렇게 말했어. 당신은 죽을 정도로 내 영혼을 차지했습니다. 만일 '하느님이 어찌하여 나를 버리셨나이까.'라고 말했다면, 그건 우리 모두에게 한 말이 아니었을까? 인간들아, 어찌하여 나를 버렸느냐? 너희들은 내가 너희들과 같은, 의지가지없는, 처벌받은, 숙명적인, 어떤 섭리도 지니지 못한 그냥 인간일 뿐이라는 사실을 알지 못하느냐? 어찌하여 나에게서 너희들의 모습을 보지 못하느냐? 어찌하여 내게 성부와 성령을 만들어 주었느냐? 어찌하여 삼위일체 안에서 나와 인간과 예수그리스도를 보지 못한단 말이냐? 나는 신격화됨으로써 사라져 버린다."

우리는 마침내 돈셀레스 거리 815번지의 현관문을 통해 지붕이 있는 좁은 골목으로 들어갔다. 이끼와 썩은 뿌리 냄새가 진동했다. 필로파테르 신부는 잡초가 우거진 안마당 깊은 곳에 있는 어느 방으로 나를 이끌었다. 내가 보기에 신부는 겁먹은 듯한 시선을 하고 사람들이 거주하는 층으로 이어지는 계단을 피해 갔다. 마치 그곳에 유령이 산다는 듯이.

필로파테르 신부의 방은 알고 보니 테이블이 갖춰진 작업장이었다. 나는 그 테이블이 정밀한 작업, 즉 크리스털을 가는 작업대라는 것을 알 수 있었다. 테이블 하나, 의자 두 개, 엉성한 침대 하나, 벌거벗은 벽들, 장식품이라고는 침대 위에 놓인 그리스도 수난상 하나뿐이었다. 필로파테르 신부는 필요 이상으로 침대를 오랫동안 쳐다보며 내 어깨를 붙잡고 미소 지었다.

"여자는 내 침대로 들어올 수 없어. 생각해 보게나. 독신 생활은 1139년 라테란 공의회 이후로 성직자들의 의무야. 13세기에리에주의 주교였던 앙리는 자식을 예순한 명 두었지. 스물두 달 월 동안 자식들 열네 명이 태어났어."

"여자라니요." 나는 결과를 예상하지 못하고 무심결에 그렇게 말했다.

"자네 여자 말일세." 나는 신부의 말에 대경실색하고 말았다.

그는 내 얼굴에서 당혹스러움과 놀라움이 차례로 스쳐 지나가는 것을 보았다. 내 눈으로 아순타 호르단의 시선이, 내 귀로 엘비라 리오스 간호사의 목소리가, 내 코로 헤타라 부인이 운영하는 사창굴 창녀들의 체취가 스치고 지나갔다. 그러나 꼭 다물어진 내 입에서는 필로파테르 신부가 대신 말해 준 그 이름이 튀어나오지 않았다.

"루차 사파타."

그리고 그는 잠시 후에 중얼거렸다. "갈보리 언덕에서 사탄의 목소리가 예수에게 이렇게 말했을지도 모르지. '네가 만일 하느님이라면 십자가에서 내려와 너 자신을 구원하라.'라고 말이야."

* * *

나는 두려운 마음으로 프라가 거리에 있는 아파트로 올라갔다. 계단을 하나씩 밟을 때마다 누군가의 발걸음이 나를 위협했다. 구석구석에 원수가 숨어 있었다. 그 거대한 도시의 중심에 있는 필로파테르 신부의 은닉처를 방문함으로써 감옥에서 풀려날 수 있었던 악마들의 군대와 함께 나는 천천히 올라갔다. 어둠 속에서, 잠자는 남자와 정을 통한다는 서큐버스들이 어렴풋한 여자의 모습으로 나를 유혹하고 처벌하려 했다. 더욱더 안

좋았던 것은 잠자는 여자와 정을 통한다는 잉큐버스들이 잔인한 애인처럼 내게 달려들었다는 것이다. 나는 위로 올라갈수록 무서워졌다. 잉큐버스들은 아순타의 얼굴을 한 남자들이었고, 서큐버스들은 예리고의 이목구비를 갖춘 여자들이었다. 돈셀레스 거리의 필로파테르 신부를 방문했기 때문에 떠올랐던 루차사파타의 얼굴을 마치 내가 망막에서 지워 버리고 싶어 하는 것 같았다. 나중에 나는 그 모든 것이 일종의 사전 경고였다는 것을 알 수 있었다.

나는 아파트 문을 신경질적으로 거칠게 열어젖혔다. 열쇠를 호주머니에 넣고 불을 켜려는 순간 어둠 속에서 예리고의 목소리가 내게 요청, 아니 명령했다. "빛은 싫어. 불을 켜지 마. 어둠 속에서 얘기하자."

나는 예리고의 명령에 복종했다. 여느 때와 마찬가지로 내 눈은 어둠에 서서히 적응해 갔고, 예리고의 검은 그림자가 명확하게 모습을 드러냈다.

그다지 크지는 않았다. 그 남자는, 내 친구는 어스름한 지역에 숨어서, 어둠이 적대적으로 변한 세상으로부터 자신을 보호했다. 마치 내가 몰랐던 것처럼. 체포 명령은 배신자에게 앙심을 품은 대통령이 직접 내린 것이었다.

"유다 같은 놈." 아마도 대통령은 그때 이후로 예리고를 그렇게 불렀을 것이다. "유다 같은 놈."

이제 가리옷 예리고는 너무나 빤한 장소, 그래서 가장 안전한 장소인 프라가 거리의 우리 아파트에 숨어 있었다.

"에드거 앨런 포를 기억하니? 우리 함께 읽었잖아. 도둑맞은 편지, 누구나 볼 수 있는 장소에 숨겨 두었고, 그래서 아무도 그 편지를 찾지 못했지."

"위험한 짓이야." 그에 대한 애정으로 가슴이 콩콩 뛰었고, 감히 그에게 여기서 나가라고 부탁할 수는 없었다. 쫓기는 그에게 버림받는 느낌을 더해 줄 수는 없는 노릇이었다. 나는 내가 그의 공범으로, 그를 숨겨 준 자로 여겨질 수도 있다는 사실을 알고 있었다. 하지만 내가 무슨 수로 예리고의 의지를 존중해 주지 않을 수 있단 말인가?

"여기서 나가. 나를 위험에 빠트리지 마."

나는 차마 그 말을 할 수 없었다.

그가 나 대신 말했다.

내 고통을 감해 주었다.

"너도 알았을 거야, 올드 팔(old pal). 우리는 지금까지 살아오면서 엄청난 야망을 품었고, 엄청나게 많은 책을 읽었고, 열심히 공부했고, 밀고자가 치러야 할 대가에 대해 토론하기도 했지."

나는 화가 났다. "나는 유다가 아냐."

그가 화를 냈다. "대통령 궁에서는 나를 그렇게 불러."

"나와는 상관없는 일이야." 나는 더듬거렸다. "나는 배신자가 아냐. 나는 정부에서 일하지 않아."

"그렇다면 나와 공범이 될 수도 있어?"

"나는 네 친구야. 배신자도 공범도 아냐."

나는 말없이 내 심정을 이해해 달라고 부탁했다. 여기서 나가라고 요구하고 싶지 않았다. 그가 어디로 간단 말인가? 그는 내가 밀고하지 않으리란 것을 알고 있었다. 그는 우리의 우정을 이용했다. 우정을 희생시켰던 걸까? 나는 어둠 속에 갇힌 예리고를 보며 그 생각을 털어 버렸다. 권력을 잡겠다던 그의 백일몽은 실패로 돌아갔다. 파시스트적인 매력이 넘치는 때늦은 작업, 우리 시대에는 불가능한 작업, 상상력의 산물. 그때 나는 이해했다. 그 자체로, 과거에 의해, 격렬하고 퇴폐적이고 이상주의적인 지성에 의해 고무된 작업. 성이 없는 내 친구 예리고. 왕 같은 존재. 술탄 같은 존재. 아시아의 독재자 같은 존재.

"고맙소, 몬로이. 당신의 충고 덕분에 우리는 유다가 준비하는 과정을 모두 지켜볼 수 있었소."

막스 몬로이는 대통령에게 모든 정보망을 손에 넣으면 무언가에 유용하다고 말하지 않았다.

발렌틴 페드로 카레라는 농담을 버릴 수 없었다.

"마지막 순간까지 정보를 붙잡고 있더군요, 막스 씨. 그 유다 같은 놈은 성공할 뻔했소. 그래서 그리스도가 될 뻔했지. 빌어먹을."

몬로이는 어깨에 파묻힌 머리를 절레절레 흔들었다.

"누구도 성공할 수 없습니다." 몬로이가 선고했다. "모든 것이 기록됩니다. 드러나지 않는 파괴 활동이란 있을 수 없습니다. 내가 마지막 순간에 정보를 제공한 이유는 그따위 혁명은 대부분 결국에 가서는 실패로 끝나기 때문입니다. 봄기운이 도는 시기만큼 지속될 뿐입니다. 무슨 이유로 당신에게 고민거리를 안긴단 말입니까, 대통령 각하? 오락거리를 준비하는 것만으로도 충분히 바쁠 텐데요."

대통령은 몬로이의 야유에 기분 나빠하지 않았다. 그는 몬로이에게 지나치게 많은 것을 빚졌다. 몬로이는 자신의 권력을 남용한 것만 같아 무안하기 짝이 없었다.

"심각한 문제에 있어서는 나는 당신의 부하입니다, 대통령

각하."

"나도 압니다, 막스 씨, 나도 알아요, 고맙게 생각해요. 내 말을 믿으세요."

어둠의 옷을 입고 있는 예리고는 몬로이의 사무실에서 아순타가 내게 말해 준 사실을 알았을까?

"우리가 시대를 착각했던 것을 아닐까?" 나는 담담하게 물어보았다.

그는 내 말을 듣지 못한 듯 말을 이었다. "우리는 제때에 태어났을까, 아니면 엉뚱한 시대에 태어났을까?"

그는 그것을 아는 것이 중요하다고 말했다.

그는 우리의 어린 시절과 사춘기를 떠올렸다. 가족 없이 성장한 두 사람, 부모를 모른 채, 부모가 있었는지조차 모른 채 자란 두 사람. 우리는 누가 우리를 먹여 살리는지, 누가 우리의 학비를 대고, 옷을 사 주고, 먹을 것을 사 주는지 알 수 없었다…….

"누군가가 우리를 먹여 살렸기 때문이야, 여호수아. 우리가 그 사람을 찾아보지 않았던 이유는 그냥 그러는 게 편했기 때문이야. 모든 것을 받았지만 어떤 의무도 없었기 때문이야. 우리는 궁금해하지 않았고, 아무도 우리에게 물어보지 않았어. 우리는 차려진 밥상을 받았던 거야. 우리에게 그럴 자격이 있었을까, 챔프? 다른 사람들이 너를 위해 만들어 놓은 운명을 네 앞에 펼쳐 놓은 때가 오지 않았어? 그래서 너는 너 자신의 운명을 스스로 개척하기 위해 뛰쳐나오지 않았어?"

나는 뭐라고 대답해야 할지 알 수 없었다. 다만 그 순간 그의 존재는 그와 내가 함께 나눈 과거에 바치는 공물이라고, 나는 그렇게 생각한다고 말했다. 그것은 미래의 우리 우정을 의심한다고 말하는 것이나 다름없었다. 결국 우울한 순간이었다.

예리고는 바보가 아니었다. 그는 내 말을 잽싸게 낚아채 자신의 상황에 적용했다. 그는 이곳에 있었고, 그는 내가 상처를 주지 않기 위해 피하고 싶은 친구였고, 그는 지금 반역의 시인처럼 '위선적인 깃털을 뽐내는' 백조의 목을 비틀고 있었다. 예리고는 자신의 목을 조르고 싶어 했고, 그것은 그의 드라마틱한 천명이었다.

"여호수아, 우리가 처음 만났을 때를 기억해? 생각해 봐. 그리고 우리가 어떤 관계를 맺어 왔는지 하나하나 기억해 봐. 항상 너에게 행동하라고 부추긴 사람이 나였다는 것은 인정하지? 학교 당국에 저항하라고, 상투적인 생각에 반대하라고, 좋은 습성에 반항하라고. 내 삶이 우리를 위해 열어 놓은 길로 항상 너를 밀어 넣었던 사람이 나라는 것은 인정하지?"

"그럴 수도 있지." 나는 불안정하게 움직이는 기억을 더듬으며 대답했다.

"아냐." 그가 사납게 말했다. "그건 그럴 수도 있는 것이 아니었어. 그건 확실했어. 그랬단 말이야. 나는 항상 앞장 섰어, 그렇지 않아?"

"어느 지점까지는." 어둠 속에서 예리고가 나를 향해 보내는 시선의 폭풍이 못마땅했기 때문에 나는 장난을 치고 싶었다.

"믿지 못한다 해도 믿어 줘……."

그가 깔깔대며 웃었다. 그가 처한 상황을 비웃었던 것인지, 나를 비웃었던 것인지, 그 자신을 비웃었던 것인지 나는 모른다.

"너는 멈췄어, 여호수아. 너는 길이 끝나는 지점까지 나를 따라오지 않았어."

"그 길 끝에는 절벽이 있었으니까." 나는 그를 비난하고 싶지 않아 그렇게 말했다.

그가 다른 식으로 이야기를 이어 갔다. "너는 용기가 없어서 길이 끝나는 지점까지 나와 함께 걸어가지 않았어. 너는 나와 함께 국경을 넘어가지 않았어, 여호수아. 너는 용기가 없어서 네 안에 있는 악을 조사해 보지 못했어. 우리 두 사람은 항상 알았어. 우리가 선을 행할 수 있다면 악도 행할 수 있다고 말이야. 그뿐만이 아니야. 우리는 '착한' 사람으로 남아 있는 한 완벽한 사람이 될 수 없어. 우리가 살아가면서 취하는 모든 행동은 심연의 가장자리로 가는 것과 같아. 어떤 절벽은 선이야. 다른 절벽은 악이야. 혼동하지 마, 형제. 너와 나는 선으로도 악으로도 빠지지 않았어. 우리는 단지 그런 것도 같고 아닌 것도 같은 애매모호한 길을 따라 걸었을 뿐이야……. 결정을 내려야만 했어. 우리에게 결정을 요구하는 시기가 있어. 그건 우리가 어디에 있느냐, 우리가 누구와 만나느냐, 무엇이 우리에게 영향을 끼치느냐에 따라 달라. 분명했어, 슈어(sure), 나는 정치권력의 중심부에 있었어. 그리고 거기서부터, 여호수아, 내가 나 자신이 되기 위해서는, 권력의 꼭두각시가 되지 않기 위해서는 선택의 여지가 없었어. 권력으로 권력에 맞서야만 했지. 다른 의미의 권력, 여호수아, 악의 권력. 생각해 봐, 여호수아, 선의 권력이 우릴 어디로 데려갔지? 다람쥐 쳇바퀴처럼 보이는 민주주의, 어디로도 빠져나갈 수 없기 때문에 계속 제자리에서 맴돌아야 하는 꼬락서니. 내가 반란을 일으켰다고? 내 행동에 악의 흔적이 묻어 있다고? 내 말이 틀렸다면 그렇다고 말해 봐. 이런 제길."

그가 한 마리 호랑이처럼 으르렁댔다. "맞아. 나는 그랬어. 나는 내 안에 있는 악을 조사했어. 나 자신의 악의 수렁으로 빠져들었고, 악이야말로 용감한 사람과 맞설 수 있는 단 하나뿐인 유효한 원수라는 사실을 발견했어……. 하나의 가치인 악, 내 말 알아듣겠어? 용기의 증거인 악."

나는 점잖게 화를 내는 것으로 대응했다.

"나는 살육이 계속되는 것을 원치 않아, 그게 다야. 나는 우리가 태어난 시대에서 더 이상 피 냄새를 맡기 싫어, 여호수아. 극단으로 치닫는 악의 시대, 악을 인정하고 악을 찬양하는, 마치 악이 의지와 운명의 위대한 선이라도 되는 듯……. 나는 역겨워. 넌 그렇지 않아?"

(활짝 뜨인 내 눈앞으로 마른 참호에 쌓인 시체가, 아우슈비츠 집단 수용소에 너부러진 시체가, 스탈린그라드의 피로 물든 강에 흩어진 시체가, 베트남의 피로 물든 밀림에 널린 시체가, 틀랄텔롤코 젊은이들의 시체가, 칠레와 아르헨티나에서 희생된 자들의 시체가, 아부그라이브 수용소에서 고문을 받다 죽은 사람들의 시체가, 나치와 공산주의, 잔인한 군인들과 무시무시한 대통령들에게 희생당한 자들의 시체가, 자신과 모습이 다른 사람들을 이해할 수 없는 미친 미국인들에게 희생당한 자들의 시체가, 알제리 '문제'에 끼어든 프랑스 합리주의자들에게 희생당한 사람들의 시체가 스치고 지나갔다. 나는 그때 생각해 보았다. 역사를 이렇게도 요약해 볼 수 있지 않을까. 우리는 시간 문화의 여러 양상을 조사해서 분명하게 드러낼 수는 있었지만 시간에서 악을 추방할 수는 없었다. 예리고와 여호수아의 삶에 있어서 악의 특권에 대항하는 울타리로 선의 지식을 고양한다고 해서 그게 무슨 가치가 있겠는가? 우리의 '문화'가 악마의 파도를 막아 내는 방파제였단 말인가? 우리가 없었다

면 우리 모두 악의 바다에 빠져 죽어 버렸을까? 우리가 있든 없든 상관없이, 시간의 악은 모습을 드러냈을 것이다. 그래서 인도차이나의 밀림에 난 길에서 한 벌거벗은 소녀가 영원히 지워지지 않을 화상을 입고 밝은 대낮에 소리를 질러 댔을 것이고, 한 유대인 소년이 두 손을 들고, 외투에는 다윗의 별을 달고, 눈에는 운명을 담고 바르샤바 게토에서 강제로 끌려 나왔을 것이다. 그렇지 않았을까?)

"나는 살육이 계속되는 것을 원치 않아." 나는 그렇게 말했다. 상황과 어울리지 않은 엉뚱한 소리처럼 들렸을지도 모른다. 그러나 그 순간에 나는 그렇게 대답할 수밖에 없었다. "우리가 계속 카스토르와 폴룩스로, 형제 같은 친구로 남기를 원해……."

"원수와 같은 형제, 카인과 아벨이 아니라?"

"그건 네가 하기 나름이지."

"너는 용기가 없어서…… 나와 동행하지 않았어." 그가 고집했다. 냉혹하고 음산해 보였다.

"네가 실수를 저지른 것 같아, 예리고. 너는 상황을 잘못 판단했고, 그래서 잘못 행동했어."

"잘못? 무언가를 해야만 했어." 그가 갑자기 목소리를 바꿔 겸손하게 말했다. 전혀 예상하지 못했던 비현실적인 태도였다.

"너는 뭔가를 할 수 있어. 하지만 모든 것을 할 수는 없어." 나는 중얼거렸다. 비굴한 느낌이 커져만 갔고, 원하지도 않으면서 친구를 관대하게 대하는 나 자신을 자책했다. 그것은 모욕이었다. 나는 그가 눈치채지 못했다고 믿었다. 내가 착각했던 것일까?

대답할 시간이 없었다. 우리는 계단을 올라오는 발자국 소리를 분명하게 들었다. 시간은 자정이었고, 그 건물에는 우리 아파트를 제외하면 저녁 7시에 일제히 문을 닫는 사무실들밖에 없었다. 나는 한순간 예리고가 옷장 안으로 숨으려 한다고 생각했다. 그가 움직였다. 멈추었다. 귀를 기울였다. 나도 귀를 기울였다. 우리는 귀를 기울였다. 발자국 소리가 올라오고 있었다. 여자의 발걸음이었다. 또각또각 구두 굽 소리가 여자를 앞질러 올라왔다. 예리고와 나는 이 미터 정도 떨어진 채 기다렸다. 할 수 있는 일이 아무것도 없었다. 그러나 우리는 한순간 멀리 떨어졌다. 사람은 홀로 외로이 죽어야만 하는 것처럼.

문이 열렸다. 아순타 호르단이 우리 두 사람을 쳐다보았다. 마치 우리 두 사람 사이에 이 미터 거리가 존재하지 않는 것처럼. 그녀는 마치 우리가 한 사람인 것처럼 쳐다보았다. 카스토르와 폴룩스, 형제 쌍둥이, 원수 같은 형제인 카인과 아벨은 아니었다.

그녀는 손에 들고 있던 횃불을 껐다. 그건 필요 없었다. 불이 이미 켜져 있었다. 도둑맞은 편지가 만인의 눈앞에 나타났다.

밖에서는, 프라가 거리에 있는 산토니뇨 교회의 고딕식 조각상들은, 우리에게 새하얀 미소를 보여 주지 않았다.

* * *

"네게 해야 할 이야기가 아직 끝나지 않았어." 루차 사파타는 필로파테르가 받아쓴 편지에서 그렇게 말했다. 신부가 내게 그 편지를 건네주었다.

아직 끝나지 않았다고? 시작도 하지 않았으면서. 더구나 내가 이야기를 해 달라고 요청한 적은 한 번도 없었다. 네 과거에 대해 이야기해 줘. 심심해서 이러는 게 아냐. 사랑하기 때문이지. 루차 사파타는 내게 애정을 주었고, 나의 애정을 요구했다. 그 애정은 추억으로 넘쳤다. 우리의 관계는 그런 식으로 형성되었다. 그녀는 기억이 없었지만 그렇다고 기억상실증은 아니었다. 과거가 없다는 것은 현실로 깊이 파고들기 위한 격렬한 몸부림이었다. 아무것도 기억하지 못하는 순간적인 열정의 뿌리와 같은 사랑. 나는 그녀 자체만으로 충분했기 때문에 아무것도 예견하지 않았다.

나와 루차 사파타의 관계는 바로 그런 식이었다. 이제 그녀가 내게 편지를 보내왔다. 그건 분명히 우연과 자유의 이름으로 그렇게 했을 것이다. 그녀는 자신을 배신하지 않았다. 병 하나를 바다에 던진 것이었다. 내가 그녀의 편지를 읽을 수 있을까? 내 의지나 운명과는 별로 상관없는 일일 것이다. 예리고가 준비하던 일의 흔적을 찾기 위해 센트로 이스토리코 거리를 방황했기 때문에 나는 산토도밍고 광장에서 필로파테르 신부와 만날 수 있었다. 필로파테르 신부는 내가 접근하는 것을 거부할 수도 있었다. 부끄러워서. 그의 새로운 삶은 이전의 삶과 비교했을 때 너무나 형편없었기 때문에. 내게는 과거를 부활시킬 수 있는 권리가 없었기 때문에.

하지만 그는 나를 피하지 않았다. 나를 맞이했고, 나를 알아보았고, 나를 기억했고, 돈셀레스 거리의 시큼털털한 정원 구석에 있는 누추한 숙소로 나를 데려갔다. 필로파테르 신부는 그곳에서 스피노자의 삶을 흉내 내며 크리스털을 갈고 있었다.

이 이야기는 거기서 끝날 수도 있었다. 나는 옛 스승을 십일 년 동안이나 찾아보지 않았다. 그러니 그 우연적인 짧은 만남 뒤에 영원히 그를 만나지 않을 수도 있었다. 문제는 바로 그것이다.

어느 누구도 거기서 벗어날 수 없다. 우리는 만난다. 우리는 만나지 않는다. 만일 우리가 만나지 않는다면, 무슨 일이 벌어지지 않을 수 있단 말인가? 어떤 기회를 놓칠 것인가? 어떤 위험을 피할 수 있을 것인가? 만일 우리가 만난다면, 무슨 일이 벌어질까? 어떤 기회가 나타날까? 어떤 위험이 현실로 드러날까?

예리고가 옳았다. 우리는 항상 복잡한 갈림길에 서게 된다. 수많은 길이 갈려 나가는 원형의 광장. 길들은 모두 다른 광장으로 우리를 인도하고, 그 광장에서 또 수많은 길이 갈려 나간다. 여섯 개, 서른 개, 이백열여섯 개, 끝없는 광장들, 끝없는 인생을 위한 끝없는 길들, 우리가 손으로, 사상으로, 말로, 형태로, 색깔로, 소리로 하는 일들, 우리가 섹스로, 사회적 관계로, 가족생활로 하지 않은 일들이 그 인생의 방향을 보장해 줄 뿐이다. 가족은 쉽게 증발해 버린다. 삼사 대만 지나가면 어느 누구도 그들을 기억하지 못한다. 네 증조할아버지는 어떤 사람이었지? 네 고조할아버지의 이름이 뭐니? 그보다 더 먼 조상들은 어떤 모습이었니? 사진이 나오기 전에 살았던 사람들, 루벤스나 벨라스케스가 초상화를 그려 줄 정도로 행운이 따라 주지 않았던 사람들은? 우리는 집단 망각의 일부이다. 번호가 없는 전화번호부, 백지만 들어 있는 백과사전, 아무리 만져도 지문이 남지 않는 그런…….

그렇다면 루차 사파타는 무슨 이유로 내게 고백의 편지를 남겼단 말인가? 그녀는 편지에서 다른 사람들과 함께했던, 범죄자였던 자신의 삶을 자세하게 기록했다. 내 청춘기 초반에 사창굴의 삶을 통해 알게 된 사람들, 에스파르사 가족의 집과 산후안데아라곤의 교도소를 방문하면서 알게 된 사람들……. 루차는 무슨 이유로 범죄 이야기를 들먹이며 침묵을 깼단 말인가. 침묵은 우리 사랑스러운 관계의 음악이었다. 이제 루차 사파타는 범죄를 저지르는 모습으로 다시 나타났다. 처음에는 범죄 집단의 일원이었다. 양아치, 가짜 장님, 불구자, 두창을 앓는 사람, 불치병 환자, 그녀의 의지가 원하는 것, 운명이 우리에게 선물한 것. 루차는 복잡한 사거리에서 병들어 괴로워하는 사람들에게 빵을 얻어먹었고, 마사리크 거리에서 공항으로 가는 길을 건너갔다. 손을 벌리고, 기도문을 외우며, 민요를 부르며, 하느님께서 보답하실 겁니다, 당신이 원하는 만큼, 하느님을 찬양하라, 교회 입구에서는 상처에서 피가 흐르는 것처럼 꾸미며, 병원 입구에서는 탈장을 앓는 것처럼 위장하며, 레스토랑 입구에서는 폐결핵에 걸린 것처럼 가장하며. 그녀는 한 계단 한 계단 밟고 올라갔다. 도둑놈들, 깡패들, 뚜쟁이들, 집을 터는 데 특별한 재능이 있는 하급선원들, 교회에서 물건을 훔치는 신실한 신자들, 꼬챙이를 사용해 문을 따는 방법을 아는 전도사들, 밝은 대낮에 행인들에게서 돈을 강탈하는 투우사들을 사귀었다. 깡패들, 월급쟁이 살인범들, 전문적인 칼잡이들, 포주들, 사창굴 직원들, 갈 곳 없는 젊은이들, 범죄 외에는 다른 탈출구가 없는 늙은 범죄자들, 늙은 군인들, 파산한 연금 수급자들, 파산해서 쫓기는 사람들, 지불되지 않는 임금, 다른 사람 손에 넘어간 담보물, 평가절하된 돈, 허공으로 증발한 예금, 중지된 고용, 존재하지 않는 보험, 여호수아, 좀 보란 말이야, 미덕과 재산이, 우연과 필연이, 순진함과 죄가 필요에 의해 도둑질을 하는 군대에서 어떻게 엮여드는지 좀 보란 말이야, 넌 알아? 어떤 사람들은 필요에 의해 훔치지만 또 어떤 사람들은 필요가 없어도 훔치고, 그저 좋아서 사람을 죽이는 사람도 있고 불필요하게 사람을 죽이는 사람도 있고 죽일 필요가 있기 때문에 죽이는 사람도 있어. 여호수아, 너는 정이 많은 사람이야? 이해할 수 있어? 그런 걸 알면서도 용서해 줄 정도로 착한 사람이야? 모르니까 그냥 용서해 주고 싶은 건 아냐? 루차 사파타를 모르기 때문에 루차 사파타를 사랑할 수 있는 거 아냐?

그랬다. 그건 일종의 비전이었다. 격납고에서 쌍발기를 훔치려 했기 때문에 공항에서 쫓겨난 여자 비행사, 모자와 안경과 가죽옷 차림으로 나타난 유령, 내가 프랑스로 유학을 떠나는 예리고와 헤어진 후에, 짐꾼으로 위장한 강도 겸 마리아치였던 막시 바타야 뒤를 따라가던 사라 P가 지나가는 모습을 본 후에, 우연히 내 품으로 떨어져 내렸던 그 유령. 그것은 현실이었을까? 다른 모든 것은 허구가 아니었을까? 그 마리아치는 그의 어머니가 믿었던 것처럼 진짜로 얻어맞아 벙어리가 되었단 말인가? 그는 생생하게 살아남아 꼬리치고 다니지 않았던가? 사라 P도 예리고가 조직한 범죄 집단의 일원이었을까? 예리고는 폭력으로 권력에 도전하려 했다. 그는 합법적인 방법은 통하지 않는다고 믿었다. 그는 혁명적인 행위와 경찰이 다루는 문제를 혼동했고, 그래서 그 대가로 받은 것은 재앙, 도주, 감옥이었다.

필로파테르 신부와의 우연한 만남, 언젠가는 내가 읽으리라는 희망을 버리지 않고 루차 사파타가 쓴 편지를 읽고 있는 것, 그 모든 것이 씨줄과 날줄로 엮여 하나의 이야기를 구성한단 말인가? "넌 날 잘못 기억하고 있어." 이것이 그 편지의 후렴구였다. "넌 내게 행복의 맥박을 안겨 주었어." 이런 말도 있었다. "나는 너를 좋아하기 위해 고민해야만 했어." 이런 구절도 있었다.

루차가 구술하고 필로파테르 신부가 받아쓴 편지.

무슨 이유로? 그녀는 뭘 알고 있었을까?

대서인 없이 혼자서 쓸 수 없었단 말인가?

필로파테르 신부가 우리 운명의 서기가 되어야 했단 말인가?

여러분도 기억하듯, 우리가 과거에 대해서 함구하기로 약속했기 때문에 개인적으로는 나에게 얘기할 수 없었던 이야기를 이런 식으로 고백한 것이란 말인가? 하지만 우연적인 요소가 루차의 의지보다 훨씬 강하게 작용했다. 나는 산토도밍고 광장을 지나치지 않을 수도 있었다. 필로파테르 신부와 두 번 다시 만나지 않을 수도 있었다. 바로 이 점이 루차의 의지와 우연이 나의 우연과 일치하는 지점이다. 아무 대서인이나 붙잡고 편지를 대신 쓰게 하고, 내가 그 대서인을 찾아내고, 그 대서인이 내게 편지를 줘 읽게 만들 거라는 희망. 지금 이 순간처럼. 이건 우연의 일치가 아니라 예언의 실현이었다. 나는 그렇게 했다. 편지를 읽었던 것이다.

다른 건 다 몰라도, 어린이 공원이 있었던가? 심술 사나운, 함께 살기 힘든 어머니가 있었던가? 청소년기는 수명이 짧은 유혹이 아닌가. 딸은 외롭고 슬프고 그래서 어둠을 몰아내고 싶어 했고, 어머니는 가슴을 드러내지 말라고 딸에게 말했고, 딸은 어머니에게 옷 입는 방법이 싫다고 말했고, 어머니와 딸은 서로 말다툼을 벌였고, 어머니는 어머니로서 의무를 다했다. 내가 경고했지, 너는 엄마 옆에 있어야 살아남을 수 있다고 말이야. 그리고 루차는 단 한 순간만을 간직하고자 했다. 어머니와 딸이 서로를 존중했던 그때, 자매처럼 다정한 한 쌍으로 보였던 그때를. 그녀는 어둠과 위협과 거짓말을 몰아내고 싶어 했다. "너는 엄마 옆에 있어야 살아남을 수 있다고 말했잖아." 그녀는 거리로 뛰쳐나왔고, 자발적으로 거지가 되었으며, 범죄에 뛰어들었고, 그래서 막시 바타야, 사라 P, 시보네이 페랄타, 브리얀티나스, 고마스, 과격한 망나니 변호사 헤나로 루발카바와 한 패가 되었다. 이제 그들은 미겔 아파레시도가 지배하는 감옥에 갇혀 있다. 하지만 루차는 풀려나 감옥을 나왔다. 그녀는 굶주린 짐승을 쫓는 사냥개처럼 풀려났다. 짐승들의 모습. 날카로운 송곳니, 침이 질질 흐르는 주둥이, 원치 않은 밤샘 탓에, 예리고의 정치적 야망 탓에 붉게 충혈된 눈.

나는 이 모든 이야기의 일부분이었다. 나는 의지의 할당에 대해, 운명의 배분에 대해 알았다. 나는 범죄와 처벌에서 살아남은 그 여자를 사랑했다. 그녀는 공항에서 우연히 나와 만났기 때문에, 우리가 잠시나마 함께 살았기 때문에 살아남을 수 있었다. 우리가 함께 나눈 삶은 감정의, 알코올과 마약의, 좋은 음식과 훌륭한 섹스의 롤러코스터였다. 내게 무슨 불만이 있었겠는가? 나는 악을 피하고 미덕을 즐길 줄 알았다. 그런데 내가 무엇에 대해 불만이 있었겠는가?

* * *

아순타 호르단은 위엄 넘치는 모습으로 프라가 거리의 아파트로 들어왔다. 자신만만한 표정, 의기양양한 구두 굽 소리, 고위 간부 직원의 복장, 참을성이 별로 없는 얼굴, 내 친구와 나를 동시에 쳐다볼 수 있을 것 같은 두 눈. 그녀는 단호했고 변론의 여지가 없었다. 건물 아래에는 장갑차가 자동차 두 대와 무장한 사람들과 함께 기다리고 있었다. 나는 포기했다. 예리고는 사로잡힌 짐승처럼 잔뜩 긴장해 있었다. 그녀는 잠시 포기 상태에 있는 나와 끝까지 저항하려는 예리고를 즐기듯 지켜보았다.

그것은 우리가 두려워했던 것이 아니었다. 대통령은 예리고를 없애 버리라고 명령했지만 막스 몬로이가 예리고를 보호했다. 예리고는 산타페의 바스코데키로가 광장에 있는 막스의 건물로 호송되었다. 아순타가 그 일의 책임자였다. 예리고는 새로운 소식이 전해질 때까지 유토피아 건물 내부에 있는 아파트에 숨어 지낼 것이다. 그 아파트는 아순타의 아파트 바로 옆에 있었다. 나는 입안에서 메스꺼움을 느끼며 떠나기로, 필로파테르 신부의 집으로 가기로 결심했다. 돈셀레스 거리의 지붕이 있는 정원 한구석에서 일주일을 보내고, 그래서 몸과 마음이 정화되면 산타페의 건물로 돌아갈 생각이었다. 나는 루차 사파타의 편지를 읽었다.

돌아와 보니 이상한 분위기가 나를 기다리고 있었다.

아순타는 자신의 사무실에서 나를 맞이했지만 보고 있던 컴퓨터 모니터에서 시선을 떼지 않았다.

"그는 십삼 층 아파트에 있어, 내 아파트 바로 옆이야. 여기 열쇠 가져가."

그녀가 열쇠 꾸러미를 던졌고, 나는 그녀가 무슨 의도로 이러는지 궁금해하며 열쇠 꾸러미를 집어 들었다. 열쇠는 필요 없었다. 막스 몬로이는 문을 활짝 열어 놓고 살고 싶어 했다. "내겐 숨길 게 없지."

그것은 최고의 위장술이었다. 나는 그 점을 이해했다. 예리고의 존재가 열쇠로 문을 잠가 놓게 강요한 모양이었다. 놀라운 일이었다. 마치 우리 집에 사나운 짐승이 침입했고, 그 짐승을 먹여 살려야 하지만 그와 동시에 그 짐승이 우리를 죽이지 못하도록 가둬 두어야 하는 경우에 빠진 것과 유사했다.

나는 동물원에서 일어난 사고를 떠올렸다. 굶주린 다른 호랑이들에게 물려 죽은 호랑이. 다섯 마리 호랑이. 왜 하필 그 잡아먹힌 호랑이가 공격을 당했을까? 공격에 가담한 다른 네 마리 중 한 마리가 아니라 왜 그 호랑이였을까? 무엇이 네 마리 호랑이를 한 패거리로 묶어 자신들의 동족을 공격하도록 만들었을까? 그것은 순전히 우연이었을까, 아니면 희생당한 호랑이의 불행한 운명이었을까? 그 희생양은 다른 호랑이를 죽이는 살인마가 될 수도 있지 않았을까?

우리에 갇힌 예리고의 이미지가 보이지 않는 존재의 기억을 일깨워 주었다. 내 친구가 신분증도 없이, 성도 없이, 아무런 설명도 없이, 불안정한 상태로 도시를, 세상을 방황하고 있었다. 성이 없는 그냥 예리고, 의지와 운명의 완벽한 동거, 바람처럼 자유로운, 가족이라는 굴레가 없는, 알려진 애인도 없는. 그는 보통 사람들 속에서는 거의 눈에 띄지 않는 유령과 같은 존재였다. 내 유령 형제, 카스토르와 폴룩스 단짝의 반쪽, 이별은 생각도 할 수 없는 내 형제……. 누가 바람을 가둬 둘 수 있단 말인가? 누가 자유로운 영혼을 열쇠로 채워 가둘 수 있단 말인가?

나는 그에 대한 대답을 알고 있었다. 막스 몬로이. 그 대답은 내가 그 당시 나 자신에게 던졌던 수많은 질문을 줄줄이 이끌어냈다. 막스 몬로이는 무슨 이유로 예리고를 빼내 이곳으로, 대가족의 품으로, 유토피아라는 회사 겸 가정으로 데려왔단 말인가? 나는 잠시 생각해 보았다. 이 모든 것은 진정한 권력이 어디에 있는지 대통령에게 보여 주며 도전하기 위한 막스 몬로이의 계략이었다. 몬로이가 예리고를 대통령 궁에 심어 놓았던 것은 아니었을까? 내 친구가 대통령을 속이도록. 거짓된 충성심을 믿게 만들고, 쿠데타를 실행에 옮기기 위해 권력의 도약판을 이용하도록. 하지만 그 우스꽝스러운 쿠데타는 몬로이가 원했던 대로 사전에 실패로 돌아갔다. 몬로이 자신이 대통령에게 보여 주고 싶었던 걸까? 자신이 위기를 불러올 수 있는 정보를 쥐고 있다는 사실을, 정보를 지배하는 자가 진정한 권력의 소유자라는 사실을. 위협을 조작하고, 미래가 없는 매복을 허용하고, 반란을 요람에서부터 죽여 버리고, 반란이 일어나자 그 머리를 잘라 버렸단 말인가? 모든 것이 몬로이가 카메라 앞에서 연출한 가장무도회였단 말인가? 진정한 권력이 어디에 있는지 보여 주기 위한 연극이었단 말인가?

혹은 예리고가 몬로이와 상관없이 독자적으로 행동한 것은 아니었을까? 내 친구가 자기 깜냥으로, 혁명이라는 케케묵은 환상에 사로잡혀 무익하게 행동한 것은 아니었을까? 정보와 전지전능한 권력이 지배하는 현대사회에서 혁명은 불가능한 일이다. 날마다 조지 오웰의 『1984』가 실현되고 있다. 드라마도 없고, 불필요한 상징도 없고, 전체주의적인 잔인함도 없다. 그 대신 모든 것이 지극히 정상적인 것처럼 위장되어 있고, 하얀 장갑과 함께 거세 기술에 길들여져 있다.

아순타 호르단은 나를 쳐다보지 않았다. 그녀는 디지털의 흔적을 읽는 데 온 정신을 집중하고 있었다. 패스워드를 치고, 이기가 메모리에 의지해, 무선통신망에 접속하고 있었다. 그녀는 나를 쳐다보지도 않고 다음과 같은 사실을 내게 보여 주었다.

가엾은 예리고가 살고 있는 이상적인 세계는 과거의 환상일 뿐이라고, 피라미드만큼 케케묵은 것이라고.

"숲보다 더 오래된 거지." 막스 몬로이는 그렇게 혼자 중얼거렸다…….

하지만 카레라의 정치적 권력이나 몬로이의 경제적 권력과는 아무 상관 없었던 예리고는 누구를 위해 일했던 것일까? 그저 자기 자신을 위해? 여러분은 예리고와 내가 맺었던 상호 존중 계약을 알고 있다. 예리고는 결코 내 사생활에 끼어들지 않았고 나 또한 그의 사생활에 관여하지 않았다. 물론 예리고가 내 곁에 없었던 그 암흑의 기간 동안 그의 삶이 어둠 속에 묻혀 있었던 것은 사실이다. 나는 열심히 노력했다. 나는 내 친구를 좋아했다. 우리의 오랜 우정을 사랑했다. 그는 그 기간 동안 프랑스에 있었다고 말했으며, 그에게서 보이는 프랑스 문화는 가짜 같고 미국 팝 문화가 더욱더 두드러졌지만 나는 그의 말을 믿었다. 예리고는 의도적으로 미국식 표현(Let's shrug it out, bitch.)을 사용했고 프랑스식 표현을 사용하지 않았단 말인가? 나를 속이고 있다는 사실을, 현실과 장난질 치는 그의 고질적인 습관에 굴복했다는 사실을, 즐기기 위해 속인다는 사실을, 드러내기 위해 위장한다는 사실을 내게 알려 주고 싶었을까? 나를 궁지로 몰아넣기 위해, 나를 자신에 대해 조사해 보도록 유도하기 위해, 그것을 나 자신의 미스터리로 삼게 하기 위해, 내가 나 자신에게 던지지 않았던 질문들을 예리고에게 던지도록 만들기 위해 그랬단 말인가? 내 미스터리는 그와 같은 것이 아니었다는 것을 알았을까? 여러분도 아는, 내가 지금 여기서 말하는 내용을 알고 있었던가? 루차 사파타와의 사랑, 미겔 아파레시도와의 관계, 막스 몬로이 회사로의 입사, 최근에 밝혀진 미겔 아파레시도와 몬로이의 친족 관계, 몬로이의 어머니 안티구아 콘셉시온 부인과의 비밀스러운 관계, 그리고 마지막으로 아순타 호르단을 향한 내 미칠 듯한 사랑, 밤의 쾌락과 그다음 날 아침의 수치심, 그녀와 함께한 내 순간적인 기쁨과 아순타와 늙은 족장 막스 몬로이 사이에 그 은혜의 관계로 인한 내 실망감.

나는 이러한 질문들로 나 자신의 미스터리, 베를린 거리의 그 커다란 집에서 마리아 에힙시아카와 살기 이전의 내 삶에 대한 미스터리를 위장했다.

나는 일곱 살 이전의 기억을 내가 자발적으로 지워 버린 듯한 느낌을 받았다. 물론 그 나이 이전의 기억은 우리에게 전혀 남아 있지 않다는 점을 나는 알고 있다. 우리의 부모가 얘기해 주지 않으면 우리는 보통 그 시절에 대해 기억하지 못한다. 내게는 부모가 없었다. 예리고 역시 그런 것 같았다. 예리고와 내가 가족이 없다는 사실에 얼마나 기꺼워했는지는 이미 얘기한 바 있다. 우리의 친구 빡빡머리 에롤의 가족이라면 없는 편이 훨씬 나았던 것이다. 그것은 일종의 위장술, 모든 위장술 가운데 가장 기만적인 위장술이었다. 문제는 예리고의 가족이 그를 버렸기 때문에 그에게는 성이 없었다는 것이다. 그래서 나는 고등학교에 다닐 때에도, 대학교에 다닐 때에도, 직장에 다닐 때에도 나의 성에 대해 거의 언급하지 않으며 지냈다. 여호수아 나달. 어쩌면 나는 예리고와 경쟁하기 위해 내 성을 무시했는지도 모른다. 조상도 모르면서 성을 지녔다는 사실을 불편해했는지도 모른다. 어쩌면 그와 나는 카스토르와 폴룩스로, 신화적인 형제로, 성이 없는 존재로 남는 것을 더 좋아했는지도 모른다…….

그 엄청난 수수께끼 속에서 예리고의 자리는 어디였던가? 예리고는 도대체 누구였던가? 나는 가슴 저 밑바닥에 뿌리내린 고통을 느꼈다. 내가 그 누구보다 잘 안다고 믿어 왔던 인물에 대해 전혀 몰랐던 것이다. 내 형제 예리고, 카스토르와 폴룩스의 우정과 같은 친구, 아르고 호를 타고 같은 모험에 참가했던 동료……. 황금 양털을 되찾기 위해…….

벌거벗은 남자, 유토피아 건물의 비밀 아파트에서 나를 맞이한 짐승은 엉망이 된 침대에서 네발로 기어 다니고 있었다.

나는 그와 똑같은 자세를 기억해 냈다. 도전적이지만 미소 띤 얼굴, 확신에 찬 표정, 헤타라의 사창굴에서 보여 준 불확실하면서도 확실한 미래의 소유자와 같은 모습. 무슨 일이 벌어질지 누가 알겠는가. 하지만 그를 위해, 예리고를 위해, 그의 의지와 그의 운명에 따라 무슨 일이 벌어질 것이다. 그렇다면 필연은? 내 친구는 의지적인 것과 운명적인 것으로부터 필연을 배제할 수 있었단 말인가? 나는 그 순간, 이전에도 그랬듯이, 그가 이별을 통보한 날을 기억했다. 그는 우리에 갇힌 짐승처럼 우리가 공유했던 공간에서 몸을 움직였다. 그는 그 공간을 감옥으로 둔갑시켜 버렸고, 이제 그 감옥을 떠나려 했다. 그가 또다시 네발로 기어 다니는 꼴로 끝날 것이라고는 생각지도 못했다. 하지만 그는 이번에는 정말로 우리에 갇혀 있었고, 울타리 안에 갇혀 있었으며, 평생 그래 왔듯이 죄수가 되어 있었다. 그는 침대라는 감옥에 갇힌 죄수였다.

그의 하얀 몸뚱이가 역시 엉망이 된 격노한 머리에서 흘러나왔다. 핏발 선 두 눈, 분노로 일그러진 입술, 잡아먹을 것 같은 이. 마치 동물원의 호랑이라도 잡아먹은 듯한 기세였다. 그의 몸뚱이는 기형적으로 길게 늘어져 기괴해 보였다. 금발이 뒤엉킨 그의 머리는 바로 그 순간 에리고라는 인물 전부를 독차지하고 있었다. 맥박이 고동칠 때마다, 창자와 불알이, 심장과 껍질이 기괴하고 공격적인 머리로 집중하는 것 같았다. 그 머리는 네발로 침대 위를 기어 다니는 짐승의 내장, 발, 발톱, 피였다. 그는 언어의 잔인함과 격렬한 궤변을 자랑하듯 나를 뚫어지게 쳐다보았다. 수많은 여자들에게서 사랑받는 남자들이 있어, 여호수아, 이 자식아, 어떤 여자도 사랑하지 않는 남자들도 있어, 하지만 나는 단 한 여자만 사랑해, 너는 모든 여자들을 가졌지만, 나는 오직 한 여자만 사랑해, 그 여자를 내게 줘, 이 자식아, 그 여자를 내게 넘겨줘, 그러지 않으면, 내 맹세컨대 널 죽이라고 명령하겠어! 내게는 없는 권리가 너에겐 모두 있다고 생각하는 거야? 천만의 말씀이다, 이 개자식아! 예전에 그랬듯 모든 것을 네게 주겠어, 하지만 그 여자는, 오직 그 여자만은 내게 남겨 줘, 왜 나를 못살게 하는 거야, 여호수아, 이 개자식아, 왜 내가 유일하게 사랑하는 여자를 빼앗아 가려는 거야, 나를 남자로 느끼게 해 준 유일한 여자, 나를 붙잡고, 나를 지배하고, 내 비밀과 질문의 권리를 빼앗아 갔던 여자, 내 여자이기를 거부한 여자, 네 여자라고 하더군, 아순타는 자신이 네 여자라고 하면서, 이제 더 이상 다른 사람의 것이 될 수 없다며 나를 거부해, 여호수아, 이 쌍놈의 새끼야, 그녀를 놓아줘, 이 개자식아, 그녀가 내게 돌아올 수 있도록 그녀를 해방해 줘, 우리는 형제 같은 사이잖아? 창녀들을 나눠 가지지 않았느냔 말이야? 왜 아순타를 독차지하려는 거야? 이 야비한 새끼야, 잘난 척 그만하란 말이야, 이 치사한 새끼야, 제발 그러지 말란 말이야…….

그리고 소름 끼치는 비명을 내질렀다.

"죽여 버리겠어, 이 치사한 새끼, 그녀를 놓아줘, 그렇지 않으면, 내 맹세하는데, 없애 버리고 말겠어!"

그가 침대 위에서 벌거벗은 채 네발로 엎드려 그렇게 소름 끼치는 어투로 말했다. 불알이 다리 사이에서 춤을 추었다. 사나운 짐승 같은 얼굴. 모든 것이 다음과 같은 사실을 증명하는 듯했다. 예리고는 위협적인 표정을 보여 주었다. 이제 그는 더 이상 용감한 동료 폴룩스가 아니었고, 형제를 살해한 카인이었다.

예리고는 벌거벗은 몸으로 침을 흘리고 있었다. 짐승과 같은 자세로 나를 뚫어지게 노려보았다. 나는 알 수 있었다. 그는 학교에 다닐 때부터 오늘에 이르기까지 성공의 무대만 밟아 왔던 삶과 정반대되는 실패를 내 탓으로 돌리고 있었다. 예리고, 자만심에 넘치던 예리고, 가장 뛰어난 인물, 승리자, 보호자, 미스터리한 인물, 카드를 보여 주지 않았던 남자, 포커페이스로 항상 게임에서 승리했던 인물, 그런 인물이 이제 카드를 보여 주었다. 그의 카드는 형편없었다. 어떤 카드도 이길 수 없는 숫자였다. 내 형제 카인의 나를 향한 증오는 바로 그 벌거벗은 듯한(육체적으로, 윤리적으로 벌거벗은 듯한) 느낌이었다. 바로 그 순간 아순타가 예리고의 침대 뒤에서 나타났고, 나는 그녀를 쳐다보았으며 그녀의 음흉한 속셈을 알아차렸다. 막스 몬로이가 무슨 이유로 예리고를 대통령의 복수로부터 살려 내 유토피아 건물에 숨겼는지는 알 수 없었지만, 아순타는 속셈은, 몬로이의 의도와는 상관없이, 예리고에게 치명상을 입히는 것이었다.

나는 침실 구석에 있는 아순타를 쳐다보았다. 그녀는 가슴 앞으로 팔짱을 끼고 있었다. 불행한 마초에게 굴복한 시골의 어느 마누라 출신이자, 위장한 여성 경영인의 모습. 나는 그녀가 승리자임을, 음모의 주인임을 알 수 있었다. 막스의 지시에 복종해야 하지만 막스로부터 독립된 여자. 아순타는 예리고에게 내가 그녀의 애인이라고, 이 건물에서 유일한 유토피아는 그녀와 내가 나누는 에로틱한 만족감이라고, 나는 엘비라 리오스 간호사와 버림받은 루차 사파타와 관계를 맺었을 뿐만 아니라 내 성생활을 아순타 호르단과 밤마다 나누는 사랑의 절정으로 채워 왔다고 믿게 만들었다. 그 여자가 그럴 줄이야!

아순타는 예리고에게 그렇게 말했다. 예리고의 배신을 그런 식으로 보복했던 것이다. 몬로이는 예리고의 생명을 구해 주었지만, 복수는 피할 수 없는 일이었다.

그러나 그것은 중요하지 않았다.

내 세계는 예리고의 잡아먹을 듯한 시선 앞에서 무너지고 말았다. 오랜 세월에 걸쳐 증명된 형제 같은 우정 뒤에 있던 증오의 가면인 경멸이, 우리 관계의 실제적인 얼굴이었다는 사실을 나는 믿고 싶지 않았다. 실패 때문에, 아순타의 에로틱한 경멸 때문에, 몬로이의 거짓말 때문에, 카레라 대통령의 정치적인 승리 때문에, 아순타가 프라가 거리의 아파트에 모습을 드러내지 않았다면 법에 따라 총살을 당하거나 그의 가엾은 추종자들과 함께 산후안데아라곤 교도소에 갇혔을 것이라는 사실을 알고 그 수치심에 짐승이 되어 버린 예리고의 어금니에서 빛나던 것은 집요한 증오였다. 만일 예리고가 교도소에 갇혔다면 미겔 아파레시도의 끈질긴 보복을 도저히 피할 수 없었을 것이다.

나는 예리고가 두려워졌다.

하지만 나는 나 자신을 더욱더 두려워해야 마땅했다.

* * *

여호수아, 나에 대한 논문을 쓰겠다는 건가? 무슨 말을 하고 싶은데? 자네도 그 변소 같은 이야기를 반복하겠다는 건가? 니콜로 마키아벨리, 타산적인 인간, 위선자, 냉혹한 권력의 조종자, 권력을 휘두르지는 않고 조언만 했던 인간? 나의 기둥에 대해, 필요에 대해, 덕에 대해, 운명에 대해 쓸 참인가? '필요는 비록 그 이름으로 배반하고 야심을 품지만 정치적 행위의 자극제다.'라고 쓸 참인가? '미덕은 위선자의 가면이 될 수도 있지만 자유의지의 표현이다.'라고 되풀이할 참인가? 내가 운명을 여성적이며, 변덕스럽고, 불안한 모순과 비교했고, 그래서 운명에 덜 기대는 자가 더 오래 살아남는다고 결론지었다고 쓸 참인가?

여자를 싫어하는 마키아벨리! 내가 단 한 번의 결혼으로 처녀성과 재산을 얻기 위해 마리에타 코르시니와 부부 관계를 맺은 것 같은가? 아, 여호수아, 수 세기 동안 나를 쫓아다니는 그런 따분한 이야기는 더 이상 반복하지 말게나. 좀 더 무모하게 굴게나. 용기를 내게나, 내 젊은 친구, '진지한' 역사가들이 쓴 전기가 아니라 나의 진정한 전기, 실제적이고, 통속적이며, 품위 없고, 색정적인 내 존재를 다룬 전기로 파고들게나. 니콜로 마키아벨리는 모든 사람들이 알아들을 수 있도록 큰 소리로 이렇게 말한다. "아무리 생각해 보아도, 어떤 짓을 해 보아도, 간통보다 더 큰 즐거움을 주는 것은 없다. 사람은 원하는 모든 것을 사색할 수 있다. 하지만 진실은 바로 이것이다." 나는 그렇게 썼고 자네에게 반복해서 말하네. 모든 사람들이 그걸 이해하지. 하지만 그런 말을 하는 사람은 별로 없어. 자네는 내 말을 인용할 수 있어. 내가 여자들과 섹스를 즐겼다는 사실은 무시당했어. 그래서 마음이 아파. 어떻게 그걸 무시할 수 있단 말인가! 왜 그러는 건데? 하지만 자네는 나에 대해 진실을 써야만 해. 자네는 나처럼 이렇게 반복해야 해. 감미롭고, 경쾌하며, 힘이 드는 섹스는 감정의 그물을 탄생시킨다, 그러한 감정들이 없었다면, 내 생각에, 나는 행복할 수 없었을 것이다.

그녀들을 좀 보란 말이야. 한 여자는 지안나이고, 다른 한 여자는 루크레치아이고, 다른 한 여자는 타파니야. 이름 외에 한 가지 더 알려 줄 게 있어. 욕망은 윤리가 아니라 자연에게만 대답하지. 리치아가 피렌체 전역에 알려졌던 창녀였던가? 그 사실은 그녀가 내게 주었던 쾌락을 조금도 감하지 않았어. 그녀는 십 년 동안 내 애인이었어. 내 운명이 바뀌어도 그녀는 상관하지 않았어. 그녀는 변하지 않았지. 친구들은 변했어. 하지만 그녀는 아니었어. 그럼 타파니는? 우아하고, 품위 있고, 고상한 그녀, 나는 절대로 그녀에게 걸맞은 찬양을 할 수 없을 거야. 사랑이 나를 그녀의 그물로 빠져들게 했어. 그건 비너스가 짠 그물이었어, 내 젊은 친구, 부드럽고 민감한……. 그러다 어느 날 그 그물이 단단해지면서 자네를 가두는 거야. 자네는 매듭을 풀 수 없지만, 그러한 징벌도 자네에겐 중요하지 않아. 잊지 말게나, 여호수아, 자네에게 쾌락을 안겨 줄 수만 있다면 모든 사랑은 다 용서받았거나 용서받을 수 있는 거야. 나는 여자들과 관계를 맺은 것처럼 남자들과도 관계를 맺었어. 그 시대는 지금과 달랐으니까. 피렌체에서 동성애는 흔한 일이었지.

아무튼, 내 모든 사랑은 감미로웠어. 사랑받는 육신은 내게 쾌락을 안겨 주었기 때문에, 사랑을 하는 동안 나는 내 모든 고통을 잊을 수 있었기 때문에. 나는 내게 허용된 자유보다, 그래, 그따위 자유보다 사랑의 감옥을 더 좋아했을 정도였어.

나는 그 모든 것을 기억하고 음미해. 지도 교수 상히네스의 지시로 자네가 연구하고 있는 작품 『군주론』이 1513년에는 악마(니콜로 마키아벨리, 올드 닉(Old Nick), 데몬, 벨세부와 같은 놈, 벨리알, 아자젤, 메피스토, 아스모데오, 사탄, 데바, 카코데몬, 말리그누스, 유혹자, 그리고 가장 친근하게는 늙은 닉, 늙은 해리, 늙은 네드, 디킨스, 어둠의 제왕)의 작품으로 받아들여졌기 때문이야. 나는 정치적인 행위를 모두 훤히 드러냈고, 아무도 속이지 않았으며, 사람들이 좋아하든 싫어하든 사실 그대로 얘기했는데, 그것은 나 자신의 도덕적인 판단이 아니라 우리의 정치 현실이었어. 내 글을 진지하게 읽으시오, 나는 어둠이 아니라 빛에서 영감을 받았소, 좋은 정부는 시간의 질과 일치하고 나쁜 정부는 시간의 영혼에 반대한다는 것을 배우시오, 옛날 정부는 안전하고 권모술수가 가능했지만 새로운 정부는 위험하다는 사실을 배우시오, 이전 정부의 지도자들을 내쫓았기 때문에, 권력을 잡기만 하면 바라는 모든 것을 손에 넣을 수 있다고 생각했던 추종자들의 불만을 해소해 주지 못했기 때문에, 실행의 정당성을 보증하지 못하는 근원의 정당성 사이에 긴장감을 형성시켜 놓았기 때문에…….

내가 뭘 위해 이런 말을 하는가? 정치는 인간들 사이의 공적인 관계일 뿐이야. 자유는 권력의 규칙화라네. 사람들은 미쳤고, 그래서 성스러운 계시에서, 자연에서, 혈통에서, 사회계약에서, 혁명에서, 법에서 권력의 근원을 찾으려고 하지. 나는 그들에게 그렇지 않다고 말하지. 권력은 필요성의 행사일 뿐이야. 미덕의 가면이요, 운명의 장난일 뿐이야. 참을 수 없는 거야. 자네 아나? 나는 기분을 북돋우기 위해 때때로 시골에서 돌아와 옷을 갈아입어. 나는 토가를 걸치고, 메달을 달고, 황금 샌들을 신고, 월계관을 쓰고, 혼자서, 옛사람들과, 그리스인들과, 로마인들과, 내 동료들과 대화를 나누지…….

이건 엄청난 거짓말이야. 일종의 허구. 솔직히 말해서 나는 도시가 필요해. 나는 도시를, 도시에 있는 예술품을, 도시의 광장을, 도시의 돌들을, 도시의 시장을, 도시의 몸을 사랑해. 어느 여인의 감미로운 얼굴이 괴로움을 잊게 만들지. 성기의 따뜻함이 가족을 버리도록 나를 유혹하지. 내 가족들에게 내가 죽었다고 믿게 만드는 거야. 미친 짓!

하지만 나는 다시 사무실에서 군주를 모시고 있어. 사랑은 심술궂은 것이라고, 간장에서, 눈에서, 심장에서 사랑이 빠져나갔다고 생각하면서. 도시의 행정(정치, 폴리스)만이 섹스의 열정적인 자살로부터, 역사적인 어제의 괴로운 상상으로부터 나를 구원할 수 있어, 여호수아. 나는 지옥으로의 여행을 고대하고 있어. 지옥은 천국보다 훨씬 재미있는 장소야.

이제 내 미소를 이해할 수 있을 거야. 팔라초 베키오에 있는 산티 디 티토가 그린 내 초상화를 이해할 수 있을 거야. 내가 왜 미소를 짓는지 이젠 알겠나? 비교가 가능한 미소는 이 세상에 단 두 개뿐이라는 사실을 알고 있나? 그건 지오콘다 부인의 미소와 내 미소야. 지오콘다 부인은 바로 모나리자야. 나 마키아벨리도 '모노리조'로 불릴까? 이건 우연이 아냐. 자네가 원한다면 멕시코 말로 나 마키아벨리를 이렇게 불러도 좋아. 뺀질뺀질한 원숭이라고 말이야.

* * *

상히네스는 우리가 우루과이 거리의 다누비오(도나우)에서 식사하는 동안 내게 설명했다. "예리고의 실수는 말이야, 불만에 가득 찬 대중이 혁명적인 전위대를 따를 것이라고 믿었다는 거야. 그 친구는 두 가지 본질적인 사항을 보지 못했어. 첫째, 혁명적인 대중이라는 것은 혁명적인 전위대가 조작해 낸 허구야. 둘째, 대중이 움직이기 시작한다는 것은 인내심의 한계에 도달했다는 뜻이지. 이곳에서는 그런 일이 벌어지지 않아. 어쩌면 아직까지는 벌어지지 않았는지도 모르지. 사람들 대부분은 좀 더 나은 상황에 도달할 수 있다고 믿어. 사람들은 스스로에게 약속하지. 그래, 좋도록 생각해. 사람들은 스스로를 속인다고 볼 수도 있어. 노동자는 캘리포니아 주로, 오리건 주로, 노스캐롤라이나 주나 사우스캐롤라이나 주로 이동하지. 좋아. 하지만 사람들은 광고를 보지. 그래서 광고에 나온 것처럼 되고 싶어 하지. 자동차를 갖고, 자기 집을 갖고, 휴가 여행을 가고, 그리고 또 '잘나가는 금발 미녀'를 소유하고 싶어 해. 여호수아, 자네도 봤겠지, 방금 전에 본 스타들의 모습을 흉내 내며(의심할 여지 없이 무의식적으로) 영화관을 빠져나오는 사람들의 표정을 말이야."

"니콜 키드먼." 나는 다누비오가 내 앞에 놓아둔 해산물 요리에 정신을 집중해야 했지만 무슨 말인가를 하고 싶어서 끼어들었다. "에롤 플린." 그리고 우리의 친구 빡빡머리를 떠올리며 엉뚱하게 그렇게 덧붙였다. 어느 정도 상히네스를 놀려 주고 싶은 마음도 없지 않았다. 상히네스가 내게 가르쳐 주는 것들은 내가 이미 아는 것들이었지만, 나는 법과대학에 다닐 때처럼 존경심을 담아 그의 가르침을 받아들이는 시늉을 했다.

"우리는 하나의 사회를 창조했어." 상히네스는 평소 버릇대로 빵 부스러기로 공을 만들며 이야기를 이어 나갔다. "그리고 그 사회의 사람들 대부분은 승진을, 자기 집을, 자동차를, 여자를, 옷을, 태양을, 더 나열하자면, 자식 교육을, 생명보험 증권을, 사회보장 보험을, 의료보험을, 텔레비전을 원하고 있어."

"빵만으로는 충분하지 않죠." 나는 프랑스 군주처럼 끼어들었다. "그들은 케이크를 원하죠."

상히네스는 주름을 펴려는 듯 혹은 부스러기를 털어 내려는 듯, 어쩌면 내 말에 상관하지 않으려는 듯 테이블보를 만지작거렸다.

"절망적인 탈출구도 있지." 상히네스는 자기주장을 고집하기 위해 토를 달았다. "이주 노동자로 미국에 건너가는 거야. 미국 국경 수비대의 총알을, 철조망을, 담벼락을 무릅쓰고, 아무 데나 버려질 수도 있고 숨이 막혀 죽을 수도 있는 양계장 트럭을 얻어 타기도 하지……."

하얗게 벌거벗은 레스토랑의 테이블보가 국경의 사막지대를 닮았던가? 소금통과 후추통이 우리가 주문한, 그래서 이미 길을 떠난 음식의 위치를 알려 주는 등대였던가? 누에콩 수프, 세비체, 감자 퓨레를 곁들인 등심살 요리…….

상히네스가 나를 우울한 표정으로 쳐다보았다. 그는 참기 어려울 정도로 긴 시간 침묵했고, 나는 걷잡을 수 없는 허기를 느꼈다. 그가 그토록 비관적인 표정을 짓는 경우는 좀처럼 볼 수 없었다. 그는 나를 쳐다보려고 하지 않았다. 그러다가 겨우 나를 바라보았다.

"국경이 봉쇄될 거야. 북쪽 장벽은 베를린 장벽보다 더 지랄 같을 거야. 베를린 장벽은 공산주의 이데올로기와 소련의 편집증 때문에 생겼어. 태평양에서 멕시코만으로 이어지는 장벽, 샌디에이고-티후아나에서 브라운즈빌-마타모로로 이어지는 장벽은 비이성적인 인종주의로 생겨난 거야. 북미의 시장은 노동력이 부족하기 때문에 노동자들이 필요해. 하지만 노동자들이 들어오지 못하도록 막아야 해. 왜냐하면 그들은 피부색이 다르고, 가난하고, 일을 잘하고, 문제를 해결하고, 필요에 의해 죽을 때까지 싸워야 하는 차별을 명백하게 드러내기 때문이지……."

나는 토르티야에 음식을 싸서 한입에 먹어 버리고 싶었다. 상히네스의 말은 내 식욕을 떨어뜨려야 마땅했지만 오히려 허기를 부추겼다.

"미국의 기업가들은 이주 노동자들에게는 저임금을 지불하면서 지방 노동자들에게만 고임금을 지불하려고 하지는 않습니다. 그 점도 고려해야 합니다." 나는 상히네스의 비위를 맞추기 위해 그렇게 덧붙였다.

누에콩 수프가 상히네스 앞에 놓였다. 나는 아카풀코 세비체 요리를 주문했다. 그는 커다란 숟가락을 수프 접시에 집어넣었다. 나는 작은 포크를 사용했다. 우리는 함께 먹기 시작했다.

"그게 문제가 아냐. 미국은 점점 뒤처지고 있어. 그들은 산업혁명 시대의 노동력을 갖추었어. 굴뚝에서 연기가 피어오르던 도시들은 죽어 가고 있지. 디트로이트와 피츠버그가 죽어 가고 있어. 카네기와 록펠러는 죽었어. 빌 게이츠와 블랙베리가 태어났어. 하지만 미국인들은 그들 경제력의 근원이었던 산업에 대한 거대한 꿈을 포기하지 않아. 중국인들과 인도인들이 미국 대학을 졸업하고 있지. 치카노들, 즉 미국에 사는 멕시코인들도 대학을 졸업하지."

"중국인들은 중국으로 돌아가 중국을 부강한 국가로 만들고 있습니다. 하지만 멕시코인들은 멕시코로 돌아와도 일자리를 찾지 못합니다, 선생님……."

나는 나도 모르게 소금통을 넘어뜨렸다. 상히네스가 점잖게 소금통을 제자리에 놓았다. 나는 두 번 생각할 것도 없이 손을 내밀어 테이블에 쏟아진 소금을 모아 손에 쥐었다. 그걸 어디에 버려야 할지 알 수 없었다.

"막스 몬로이는 그 점을 이해하고 있습니다." 나는 별다른 생각 없이 말했다. "발렌틴 페드로 카레라는 이해하지 못합니다. 막스는 장기적으로 해결책을 모색하고 있습니다. 카레라는 육 년 임기가 끝나 간다고 느끼기 때문에 양 머리를 내걸고 개고기를 팔며 임기를 연장하려고 합니다. 그가 준비하는 잔치, 여흥……."

상히네스가 불쾌한 표정을 지었던가? 예상과 달리 누에콩 수프의 맛이 씁쓸했던가? 나는 멍청하게도 손에 쥐고 있던 소금을 세비체 요리에 뿌렸다. 나는 요리를 쳐다보지도 않고 먹었다. 생선을 선택해야 할 기로에 서면 누구라도 올리브 열매를 먹지 않을 수 없다.

나는 말했다. 그는, 안토니오 상히네스는 카레라와 몬로이, 그 두 사람을 위해 일하는 변호사였다. 나는 그 두 사람을, 대통령과 기업가를, 멕시코(그리고 이베로아메리카) 권력의 양극을 분석해 보고 싶다고 요청했다. 그는 익숙한 시선으로 나를 쳐다보았는데, 그 시선에는 이런 의미가 담겨 있었다. "나는 불행에 관한 말은 입에 담고 싶지 않아. 나는……."

좋습니다. 내가 끼어들었다. 나는 그가 제안한 논문을, 「마키아벨리와 현대 국가」라는 논문을 준비하고 있었다. 그렇다면 우리의 대화는 수업의 일부였다. 그렇지 않겠는가?

나는 공범의 미소를 찾아보았지만 발견하지 못했다.

"우리 모두는 시기심이나 증오나 의심을 느끼기 마련이야. 권력을 누리는 사람은 시기심을 없애 버려야 해. 시기심은 다른 사람이 되고 싶은 마음이 들게 하고, 결국에 가서는 처음보다 못난 사람이 되게 만들지. 증오도 버려야 해. 증오는 판단력을 흐리고, 회복할 수 없는 행동을 취하게 만들지." 상히네스가 소리쳤다.

누에콩 한 알이 상히네스의 이 사이에 끼어 있었다. 그때 나는 처음으로 그가 틀니를 끼고 있을지도 모른다고 생각했다. 그는 누에콩을 빼내 조심스럽게 빵 접시에 올려놓았다.

"하지만 불신은 키워야 해. 그게 잘못된 일일까? 천만에. 불신이 없으면 정치적인 권력이나 경제적인 권력을 손에 넣을 수 없기 때문이야. 순진한 사람은 페리클레스의 도시에서도 메르쿠리우스의 도시에서도 오래 버티지 못했어."

"불신만 하는 사람은 얼마나 오래 버틸 수 있을까요?"

"영원히 버틸 수 있겠지." 상히네스가 미소 지었다.

"자신이 그런 사람이 아니라는 것을 알면서도?" 나는 빈정거리는 듯한 표정으로 미소를 되돌려주었다.

"정치인의 자기기만 능력은 끝-이-없-어. 정치인은 자신이 없어서는 안 될 인물이라고, 영원히 존재해야 할 인물이라고 믿지. 권력은 브레이크 없는 자동차가 끝이 없는 고속도로를 달리는 것처럼 나타날 때가 있어. 그럴 때면 브레이크는 걱정하지 않아도 돼. 운전도 중요하지 않아. 자동차는 탄력을 받아 스스로 달려 나가니까. 순양함의 속도. 그때 권력자는 그 무엇도, 그 누구도 자기를 막지 못한다고 믿지."

"법을 제외한다면 말이죠, 선생님. 재선 불가 원칙."

"재선되기를 원했지만 그럴 수 없었던 인간들의 악몽이 만들어 낸 결과지."

"그럴 수 없었나요, 아니면 그렇게 하지 않았나요?"

"그들을 그냥 내버려 두지 않았지."

"알바로 오브레곤은 재선되었다는 이유로 암살당했습니다."

"내각이 반란을 일으켜 몰아낸 사람들도 있지. 잘못된 믿음 때문에 망한 사람도 있고. 마음대로 주무를 수 있는 꼭두각시라고 믿던 자를 후계자로 선택한 전임자들 말이야. 그런데 모든 게 정반대였어. 오늘의 '제왕'이 어제의 군주를 무너뜨렸던 거야. 새로운 왕은 자신을 후계자로 임명한 전임자가 자신과는 아무런 상관이 없다는 점을 증명할 필요가 있었으니까."

"임기가 육 년인 멕시코 군주제의 비극이로군요." 나는 우리의 빈 접시들이 전임 대통령들처럼 치워지는 것을 지켜보며 토를 달았다.

상히네스는 교훈이 무시당한 것에 경악했다고 말했다.

"나는 취임 첫날부터 카레라에게 충고했어. 마지막 날을 상상해 보라고. 우리가 모순되는 법에 붙잡혀 있다는 사실을 명심하라고. 대통령은 정치적인 합음을 무시하려고 해. 우리 모두는 '아-오-라(a-ho-ra, 지금)'라고 발음하지. 그러나 그는 '오라(기도하다)'라고 발음해. 마치 하느님께 기도하듯이. 하느님이시여, 내게 육 년을 더 주소서……."

"나우(now)." 나는 미소 지었다. "나우 나우 나우." 말장난을 치고 싶기도 했다.

"그다음에 기다리는 것이 무엇인지 알면 두렵기 마련이지." 상히네스는 자신도 모르게 입가에 군침을 흘리며, 눈가에 감사의 눈물을 흘리며, 두툼하고 먹음직스러운 등심살을 받았다. 마치 지금 이 식사가 최후의 만찬인 듯싶었다. 혹은 최초의 만찬이었던가? 그와 나는 이렇게까지 직접적인 방식으로 대화를 나누기 위해 만난 적이 없었던 것이다. 마치 우리 관계의 한 장이 여기서 끝나고 다른 장이 시작되는 것 같았다. 나는 이제 더 이상 법대에 다니는 풋내기 학생이 아니었다. 그는 이제 더 이상 높은 곳에서 싸움판을 내려다보는 마지스터가 아니라, 질투심이 강하고, 음모에 능하며, 영향력 있는 글래디에이터, 링의 코너에 챔피언과 함께 있는 복싱 매니저였다. 나는 확실히 알 수 있었다. 그것은 결코 질 수 없는 내기였다. 다른 사람은 모두 잃어도 상히네스는 따는 그런…….

"그를 과소평가하면 안 돼." 그는 다소 거만한 구석도 있었으나 아주 심각하게 말했다. "나는 가까이서 그가 하는 짓을 지켜보았어. 그에게는 엄청난 생존본능이 있어. 그에게는 장점과 단점이 있어. 그는 다음과 같은 사실을 알아.(혹은 그는 알아야만 해.) 대통령은 역사와 함께 도착해. 그리고 역사가 그를 버리고 그 없이도 계속 전행될 때, 대통령은 떠나야 하지. 하지만 그는 마지막 순간에 잘못에 대한 대가를 치러야 한다는 사실을 알고 싶어 하지 않아. 어쩌면 알고 있을 거야. 그래서 탈출구에 대해 생각하려고 하지 않아."

상히네스가 무척이나 우울한 눈으로 나를 쳐다보았다.

"너무 엄격하게 그를 심판하지 마. 그는 피상적인 인물이 아냐. 정치적 운명과는 다른 생각을 할 뿐이야. 여호수아, 그는 즐겁게 정치를 하고 싶어 해. 그게 그의 명예야. 그게 그의 손실이야. 그의 유전자에는 멕시코의, 아스텍의, 식민지 시대의, 공화국 시대의 군주다운 전지전능한 권력이 들어 있어. 그 모든 것이 지나간 이후에야, 만일 그것이 좋다면, 정당화할 수 있어. 그 이후에 일어난 일들은, 만일 그게 나쁘다면, 어느 것도 그와 상관이 없는 거야. 그가 행했던 선한 행위를 인정하지 않는다는 것은, 그건 그야말로 배은망덕이야. 그는 지명하기보다는 추억을 불러일으키는 걸 더 좋아해. 그는 미소를 지으며 재채기를 하고 재채기를 하면서 미소를 지어. 다른 사람들을 속이기 위해……. 그게 그의 가면이야. 웃고 재채기를 하는 것이."

"선생님, 대통령은 자기 자신도 속일까요?" 나는 빵 조각으로 육즙과 감자 푸레가 뒤섞인 국물을 찍었다.

상히네스가 진짜로 한숨을 내쉬었는지 내가 그런 모습을 상상했는지 나는 모른다. 그는 발렌틴 페드로 카레라가 때때로 마치 머리가 아픈 것처럼 마디가 굵은 손가락을 모아 이마에 대고 생각에 잠긴다고 말했다. 그럴 때면 아주 늙어 보인다고 했다.

상히네스가 나를 뚫어지게 쳐다보았다.

"내 생각에는 그가 '너무 늦었어, 너무 늦었어…….'라고 중얼거리는 듯싶어. 하지만 이내 정신을 차리고 휴대전화를 꺼내 번호를 누르고 대화를 나누곤 하지. 어쩌면 그러는 척하는지도 모르지만……."

"그럼 막스 몬로이는요?" 나는 상히네스가 추억에 빠져드는 것을 막기 위해 끼어들었다.

"막스 몬로이." 그때 상히네스가 한숨을 토해 냈는지 나는 모른다. "어디 보자, 어디 봐……. 그들은 서로 달라. 서로 닮았지만. 그러니까 내 말은……."

그는 하릴없이 아직 도착하지 않은 음식을, 주문도 하지 않은 요리를 찾았다. 빈 컵을 집어 들었다. 내 시선을 피했다. 자기 자신을 바라보았다. 말을 이었다.

"권력은 사람들을 피곤하게 만들어. 다른 방식이긴 하지만. 카레라는 때때로 화를 내는 경향이 있어. 나는 거기서 그의 피곤함을 목격하지. 그는 도저히 받아들일 수 없을 정도로 당돌하게 행동해. 밑도 끝도 없이 엉뚱한 이야기를 늘어놓지. 예를 들어, 대통령 궁에 있는 디에고 리베라의 프레스코화 앞을 지나갈 때면 '미지근한 물로 벽화를 그리면 안 돼, 상히네스.'라고 중얼거리고, 내가 일을 하기 위해 자리에 앉으면 '우리 구주 예수 그리스도를 위해 대변 계정을 열어야겠어. 차변 계정은 내가 지금 당장 채울 테니까 말이야.'라고 중얼거리지. 그는 가급적 폭력은 피하려고 해. 하지만 '길거리 천연두'를 언급할 때에는 경멸적인 말을 사용하고 급기야 상스러운 말까지 사용하지. 그는 평화스럽게 통치하기를 원해. 하지만 그는 변화를 받아들이려 하지 않아. 이전부터 쭉 해 왔던 일을 하기를 원해. 대중을 즐겁게 해서 한눈을 팔게 만들기 위해 거국적인 축제를 여는 것. 소칼로 광장을 뒤집어엎어 스케이트장으로 만들었어. 그리고 물이 없는 지역에 어린아이들을 위한 수영장을 만들었지. 스케이트장에서 부상을 당한 사람들. 수영장에 빠져 죽은 아이들. 그건 중요하지 않아. 빵이 없는 서커스지."

"즐겁게 놀아라, 아이들아." 나는 별다른 의미 없이 덧붙였다.

나는 상히네스가 대통령에 대해 이야기하면서 막스 몬로이에 대한 이야기를 피한다는 점을 눈치챘다.

상히네스가 고개를 끄덕였다. "나는 카레라에게 그 모든 것으로도 문제를 해결할 수 없다고 말했어. 그러자 그가 대답하더군. '국가는 아주 복잡해. 그걸 이해하려고 애쓰지 마.' 여호수아, 그 말을 들으니 더 이상 할 말이 없더군. 불의? 편견? 체념? 우리 대통령은 그런 것들로 자신의 잠자리를 준비하고, 밤이면 밤마다 '결정을 내린다는 것은 피곤한 일이야.'와 같은 상투적인 말을 중얼거리며 잠자리에 들지."

"언젠가는 사람들이 그의 발가벗은 모습을 보게 될 것이라는 사실로 위안을 삼지는 않을까요?"

"발가벗은 모습? 그의 피부가 그의 예복이야."

"제 말은 기억이 없을 거라는 뜻입니다."

상히네스가 에스프레소 커피를 주문한 뒤 나를 뚫어지게 쳐다보았다.

내가 '발가벗은 모습'과 '기억'을 같은 것으로 간주한 것이 그의 주의를 끈 것이 틀림없었다. 나는 안다. 내 상상력에서 기억은 일종의 봉인이며, 그 봉인 안에서는 밀랍이 이미지를 붙잡고 있으므로, 이미지를 부어 넣을 필요가 없다. 즉각 기억. 에스프레소 커피를 주문하고 이내 그런 사실을 잊어버리는 것. 간접 기억. 나도 역시 결국에는 그런 기억을 얻게 될까?

"기억이 없는 사람은 행동을 무기처럼 사용하지." 상히네스가 말했다.

"대통령의 인내심이 끝장난 건가요?" 나는 고집스럽게 물었다.

"자네 친구 예리고가 끝장난 거야."

그는 내가 말을 하도록 허락하지 않았다. 그리고 나도 더 이상 말을 하고 싶지 않았다.

"예리고는 대통령을 우롱했어. 충성을 맹세하고는 배신을 때렸지. 카레라는 바로 그 점을 용서할 수 없었어. 내가 오늘 오후에 자네에게 이야기한 다른 모든 것은 그다지 중요하지 않아. 예리고는 무너졌고, 대통령은 홀로 남았어. 배은망덕의 씁쓸한 맛과 고독의 씁쓸한 맛만 남았을 뿐이야. 고독의 씁쓸한 맛이 더 욱더 고약하겠지."

나는 커피가 그의 이야기보다는 덜 쓰다고 느꼈다. 나는 그의 말에 끼어드는 것은 바보 같은 짓이라고 생각했다. 그것은 무례한 짓이었다.

"그는 영리해. 예리고를 처치하기 위해서는 경찰력만으로는 부족하다는 사실도 알고 있었어. 비록 경찰력을 사용하기는 했지만. 예리고는 대통령에게 사회의 힘을, 국가를 대표하는 힘을 과시할 수 있는 기회를 제공했어. 그래서 대통령은 막스 몬로이가 필요했던 거야."

"몬로이는 카레라를 좋아하지 않습니다. 제가 보기에는 분명합니다, 선생님. 저는 그 장면을 직접 목격했습니다. 몬로이는 대통령에게 망신을 주었습니다."

"진지한 정치인이라면 누구나 다 똥을 삼키기 마련이야! 직업상 필요한 일이란 말이야! 눈 하나 깜짝하지 않고 두꺼비를 삼키는 거야. 제길! 카레라는 반란을 꾸민 자에게 연대를 과시하기 위해 몬로이를 필요로 했어. 몬로이는 자신이 없으면 공화국이 구원받을 수 없다는 인상을 심어 주기 위해 카레라를 필요로 했고."

“소매치기들의 거래로군요.” 나는 비꼬았다.

상히네스는 내 말을 묵살했다. 그는 막스 몬로이를 이해할 수 있을 것이라고 말했다. 나는 절대로 막스 몬로이를 과소평가하지 않았다고 대답했다.(그의 성생활까지 포함해서. 나는 그의 성생활을 알지만 내 자존심을 위해서라도 두 번 다시 언급하지 않을 것이다.)

“절대로 아부하지 않는 사람을 평가하기란 매우 어려운 일이지. 그는 아부 때문에 좋은 사람들을 잃어버린다는 사실을 알고 있어…….”

그는 고지식해 보이는 표정으로 나를 쳐다보았다. “멕시코에는 노골적이고, 침으로 범벅된 극복할 수 없는 단어가 있어. 바로 람비스콘(lambiscón)이라는 단어야. 은혜를 얻어 내기 위해 아부하는 사람. 우리 시대에는 에프유엘(FUL)이라는 말이 있었지. 람비스콘 통일전선.(Frente Único de Lambiscónes.) 오늘날에는 에프유티(FUT)에 대해 떠들어 댈지도 몰라. 배신자 통일전선.(Frente Único de Traidores.)”

“그럼, 몬로이는요?” 나는 그가 하는 말을 이해할 수 없었다. 그래서 그걸 감추기 위해 물었다. 에프유엘(FUL)이라니! 그건 석기시대의 일이었던 것이다!

“몬로이.”

“그는 아부꾼들을 참지 못해. 정치적인, 전문가적인, 기업적인 아부꾼들이 판치는 이 범국가적인 분위기에서 그건 그의 위대한 힘이라고 할 수 있지.”

“하지만…….” 나는 끼어들었지만 도저히 말을 계속 이어 나갈 수 없었다. 미겔 아파레시도의 이름이, 그의 얼굴이 혓바닥

끝에 걸려 있었다. 그 대신 나도 모르게 질문이 하나 내 입에서 튀어나왔다. "그럼 예리고는요?"

"그 친구는 안전해." 상히네스는 나를 쳐다보지도 않고 대답했다. 그는 칼로 자르듯, 못마땅하다는 듯한 투로 말했다.

우리는 거리로 나왔다.

다누비오 밖에는 비가 내리고 있었다. 복권 판매인들이 귀찮게 달라붙었다. 상히네스의 운전사가 메르세데스에서 내려 우리에게 우산을 펴 주고 자동차 문을 열어 주었다.

"여호수아, 어디로 데려다 줄까?"

나는 뭐라고 대답해야 할지 몰랐다.

내가 어디에 살고 있었더라?

나는 멕시코시티의 복잡한 움직임과는 상관없이 자동인형처럼 메르세데스에 올라탔다. 나는 소나로사 지역에 살고 있었다. 그 지역은 다시 한 번 보헤미아 지역으로, 도시의 폭력이 난무하는 오아시스로, 그리고 무엇보다 잠재적인 위협이 난무하는 지역으로 변했다. 나는 그런 생각으로 기운을 차리려고 했다…….

상히네스와 내가 자동차 안에서 나눴던 대화는 무척이나 중요하다. 그래서 나는 그 이야기를 다른 기회를 위해 미뤄 두려고 한다.

* * *

아순타 호르단은 자기 사무실에서 나를 맞이했지만 이번에도 고개를 들지 않았다. 그녀는 문서를 살펴보았다. 편지에 서명했다. 서류에 도장을 찍었다. 그녀는 예리고가 '안전하다.'라고 말했다. 그건 무슨 뜻입니까? 더 이상 그를 괴롭히지 않을 거라는 거야. 죽었습니까? 나는 이야기를 서두르며 물었다. 안전하게 있어. 더 이상의 전쟁은 없을 것이라는 뜻이었을까?

나는 초조함을 달래기 위해 애썼다. 안전하다고?(A buen recaudo?) 그 상투적인 말은 대체 무슨 뜻이었을까? 나는 법을 공부하면서 배운 그 말을 되새겨 보았다. 특히 로마법에서 사용되는 의미를 되새겨 보았다. "recaudar"는 돈을 징수한다는 뜻이다. 또한 보호하거나 감시한다는 의미도 있다. 그리고 마지막으로, 원하는 것을 간청해서 입수한다는 뜻도 있다. 학술적인 사전에는 그렇게 설명되어 있다. 안전하게 있다.(Estar a buen recaudo.) 미겔 아파레시도는 자발적으로 산후안데아라곤의 감방에서 안전하게 있다. 막시 바타야와 철면피 사라 P는 어쩔 수 없이 같은 감옥에서 안전하게 있다. 예리고는 어디에 있는가? 그가 죽지 않기를 바라는 형제애의 충동에 내 가슴은 뛰었다. 내 친구 예리고. 내 형제 예리고. 어제의 카스토르와 폴룩스. 오늘의 카인과 아벨. 그리고 모든 것을 알면서도 내게 한마디 말도 하지 않는 여자. 그녀는 서류를 검토하고 있었다. 위장을 한다거나 상황에서 벗어나기 위해서가 아니라 그녀가 해치워야 할 일상의 업무를 보는 듯했다. 끝이 없는 멕시코시티의 산타페라는 드넓은 지역에 위치한 바스코데키로가 광장에 있는 유토피아 건물의 한 사무실.

아순타 호르단.

"도대체 무슨 이유로 예리고에게 당신과 내가 연인이라고 생각하게 만든 겁니까?"

"우리가 연인이 아니란 말이야?" 그녀가 서류에서 머리를 들지 않고 말했다.

"딱 한 번뿐이었죠." 나는 내 '배드 필링스(bad feelings)'를 감추기 위해 애를 써야만 했다.

"그래도 격렬했잖아, 그렇지 않아? '퀵키(quickie)'였다고는 할 수 없을 텐데, 그렇지 않아?"

그냥 순순히 동의하라고, 평생 동안 그렇게 생각하라고 내게 말하고 싶었던 것일까? 나는 모른다. 나는 내가 생각하던 것을 말하고 싶지 않았다. 아순타는 예리고에게 그녀가 내 애인이라고 말했다. 그 이유는, 그래야만…….

"나는 그에게 내가 네 것일 뿐이라고, 그의 것이 될 수 없다고 말했어."

"나를 이용해 먹은 거로군요."

"그렇게 본다면 그럴 수도 있겠지."

"당신은 누굴 사랑합니까?" 나는 건방지게 물었다.

마침내 그녀가 나를 쳐다보았다. 나는 그녀의 눈에서 패배한 승리자의 모습을, 의기양양해하는 패배자의 모습을 볼 수 있었다. 시골에서 살았던 그녀의 어린 시절이, 킹콩을 소유한 그 혐오스럽고 천박한 남자와의 결혼이, 막스 몬로이와의 우연한 만남과 마음대로 취할 수 있는 아순타의 벌거벗은 소박한 육체가, 댄스 플로어 한가운데에 서서 불가피한, 그러나 피할 수도 있었던 일을 기다리던 그녀의 순진함이, 그녀가 될 수 있었던 그 어떤 것이, 그녀가 될 수 없었던 그 어떤 것이 아순타의 눈가를 스치고 지나갔다. 막스 몬로이는 그녀에게 다가갔고, 그녀의 허리를 잡았고, 그녀를 결코 놓지 않을 것이다.

아순타의 속마음 깊은 곳에서 바로 그 순간이 모든 것을 결정했을 거라고 나는 믿는다. 막스가 그녀의 허리를 잡는 순간 과거는 바로 이것으로, 돌처럼 단단히 굳은 과거로, 결코 일어날 수 없었던 것으로 변했다. 막스가 그녀의 허리를 붙잡은 순간 그녀는 그녀의 모든 것을, 바로 그 순간 그녀가 간절히 원했던 것에게 한 점 남기지 않고 넘겨주었다. 강인한 남자, 그녀 운명의 비참한 평범함으로부터 그녀를 보호해 줄 수 있는 보호자. 그러나 내가 알던(성경적으로 표현해서 내가 단 한 번 품에 안아 보았던) 여자는 모든 것을 막스 몬로이에게 빚지고 있었고, 그것이 어느 정도까지 그녀를 비참하게 만들었고, 그녀를 그녀 자신보다 못난 인물로 만들었고, 그녀가 의무적으로 막스에게 고마워해야 할 상황으로, 그녀 자신과 독립을 향한 그녀의 의지는 의무적으로 불만족스러워해야 할 상황으로 몰아넣었다.

나는 바로 그 순간 몬로이의 지성을 이해할 수 있었다. 아순타를 구원한 남자는 그녀에게 시시한 감사 따위를 요구하지 않았다. 아순타에게 전적인 신뢰를 보여 준 사람은 바로 그 남자였다. 그는 자신의 노령을 강조할 필요가 없었다. 자신이 아순타에게서 필요로 하는 것을 달라고 그녀에게 요구할 필요가 없었다. 직업인으로서 변함없는 엄격함과 충동적이고 에로틱한 정력. 나는 그 두 가지 항목의 증인이었다. 또 무엇이 더 있었던가? 두말하면 잔소리. 막스는 아순타에게 권력과 섹스를 선물했다. 그리고 그녀에게 독립을 주었다. 두 가지 조건 하에서 그녀가 사랑하는 사람을 사랑할 수 있도록 허용했다. 그는 아무것도 몰라야 한다. 그녀는 자신이 막스 몬로이의 허락을 받고 그런 행동을 한다는 사실을 아는 남자만을 사랑할 수 있다.

예리고도 그들 중 한 명이었다. 하지만 그녀는 예리고를 망가뜨려야 한다는 사실을 알고 있었다. 그래서 그녀는 예리고를 망가뜨리기 위해 그와의 섹스를 거부했을 뿐만 아니라 예리고의 형제인 나와는 섹스를 했다는 사실을 예리고에게 밝혔던 것이다. 그렇게 해서 막스에 대한 그녀의 의무와 그녀의 개인적인 자유가 모두 충족될 수 있었다. 나는 그렇게 이해했다. 그 대가로 나는 예리고의 철천지원수가 되고 말았다. 카스토르가 카인으로 돌변한 것이다.

그녀는 예리고가 나를 증오할 것이라는 사실을 알았다. 예리고는 침대에서, 한 마리 짐승처럼 벌거벗은 채, 네발로 기어 다니며 그렇게 말했다. 그는 우리가 서로 사귄 이후로 언제나 내게 모든 것을 베풀었고, 모든 면에서 나보다 앞장섰다. 그가 일인자였고 나는 항상 이인자였다. 하지만 아순타와의 관계에 있어서 그는 일인자가 아니라 이인자였다. 하늘을 찌르는 그의 자만심이 어떻게 그걸 용납할 수 있단 말인가? 나는 안다. 맹목과 다름없는 그 자만심……. 예리고는 윤리적인 면에서도, 정치적인 면에서도, 인간적인 면에서도 맹목으로 일관했다……. 나는 이제야 그의 맹목을 볼 수 있었다. 이전에는 단 한 번도 그런 점을 의심해 본 적이 없었다고 맹세할 수도 있다. 가장 가까운 친구 사이에도 얼마나 많은 것들이 감춰질 수 있단 말인가?

"하지만 그건 사실이 아닙니다." 나는 퉁명스럽게 내뱉었다. "당신은 막스 몬로이의 여자입니다."

그녀는 시선을 들지 않았다. "나는 나 자신의 여자야. 나는 단지 아순타 호르단에게만 속해 있어. 짝짝. 이걸로 끝."

그녀가 나를 쳐다보지도 않고, 서류에 서명을 해 가며, 메모지를 들여다보며, 달력에 날짜를 표시하며 그런 말을 하다니. 나는 기운이 빠지고 당혹스러웠으며 약이 올랐다.

"그럼 막스 몬로이는?" 나는 아순타와 막스 사이의 조잡하고 짐승 같은, 다정하고 늙은이다운, 인위적이고 경건한 사랑에 눈이 멀어, 막무가내로 물었다. 나의 의무적인 침묵에, 나의 신중함이라는 얼토당토않은 의미 속에 숨겨진 그 사랑……

내 말에 그녀는 잠시나마 나를 쳐다보았다. 하지만 그녀는 이내 서류로 시선을 돌려 버렸다. 그녀의 눈은 내게 이렇게 말했다. "나는 몬로이의 여자야. 나는 그에게 모든 것을 빚졌어. 그뿐만이 아냐. 나는 그와 같아. 나는 막스 몬로이이기도 해. 왜냐하면 막스 몬로이가 지금의 나를 만들었기 때문이야. 나는 아순타 호르단이야. 왜냐하면 막스 몬로이가 그렇게 결정했고 그걸 좋아했기 때문이지. 막스 몬로이는 시골구석에 있던 나를 끄집어내서 지금 내가 있는 곳으로 끌어올렸어. 어디 한번 생각해 봐. 특권으로 얻은 것이라고 해도, 경영자 자리는 사물의 전체적인 경지에서 보자면 광범위한 막스의 조직 내에서 별 볼 일 없는 자리야. 하지만 말하는 법을, 옷을 입는 법을, 지성적으로, 냉정하게, 필요에 따라 경멸적으로 처신하는 법을 배운다는 것은……, 그 무엇으로도 은혜를 갚을 수 없어."

아순타는 솔직 담백한 어투로 말했지만 어설프게 감춰진 자만심을 드러냈다. 그녀가 시선을 떨어뜨렸다. 지금 그녀가 있는 유토피아 건물은 그녀에게 가공의 행복을 주는 장소였고, 과거의 것, 그녀가 뒤에 남겨 두고 온 것, 그녀가 다시는 돌아가지 않을 것과 비교하면 상대적으로 만족감을 주는 장소였다. 나는 그녀를 바라보았다. 그녀는 일에 푹 파묻혀 그녀 앞에 서 있는 나의 존재를 모르는 척했다. 아순타의 인격과 아순타의 기능을 구분하기가 어려웠다. 나는 그 둘 사이로 단검의 예리한 칼날을 이용해 행복한 생각을 집어넣었다. 그녀는 왜 일을 하는가? 왜 그렇게 옷을 차려입는가? 왜 그런 식으로 머리를 빗고, 그런 식으로 행동하고, 거짓말을 하는가? 그건 자리를 보전하기 위해서였다. 그녀가 차지할 권리가 있는 최소한의 행복을, 특히 상대적인 행복을 보장해 주는 자리. 나는 그녀의 과거를 떠올려 보았다. 멍청한 상속인, 줏대도 없는 마초, 가엾지만 엉뚱한 악마, 즉 자기 남편에게 굴복했던 부인. 북부 지방 사막에 있는 무미건조한 사회의 중류층에 속한 그녀의 운명. 국경 지역의 멕시코, 이 나라에서 가장 번창한 곳이라는 자부심, 산업화된 북부, 인디오도 없고, 치아파스나 오악사카처럼 극도의 빈궁함도 없는 곳, 남부의 거지들이 내미는 손 앞에서 자기 만족에 빠진 중류층 멕시코. 거대도시 앞에서, 탐욕스럽고, 뚱뚱하며, 눈 밑에 기미가 끼고, 화장을 한 수도 앞에서, 엉덩이를 까고 이 나라의 다른 지역을 깔아뭉개는 연방구라는 고릴라 앞에서, 그렇게 되었다는 이유로 힘이 넘치고 자부심이 넘치는 멕시코…….

하지만 아순타가 버리고 온 바로 그 북부 지방은 양키의 번영이 빛나는 국경선의 남쪽이었다. '사우스 오브 더 보더, 다운 멕시코 웨이.(South of the border, down Mexico way.)' 멕시코 북부의 부는 미국의 국경선 너머에 있는 가난이었다. 몰래 애리조나나 텍사스로 스며드는 노동자들의 통로. 철조망. 코요테 트럭. 국경 수비대의 총알. 시우다드 후아레스의 칼. 티후아나에서 리레도까지 퍼져 있는 마약 단속반. 괴저. 고름. 우리가 만날 때마다 상히네스가 떠올리는 것.

이 여자는 그 모든 것에서 행복을 끄집어냈다. 행복이란 무엇인가? 나는 그날 아침 아순타의 책상 앞에 서서 자문해 보았다. 책상은 부하 직원 혹은 임시 애인 앞에 놓인 그녀의 국경선이었다. 행복이란 내적인 행위, 즉 만족감인가, 아니면 외적인 행위, 즉 소유인가? 만일 지복이 행복이라면 아순타에게서는 성경에서 말하는 참 행복의 모습은 보이지 않았다. 그렇다면 행복은 재산과 동의어란 말인가? 어쩌면. 어느 정도까지는. 나는 아순타 호르단에게서 그녀의 것이 아닌 것들에 지나치게 의존하는 운명을 보았다. 예를 들어, 권력과 안락한 생활이라는 의미에서 아순타 호르단에게 '행복'의 원천인 막스 몬로이의 의지. 그렇다면 상속재산은? 막스의 유언장은 아순타의 운명에 대해 무슨 말을 할 것인가? 그리고 상속과 관련해서, 막스는 자발적으로 산후안데아라곤 감옥에 갇혀 있는 자신의 아들 미겔 아파레시도를 기억할 것인가? 그를 염두에 둘 것인가?

언젠가 아순타가 내게 말했다. "나는 은밀한 꿈을 꾸기도 해. 하지만 그런 꿈을 꾸지 않도록 조심하기도 해. 명심해. 하느님의 진실. 무슨 뜻인지 알겠어?"

"그래서요?" 나는 마지막 말을 하지 않기 위해 마지막 말을 하고 말았다.

"내가 내 족쇄를 깨뜨리기 전에 막스가 내 족쇄로부터 나를 해방해 주었어. 하지만 그는 내가 꿈을 꾸도록 열쇠를 내게 건네주었어."

나는 아순타를 바라보았다. 욕망과 두려움을 물리친 여자가 있었던가? 원하지도 않고 두려워하지도 않는 것이 진정한 행복이 아니었던가? 그것이 바로 평온이 아니었던가? 그게 아니면 단지 두려움도 없고 의지도 없는 것을 행복으로 여기는 수동성의 위장이었을까? 만일 무감동이 평온을 의미했다면, 그 대가는 수동성이었다. 나는 이전부터 알았고, 그 순간에도 알 수 있었다. 아순타의 평온함은 부득이하면서도 강제적인 의지의 결과였다. 그것은 과거 결혼 생활의 평범함을 극복해 낸 그녀에게 상으로 내려진 만족감이었다. 또한 그것은 막스에 대한 감사함 때문에 자유로부터 멀어진 불만족이기도 했다. 그녀는 자신이 선택한 사랑을 마음껏 향유할 수 없었던 것이다.

그녀는 나를 사랑했던가?

그녀가 내 생각을 읽었다. "헛된 꿈을 꾸지 않기 바란다, 내 가엾은 여호수아."

나는 아니라고 했다. 거짓말이었다.

"내가 너와 함께 잔 것은." 그녀는 시선을 들지 않았다. "막스가 그걸 허락했기 때문이야. 막스는 내가 젊은 남자들과 성적 쾌락을 누리는 걸 허용해. 막스는 자신의, 좋아, 노령의 한계를 잘 알아. 그래서 내가 즐기도록 허용해. 그와의 계약은 영원해. 다른 사람들과의 계약은 일시적이고."

하나의 확신이 그녀의 머리를 스치고 지나갔다는 느낌이 들었다. 막스는 그녀의 사랑을 알았다, 막스는 그녀의 사랑을 허락했다, 막스는 그녀의 사랑을 존중했다. 어쩌면 즐기기까지 했을 것이다. 아순타의 업무를 방해하지만 않으면. 그녀의 막스를 향한 사랑의 증거는 막스를 위한다는 확신을 품고 막스를 배신하는 것이었다. 그것은 사랑의 일부였다. 막스와 아순타를 생각하면, 너무너무 사랑하고 잘 지낸다는 것이 무관심과 증오에 이를 수도 있다고 나는 이해했을 것이다. 막스 몬로이는 아순타의 '배신'을 참아 내야 한다. 왜냐하면 그는 그녀의 배신을 사랑하고 그녀의 배신이 필요하니까.

"오직 단 한 번." 나는 노래 가사가 우리의 모든 감정을 승화시킬 수 있다는 듯 노래를 불렀다.

"바로 그거야. 노래 가사처럼."

"그럼 예리고는?"

"예리고가 뭘?"

아순타는 무슨 이유로 자신을 내 애인이라고 예리고에게 소개했을까? 그 때문에 예리고는 나를 죽이고 싶을 정도로 미워했고, 내가 그의 정치적인 야망에 동조하지 않았을 때보다 훨씬 더 나를 증오했고, 그래서 우리의 오랜 우정은 끝장나고 말았다.

"왜?"

그녀는 나를 한사코 쳐다보려고 하지 않았다. 이번에는 그 이유를 알 수 있었다. 이전에는 오만함과 권위 때문에 나를 쳐다보지 않았다. 그러나 이번에는 부끄러워서, 수치스러워서 나를 쳐다볼 수 없었다. 마침내 그녀가 용기를 내어 머리를 들고 나를 똑바로 쳐다보았다.

"나는 막스 몬로이의 여자야. 나는 그에게 모든 것을 빚졌어. 오직 한 사람에게 모든 것을 빚졌다는 것은 정말이지 좆같은 거야. 좆같단 말이야."

나는 그 말을 듣는 순간 아순타가 행복하면서도 불행하다는 사실을 알 수 있었다. 그녀의 무관심보다 그녀의 열정에 나는 더욱더 불안해졌다. 그녀는 눈을 부릅뜨고 나와 사랑을 나누었다.

그래서 내게 더 이상 설명할 필요가 없었다. 아순타는 내가 그녀의 애인이라는 말로 예리고를 속였고, 자리를 차지하기 위해 단지 하룻밤을 희생했다는 말로 나를 속였던 것이다. 세상에, 나는 그걸 이해했고, 그래서 아파했고, 그걸 이해함으로써 내 삶은 발가벗겨졌다. 막스 앞에서, 막스에게 해를 끼치지 않고, 겨우 자리 하나를 차지하기 위해 그랬다니. 그리고 여호수아와 예리고의, 카스토르와 폴룩스의 오랜 우정을 치유할 수 없을 정도로 망가뜨려 놓다니.

카인과 아벨.

아순타는 자신이 무엇을 망가뜨렸는지 알았을까? 어쩌면 그녀는 자신의 이기심과 자신의 진정한 만족감을, 자신에게 권리가 있다고 믿었던 한 줌의 행복을 혼동했을 것이다. 그리고 형제 사이에 벌어진 그 전쟁이 그녀의 눈에는 품위 있는 다툼 정도로 보였을 것이다. 아무런 위험도 없는, 누군가 장난을 치듯이 벌어진 그런 다툼으로……. 그렇다면 심연은?

그녀는 몰랐다. 나는 아순타 호르단을 향한 일말의 연민과 그녀가 단지 비교에 따라 높이 평가한 운명을 느꼈다. 그것은 사실 일종의 운명이었다. 그 당시 나는 그 운명을 천박하다고, 자유롭다고 생각하면서도 실제로는 구속당한 운명이라고 생각했다.

"이 모든 일이 벌어지기 전에 네 친구 예리고는 어떤 사람들과 어울렸지?"

"어떤 사람들요?"

"여자들."

"창녀들. 창녀들뿐이었어요."

"그 짐승 같은 놈이 나를 사랑하게 된 거야."

나는 그 말을 믿을 수 없었지만 끼어들지 않았다.

"한 여자와 사랑에 빠지기는 생전 처음이라고 하더군."

"그 친구에게 무슨 말을 했는데요?"

"네가 아는 것. 내가 네 애인이라고, 여호수아."

그리고 다시 서류로 돌아가며 덧붙였다.

"너는 염려할 필요 없어. 우리가 그 친구를 안전하게 보호하고 있으니까."

* * *

나는 기억이 일종의 현현의 방식인지 아닌지 모르겠다. 어떤 경우라도 영혼이 기억을 통과해 되살아나기 위해서는 자극이 필요하다. 기억은 단지 한순간을 포착해 그 순간을 즉시 되돌려 줄 뿐이다. 기억은 흉터와 같은 게 아닐까? 나 자신이 알아보지 못하는 과거가 아닐까? 만일 내가 그걸 모른다면 어떻게 그걸 기억할 수 있단 말인가? 기억이란 단지 일종의 모의실험, 즉 우리가 잊어버린, 혹은 더욱더 좋지 않을 경우, 우리가 결코 살아보지 못한 것을 기억해 내는 그런 게 아닐까?

나는 기억에 상상력이라는 별명을 붙여 주고 싶었다. 상히네스는 그걸 허락하지 않았다. 우루과이 거리의 다누비오를 떠나 프라가 거리에 있는 내 다락방 감옥으로 천천히 여행하면서 변호사는 자신이 할 말을 꺼냈다. 왜냐하면 일어났던 일이 일어났기 때문이다. 카스토르와 폴룩스의 형제애는 경쟁심으로, 카인과 아벨의 증오로 변해 버렸던 것이다. 일시적인 기억들, 다른 시나리오, 그 차이는 무엇이었을까? 명백하고 자명한 차이가 아니라 심오한 차이는?

나는 나 자신의 단어로, 기억의 흉터에서부터 시작해 비 오는 그날 오후 상히네스가 내게 했던 말을 그대로 재현해 보려고 한다. 그때 내린 비는 거울 위로 쏟아지는 소나기처럼 모든 것을 지워 버렸다.

나는 미겔 아파레시도의 이야기를 안다. 미겔 아파레시도는 산후안데아라곤 교도소의 철창 뒤에서 그 이야기를 직접 내게 들려주었다. 나는 그의 할머니, 안티구아 콘셉시온의 무시무시한 목소리를 떠올렸다. 그녀의 목소리는 지진처럼 그녀가 누워 있던 숨겨진 무덤에서 퍼져 나왔다. 그다지 고상하지 않은 부인, 그녀의 남편인 장군의 과도한 경망스러움에도 불구하고, 몬로이 가문의 재산을 축적한 여자, 그 재산은 사랑스러운 아들 막스 몬로이에 의해 더욱더 불어났다. 이젠 고인이 된 그 노파는 자기 자식을 마음대로 가지고 놀았다. 마흔이 넘은 아들을 어린 소녀와 결혼시키기까지 했다. 그건 다만 그 어린 소녀의 땅을 차지하기 위해서였다. 그 순진한 시빌라 사르미엔토나 막스 본인의 감정이나 의지는 조금도 상관하지 않았다. 막스는 그 당시까지 어머니의 완고한 의지의 노력과 은혜 탓에 총각 신세였다. 안티구아 콘셉시온의 머릿속에서는 의지와 운명이 마치 하나의 형상인 양 짝을 이루었다. 그녀는 의지와 운명을 동원해 몬로이 가문의 재산을 일구었고, 그 재산을 아들에게 물려주었다. 조건이 있었다. 그녀의 아들 막스는 재산을 물려받기 위해 어머니의 의지에 굴복해야 했다. 그 둘 사이로 주제넘은, 불쾌한, 벌을 받아 마땅한, 귀찮은, 배은망덕한 필연이 끼어들었다. 그리고 그 필연 앞에서 카르멜회의 지팡이를 든 그 늙은 여장부는 코를 막고, 못마땅하다는 표정을 지으며 몸을 숙여야 했으리라. 그녀는 확신했다. 언젠가는 그녀의 아들 막스가 재산에 대해 그녀에게 고마움을 표하리라는 사실을.

의지가지없는 시빌라 사르미엔토는 정신병원에 갇혔고, 막스와 미친 여자 사이에서 태어난 자식은 길거리에 버려져 이 나라 수도의 살인이 난무하는 길거리에서 역경과 싸우며 성장해야 했다. 나는 상히네스와 함께 달의 도시를 여행한다. 만일 달에 도시가 있다면 말이다. 혹은, 만일 달이 도시라면, 단지 이렇지만은 않을 것이다. 혹은 이랬을 것이다. 괴로워하는 도시(고약한 냄새가 나는 도시?), 안토니오 상히네스는 나를 메르세데스에 태워 그곳을 돌아다닌다. 뒤처진 기억으로의 여행, 단념할 수 없는 과거와 같은 기억으로의 탐험.

운전사가 메르세데스를 몰고 있다. 상히네스는 운전사가 듣지 못하도록 운전사와 우리 사이에 있는 유리창을 올리고 이야기를 계속한다. "때가 되었지. 그 늙은 여장부는 아들 막스가 보행기 없이 자신의 운명을 짊어지고 혼자서도 걸을 수 있다고 판단했어. 그녀는 두 번 생각할 것도 없이 떠맡았던 필연에서 해방된 거지. 언젠가 그녀는 이렇게 말했어. '나는 막스를 풀어 줬어. 필연 대신에 의지와 운명을 준 거야.'라고 말이지."

의지와 운명, 안토니오 상히네스가 중얼거렸다.

막스 몬로이.

"그는 주인이야." 상히네스는 센트로이스토리코에서 소나로사로 천천히 가는 도중 이야기를 시작했다. "그는 전혀 화려하지 않은 확신의 소유자야. 그건 눈에 보이지 않아. 그가 차풀테펙 요새에서 카레라 대통령과 만났을 때 자네도 봤을 거야. 그게 어디에서 왔을까? 어머니에게 물려받은 것은 아냐. 그건 아스텍의 탐욕스러운 코아틀리쿠에 여신과 멕시코를 지켜 주는 과달루페 성모가 합친 것과 같아. 하지만 그는 곤란한 단계를 넘어가야 했어. 어머니의 재산을 상속받지만 그녀에게서 멀어지는 것. 그의 어머니 콘치타 부인의 죽음만이 마침내 그에게 그걸 허용할 수 있었지. 그 이전에는 그녀와 마찬가지로 그는 그녀 앞에서 자신을 증명하기 위해, 자네가 알았으면 해서 이런 말을 하는 거야, 타락을 인정했어. 그의 어머니와 마찬가지로 추장들과 정치 지도자들을 굴복시켜야 했지. 그들을 죽이지는 않았어. 그들을 매수했지. 힘으로. 간계로. 그들을 돈으로 사도 손해는 아니라는 것을 알고 있었지. 그들의 도둑질을 묵인했어. 하지만 핑계가 그럴듯했어. 그들은 훔치면서 건설하고 창조했으니까. 이게 이 나라의 역설인 거야. 어머니에게서 교훈을 얻었던 거지. 혁명이 없는 혁명가로 변신해야 한다. 그들이 뭘 두려워한단 말인가? 중산층이 혁명을 이끌었어. 프랑스에서처럼, 미국에서처럼. 중산층이 없으면 혁명을 일으킬 수 없어. 멕시코도 예외가 아니지. 중산층을 배제한 혁명은 프롤레타리아 혁명이 아냐. 그건 '프롤레타리아 독재'야. 멕시코에서 영웅들은 젊은 나이에 죽었어. 생존자들은 늙은이가 되었고 부자가 되었지. 막스 몬로이는 매수하고, 암시하고, 시사하고, 위협했으며, 또 건설했어. 그는 어디로 가야 할지 알고 있었어. 다른 사람들보다 미래를 빨리 예측했고, 다른 사람들을 속여 현재가 미래라고 믿게 만들었어."

그때 상히네스가 한숨을 쉬었을까? 비가 우박으로 바뀌었고, 우박이 하느님의 북처럼 자동차의 지붕과 유리창을 두드려 댔다.

추장들. 통치자들. 기업가들. 막스 몬로이는 그들과의 승부에서 어떻게 이길 수 있었을까? 그는 그들이 하는 짓거리를 증오하면서도 자신의 게임으로 그들을 이겼다. 산루이스포토시의 주지사가 나름대로 행동으로 나서기 전에 막스는 군대의 장군을 그에게 보내 광장을 점령하도록 만들었다. "당신의 안전을 위해서입니다, 주지사 각하." 타바스코의 주지사가 피프티피프티 고속도로를 건설하기 위해 수도에서 호의를 사려고 했을 때, 막스는 그에 앞서 건축 회사를 인수해 이십오 퍼센트의 가격으로 그에게 넘겨주었다. 그런 식이었다. 더 이상 말하지 않겠다. 막스는 그런 식으로 중개자가 되었다. 그런 식으로 연방 정부와 지역 정부들 간의 협력(진절머리 나는 사람들이라고 생각해도 좋다.)을 이끌어 냈다. 그는 그런 식으로 경제적인 면에서뿐만 아니라 정치적인 면에서도 뛰어난 수완을 발휘했다. 그는 그런 식으로 모든 이들에게 없어서는 안 될 인물이 되었다.

그것은 콜레히오 데 라스 비스카이나스였던가. 가난한 소녀들과 부유한 과부들의 피난처. 그녀들은 내가 상히네스의 그 지루한 이야기 속에서 길을 잃지 않도록 하기 위해 에스파르사 집의 두 여자를 생각나게 만들었던가? 성녀인 에스트레야 부인과 창녀인 사라 P. 확실하지만 진위가 의심스러운 수녀원에서 빠져나온 두 여자. 비가 내리는 오후에 다시 사라져 버린 그 수녀원의 첨탑들. 별다른 이유 없이, 상히네스 교수의 말이 내게 밝혀 주는 사실이 두려워 나는 그것을, 그 여자들을 생각하고 싶었던가?

다른 감옥은 생각하고 싶지 않았던 것일까? 미겔 아파레시도의 어머니 시빌라 사르미엔토가 갇혀 있던 정신병원은?

상히네스가 말을 이었다. 중개인. 에이전트. 중간상인. 어머니의 상속자. 나는 젊은 시절의 막스 몬로이를 상상해 보았다. 상속받은 재산의 비밀을 큰 소리로 속이고 야심찬 신출내기처럼 행동하는 막스. 무시무시한 콘셉시온은 바로 그런 것을 기대한 게 아니었을까? 다른 사람들과 마찬가지로 자식이 밑에서부터 재산을 쌓아 나가기를, 열심히 노력해서, 위험을 무릅쓰고, 필요할 경우에는 몸을 더럽혀 가며 그렇게 하기를 원했던 것은 아니었을까?

"그는 무에서 회사들을 창업해 나갔어." 상히네스가 말을 이었다. "그는 회사를 세울 때마다 자금을 모았고, 또 그 자금을 다른 회사, 새로운 회사에 투자했어. 그는 기업의 이름을 뒤섞었어. 그는 이렇게 말하면서 자신을 정당화했어. 그가 내게 말했단 말이야, 여호수아. 가난한 나라에서 벗어나야 한다, 멕시코의 폐쇄적인 협정 가격을 파괴해야 한다, 시장을 창출해야 한다, 통신 시설을 확장해야 한다, 이 나라를 현대화해야 한다."

폐쇄적인 협정 가격에 대항하는 현대화. 통신. 산과 절벽, 밀림과 사막, 계곡과 화산으로 이루어진 구겨진 양피지, 정복자 코르테스가 카를로스 황제에게 단숨에 그려 보인 그 양피지, 구겨진 양피지, 그것이 바로 멕시코다. 어떻게 해야 그걸 반반하게 펼 수 있단 말인가?

"개인적인 제국과 함께 모든 이를 위한 왕국을 건설한다는 꿈과 의지가 그를 격려했어. 그게 가능할까?"

변덕스러운 우박이 다시 떨어지기 시작했다. 우박은 순전히 명목뿐인 것의 실상 같았다. 우박은 인마쿨라다 콘셉시온 성당 옆에 있는 살토 델 아구아 분수로 떨어졌다. 나는 순수함을 조건으로 한, 갈증 때문에 잉태된 나라를 상상해 보았다. 양피지 나라.

"모르겠습니다, 선생님……."

상히네스는 내 말을 듣지도 않았다.

"모든 이를 위한 왕국. 개인적인 제국. 아! 불가능한 일이야, 내 착한 여호수아, 정치적 권력에 완전히 굴복하지 않고는 불가능한 일이야. 막스는 오로지 멕시코에서의 변화에 대해서만 예측했어. 국가에 의존적인 부르주아에서 부르주아에 의존적인 국가로의 변화."

"그는 모릅니까?" 나는 감히 끼어들었다. "개인적인 제국들은 불안정한 모래밭에 세워진다는 사실을?"

상히네스가 미소 지었다. "계산할 수 없는 요소도 고려해야 한다네……."

"그럼 명성은요? 몬로이는 스스로의 명성을 어떻게 관리합니까?"

이제 상히네스는 대놓고 웃었다. "위대한 명성은 악명보다 더 좋지 않아. 그리고 악명은 명성이 없는 것보다 나아. 막스가 신을 모방하기로 결심했다는 것을 자네도 알게 될 거야. 그는 신과 같이 어디에나 존재하지만 아무도 그를 볼 수 없어."

나는 그의 말에 담긴 이중적인 의미를 간파했다. 하지만 나는 말을 하지 않았다. 나는 메르세데스의 편안함과 싸워야 했다. 그 부드러운 느낌에 졸음이 밀려왔다. 상히네스의 말을 듣고 나는 의심하지 않을 수 없었다. 모든 권력의 토대가 순전히 허상이라는 사실을 막스가 모르다니, 그럴 리가 없었다. 황제는 벌거벗었다. 우리가 그에게 옷을 입힌다. 그리고 나중에 우리가 옷을 돌려 달라고 요구하면 황제는 화를 낸다. 옷은 이미 그의 것인 셈이다.

상히네스가 말을 이었다. "막스 몬로이는 한 가지 사실을 알고 있어. 그의 동료들은, 그의 적들은, 그의 공범들은 그의 생각을 읽지도 못했고 진정으로 정보를 교환하지도 않았어. 그들은 순전히 본능만 믿고 떠돌아다녔지. 막스는 우나무노를 일종의 개인적인 성경으로 삼았고, 그 성경은 영혼의 후광과 같은 생의 비극적 의미를 그에게 부여했어. 그는 우나무노의 책을 거듭해서 읽으며 그를 차별화하고 그를 인도해 준 몇 가지 결론을 이끌어 냈어, 여호수아. 최악의 결점은 순수함과 자부심이야. 고통을 나누는 것은 위안이 되지 않아. 악은 다른 사람의 행복을 시기하는 거야. 그건 비참한 거야. 그래서 이게 질문이야. 어떻게 해야 우리는 우리의 열정을 희생하지 않고 그 열정의 주인이 될 수 있는가?"

비에 젖은 자동차 유리창 뒤로 역시 비에 젖은 막스 몬로이와 아순타 호르단의 모습이 나타났다. 두 사람은 어둠 속에서 하나가 되어 있었다. 침실의 어둠보다 더 짙은 어둠. 내가 그 이미지를 내 머릿속에서 몰아냈을 때, 상히네스는 마치 내 멍청한 생각을 읽어 낸 듯 이렇게 말했다. 막스 몬로이는 이성을 방해하는 야망과 방종을 허용하지 않아.

"그것들은 미덕을 방해합니다. 이성이 아닙니다."

나는 아순타 호르단의 모습과 루차 사파타의 모습을 나란히 떠올리며 과감하게 의견을 밝혔다. 우리의 욕망과 우리의 충성은 서로 별개의 것입니다.

"그는 다른 사람들의 잘못을 고쳐 주려고 하지 않아." 상히네스가 미소 지었다. "그는 세상에 알려진 즐거움을 거부하지. 자네, 이거 아나? 몬로이는 아스펜에는 절대로 가지 않아. 멕시코 부자들은 그곳에서 선진국이 어떤 것인지를 깨닫지. 그곳에는 눈이 있어 스키를 타니까. 그는 라스베이거스에도 가지 않아. 멕시코 정치인들은 국민들로부터 빼앗은 것을 그곳에서 고스란히 토해 내지."

"그렇다면 그는 어디에서 즐거움을 얻습니까?" 나는 마치 그걸 모르겠다는 듯이 물었다. 나는 용기를 얻었다. 다른 이유는 없었다. 아르코스 데 벨렌이라는 이름이 내게 용기를 주었던 것이다. 등기소 옆에는 카피탄 로드리게스 M 광장이 있었다. 궁금했다. 이 수수께끼는 피곤하게도 나를 다른 질문으로 유도했다. 그는 누구였던가? 로드리게스 M은 과연 어떤 사람이었기에 그의 이름이 붙은 광장이 존재한단 말인가?

상히네스가 대답 없는 질문을 그대로 방치하지는 않았을 것이다. 그는 나름대로 그 대답을 짐작해 보았을 것이다. 그걸 알아낸 순간 이상한, 아주 고요한 감정이 엄습했다. 변호사는 교묘하게 빠져나갔다. 그는 말했다. 몬로이가 사는 유토피아 건물의 '펜트하우스'는 그 기업가의 유토피아였다. 그곳은 이른바 '저주받은 거리들', 지금 상히네스와 내가 돌아다니는 바로 그 거리들로부터 가능한 한 멀리 떨어져 있었다. 몬로이는 그 높은 곳에서 깨진 유리 같은 눈으로 '사악한' 거리들을 내려다보았다.

"거리의 이름들을 잊어버렸어. 막스 몬로이는 눈으로 그렇게 말했지. 그건 사실이야."

상히네스가 내 손을 잡았다가 즉시 놓았다.

"그도 즐기기 시작했어. 때로는, 말하자면, 앞뒤가 맞지 않는 짓을……."

상히네스의 말이 귀에 거슬렸다. "왜 그런 말을 하시는 겁니까?"

"그는 알코올이 잠깐씩 정신을 잃게 하기 때문에 술을 마시지 않는다고 해. 그는 자신의 삶과 그가 물려주려고 하는 것을 소홀히 하지 않으려고 해. 뭐 그런 거야."

"아순타가 그의 상속인인가요?" 나는 뻔뻔스럽게 물었다.

"노령은 엉뚱한 생각을 머리에 넣어 주는 밀수업자와 같다고 그는 말하지. 내장이 죽음보다 앞서 간다는 말도 하고."

"아순타가 그의 상속인인가요?" 나는 고집스럽게 묻고 늘어졌다.

나는 상히네스의 뒤틀린 미소를 보고 싶지 않았다.

"때때로 정신을 잃기도 해. 텅 비어 있는 드넓은 광장을 혼자서 벌거벗은 채 미친 듯이 걸어간다고 말하기도 하지……. 그럴 때면 아순타가 그 자신으로부터 그를 보호해 주지……."

"아직 제 질문에 대답하지 않으셨습니다……."

"그가 아순타에게 하는 말을 들었어. 나 없이도 살 수 있어?"

"그녀는 뭐라고 대답했는데요?" 나는 재우쳐 물었다. 막스가 죽으면 아순타가 그의 재산을 상속할 것만 같았다.

"그녀가 대답했지. 그래요, 하지만 당신이 없으면 다시는 사랑을 할 수 없을 거예요."

자동차가 파란불 앞에서 멈췄다. 반대편 신호등도 파란불이었던 것이다. 자동차들이 하릴없이 경적을 울려 대며, 부르릉부르릉거리며 움직이지 않았다.

"삶의 종말은 갑작스럽게, 설명할 수 없는 순간에 찾아오지." 상히네스가 자동차 소음 속에서 소리쳤다.

"권력의 종말은? 힘의 종말은?" 나는 아주 작은 소리로 말했다. 상히네스는 내 말을 듣지 못한 것 같았다. 아무렇지도 않게 말을 이어 갔다. "내 말을 믿게나. 그는 지금 마지막 순간을 살고 있어. 삶이 그에게서 빠져나가고 있지. 그는 갈수록 더 많은 약을 먹어. 고통을 줄이기 위해서가 아니라, 살아남기 위해서가 아니라, 여호수아, 그저 오줌을 누기 위해서 말이야……. 마치 한 마리……."

"짐승처럼." 내가 불쑥 끼어들었다.

"그게……, 그게……." 상히네스는 다음에 할 말에 자신이 없는 듯 중얼거렸다. "그게……."

그는 나를 쳐다보지 않았다. 나를 쳐다보려고 하지 않았다. 나는 그의 눈을 똑바로 쳐다보았다.

"미겔 아파레시도는 짐승이 아닙니다. 물건도 아닙니다. 그는 막스 몬로이의 아들입니다. 선생님, 왜 그 얘기를 해 주지 않았습니까? 그렇게 자식을 버린 것이, 그 무책임이, 말씀해 보세요, 그렇게 아들을 버린 것이 막스 몬로이의 인생 전체를 처벌한 게 아닌가요? 그래서 인간으로서, 아버지로서 자격을 잃은 것이 아닌가요?"

어지러운 자동차 경적 소리도, 경찰들의 호루라기 소리도, 사람들이 약이 올라 고함치는 소리도 불이 붙은 내 목소리를 이겨 내지 못했다. 마치 내가 내 친구 미겔 아파레시도의 이름을 웅변하는 듯한 어조로 말했던 것 같다. 내 목소리는 도시의 불협화음보다, 미겔 아파레시도의 감방까지 천연덕스럽게 밀려드는 그 소음보다 훨씬 더 강렬했다. 멕시코 연방구는 죄수들에게도, 심지어 죽은 자들에게도 평화를 허용하지 않는 것 같았다.

상히네스가 마침내 나를 쳐다보았다. 그의 눈길을 피했어야 했다. 그와 나는 차풀테펙과 부카렐리의 사거리에서 발목을 잡힌 자동차 안에 처박혀 있었고, 나는 안토니오 상히네스의 눈에서 나 자신의 연기된 진실을, 빗나갔다가 마침내 제자리로 돌아온 나 자신의 운명을, 베를린 거리의 집에서 폭군과 같은 보모의 보살핌 속에서 살았던 한 어린 소년의 어긋난 근원을 발견했던 것이다…….

상히네스가 차분하게 말했다. "모든 인생은 자기 자신의 위치를, 개인적인 자리를 찾아다니지. 막스는 그렇게 말해. 그리고 한마디 덧붙이지. 나는 그걸 어느 누구에게도 넘겨주기 싫어. 그들은 싸워야 해. 스스로 일어나야 해."

"누구 말입니까?"

"자식들." 상히네스는 후회라도 하듯 퉁명스럽게 말했다.

"그 사람의 아들, 미겔 아파레시도겠죠." 나는 즉시 그의 말을 수정했다.

"그가 보여 준 용기와 의지를 자식들도 똑같이 따라 해 주기를 기대하는 거지. 이렇게 말할 수도 있겠지."

"그의 외아들입니다." 나는 고집을 꺾지 않았다. "그러니까 제 말은……."

"은으로 만든 쟁반은 은으로 만든 다리와 똑같은 거야." 상히네스도 고집을 꺾지 않았다.

"저는 미겔 아파레시도를 찾아갔습니다. 그건 선생님께서도 알고 계십니다. 선생님께서는 제가 아라곤 교도소에 들어갈 수 있도록 허락하셨습니다. 저는 미겔의 이야기를 압니다. 그의 아버지가 그를 멸시하고 잔인하게 다루었다는 사실을 저는 압니다. 미겔이 몬로이를 죽일 작정으로 교도소에서 나갔다는 것도 압니다. 미겔이 아버지를 죽이지 않기 위해, 존속살인이라는 유혹을 물리치기 위해 교도소로 돌아갔다는 것도 압니다. 저는 그걸 이해합니다, 안토니오 선생님, 저는 미겔을 이해합니다, 그러니까 제 말은……."

"어쩌면." 상히네스가 미소를 지었는지, 도로에 늘어선 가로등들이 갑자기 켜지는 바람에 그 빛의 장난으로 상히네스가 미소 지은 것처럼 보였는지, 나는 모른다. "막스는 말했어. ……아이들은 스스로 헤치고 나가야 해. 아이들은 역경을 경험해야 해. 자기들 스스로 행복과 권력을 차지해야 해. 하지만 미겔 아파레시도의 운명은 되풀이되어서는 안 돼. 그는 강력하고 꺾을 수 없는 내 어머니 콘셉시온 부인의 결정으로 버려졌어. 그건 범죄였어……."

"막스 몬로이는 말했어. 그런 일은 되풀이되어서는 안 된다고." 상히네스는 그 말을 두세 번 되풀이했다. "그는 말했지. 지금 내 자식들은 스스로 잘해 나가고 있지만 버려지지는 않았어. 내 자식들은 모든 걸 가졌어. 집, 하인들, 용돈. 하지만 부자 아버지라는 치명적인 완충기는 없어. 피곤함도 모르고, 버려지지도 않았고, 경박하지도 않고, 아무것도 하지 않아도 모든 것을 가질 수 있다는 기분 나쁜 확신 같은 것도 없어. 내 자식들은 뭔가를 얻으려면 뭔가를 해야만 해. 내 자식들을 시험해 보지. 변호사, 그들에게 매달 돈이 도착할 수 있도록 조치하시오. 그들에게 부족한 것이 없도록 조치하시오. 그러나 넘치게 주지는 마시오. 나는 내 자식들이 스스로의 삶을 살아가기를 원해. 잘못도 없고 증오도 없는……."

상히네스는 그때 처음으로 자신의 감정과 대면했을 것이다. 그는 빈틈없는 변호사이자 현명한 조언자다운 고지식한 진지함을 버리고 일종의 카타르시스를 만끽했다. 그 카타르시스는 인수르헨테 사거리를 빠져나와 레포르마 공원을 향해 플로렌시아 거리를 달려가는 자동차보다 더 빨리 달렸다.

나는 상당히 놀라 그를 쳐다보았다. 그는 신중함과 진지함에 제동을 걸었을 뿐만 아니라 심지어 그것들을 내던져 버렸던 것이다.

"그는 자식들을 놓아주었어. 어머니의 견딜 수 없는 압박과 삐뚤어진 애정으로부터 해방했지." 상히네스가 다시 한 번 감상에 젖어 들며 말했다.

"그들을 놓아주었다고요? 그들이 누군데요?" 나는 밝히고 싶었지만 실패했다. "그들을? 누굴?"

"그는 그들이 막스 몬로이의 계획이 아닌 그들 스스로 살아가도록 자유롭게 놓아주었어……."

"자유롭게? 선생님, 누굴 말입니까? 도대체 누굴 말씀하시는 겁니까?" 나는 마음을 진정하고 계속해서 물었다.

"내 자식들이 내 삶을 되풀이하지 않도록……."

"내 자식들? 제발, 그들이 대체 누굽니까? 누굴 말씀하시는 겁니까?"

"자식들은 스스로 살아가야 해. 유산을 상속받는 것으로 만족해서는 안 돼. 내가 그들을 위해 아무것도 하지 않았다고 믿어서는 안 돼……."

메르세데스가 프라가 거리에 있는 아파트 앞에서 멈췄다. 불쾌한 느낌이, 불만스러운 기분이, 이용당했다는 수치심과 어울려 나를 자동차에서 끌어내렸다…….

"안녕히 가십시오, 선생님……."

상히네스도 자동차에서 내렸다. 나는 열쇠를 꺼내 문을 열었다. 상히네스가 내 뒤를 따랐다. 그는 불안해했고 신경이 곤두서 있었다. 나는 꼭대기 층을 향해 계단을 올라가기 시작했다. 상히네스가 통증을 느끼는 듯한 초조한 표정으로 내 뒤를 따랐다. 나는 그가 왜 그러는지 알 수 없었다. 자신이 원해서가 아니라 어떤 의무에 떠밀려 행동하는 것 같았다. 누군가에게 등을 떠밀려 행동하는 것 같았다. 그는 그렇게 보일 정도로 불안하고 신경질적으로 행동했다.

계단은 어두웠다. 내가 사는 층에도 불이 켜져 있지 않았다. 모든 것이 그림자였고 그림자의 반영이었다. 마치 완전한 어둠은 존재하지 않는 듯싶었다. 우리의 시선이 암흑에 익숙해지지 않았으며, 결국 암흑의 지배를 거부했단 말인가?

"그는 자식들이 미겔 아파레시도처럼 범죄의 세계로 빠져드는 것을 원치 않았어." 상히네스가 서둘러 말했다.

나는 대답하지 않았다. 나는 계단을 올라가기 시작했다. 상히네스는 조급해하는 유령처럼, 내가 거부한 관심을 원하는 유령처럼 내 뒤를 따랐다. 그는 지금 내게 하고 있는 말과 나중에 밝혀야 할 사실을 두려워하고 있었다. 그러나 나중은 없었다. 변호사는 지금 당장 말하고 싶어 했다. 그는 한 계단 한 계단 나를 따라왔다. 그는 나를 가만히 내버려 두지 않았다. 그는 내게서 평화를 빼앗아 가려고 했다…….

"정신병원에서는 막스 몬로이가 병동으로 들어갈 수 있도록 허락했어……."

"정신병원요?" 나는 걸음을 멈추지 않고 물었다. 나는 한시라도 빨리 꼭대기 층에 있는 내 보금자리에 도착하기 위해 서둘렀다. 법학자 한스 켈젠처럼 정확하게 국가론을 강의했던 남자의 두서없는 이야기에 나는 놀라지 않을 수 없었다.

"그가 정신병원을 먹여 살렸어. 그가 그들에게 돈을 주었지……."

"그를 이해합니다……." 어쨌든 나는 예의를 지키고 싶었다.

"그를 들여보냈어. 그와 여자 둘만 있게 허용했어."

"누구요? 누구와 함께?"

"시빌라 사르미엔토. 막스 몬로이."

나는 걸음을 멈추려 했다. 그 이름이 내 발걸음을 붙잡고 내 생각에 박차를 가했다. 시빌라 사르미엔토, 막스 몬로이의 신부, 안티구아 콘셉시온의 악의에 따라 정신병원에 갇힌 여자.

"미겔 아파레시도의 어머니." 나는 중얼거렸다.

상히네스가 내 팔을 붙잡았다. 나는 뿌리치고 싶었다. 그러나 그가 팔을 놓아주지 않았다.

"어느 해 그녀는 예리고 몬로이 사르미엔토의 어머니가 되었고, 그다음 해에는 여호수아 몬로이 사르미엔토의 어머니가 되었지."

* * *

'안전하게 있다.' 예리고의 운명에 대해 상히네스와 아순타가 반복했던 그 말이 이제 나를 괴롭히기 시작했다. 그 말은 내 형제에 관한 것이었다. 할리스코 학교에서의, 사제관에서의 우리의 만남, 그 기억과 관련된 수많은 질문들이 내 앞에 펼쳐졌다……. 그 충돌도 사전에 준비된 것이었던가? 내 형제와 나를 하나로 묶어 주었던 것은 단순한 우연이 아니었단 말인가? 막스 몬로이의 의지가 어느 정도까지 우리의 운명을 쥐고 흔들었단 말인가? 누가 보내 주는지도 모른 채 예리고와 내가 매달 받았던 용돈이 다가 아니었다. 누가 거저 얻은 행운과 싸우겠는가? 우리는 그 우연의 일치에 대해 더 이상 알아보려고 하지 않았다. 그러한 공통점을 우리 우정의 자연스러운 한 부분으로 받아들였기 때문이다. 형제처럼 지냈던 우리의 모든 과거가 내 기억을 스치고 지나갔다. 우리는 자연스럽게 형제처럼 지냈지만, 이제 알고 보니 제삼자가 우리를 지켜보며 후원했던 것이었다. 그리고 그것은 우리의 자유를 침해하는 짓이었다. 우리는 막스 몬로이의 죄책감에 이용당했던 것이다…….

"내 말을 믿게나, 여호수아. 막스는 미겔 아파레시도의 운명에 대해 책임감을 느꼈어. 미겔은 막스를 죽이겠다고 위협했어. 막스는 그게 콘셉시온 부인의 잘못 때문이라는 사실을 알았어. 하지만 그녀에게 죄를 뒤집어씌우고 싶지는 않았지. 막스는 그 자신이 책임을 지려고 했어. 그래서 그 책임을 떠맡는 방식으로 자네와 예리고를 책임졌던 거야. 막스는 자네들에게 필요한 것이 부족하지 않도록 신경을 썼지만 지나치게 많은 것을 베풀면 자네들이 방심하게 될까 봐 조심했어. 그게 그의 윤리적인 직관이었어. 자네들이 자유롭게 살 수 있도록, 스스로 삶을 개척해 나갈 수 있도록, 그의 덕을 본 것 때문에 부담을 느끼지도 않도록……."

어둡고 비좁은 계단에서 상히네스는 내게 그렇게 말했다.

"언젠가는 우리에게 진실을 밝힐 생각이었나요?" 나는 당혹스러워하며, 상히네스를 상대로 화를 냈다. "아니면 아무 말도 않고 그냥 죽을 생각이었나요?"

나는 내 말을 후회했다. 그 말을 내뱉는 순간 나는 내가 예리고와 형제로서 엮여 있다는 사실을 떠올렸다. 나는 깨달았다. 상히네스가 막스의 비밀을 폭로한 이유는 막스가 이미 예리고를 추방해 버렸기 때문이다. 마치 우리의 전 인생을 시험했던 것처럼. 그리고 이제 예리고는 치명적인 실수를 저질러 장자권을 내게 넘겨주었던 것이다. 예리고는 안전하게 있었다. 그것은 이유 없는, 사면이 불가능한 판결이었다. 이것이 무슨 뜻이란 말인가? 그 순간 나는 정신뿐만 아니라 몸까지 불편했다.

상히네스의 말에는 심장의 고동과 유사한 조바심이 실려 있었다. "막스는 운명을 만들어 내기 위해 의지와 운명이 자유롭게 놀 수 있도록 방치했어……."

"그렇다면, 선생님, 필연은요? 그 빌어먹을 필연은요? 필연이 없는 의지나 운명이 있을 수 있단 말입니까?" 나는 상히네스를 쳐다보았지만 너무 어두워 그의 모습을 제대로 분간할 수 없었다. 그 순간 내 말이 나에겐 유일한 빛이었을 것이다.

"자네들에겐 부족한 것이 없었어……."

"그런 말씀은 하지 마십시오, 제발. 저는 지금 필연에 대해 말하고 있습니다. 사랑받는다는 느낌, 내가 필요한 존재라는 기분, 육신의 정, 따뜻한 애정. 제 말을 이해하시겠습니까? 제 말을 도무지 이해하실 수 없는 겁니까? 제가……."

"자네들에게 부족한 것이 없었어." 상히네스가 고집스럽게 나왔다. 마지막 순간까지 그럴 것만 같았다. 그는 관리자로서 의무에 충실했으며, 그의 격렬하고, 신경질적이고, 격양되고, 아무튼 평소의 그와는 동떨어진, 그렇지만 그의 진면목을 드러내는, 그의 표정이 밝혀 주는 감정들을 무시했다.

"그럼 에리고는요?" 나는 덧없이 지나가는 빛과 그림자로 된 존재인 양 나 자신 앞에서 사진을 박듯 걸음을 멈췄다.

"그는 안전하게 있어." 상히네스가 되풀이했다.

그 말은 나와 에리고의 형제애에 대한 생생하지만 고통스러운 기억을, 우리가 함께 살았던 열렬했던 순간을, 우리가 함께 책을 읽고 함께 토론하며 필로파테르 신부가 제시한 철학적인 견지를 받아들였던 순간을 지우지 못했다. 에리고는 성 아우구스티누스였고, 나는 니체였으며, 우리는 한 성직자의 도움을 받아 스피노자의 지성에 도달했고, 하느님의 의지를 인간의 필연으로 변화시켰다. 우리는 결국 의지의 이름으로 필연에 충실했던가? 내 형제와 내가 형제로서 서로 사랑하는 동안 최종 목표로 삼았던 것이 바로 그것이었단 말인가? 우리의 그 어처구니없는 우연의 일치가 바로 그것, 필연과 의지를 하나로 묶는 것이었단 말인가?

내 머릿속으로 여러 가지 장면들이 하나씩 스치고 지나갔다. 학교에서 두 사람이 함께 있는 모습. 에스파르사 가족과 같은 가족을 가질 바에야 차라리 가족이 없는 편이 더 좋다고 생각하는 두 사람. 우리는 동지로서 협정문에 도장을 찍었다. 우리는 우정 속에서 사회의 안녕을 발견하고 젊은이다운 뜨거운 만족감을 느꼈다. 우리는 함께 우리를 영원히 하나로 묶어 줄 삶의 계획을 세웠다.

"자네도 알게 될 거야, 앞으로 헤어짐, 여행, 여러 가지 일들이 벌어질 거야. 중요한 것은 지금 당장 평생을 위한 동맹을 맺는 거야. 아니라고 하지는 못하겠지……."

평생을 위한. 학교를 나와 카페에 들렀던 오후들과 메달의 다른 쪽 면을 비추던 불투명한 빛이 생각난다. 평생을 위한 동맹, 우리를 영원히 하나로 묶어 줄 삶의 계획. 하지만, 그 당시 의무 규정을 세웠던 사람은, 자기 마음대로 강요한 의무를 규정한 사람은 바로 그가 아니었던가? 이걸 해라, 저건 하지 마라, 사교계의 경망스러운 초대는 거절해라. 그리고 '거세당한 소의 무리'를 경멸해라. 독서 계획을 세우자, 지적으로 우월한 사람이 되도록 계획을 세우자, '엄밀하게 정선하여 준엄한' 계획을 세우자.

그랬다. 나는 지금 그와 내가 우리 자신에게 강요했던 규율을 고맙게 생각하고, 내가 다른 점에 있어서도 고분고분하게 그를 따랐다는 점을 한탄한다. 나는 나 자신을 자랑스럽게 생각했다. 우리의 운명을 함께 살면서 그와 나는 서로의 비밀을 존중했기 때문이다. 우리는 우정으로 엮인 공범이었고, 그래서 서로의 사생활을 지켜 주는 것이 공범의 의무라고 생각했던 것이다. 그는 루차 사파타와 미겔 아파레시도에 대해 몰랐고, 나는 예리고가 다른 곳에서 몇 년(그게 몇 년이었더라?)을 보내는 동안 어떻게 살았는지 몰랐다. 그는 그동안 어디서 살았을까? 유럽? 미국? 국경 지역? 지금은 알 수 없을 것이다. 예리고가 내게 진실을 말했는지 어쩐지 지금은 결코 알 수 없을 것이다. 나는 예리고의 정체에 대해 아무것도 알 수 없었다. 그와 내가 형제라는 눈부신 사실 이외에는 그에 대해 전혀 알 수 없었다. 나는 그에게 죄를 뒤집어씌울 수 없었다. 그가 자신에 대해 나를 속였던 만큼 나도 나 자신에 대해 그를 속였던 것이다. 무시무시한 진실은, 내가 그에 대해 모르는 사실을 '안전하게 갇혀 있는' 예리고는 이제 절대로 내게 얘기해 줄 수 없다는 것이다. 그도 나처럼 우리가 형제였다는 사실을 알면 감히 내게 그 이야기를 해 줄 수 있을까.

그런 생각을 하자 원한이, 그리고 고통이 나를 가득 채웠다. 언젠가, 그가 멕시코로 돌아왔을 때, 나는 나 자신에게 물어본 적이 있었다. 어렸을 때 우리를 하나로 묶어 준 그 친밀한 관계를, 공동의 호흡을 계속 이어 나갈 수 있을까. 우리가 살았던 그 모든 것은 반복할 수 없는 서론이었단 말인가? 나는 고집스럽게 생각했다. 우리의 우정은 우리 미래의 유일한 바람막이였다고.

우리의 전 인생이 배신이라는 말로 녹아 버렸다고 생각하기 힘들었고, 고통스럽기까지 했다.

고통을 달래 주려는 듯 미묘한 매력을 지닌 순간들이 되살아났다. 육체를 만나 닻을 내리지 못했던 그 매력, 그 역시 미묘했던 무언의 금지가 욕망의 경계선에서 우리를 붙잡았던 그 매력. 학교에서 샤워를 하던 장면, 창녀의 침대에 함께 누워 있던 장면, 프라가 거리의 다락방에서 함께 살던 장면…….

열정, 질투, 몰이해, 연인들을 괴롭히지만 그래서 더욱더 유혹적인 확인되지 않은 의도들의 집합, 이 모든 것에 종속된 육체적인 관계의 경계선에서 우정이 멈췄단 말인가? 신비스러운 방법으로, 샤워기 밑에서 혹은 사창굴에서 느꼈던 욕망은 욕망 그 자체만큼 강력한 신비스러운 금지에 굴복했단 말인가? 멀리서 보면 그 욕망은 첫 번째 열정, 함께 살고 싶고 접촉하고 싶은 열정이다. 그런데 그 욕망은 그러한 미덕들을 근친상간의 욕망과 혼동하게 하고, 그래서 형제애 자체마저도 거부할 수 있는 힘에 의해 금지되는 것이다…….

그 당시 그와 내가 무슨 일을 할 수 있었단 말인가? 우리는 그저 우리 자신을 억압받는 신으로 느꼈을 뿐이다. 예리고와 여호수아, 우리는 오직 신들만이 죄를 범하지 않고 어길 수 있는 금지명령을 범할 수 있는 무한한 가능성을 소유했다. 누가 우리를 방해했던가? 이 모든 일이 벌어지고 난 지금 나는 쉽게 상상할 수 있다. 우리를 방해했던 것은 '피의 고동'이었다. 우리는 아무것도 모른 채 우리가 형제보다 더 가까운 사이라고 느꼈던 것이다……. 그와 나는 근친상간의 유혹에 넘어갈 이유가 없었다. 형제간의 근친상간은 부모에 대한 반란(세기스문도는 법정에서 그렇게 주장한다.)이며, 우리에게는 아버지도 어머니도 없었던 것이다.

나는 지금 진실을 말하고 있다. 시간과 상황이 모든 유혹으로부터 우리를 벗어나게 해 주었다. 예리고가 오랜 부재에서 돌아왔을 때(유럽에서? 미국에서? 국경지대에서?) 우리가 당면했던 문제들은 우리를 점점 더 멀리 떨어뜨려 놓았으며, 의심이 나타났으며, 예리고가 얘기한 나폴리는 이탈리아의 나폴리가 아니라 플로리다의 나폴리였고, 그가 얘기한 파리는 텍사스의 파리였을지도 모른다……. 우선 선별된 유사성이, 점점 증가하는 적대감이 직업 분야에서 나타났다. 내가 유토피아의 탑에서 천천히 수련 기간을 거치는 동안, 그는 토피아의 궁전에서 빠르게 승진했다. 나는 펼쳐진 책이었다. 예리고는 암호화된 메시지였다. 어쩌면 그것이 내 의무였을 것이다. 나의 삶은 나를 제외한 모든 사람들에게 비밀이 아니었을까? 내가 지금 말하고 쓰기 때문에 더 이상 비밀이 아닌 것은 아닐까? 어쩌면 예리고도 내 책과 같은 비밀의 책을 쓰지 않았을까? 그가 내 책에 대해 모르듯 내가 모르는 그의 책. 그런데도 비밀의 총합은 겉으로 드러난 사실의 찌꺼기를 없애 버리지 못했다. 예리고는 대통령의 권력 위에서 제왕의 영향력을 행사했다. 그는 자신에게 허용된 권력을 뛰어넘어 자신이 본인에게 부여하고 싶었던 권력을 차지할 수 있다고 생각했다. 그건 착각이었다. 그는 권력을 속였다고 믿었지만 권력이 그를 속였던 것이다. 내 가엾은 친구는 그의 환상이 경멸했던 현실로 인해 우리에 갇힌 후에야 그걸 깨달았고, 자신의 자아를 구원하기 위해 핑곗거리를 찾았지만 아순타를 사랑하는 것 이외에 다른 방법이 없었다……. 그는 사랑을 두고 다투는 마지막 결승전에서 나를 이기고 싶어 했다. 하지만 이곳에서도 아순타는 내 손을 들어 주었다. 자신이 내 애인이라며 예리고를 무너뜨렸던 것이다.

그 여자는 무슨 이유로 거짓말을 했을까? 그녀는 무슨 목적으로 그 거대한 짐승, 살아 있는 실체, 숨을 쉬고, 모든 논리를 뛰어넘는, 육신을 갖추고 고기를 좋아하는, 뜨겁고 다정한, 두 남자 사이의 우정이라는 그 거대한 짐승의 몸에 칼을 꽂았단 말인가? 서로 형제라는 사실을 몰랐던 두 형제, 아순타 호르단의 심술로 인해 철천지원수가 되어 버린 두 남자. 내 형제 예리고는 생애 처음으로 한 여자를 사랑했고, 그 여자는 예리고를 조롱하고 무기력하게 만들기 위해 자신이 내 애인이라고 밝혔으며, 그 결과 과분하게도 내게 섹스의 월계관을 하사했다. 아순타는 그를 자신의 야훼 막스 몬로이에게 아벨 여호수아의 수확물과 카인 예리고의 수확물을 보여 주었고, 지상의 신인 막스 몬로이는 예리고의 수확물보다 내 수확물을 더 좋아했고, 카인 예리고는 나를 죽이려고 했다. 지금 나는 생각한다. 그의 정치적 반란의 실패는, 그가 추종자들의 의지와 숫자에 대해 자신을 속인 방법은 인간의 맹목과 똑같았다. 예리고는 현실의 현실과 현실의 허구를 구별하지 못했다. 마침내 나는 이해할 수 있다. 현실을 제압하는 것은 허구다. 형제를 살해한 내 형제의 의지에 더욱더 가까운 것이 바로 허구이기 때문이다. 그의 전쟁은 세상을 상대로 한 것이 아니라 바로 나를 상대로 한 것이었다. 항상 잠복해 있었던 전쟁, 예리고의 자아가 내 자아보다 훨씬 더 강했기 때문에 계속 연기되어 왔던 전쟁, 명백했던 그의 승리, 엄청난 음모를 꾸밀 수 있는 그의 능력, 가장 깊이 감춰진 비밀과의 동맹. 개성, 성공, 상상력, 미스터리.

그것들이 바로 내 형제의 무기였다. 단지 그는 나를 상대로 그 무기를 사용하지 않았을 뿐이다. 그 이유는……. 왜 그랬을까? 나는 지금 다시 한 번 안토니오 상히네스가 힘을 써준 덕분에 산후안데아라곤 교도소로 들어간다. 나는 지금 감방 앞을 지나간다. 감방에서는 죄수들이 우리에 갇힌 짐승들처럼 나를 쳐다보고 있다. 쿠바 출신 물라토 시보네이 페랄타, 소매치기인 고마스와 브리얀티나스, 마리아치와 사라 P. 모두 갇혀 있다. 나는 바닥을 내려다본다. 어린 죄수들의 수영장. 장애아인 빡빡머리 메를린, 한때 소녀였다가 소년으로 돌아온 알베르티나, 말솜씨가 좋은 버림받은 소년 죄수 세페리노, 거울의 통해 자신의 눈물을 쳐다보는 추치타, 화산을 꿈꾸는 소녀 이사우라, 서글프도록 행복한 펠릭스, 그리고 바로 그곳에서 예리고와 여호수아가 유령처럼 서성이고 있다. 이제 나는 내게 묻는다. 우리는 왜 그렇게 친했을까? 우리는 무슨 이유로 그렇게 철저하게 보호받았을까? 왜 우리는 아라곤의 감옥에 갇힌 이 아이들의 망가진 운명으로부터 멀리 떨어져 있었을까? 왜 우리는 펠릭스가, 세페리노가, 메를린이 아니었을까? 우리 형제 미겔 아파레시도처럼 버려지거나 보호받지 못한 아이들. 감옥의 그 이상야릇한 대위법 속에서, 내 머릿속에서, 갑작스러운 계시처럼 아순타 호르단의 모습이 불쑥 나타난다. 아순타, 아순타, 그녀는 성경적인 판결이 반복되지 않도록 막았고 그와 동시에 그 판결을 확실히 했다. 예리고는, 예전의 카스토르는 자신의 형제인 폴룩스를, 나를 죽이지 않았다. 이번에는 카인이 아벨을 죽이지 않았던 것이다. 나는 오늘에 이르러서야 겨우 알 수 있었다. 그것은 그녀, 그 여자, 구시대적인 역사의 숙명을 빗나가게 만든 아순타 호르단 덕분이었다. 예리고는 여호수아를 무너뜨리지 않았고, 카인은 아벨을 죽이지 않았다. 모두 그녀 덕분이었다. 그녀는 예언자, 사제, 삶과 죽음의 경계 지역인 사막에서 나타난 마법사였다. 한 남자가 평범한 어둠 속에서 그녀를 발견해 데리고 나왔다. 남자는 지방에서 열린 무도회에서 그녀의 허리를 잡았을 뿐이었다. 그녀에게는 지상의 힘이, 어머니의 게걸스러운 변덕에 굴복한 남자가 손에 넣을 수 없었던 권력이 잠재되어 있었다. 내가 탐내고, 존경하고, 두려워하고, 비난했던 그녀가 나를 구원해 준 장본인이었던가? 그녀는 원수인 내 형제를 처벌했다. 그녀는 카레라의 복수로부터 구해 준다는 핑계로 내 형제를 유토피아 건물의 아파트로 데려왔고, 그곳에서 내게 그를 보여 주었고, 내 앞에서 그를 모욕했고, 내 앞에서 그를 벌거벗은 네발짐승으로 만들었고, 질투라는 명목으로 나를 죽이려는 그의 카인과 같은 운명을 박탈했다…….

명목. 아, 그렇다면, 실재란 무엇이란 말인가?

* * *

내가 자네에게 누군가를 보내면, 미겔 아파레시도, 그에게 얘기하게나, 말을 해, 그 사람을 빈손으로 보내지 말게나. 명심해.

그는 예전과 같았다. 그러나 달랐다. 노란 점이 박힌 검푸른 두 눈. 향수에 젖어 누그러진 사나운 눈초리. 동정심을 거부하는 서글픔. 짙은 눈썹. 어둡게 찡그린 표정과 한 줄기 빛이 반짝이는 눈. 사내대장부다운 얼굴, 네모난 턱, 세심하게 면도한 얼굴. 밝은 올리브색 피부. 곧고 가는, 냄새를 잘 맡는 코. 앞으로 빗어 내렸지만 뒤로 곱슬곱슬한 반백의 머리.

그는 예전과 같았다. 하지만 이제 그는 내 형제였다.

그는 알았던가? 언제부터? 그는 몰랐던가? 무슨 이유로?

그는 로마식으로 손을 내밀어 내 팔뚝을 꽉 붙잡으며 손에서 어깨로 이어지는 강력한 힘을 재차 내게 과시했다.

"이십 년이야."

"왜?"

"그 사람에게 물어봐."

우리를 능가하고 우리의 운명을 결정한 그 무엇에게 어떻게 대답을 강요할 수 있단 말인가? 같은 아버지와 같은 어머니의 자식들. 나는 미겔 아파레시도의 얼굴을 쳐다보았다. 흔들림 없이 도전적인 얼굴. 우리 아버지 막스 몬로이의 모습과 정신병원을 마음대로 드나들 수 있는 그의 혐오스러운 권리가 내 마음을 뒤흔들었다. 그는 야밤에, 대낮에, 아마 대낮에 더 많이 찾아갔을 것이다. 정신병원에 도착해 우리 어머니 시빌라 사르미엔토를 만나는 막스 몬로이의 모습을 상상해 보았다. 그녀는 갇혀 있었다. 나는 모른다. 그녀가 몬로이를 구원의 희망을 품고 기다렸는지 아니면 체념의 절망을 안고 기다렸는지. 나는 다만 다음과 같은 사실은 알고 있었다. 세 아이의 아버지인 그 남자가 그녀를 화급히 원했고, 허락도 구하지 않고 그녀의 옷을 벗겼으며, 그녀가 그에게 불러일으킨 열정으로 파고들었고, 두 사람은, 막스와 시빌라는 그 열정을 공유했다. 그녀는 막스가 방문했던 그 짧은 순간에 자신이 사랑받는 존재라고, 자신이 필요한 존재라고, 자신이 자유로운 존재라고 느낄 수 있었다. 그래서 그녀는 기쁜 마음으로 옷을 벗고 남자의 열정에 굴복했다. 남자는 그녀의 머리카락을 쥐어뜯었고, 그녀의 입에 입을 맞췄고, 그녀의 젖꼭지를 자극했고, 그녀의 사타구니와 클리토리스와 엉덩이를 애무했다. 거부할 수 없는 힘이었다. 그 힘은 사랑하는 연인이 직접 가둔 그 감옥에서 그녀를 해방해 주었다. 시빌라 사르미엔토는 갇힌 상태에서는 쾌락의 원천이었지만 풀려난 상태에서는 일종의 위험이었다. 막스 몬로이는 시빌라를 육체적으로 자유롭게 해 주고 싶었지만 독재적인 어머니의 명령 때문에 그럴 수 없었다. 그래서 자식으로서 도리를 지키면서 그 빌어먹을 어머니에게 복수하는 방법은 그것밖에 없었던 것이다.

미겔 아파레시도의 호랑이 눈이 내게 자기는 이해한다고 말했다. 그는 내게 받아들이라고 요구했다. 우리 어머니 시빌라는 아버지 막스의 사랑을 쟁취했다. 그것은 정신병원에 갇혀 있는 것에 대한 충분한 보상이었다. 그녀는 막스의 사랑을 받아들일 수 있었고, 그것으로 만족할 수 있었으며, 심지어 고맙게 생각했다. 세상의 눈길이 미치지 않는 곳에서 속세의 사랑을 얻을 수 있었기 때문이다. 막스를 받아들여 그와 사랑을 나누는 것은 아무런 위험 없이 자유를 만끽하는 것과 같았다. 그녀를 둘러싼 삶의, 도시의, 세상의 위험, 그 거대한 위험은 막스의 방문과 그 후로 이어지는 기다림의 시간만이 물리칠 수 있었다. 아들이 하나 태어나기를, 그리고 아주 오랜 시간이 지나 다른 아들이 태어나기를, 그리고 곧이어 세 번째 아들이 태어나기를, 그리고 그 세 아들이 동시에 태어나기를 기다리는 시간.

미겔 아파레시도. 예리고. 여호수아.

성모수태는 예상치 못했던 순간에 간헐적으로 시빌라 사르미엔토의 배 위로 내려왔다. 그녀에게 한순간은, 나는 지금 이렇게 상상한다, 영원과도 같은 것이었다. 그녀가 보기에는 모든 일이 동시에 벌어졌다. 남자가 틈틈이 찾아왔지만 그 사이에는 실제적인 시간이 없었다. 그녀가 열네 살이었을 때 그녀의 순결을 빼앗았던 남자, 그 후에 그녀를 임신시켰던 남자, 그리고 세 번째로 그녀를 임신시켰던 남자. 그녀가 보기에 모든 일은 동시에 벌어졌다. 사랑의 행위도 언제나 똑같은 것이었다. 그녀는 딱 한 번만 임신했다. 단 한 명의 아이. 미겔도 아니었고, 예리고 아니었고, 여호수아도 아니었다. 한 명의 아이가 계속해서 태어났다. 그 아이는 시빌라 사르미엔토의 이름으로 우리에서, 감옥에서, 정신병원에서, 자궁에서 빠져나올 준비가 되어 있었다. 감방에서 태어난 아이들, 그래서 자유를 누릴 자격이 있었다. 비참한 상황에서 태어난 아이들, 그래서 재산을 얻을 권리가 있었다. 성불구 상태에서 잉태된 아이들, 그래서 권력을 계승할 자신이 있었다. 내 형제 미겔은 로마식으로 내게 팔을 내밀었다. 아무런 말도 필요 없었다. 형제 사이에 협정이 맺어졌던 것이다. 고통은 기억의 또 다른 이름이다. 우리는 서로의 눈을 깊게 응시했다. 우리가 과거에 대해 말해야 했던 것은 이미 끝났다. 이제는 미래에 대해 이야기할 차례였다. 바로 그 순간에는 동조하는 일만 남았다.

잠시 침묵이 흘렀다.

우리는 서로 눈을 쳐다보았다.

이내 불협화음이 생겨났다.

그는 놈들이 다시 감옥에 갇힌 것으로 만족한다고 말했다. 반란을 도모했다가 실패한 무리, 브리안티나스와 고마스, 시보네이 페랄타, 사라 P와 마리아치 막시밀리아노 바타야를 추종했던 악당들.

나는 오는 길에 그들이 갇힌 것을 보았다고, 지금은 그를 만나러 왔을 뿐이라고 말했다.

"그렇다면 놈들을 잘 봐 두게나, 형제, 다시는 놈들을 볼 수 없을 테니……."

그가 나를 쳐다보았고 그 순간 등으로 찬바람이 스치고 지나갔다. 사라 P와 마리아치 일당은 죽어서 시체가 되어야만 이곳을 빠져나갈 수 있다는 사실을 나는 안다.

"그럼, 예리고는?" 나는 다급하게 물었다.

"놈들은 그의 부하야." 미겔 아파레시도가 대답했다. "그가 대통령 궁에 앉아서 놈들을 감옥에서 풀어 주었어. 그가 놈들을 조직했어. 놈들은 그의 부하야."

앞에서 얘기한 그 검푸른 눈으로 그가 나를 쳐다보았다. 노란 점들이 만족을 모르는 지성을 생생하게 보여 주고 있었다.

"그는 계산을 잘못했어. 그는 몰랐어. 그는 어정쩡한 생각을 품었지. 전위대가 행동으로 나서면 대중이 따를 것이라고 믿었지. 그건 오해였어. 그는 그가 그랬던 것처럼 권력이 움직이는 장소에 들어가기만 하면 그 자신이 권력을 차지할 수 있다고 믿었어. 유치한 생각이야. 바라바보다 못한 놈!"

나는 말했다. 권력이 전염병과 같다고 생각하는 것은 고질병이라고……. 권력이 하라키리(할복) 하지 않는다는 사실을 예리고가 몰랐다고. 권력은 스스로를 방어한다고.

"카레라 대통령과 기업가 몬로이가 차풀테펙에서 공개적으로 만난 것이 무엇을 의미하는지 이해해야 해." 상히네스는 내게 말했다. "두 사람 모두 좋아서 만난 게 아냐. 그들은 경쟁자야. 하지만 그들은 알아. 각자가 다이너마이트 공장을 가졌다는 사실을, 그리고 다이너마이트 공장을 한꺼번에 날려 버리지 않으려면 서로 멀리 떨어진 곳에 두어야 한다는 사실을. 그리고 두 사람(권력을 소유한 카레라와 기업을 소유한 몬로이)은 상대방에 대해 거부권을 행사할 수 있어. 그러나 외부에서 발생한, 권력의 속성과 맞지 않는 이질적인 제삼의 세력으로부터 위협을 받게 되면 서로 손을 잡아. 권력은 권력 외부가 아니라 권력 내부에서 태어나. 하나의 세포가 다른 세포 속에서 형성되는 것과 같은 이치야. 예리고는 그런 점을 이해하지 못했어. 자신을 정상으로 이끌어 줄 대중 세력을 지휘할 수 있다고 믿었던 거지. 그는 몰랐어. 대중은 필요에 따라 움직이는 존재야. 대중은 인위적으로는 움직이지 않아. 메시아의 의지로도 그들을 움직일 수 없어."

"혁명은 엘리트들을 창조하기도 합니다." 내가 토를 달았다.

"엘리트들이 혁명을 이끌기도 하지."

"엘리트들은 대중으로부터 탄생하기도 합니다."

"맞아." 상히네스가 인정했다. "지배 계층은 몰살당하지 않기 위해 스스로를 개혁해야 해. 멕시코에서 그래 왔던 것처럼 개혁은 평화스럽게 이루어질 수 있어. 또, 역시 멕시코에서 그래 왔던 것처럼 개혁은 폭력적으로 이루어질 수도 있어. 혁명가는 개혁이 언제 가능하고 언제 불가능한지 알고 있어. 정치적인 재능이란 바로 그런 거야. 개혁이 언제 가능하고 언제 불가능한지 알아야 정치적 재능이 있는 거야."

"만일 그걸 여러분께서 알고 계셨다면, 그러니까 카레라와 몬로이가 알고 있었다면, 감옥에 갇혀 있는 그 깡패 무리가 예리고를 따르기 전에 예리고 한 명만 제거할 수도 있었을 텐데 왜 그러지 않았습니까? 무슨 이유로?"

상히네스는 그의 미소들 중 가장 박식해 보이는 미소를 띠고 대답했다. 대학에서 강의할 때 보여 주었던 그 미소, 프라가 거리의 어두운 계단에서 나를 따라오며 보여 주었던, 그의 영혼을 일그러뜨렸던 그 사납게 찡그린 표정과는 너무나 다른 미소. 내가 감탄해 마지않았던 그 미소.

"나는 양쪽에서 신용을 얻었어. 정치적인 권력과 경제적인 권력이 모두 나를 믿지." 상히네스가 말을 이었다.

그가 열락에 잠긴 표정으로 눈을 감았다. 내가 익히 알던 모습이었다.

"그들이 왜 나를 신용하는지 자네 아나?"

나는 조롱하는 듯한 농담에는 대답하고 싶지 않았다.

"모릅니다."

"나는 모든 정보를 입수했어. 또한 나는 내가 아는 정보로 다른 사람을 불안하게 만들지 않아. 그런 점을 그들이 알기 때문이지."

"그게 뭔데요?" 일부러 순진한 척 굴었던 것이 아니다. 나는 진짜로 순진했다.

그가 말했다. 멕시코에서는, 모든 라틴아메리카 국가에서는, 밤낮으로 반란의 음모가 이루어지고 있다, 볼리바르와 카스트로가 그랬던 것처럼, 여기까지는 참겠지만 더 이상은 못 참겠다는 것이다. 그는 말했다. 그러나 그런 반란 음모는 실현될 수 없다, '예전의 혁명' 같은 혁명을 다시 불러오기란 매우 힘들기 때문이다. 현재의 권력은 약삭빠르고, 충분한 정보가 있고, 사회는 최상의 희망을 품고 있고, 좌익은 선거제도를 인정하고, 우익은 천성적인 게걸스러움을 제한하기 위해 때때로 자리바꿈을 하기 때문이다.

"여호수아, 내가 보기에 예리고의 모험은 너무 부수적이고, 너무 사소해서, 실패할 것이 빤해 보였고, 그래서 그다지 위험하지 않았어. 예리고의 모험은 과도한 비용을 들이지 않고도 권력에 경각심을 불러일으키며 우익을 겁주기 위한 좋은 기회를 내게 제공해 주었지. 그와 함께 야심만만한 예리고가 그 자신으로부터 끌어낸 괴상망측한 환상을 깨뜨릴 수 있는 기회도."

상히네스의 미소는 대단히 불쾌했다.

"예리고는 말라파르테와 레닌의 글을 읽었어. 자신을 멕시코의 작은 무솔리니로 생각했던 거야. 가엾은 녀석!"

"하지만 사실상 위험은 없었습니다." 나도 모르게 예리고를 향한 감정에 이끌려 고집스럽게 따졌다. 형제애를 내세운 것이 아니라 그저 우정을 강조하고 싶었던 것이다.

상히네스는 미소를 감추는 법을 알았다. "그랬지. 위험이 없었기 때문에 우리는 위험이 있는 척 위장할 수 있었지."

"무슨 말씀인지 모르겠습니다……."

상히네스는 자신의 논리적인 작은 승리를 자축하지 않았다.

“커다란 위협은 비밀리에 서로 다투지. 작은 위협은 커다란 위협의 경고처럼 드러나게 되어 있어. 그래서 우리는 그들이 원하는 것을 알 수 있고, 그들이 하는 짓을 조종할 수 있지. 그리고 우리는 대중에게 그걸 알린단 말이야. 위험하지만 안전하다고 둘러대면서.”

나는 여느 때와는 다른 분노를 품고 상히네스를 노려보았다.

“그는 제 형제입니다, 선생님, 그도 어느 정도 존중받을 권리가……, 동정심이라도…….”

상히네스는 아무 일도 없었다는 듯 말을 이었다.

“카레라와 몬로이는 서로 경쟁자가 될 수는 있어도 상대방의 희생자가 될 수는 없어. 예리고를 저지한 것이 그런 점을 확실하게 보여 주지. 위험한 순간이 닥치면 두 권력자가 손을 잡는단 말이지.”

“그는 제 형제입니다.” 나는 고집스럽게 물고 늘어졌다.

그리고 그는 몬로이의 아들이었다.

상히네스는 타오르는 냉담함으로 나를 쳐다보았다.

“그는 카인이었어.”

우리 형제가 카인이었다고? 나는 아라곤 교도소에서 미겔 아파레시도에게 물어보고 싶었지만 도저히 그 말을 꺼낼 수 없었다. 그의 검푸른 눈 속에 금지 팻말이 걸려 있었다. 만일 예리고가 카인이었다면 미겔과 나는 아벨이 아니었다.

“그가 카인이었습니까?” 나는 상히네스 앞에서 고집을 꺾지 않았다.

“그는 자네 형제였어.” 상히네스 변호사가 건강한 야수마냥 고개를 끄덕였다. 그 일련의 사건이 반란의 무용성과 용기가 없는 반작용의 비겁함에게 확실한 교훈을 줄 수 있는 가장 훌륭한 모범이라고 상히네스가 말했다. 정치가와 기업가가 승리를 거둔 거라고 큰 소리로 강조했다.

카인과 아벨.

나는 내 형제 미겔의 시선에서 그 점을 아주 분명하게, 눈이 부실 정도로 명확하게 읽을 수 있었다. 우리는 아벨이 아니었다. 우리는 저주로부터도 행운으로부터도 우리 자신을 능숙하게 구해 낸 것이 아니었다. 우리는 얼떨결에 형제를 돌봐야 하는 책임을 떠맡은 것이다. 예리고는 우리 형제가 아니었단 말인가?

"그는 카인이었어." 미겔 아파레시도가 말했다.

나는 설명해 달라고 요구할 수 없었다. 아순타의 침대에서, 살인범과 같은 눈초리로, 증오의 가면을 통해 드러난 경멸과 함께 예리고가 내게 퍼부었던 저주가 생각났다. 벌거벗은 채 네발로 기어 다니던 예리고가, 반란에 실패하고 사로잡힌 짐승이, 침을 질질 흘리며 나를 위협했다. 죽여 버리고 말겠어, 이 개새끼야! 내 형제 카인의 응축된 증오. 그리고 내 고통스러운 의심. 마지막 순간에 내게 보여 주었던 그 증오가 예리고의 몸속에 항상 잠복해 있었단 말인가? 어렸을 때부터 그는 나의 '주인'이었고, 항상 나를 얕잡아 보았으며, 그래서 나의 독립적인 생활을 견딜 수 없었고, 내가 아순타의 사랑을 쟁취했다고 여겨지자 나를 용서할 수 없었던 것일까?

그것이 이야기의 끝이었단 말인가? 아니다. 나는 예리고가 어떻게 되었는지 몰랐다. 그 질문이 내 온몸을 갉아먹었다. 황산이 끊임없이 내 심장으로 파고드는 것 같았다. 내 영혼으로부터 벗어나 나를 기억하기 위해. 영혼, 육신에 사로잡혀 있던 그 영혼.

나는 미겔 아파레시도가 뭐라고 대답할지 이미 알았다. 모든 사람이, 상히네스와 아순타와 미겔이 뭐라고 대답할지 사전에 입을 맞춘 것 같았다.

“예리고는 어디 있어? 예리고는 어떻게 됐어?”

“그는 안전하게 잘 있어.” 미겔 아파레시도가 대답했다.

미겔의 단호한 선언에도 불구하고 나는 이 이야기가 절대로 끝나지 않을 것을 알고 있었다.

나는 이렇게 물으며 나 자신의 두려움을 달랬다. 사라와 마리아치와 고마스와 시보네이와 같은 상황이야? 그들도 안전하게 있다고 말할 수 있어? 모두 감옥에 갇혀 있는데? 모두 평화롭게 있다고 할 수 있냐고?

그러자 미겔 아파레시도가 동정과 경멸이 뒤섞인 이상한 표정으로 나를 쳐다보았다.

* * *

그 단호한 선언에도 불구하고 나는 이 이야기가 결코 끝나지 않았다는 사실을 알 수 있었다.

“최악의 상황은 그가 풀려난 거야.” 미겔 아파레시도가 내게 말했다. 나는 내가 알던 사람들의 이름을 언급하고 싶지 않았다. 내 영혼은 더 이상의 잘못을, 더 이상의 수치를, 더 이상의 협상을 참아 낼 수 없었다.

“누구?” 나는 서둘렀다. “모두 여기…….”

미겔은 내가 잊어버렸던 이름을 들먹이며 내 말을 잘랐다. 헤나로 루발카바.

바로 그 순간, 내가 산후안데아라곤 교도소를 처음으로 방문했을 때 알게 된 망나니가 생생하게 떠올랐다. 헤나로 루발카바 변호사는 그다지 널리 알려지지 않은 형법학자였다. 그는 자기 감방에서 정중하게 나를 맞이했다. 금발에 날렵한 사십 대 남자였다. 그는 말하기를, 교도소에 갇힌 죄수들은 자유를 주체하지 못하는, 불만 많고 어리석은 군중이라고 했다.

"당신은 자유를 어떻게 다루십니까?"

"감옥이 내게 제공하는 것을 받아들이지요." 그는 어깨를 으쓱하며 감옥에서 어떻게 행동해야 하는지에 대해 이성적인 분석을 늘어놓았다. 타협을 위해 찾아오는 사람들의 면회를 거부하고, 배우자가 방문했을 때의 기쁨을 의심하고…….

"두 사람이 당신을 배신할 겁니다." 그가 느닷없이 소리쳤다.

"누가요?"

"여자와 그의 애인." 그가 자리에서 벌떡 일어나며 머리를 감쌌다.

그는 눈을 감으며, 자신의 귀를 잡아당겼고, 나에게 달려들었다. 그 순간 간수가 루발카바의 목덜미를 몽둥이로 내리쳤고, 루발카바는 울부짖으며 침대로 쓰러졌다.

"그가 풀려났단 말이야?" 나는 두려움을 감추지 않고 미겔에게 물었다. 그 변호사는 확실한 위협이었던 것이다.

"그는 자유롭지 못할 거야." 미겔 아파레시도가 말했다. "그 사람은 자기 자신의 죄수니까."

그리고 다음과 같은 이야기를 들려주었다.

루발카바는 재능이 부족하지 않았다. 불행이 그를 만들었다.

한 범죄 집단이 그의 아버지와 어머니를 납치했다. 놈들은 그의 아버지를 살해했지만, 어머니는 풀어 주었다. 그녀가 고통 속에서 살도록. 그녀는 용감한 어머니였다. 그녀는 퍼질러 앉아 울기만 하는 대신 아들 헤나로를 훌륭한 인물로 만들기로, 아버지를 죽인 범죄 집단과 같은 불의로부터 사회를 지킬 수 있도록 헤나로를 형사 변호사로 키워 내기로 결심했다. 헤나로는 법을 공부해 형법학자가 되었다. 그는 법을 수호하기 위해 준비했을 뿐만 아니라 법의 순교자가 되기를 원했다. 그는 자신의 아버지에 대해, 아버지를 죽인 사람들에 대해 존경심과 반감을 느꼈다.

"어리석은 늙은이 같으니, 어떻게 그따위 놈들에게 납치되어 살해당할 수 있단 말인가……. 제길……."

"내 아버지는 어머니를 살리기 위해 자기 목숨을 버릴 만큼 용감한 분이셨어……. 제길……."

그런 식으로, 존경과 경멸 사이에서, 헤나로 루발카바의 정신분열증적인 성격이 형성되었다. 그는 법을 수호하는 동시에 법을 범했다. 그는 끊임없이 적대적인 파편으로 분열되어 가는 중독된 열매였다.

미겔은 이렇게 요약했다. 루발카바의 머릿속에서는 금지와 허용 사이에 분리가 이루어졌고, 그 분리는 결국 우스꽝스러운 상황으로 용해되었다. 루발카바는 여자들을 괴롭히는 것으로 자신의 심리적인 분열을 승화시켰다. 그의 죄악은 대중교통(전철, 버스, 합승 택시)을 이용하면서 여자들을 괴롭히는 것이었다. 그의 상반되는 성향들이 그런 행동을 통해 어떻게 화해할 수 있었는지 이유는 묻지 마라. 그는 그런 식으로 자신의 괴팍스러운 기쁨을 누렸다. 먼저 전철이나 버스에 오른다. 그리고 불쾌할 정도로 여자들을 유심히 쳐다본다. 그렇게 쳐다보는 것은 일종의 무단침입과 같은 것이기 때문이다. 그는 여자 승객들 사이를 돌아다녔다. 그리고 여자들이 불쾌한 표정으로 쳐다보면 욕을 퍼부었다. 여자들의 허리에 손을 올려놓았다. 여자들의 엉덩이를 주물렀다. 여자들의 젖꼭지를 손가락으로 찍었다. 때로는 은밀하게, 때로는 노골적으로. 여자들이 욕을 하거나 고소하기라고 하면 루발카바는 이렇게 말했다. "저년이 요사스러운 년이야. 저년이 나를 꼬드겼어. 나는 형사 변호사야. 이런 일에 대해서는 잘 안단 말이지. 발정 난 여편네들 같으니! 욕구불만에 빠진 여편네들 같으니! 내가 은혜를 베푼 줄 알라!"

루발카바는 여자들이 방어를 시작하면 추가적인 기쁨을 누렸다……. 브로치로 그를 찌르는 여자들도 있었다. 머리핀으로 그를 찌르는 여자들도 있었다. 때로는 예리한 반지로 그를 공격하는 여자들도 있었다. 그 모든 것이 루발카바를 자극했다. 그는 그것을 자기 자신의 행위에 대한 반응으로, 자신의 대담무쌍을 인정하는 것으로, 희생자와 가해자의 무의식적인 모의로 받아들였다. 여자들은 엉덩이를 주물러 주면, 사타구니를 쓰다듬어 주면, 젖꼭지를 꼬집어 주면 좋아했다. 여자들은 그의 공범이었다. 그는 흥분해서는 반복했다. 여자들은 나와 공범이야.

미겔의 이야기가 계속 이어졌다. 그래서 여성 전용인 이른바 '장미 차량'이라는 것이 선을 보였을 때 그는 감탄하지 않을 수 없었다. '여성 전용'이라는 글귀에 그는 극도로 흥분했다. 루발카바는 여자로 변장해 전철에 무사히 올라탈 수 있었다. 그가 화장을 하고 금발 가발을 쓰고 전철에 올라탔을 때 엄청난 사건이 벌어지고 말았다. 그는 어느 뚱뚱한 여자의 사타구니 사이로 손을 집어넣고 할레오 춤을 추기 시작했고, 곧이어 난장판이 벌어졌으며, 급기야 전철이 멈췄고, 사람들이 헤나로 루발카바를 붙잡아 경찰에 넘겼다.

그러나 그 망나니는 변호사였기 때문에 다음과 같은 말로 판사를 설득할 수 있었다. 자신이 변장을 한 것은 법이 완전히 지켜지는지 확인해 보기 위해서였으며, 자신이 여자들을 위협한 이유는 여자들이 스스로를 방어할 수 있는지 알아보기 위해서였다고. 남성 우월주의 편견에 사로잡혀 있던 판사는 루발카바를 용서했다. 하지만 판사는 자신을 칸틴플라스가 주연한 영화에 나오는 판사처럼 여겼으므로, 로페 데 베가의 희극에 영향을 받아 루발카바를 이 나라의 서부 지역으로 추방했다. 그곳에서 신중하고 거짓말에 능통한 루발카바는 이내 아구아카테 농장 주인과 사귀었다. 농장 주인은 돈 아구아카테가 지휘하는 마약 거래단의 일원이었으며, 그는 헤나로 변호사와 같이 거짓말에 능통한 변호사를 손에 넣을 수 있어 무척이나 기꺼워했다.

미초아칸의 농장에서 루발카바는 돈 아구아카테에게 많은 도움을 주었다. 마약 선적, 돈세탁, 대부금, 운송 사업에 대한 투자를 관리했고, 아구아카테 농장이 암거래 본거지가 아니라 합법적인 농장인 것처럼 보이기 위해 끊임없이 농장을 재건해 나갔다……. 루발카바는 돈 아구아카테를 위해 모든 일에 매달렸다. 보호 세력을 매수했고, 미국 구매자들과 관계를 맺었으며, 쾌속정을 이용해 물건을 실어 날랐고, 매그넘 리볼버와 AR-15 돌격소총을 입수했다. 그는 사람을 죽이는 법을 배웠다. 그는 마약 시장의 수많은 경쟁자들을 총으로 살해했으며, 살해한 뒤에는 머리를 자르는 특별한 취미를 즐겼다.

그러다 마침내 결정적인 날이 되었다. 어느 날 돈 아구아카테가 루발카바에게 이렇게 말했다. 상황이 심상치 않게 돌아가고 있다, 이런 사업에서는 밀고자들이 많기 때문이야, 특히 차기 유력자를 없애고 위로 오르려 하는 야심만만한 놈들이 많거든, 그러니 자네가 물러나게나, 내가 마음대로 정할 수 있도록…….

"사랑하는 헤나로, 아무튼 우리는 병든 늙은이보다 더 손을 쓸 수 없게 되었어. 우리가 이 사업을 계속해 나가고자 한다면 우리 얼굴을 바꾸는 것 외에 다른 방법이 없어. 얼굴에 칼침을 맞기 싫으면 성형외과 의사를 찾아봐야 한단 말이지."

"얼굴을 바꾸고 싶다면 당신이나 하시오, 돈 아구아카테. 쫄쫄 굶은 거지보다 못생긴 그 얼굴이나 말이오. 은막의 스타 같은 내 얼굴은 들먹이지 마시오. 내가 얼굴을 바꾸면 돌아가신 어머니가 뭐라고 하시겠소?"

헤나로 루발카바는 그 말을 남기고 미초아칸에서 달아나 멕시코시티로 돌아왔다. 그리고 그의 죄악(전철과 버스에서 여자들의 몸을 더듬는 짓)은 다시 더욱더 위험한 수준으로 화려하게 꽃을 피웠다. 특히 합승 택시에서 심했다. 때로는 택시 운전사와 공모해 여자들을 끌어안고 주물대기도 했지만, 승객들의 불만에 그를 길거리로 내팽개치는 운전사들도 있었다. 그는 여자나 어린 선원으로 위장해 탈출구를 모색했다. 그가 반바지를 입으면 어린아이와 같은 매력이 풍겨 나왔다.

마침내 돈 아구아카테의 복수의 칼날이 미초아칸에서 멕시코시티까지 미쳤다. 돈 아구아카테는 루발카바를 살인범, 마약상으로 고발했고, 더욱더 안 좋았던 것은 그를 여장 남자와 소아성애자로도 고발했다는 것이었다. 그 결과 헤나로 루발카바는 아라곤 교도소에 뼈를 묻게 되었다.

"이곳에서 그를 만났어." 나는 멍청하고도 순진하게 말했다.

"그리고 그는 우리의……, 예리고의 오만한 경솔함으로 이곳에서 빠져나갔지." 미겔 아파레시도가 당혹스러운 표정으로 말했다. 그는 예리고와도 나와도 형제애를 나누려 하지 않았다. 마치 막스 몬로이의 아들이라는 자신의 특권이 어떤 식으로든 진실에 의해 침해당했다는 식이었다. 비록 그는 이전부터 나를 존중해 왔지만, 자신의 자아에 식충이 노릇을 할 필요가 없었던(이것이 바로 미겔 아파레시도가 예리고에게 선사한 묘비명이었다.) 예리고라는 사람에게는 애정을 나누어 주려 하지 않았다.

"그 대신 너와 나는 같은 접시에서 음식을 먹을 수 있어." 그가 나를 껴안으며 말했다.

그리고 내게서 떨어져 나갔다.

"조심하게, 형제. 조심해. 모두가 안전하게 있는 건 아냐."

* * *

내가 언제부터 안토니오 상히네스의 집에서 저녁을 먹지 않았던가?

나는 지금 코요아칸의 대저택으로 돌아간다. 스승이 나를 집으로 초대했던 것이다. 그리고 나는 확실히 안다. 내 형제 예리고가 그곳에 나타나지 않을 것을, 초대도 받지 못했다는 사실을. 나는 예리고에 대해 감히 물어볼 수 없었다. 그가 어떤 대답을 준비하고 있는지 알았던 것이다. 그것은 일종의 룰이었다.

"안전하게 잘 있어."

그 표현의 애매모호함이 나를 괴롭혔다. 그 말은 경계와 보호를 의미했다. 그 말은 일종의 경계경보, 안전한 곳으로 피하라는, 혹은 잘 지켜보라는 의미를 내포했다. 그 말은 불안했다. '안전하게 있다.'라는 말은 어떤 사람이 안전하게 있다는 뜻을 명확하게 전달해 주지 않았고, 보살핌을 받고 있다는 뜻인지 아니면 갇혀 있다는 뜻인지 명확하지 않았다. 누가, 무슨 이유로 그를 감시하거나 보살핀단 말인가? 나는 나도 모르게 몸을 부들부들 떨면서 그의 모습을 상상해 보았다. 그는 나의 옛 친구였고, 최근에는 나의 원수가 되었지만, 언제나 내 형제 예리고 몬로이 사르미엔토였다. 그는 지금 죽음이라는 완벽한 감시 아래, 무덤이라는 안전한 곳에, 영원이라는 감시 아래에 놓여 있었다.

나는 그런 심정을 안고 책과 양탄자와 고가구로 가득 찬 상히네스의 집으로 찾아갔고, 상히네스는 '안전하게 있다.'라는 그 상투적인 말을 반복할 기미를 보여 주지는 않았다. 그가 무슨 이유로 나를 불렀는지가 곧바로 드러났다. 내가 도착하자마자 상히네스는 시골풍의 푸르스름한 타일이 깔린 식당으로 나를 데려가 단도직입적으로 말했다. "꿈은 끝났어."

내 삶에 관해 의문점이 많았던 나는 그가 말을 계속하도록 가만히 있었다. 1930년부터 시작되어 칠십 년간 이어져 온 멕시코의 소극적인 독재 체제는 민주주의는 없지만 안전이 확보된 경제적, 사회적 발전을 보장했다. 상히네스는 민주주의를 환영했다. 그러나 그는 민주주의와 범죄를 동일시했기 때문에 안전이 없는 것을 안타까워했다…….

그는 몽상에 잠긴 듯 이상한 표정으로 나를 쳐다보았다. 그 표정은 상히네스가 법대 교수로 일하던 시절을, 공화국 대통령들의 자문관으로 일하던 시절을, 몬로이 기업의 경영 이사회의 일원으로 일하던 시절을 명백하게 말해 주었다. 그의 모든 경력은 현명해 보이는 외모, 적절한 충고, 변호와 판단력이 있었기에 가능했다. 그는 국가의 이익을 위해 공공의 이익과 사적인 이익을 조정했다.

그런 말은 굳이 할 필요도 없었다. 나는 이미 알았던 것이다. 그의 눈이 내게 말했다. 하지만 그의 얼굴에 나타난 무뚝뚝한 표정은 이전에 얘기한 모든 내용을 부인했을 뿐만 아니라 그 내용을 빗나가게 했고, 그 내용을 따지고 들었고, 그랬음에도 그 내용을 원했다. 그는 위선자로, 기회주의자로, 아첨꾼으로 보일 수도 있었지만, 그 변호사의 사악함은 신하의 경계선을 넘어가지 않았다. 그래서 그는 개인과 국가, 기업, 사회를 위한 좋은 정부를 만들기 위해 반드시 필요한 자문관의, 객관적인 지식인의, 지성인의 미덕을 갖출 수 있었다. 그는 변명할 필요가 없었다. 내가 게임의 규칙을 몰랐던 것은 아직 그것을 배우는 단계에 있었기 때문이다. 만일 내가 게임의 법칙을 배우지 않으려 했다면 나는 변두리로 밀려나거나 부주의한 인물이 되었을 것이다. 나는 상히네스가 그와 어울리지 않게 프라가 거리의 어두운 계단에서 몬로이의 입장을 이해해 달라며 애걸하던 모습을 떠올렸다. 나는 즉시 이해했다. 그의 집에서 저녁을 먹는 동안 계단에서 연출되었던 그 장면은 완전히 지워지고 말았다. 마치 그런 일이 없었던 것처럼.

그 순간 나는 모든 것을 이해했다. 상히네스는 간접적인 방법으로, 표정을, 미덕을, 간청을 통해 내게 그런 의미를 전달했다. 그것은 의심할 여지 없이 우리가 함께해 왔던 그 오래된 항해를 그의 오랜 삶과 나의 짧은 삶의 어느 한순간에 응축시키며 요약했다.

그는 말했다. 나는 사회 안에서 성장했어, 그 사회는 공공연한 타락을 통해 스스로를 보호했어. 그는 반은 비난하는 투로, 반은 체념하는 투로 시원시원하게 말을 이었다. 오늘날에는 범죄자들이 사회를 보호하고 있어. 멕시코의 역사는 무정부 상태와 독재 체제에서 벗어나 민주주의적인 독재주의로 이르는 기나긴 여정이라고 할 수 있지……. 그는 잠시 말을 멈췄다가 극히 모순적인 자신의 표현을 용서해 달라고 요구했다. 그렇게 모순되는 말도 아니야, 혁명적인 정부를 무자비하게 공격하기 위해서는 예술가들과 작가들의 자유를 존중해야 하니까. 디에고 리베라는 바로 그 팔라시오 나시오날 안에 부패하고 거짓말만 하는 정치 지도자들과 교회 지도자들이 이끌어 온 역사를 그려 넣었어. 오로스코는 대법원 건물 벽에, 진하게 화장한 창녀의 입안에서 정의의 여신이 법을 비웃으며 너털웃음을 치는 모습을 그려 넣었지. 마리아노 아수엘라는 혁명전쟁이 한창일 때 심연으로 굴러떨어지는 바위처럼, 이데올로기나 불순한 의도가 없는 혁명을 소설화했어. 마르틴 루이스 구스만은 혁명 그 자체가 아니라 오로지 권력만을 추구하는 혁명을 그렸어. 모두들 대통령에게 줄을 대기 위해 서로를 죽여야만 했지. 대통령은 우유, 과자, 치즈, 버터, 민주주의가 없는 안전을 제공하는 커다란 암소였지. 기운을 불어넣어 주는 암소의 울음소리였지.

"여호수아, 오늘날 멕시코의 위대한 드라마는 범죄가 국가를 대체했다는 거야. 민주주의에 의해 파괴된 국가가 오늘날 민주주의가 후원하는 범죄에 그 권력을 넘겨주었단 말이지."

나는 어느 정도까지는 그런 사실을 알았을 것이다. 그러나 상히네스처럼 그렇게 고통스러울 정도로 명확하게 인정한 적은 없었다.

"바로 어제였어." 상히네스가 말을 이었다. "게레로 주에 있는 어느 고속도로가 제복을 입은 범죄자들의 의해 봉쇄되었어. 그들은 가짜 경찰들이었을까? 아니면 범죄에 가담한 진짜 경찰들이었을까? 그 고속도로에서 벌어졌던 일이 전국으로 퍼져 나갔어. 버스나 자가용을 타고 가던 사람들이 놈들에게 붙잡혀 거칠게 심문을 받으며 개머리판으로 얻어맞았어. 여행객들은 차에서 내리도록 강요받았어. 그들의 휴대전화는 쓰레기통에 던져졌어. 여행객들 사이에 범죄자들을 위해 일하는 끄나풀들이 섞여 있었어. 혼란이 지배했지. 몇몇 경찰들은 자신들이 마약상과 지폐 위조범을 검거했다고 믿었어. 그런데 그들은 상관들에게 속아 넘어가 범죄 집단에 가담한 셈이 되었고, 그에 반항했던 경찰들은 벌거벗겨진 채 그곳에 버려졌어."

"세상 물정에 어두운 경찰들. 부패한 경찰들. 자네는 어떤 경찰이 더 마음에 들지?" 상히에스가 물었다.

그가 말을 이었다. 교도소는 만원이야. 더 이상 범죄자들을 받을 수 없어.

"자넨 산후안데아라곤 교도소를 찾아가 보았지. 그곳에서는 감옥의 사디즘과 미겔 아파레시도가 보장하는 최소한의 질서 사이에 합의가 이뤄졌어. 그건 규칙이 아냐, 여호수아. 멕시코, 브라질, 콜롬비아, 페루의 교도소들은 더 이상의 범죄자들을 받아들일 여유가 없어. 새로운 범죄자들을 받아들이기 위해서는 기존에 있던 범죄자들을 내보내야 해. 그건 끝이 없는 이야기야.

반복해서 죄를 저지르는 범죄자들. 재판도 없이 교도소에 갇히는 사람들. 변호는 불가능해. 수임료가 적어 죄 없는 자들을 보호하지 않는 변호사들. 두려움에 사로잡힌 판사들. 즉흥적인 판사들. 업무 능력이 없는 법정. 날조된 증언과 증거. 아무것도 견고하지 않아. 아무것도 확실하지 않아." 변호사는 한탄하며 소리치듯 말했다. "라틴아메리카의 민주주의가 이런 식으로 얼마나 오래 버틸 것 같은가? 국민들이 염원하는 독재 체제가 언제 다시 돌아올 것 같은가?"

나는 상히네스가 한숨을 토해 내는 모습을 본 적이 없었다. 그의 잔뜩 찡그린 얼굴에서 체념이 아닌 숙명의 한숨이 흘러나오는 것이 보였다.

"서류 더미, 또 서류 더미." 그는 얼굴을 찡그렸고, 급기야 손을 휘둘렀다. "우리는 서류 더미에 빠져 질식해 버릴 거야……."

"그리고 피바다에." 나는 처음으로 용기를 내어 끼어들었다.

"피에 젖은 서류 더미." 상히네스는 마치 끝이 없는 진혼 미사를 드리는 성직자처럼 중얼거렸다.

"그렇다면 선생님께서는 범죄가 법을 더럽히는 것보다 정부가 법을 더럽히는 것을 더 원하신다는 말씀입니까?"

"나는 자비심을 조금 더 원할 뿐이야." 변호사가 내 말을 듣지 못한 듯 그렇게 말했다.

"누굴 위해서요?" 내가 은근히 물었다.

"가난한 사람들, 그리고 다른 사람들을 위해 방향과 신념을 잃어버린 야심가들을 위해. 특히 야심가들을 위해."

나는 필로파테르 신부와 그를 자리에서 밀어낸 사제직에 대해 생각해 보았다. 바로 그 순간 세 꼬맹이들이 식당 문 뒤에서 깔깔대며 웃었고, 상히네스가 깜짝 놀란 표정을 지었다. 아이들은 그에게 달려와 무릎으로 어깨를 타고 올라 그의 머리카락을 헝클며 모두들 웃어 댔다.

오랜만에 이 집을 찾아온 것이었지만 아이들의 나이는 여전히 네 살에서 일곱 살 사이라는 것을 깨달았다. 아이들은 내가 마지막으로 찾아왔을 때와 똑같았다. 내가 찾아올 때마다 같은 모습을 보여 주었던 것이다.

상히네스는 내 눈에 나타난 놀라움을 감지했다.

그가 웃었다.

"이보게, 여호수아, 나는 이 년마다 아이들을 바꾼다네. 저 세 아이는 내가 아라곤 교도소에서 신병을 인수한 아이들이야. 자네도 이 가엾은 아이들이 노는 지하 수영장을 봤을 테지. 때로는 물에 빠지기도 하고, 때로는 헤엄을 쳐서 살아남기도 하고, 때로는 물에 빠져 죽기도 하는 아이들. 그런 식으로 감옥의 인구를 조절한다고 하지……."

그는 내 눈에 떠오른 공포를 목격했다. 그의 눈은 내게 말하고 있었다. 그에게 허용된 자비심을 이해해 달라고, 이삼 년마다 아이들 두세 명을 공포로부터 구해 내는 자신의 입장을 이해해 달라고.

"그다음에는?" 내가 물었다.

"다른 운명이 기다리고 있지." 그가 간단하게 대답했다.

"그렇다면 예리고의 운명은요?" 나는 감히 벌컥 화를 내며 물었다.

"안전하게 잘 있어."

그가 내 팔을 잡았다. "나는 한 번도 결혼을 한 적이 없어. 자네의 신중함을 고맙게 생각한다네. 좋은 여행이 되기를 빌겠네…….”

“뭐라고요?” 나는 깜짝 놀랐다. “제가 어디로 간다는 말씀입니까?”

“자네 아카풀코로 가지 않나?” 상히네스는 놀란 표정을 지었지만 어설프기 짝이 없었다.

* * *

꿈을 꾸었다. 항상 그렇듯이, 꿈속에서는 이렇다 할 순서도 없이 사람들이 드나들고, 목소리들이 겹쳐지고, 한 사람의 말이 끝나고 다시 이어지기 전에 다른 사람의 말이 어투를 바꾸어 앞 사람의 말꼬리를 물고 이어지며, 다른 목소리들이 다시…….

내가 있는 공간(내가 그저 그렇다고 믿는 공간, 혹은 내가 꿈을 꾸는 공간)은 물처럼 투명하고 다이아몬드처럼 단단하다. 모든 의미에서 이곳은 얼어붙은 공간이다. 앞으로 나아가기 위해서는 힘차게 팔을 저어야 하고, 물결이 흘러가는 대로 몸을 맡겨야 하며, 똑바로 서기 위해서는 바닥이 없다는 것을 알면서도 바닥을 짚어야 한다. 가까이 있는 것과 멀리 있는 것이 같은 현실인 양 번갈아 가며 이어진다. 어떤 목소리들이 들려오지만 누구의 목소리인지 구별할 수 없다. 목소리들은 눈 깜짝할 사이에 나타났다가 사라지기 때문이다.

목소리들이 변호사에 대해, 배심원에 대해 절박한 어투로 이야기한다. 그러나 새하얀 그림자가 다가오자 목소리들은 사라진다. 어깨 사이에 박힌 커다란 대머리, 막스 베크만의 자화상과 닮았다. 그 자화상에서 얼굴을 비추는 등불은 외부 그림자의 반영일 뿐이다. 대머리, 무거운 눈꺼풀, 설명할 수 없는 미소, 베크만은 자신의 얼굴에 작품에서 끊임없이 다뤄 오던 주제를 반영하고자 한다. 잔혹성, 참호, 전쟁의 시체들, 인간의 인간에 대한 방랑의 사디즘. 막스 몬로이는 무엇을 반영하는가?

내가 꿈을 꾸는 바로 그 순간 막스 베크만의 자화상이 막스 몬로이의 형태를 취한다. 덧없고, 을씨년스럽고, 불확실한 이동에 사로잡힌, 움직임과 정적 사이에 그를 내려놓는 육체적인 고통의 포로, 꿈에 나타난 앵무새와 덧없는 형태들의 잡담과 현저하게 대조되는 권위의 소유자. 그들은 아순타 호르단, 미겔 아파레시도, 안티구아 콘셉시온이었던가? 그들이 부르짖고 내게 따졌던가? 삐걱거리는 목소리, 비난하는 목소리, 천한 목소리, 조화하지 않는 목소리, 그 목소리들이 막스 몬로이의 거의 성직자와 같은 권위를 비난했던가? 그들이 내게 물었던가? 모든 잘못을 그 사람 탓으로 돌렸던가? 내 아버지로 밝혀진 사람, 그가 현재 아무리 권위 있는 사람일지라도 그 사람을 믿지 말라고, 그에게 다가가지 말라고, 내게 경고하기 위해 그 사람을 비난했던가? 꿈속에서 내가 그에게 다가간 것이 아버지와 자식에게 필요한 만남의 장면처럼 보였던 것일까? 그래서 목소리들이 방해했던 것일까?

너는 막스 몬로이가 너그러운 사람이라고 생각하는가? 그가 순전히 자비심에서 그의 부인 시빌라 사르미엔토를 찾아간다고 생각하는가? 그의 과도한 사디즘이 여죄수를, 의지가 없는 한 여인을, 그에게 세 자식을 낳아 준 어머니를 차지하는 것으로 충족될 수 있기 때문에 찾아가는 것은 아닐까? 네 생각은 어떤가? 막스가 순전히 자비심에서 다른 두 아들을, 예리고와 너를 멀리했다고 생각하는가? 필수불가결한 것 이외에는 아무 도움 없이, 막스 몬로이의 아들이라는, 재규어와 경비행기의 자식이라는 부담감 없이 스스로 살아가게 하기 위해? 예리고와 너는 스스로의 힘으로, 스스로의 재능으로 살아왔다고 생각하는가? 너는 그렇게 생각하는가? 글쎄. 그는 고약한 심보로 그렇게 했어. 곤충학자가 거미들을 마당에 풀어 놓고 놈들이 어떻게 살아남는지 시험하는 것처럼, 놈들이 벽으로 달아나 살아남는지, 놈들이 사람들 발걸음에 밟혀 죽지 않고 살아남는지 확인하는 것처럼, 그렇게, 그렇게……. 장난질, 막스는 운명으로 장난을 치지. 왜 그러는지 너는 아느냐? 내 말해 주지. 그는 그런 식으로 자기 늙은 어머니 안티구아 콘차에게 보복하는 거야. 자기를 마음대로 가지고 놀았던 몹쓸 늙은이에게 복수하는 거지. 자신의 의지를 아들에게 강요한 그 늙은이, 시장터의 꼭두각시인 양 아들을 가지고 놀았던 그 늙은이, 아직도 마을 축제에서 볼 수 있는 장밋빛 스타킹과 화려한 옷을 아들에게 강요한 그 늙은이. 막스 몬로이의 삶은 어머니에 대한 기나긴 복수와 같았어. 콘셉시온 부인이 살아 있는 동안에는, 그녀가 강력한 의지로 이 세상을 호령하는 동안에는, 실현 불가능했던 그 복수. 열병에 시달리는 수녀의 치마와 목도리와 깨진 손톱과 샌들로 이루어진, 커다란 파도처럼 높고 거세고 예측할 수 없는 그녀의 의지. 안티구아 콘셉시온. 누가 그녀의 말을 거역할 수 있단 말이냐. 한 번이 아니라 매일, 수시로, 오전, 오후, 저녁마다 강요하는 그녀의 말을. 막스 몬로이는 어머니를 좋아해야 했고, 존경해야 했고, 그녀의 말에 복종해야 했어. 그녀가 더 이상 명령하지 않을 때까지. 어머니가 더 이상 요구하지 않을 때까지 그녀가 요구하는 것을 상상해 보아야 했지. 안티구아 콘셉시온이 죽자 막스 몬로이가 그녀의 영향력에서 벗어났을 것이라고 생각하느냐? 어림도 없는 소리. 그는 때때로 혼잣말을 중얼거리지. 마치 보이지 않는 누군가와 이야기를 나누는 것 같아. 그의 말을 자세히 들어 보고 나는 알 수 있었지. 그는 어머니와 함께 이야기를 나눴던 거야. 명령에 따르지 않는 점을 용서해 달라고 하지. 어머니였다면 더 잘 해낼 수 있었을 것이라고, 어머니였다면 다른 방법을 취했을 것이라고, 어머니였다면 아무 일도 하지 않았을 것이라고. 어머니였다면 알 수 있었을 것이라고, 언제 행동하고 언제 멈춰야 하는지를. 사람들의 말을 귓등으로도 듣지 않았을 것이라고. 공격할 틈을 노리는 전갈처럼 능청을 떨었을 것이라고. 그에 반해 막스 몬로이는 이미 벌레로부터 공격당한 것처럼 행동하지. 그게 그가 어머니와 다른 점이야. 어머니는 화려했어. 그녀는 마리아치 악단처럼 떠들썩했지. 하지만 막스 몬로이는 조용하지. 사악해 보일 정도로 조용하지. 그는 네가 본 것처럼 교활하고 침착해. 그렇게 해야만 어머니와 달라질 수 있다는 듯이, 어머니에 대한 성스러운 기억을 해치지 않을 것처럼, 어머니를 증오하지 않고 그 자신이 될 수 있는 것처럼……. "그는 천천히 전진해." "부인이 어디에 갇혀 있는지 아십니까?" 나는 순진한 척 물었다.

"아무도 몰라." 목소리들이 계속 들려왔다. "막스 자신도 몰라. 그는 콘셉시온 부인의 시신을 한 떼의 범죄자들에게 넘겨주었어. 그는 그 범죄자들에게 자유를 주겠다고 약속하고 감옥에서 빼내 주었지. 그는 범죄자들에게 콘셉시온 부인의 시신을 아무데나 묻으라고, 자신에게는 절대로 알려 주지 말라고 부탁했어……. 어느 누구에게도 알리지 말라고. 그래서 네게 해 줄 말이 없어."

"그는 그러니까 아무도 믿지……."

"그는 아무도 믿지 않아. 그는 범죄자들을 풀어 주는 대신 그들을 납치했어. 그들이 어떻게 되었는지 아무도 몰라. 그들에 대해서는 아무것도 알려진 게 없어. 그저 상상만 해 볼 뿐이지."

"하지만 미겔이 있잖아요, 그가 감옥에 있잖아요……."

"미겔 아파레시도는 막스 몬로이가 마음대로 처리할 수 없었던 유일한 인물이야. 미겔 아파레시도는 자기 스스로 산후안데아라곤 교도소에 갇혀 있기로 결정했어. 감옥에서 나가면 자기 아버지를 죽일 것 같아 스스로 방비책을 세운 거야. 그리고 미겔의 아버지는 두 가지 안전 사이의 타협점으로 미겔의 감금을 받아들였어. 그의 안전과 미겔의 안전. 막스는 미겔을 없애 버릴 수 없었고 미겔도 막스를 없애 버릴 수 없었지. 하지만 막스는 죽음 그 자체보다 더 지독한 대가를 영원히 치러야 했지. 그리고 미겔은 감옥 안에서 자신의 제국을 세우며 살게 되었고……."

"그는 어린아이들을 죽인 사디스트들을 통제하지 못했습니다……."

"그것도 협상의 일부분이야."

"협상이라뇨?"

"미겔과 교도소 당국자들 사이의 협상. 이걸 줄 테니 다른 걸 양보해라. 일종의 거래지."

"그러니까 당신 말은, 간수들은 어떤 어린아이들을 죽일 수 있는 권리가 있고, 미겔은 그 아이들을 살릴 수 있는 권리가 있다는 겁니까?"

"그렇다고 할 수 있지."

"어떤 식으로 선택합니까?" 꿈이어서인지 내 목소리에는 공포가 실려 있지 않았다. 순서가 헷갈렸고, 아순타의 목소리인지, 미겔의 목소리인지, 안티구아 콘셉시온의 목소리인지 구분할 수 없었다…….

"닥치는 대로 선택하지. 독수리냐 태양이냐. 얼굴이냐 십자가냐. 이 아이는 감옥에 남는다. 저 아이는 수영장에 빠져 죽는다. 학대받지 않는 아이들은 얼마나 운이 좋은가!"

"그럼 수영을 할 줄 아는 아이들은요?" 나는 별생각 없이 물었다.

"그 아이들도 살아남을 수 있지."

꿈의 목소리가 말을 이었다. "마리아치 막시와 엉덩이에 벌을 문신한 창녀, 그 빌어먹을 사라 P가 이끄는 가장 악랄한 범죄자들이 빠져나갔어. 모든 게 소원대로 이루어지지는 않아, 그렇지 않아?"

"그들은 안전하게 있었어." 합창단이 그 성스러운 주문을 반복했다.

"안전하게요?"

"그들은 미겔의 부하들이야. 내가 그들의 안전을 보장할 수는 없어."

"내 형제처럼 말입니까? 예리고처럼?"

"그 점에 대해서는 할 말이 없어."

"안전하게요? 뭐가? 어떻게? 아무라도 제발 좀 내게……."

"네게 보여 줄 수 있어."

"뭘요? 어떻게?"

목소리들이 흩어졌다. 사라졌다. 사라졌다. 무의미한 목소리들이었다. 우리가 보고 싶은 것을, 우리가 짐작으로만 아는 사실을 우리에게 알려 주기 위해 꿈이 우리에게 전해 주는 목소리.

그에 반해 막스 몬로이의 그림자가 나를 향해 다가온다. 높은 어깨, 몸에 박힌 머리, 도전적인 모습이다. 마치 욕지거리, 물질적인 남용, 칭찬, 허물 따위는, 행동하는 인간인 동시에 고독한 인간인 그에게는 아무런 해를 끼치지 않는다는 사실을 내게 알려 주고 싶은 모양이다. 꿈에서 몬로이의 목소리가 말했다. 행동과 고독, 고독과 행동, 그 둘이 합해지면 절대로 고갈되지 않는다, 인간에게 동기의 목록은 대단히 광범위하다, 탐욕이 있고, 욕망이 있고, 원한이 있고, 아주 가끔 충만한 만족이 있다, 여호수아, 만일 네가 하나의 욕망을 충족하면 욕망은 또 다른 욕망을 낳는다, 고통이 나타날 때까지 계속 그런 식이다, 태양은 떠오르지 않았기 때문에, 우리의 욕망과 우리의 충실이 완전히 다른 것이라는 사실을, 우리가 원하는 것을 얻기 위해서는 다른 사람에게 해를 끼치지 않고 우리의 모든 충실을 즉시 버려야 한다는 사실을 우리가 이해하지 못하기 때문이다, 아들아, 나를 미워하고, 시기하고, 혹은 비난하는 사람들은 그걸 이해하지 못한다, 나는 지금의 내가 되기 위해 다른 사람에게 피해를 끼치지 않았다…….

언젠가 아순타가 일깨워 준, 어느 동굴에서 막 빠져나온 짐승의 이상한 체취와 함께 그림자가 나를 향해 다가온다.

"늙는다고 해서 벌을 면할 수 있지는 않아." 몬로이의 그림자가 말했다. "면역이 생기는 것도 아냐."

꿈의 논리 속에서 몬로이의 그림자는 내게 그의 지병과 그 지병을 달래기 위해 그가 먹었던 약의 목록을 늘어놓았다. 그가 말했다. 나는 늙은이야, 우리 늙은이들은 젊은이들에게 위협받는다고 생각하지. 나는 지금 뼈로 변해 가고 있어. 자, 내 뼈를 만져 봐. 어서.

나는 감히 그럴 수 없었다. 나는 꿈속에서 비논리적으로 이리저리 돌아다녔다. 막스 몬로이의 이야기는 사물의 연계성을 파괴하는 꿈의 본능에 의해 토막토막 잘려 나갔다. 새로운 기업들이 예전의 질서를 뒤집어엎었고, 늙은이들은 새로운 기업에 저항했으며, 내가 새로운 기업을 만들었고, 나는 나 자신의 경쟁자이자…….

"나도 인정해. 늙은이들은 지나칠 정도로 냉소적이지. 어느 정도는 회의주의적이고, 어느 정도는 비관적이지. 왜 그럴까?"

나는 모른다고 대답했다.

"'아니다.'라고 대답하는 법을 배워야 해."

"아."

"늙는다고 해서 벌을 면할 수 있지는 않아." 그가 반복했다. "면역이 생기는 것도 아냐." 그가 반복했다. "내가 어떤 사람인지, 내가 어떤 사람이었는지 알아내려면 내 눈의 깊은 곳을 바라볼 수 있어야 해."

목소리가 울려 퍼졌다. 마치 거울로 된 갤러리에 있는 것 같았다.

그는 관절이 쑤신다고 말했다.

그가 말했다. "내가 알고 싶지 않은 일들이 있지."

나는 아순타 호르단에게 물어보았다. "당신은 왜 파티에서는 거의 벗다시피 하면서 나와 있을 때는 어둠 속에서만 옷을 벗나요?"

"당신 거시기는 왜 그렇게 길어요?" 아마도 아순타가 몬로이에게 그렇게 물어보았을 것이다.

"내 정액을 냉각시키기 위해." 몬로이가 대답했다.

"안전하게 있다는 것은 어떤 의미입니까? 잠깐만요……."

"아순타, 막스와 같이 잔다는 것은 어떤 건가요?"

"너도 알잖아……."

"소리를 들었어요."

"우릴 봤단 말이야?"

"아주 어두웠어요. 말을 피하지 마요."

"암흑. 암흑이었어. 못난 염탐꾼 녀석……."

"어서요, 빼지 말고, 대답하세요……."

"바보같이 굴지 마. 내가 경고했어. 이 코주부 녀석아!"

아순타에게서 온 것만 같았던 그 비난은 실은 안티구아 콘셉시온이 내게 던진 것이었다. 나는 무거운 반지를 잔뜩 낀 그녀의 무시무시한 손을 느낄 수 있었다. 그 손은 나를 공격하기 위해서가 아니라 자기 자식 막스를 보호하기 위해 자세를 취했다. 막스가 석회처럼 새하얀 유령으로 내게 다가왔다. 깊은 종소리가 울리는 가운데 정신이 없어 보였다. 그의 눈이 말했다.

"잠들고 싶어……."

막스 몬로이가 나를 향해 다가왔다. 누군가가 말려 주기를 기다리며, 누군가가 사랑해 주기를 기대하며, 누군가가 그를 앞질러 주기를 고대하며.

종소리가 숨이 막힐 정도로 울려 퍼졌다.

막스가 내게 말했다. "이게 뭐지, 누구를 위해 종이 울리지?"

나는 감히 용기를 내어 물어보았다. "누가 운명을 막았습니까?"

“네가 내 운명을? 내가 네 운명을?” 그가 절망적인 목소리로, 원하지 않았던 보호의 목소리로 말했다. 꿈이 완전히 사라지기 전에…….

* * *

그 기나긴 여정에서 누가 나를 따라왔던가……. 그걸 뭐라고 불러야 할까? 고뇌? 정신적인 고통? 괴로운 열정? 나와 함께했던 이들(너, 동료, 형제, 위선자, 기타 등등)은 나의 내면의 대화가 대화를 나누고 싶은 나의 야심이라는 것을, 내 표피의 자리에서 빠져나가고 싶은 절망한 외면과 죽어 가는 실상의 의지라는 사실을, 사실이라는 확신도 없이, 의심이라는 불확실성과 함께 내가 나 자신에게 했던 말을 들려주고 싶은 의지의 표현이라는 사실을 알았다.

내가 프라가 거리의 아파트를 떠나 불확실한 운명을 향해 천천히 걸어가는 동안 ‘안전하게 있다.’라던 예리고가 매 순간 나의 영혼을 찾아왔다. 나는 공중을 헤매는 떠돌이였다. 내 발은 바르샤바, 스톡홀름, 브뤼셀의 인도를 밟고 있었지만 내 머릿속에는 나침반이 없었다. 어쩌면, 어떤 의미에서는 예리고가 북쪽이었을 것이다. 내 운명의 기본 방위, 내 운명을 차갑게 식혀 주는 바람, 북극성, 안내인, 방향, 그리고 국경선, 땅 이상인 무엇의 한계, 추방당한 사람들의 경계선, 거리, 예리고의 삶이 돌이킬 수 없는 것으로 만들어 버린 이별…….

우리의 청춘 시절이 시작되기도 전에 삶이 끝나 버렸던 것은 아니었을까?

어느 순간에?

나는 그 사람을, 내 형제를 사랑하고 존경했다. 이제 나는 그와 함께 보냈던 내 삶을 하나의 질문으로 요약해 보았다. 우리는 우리의 인생을 자유롭게 살아왔던가? 혹은 우리는 단지 숙명에 이끌려 살아왔던 것은 아니었을까? 우리는 우리의 특별한 운명(남자, 고아, 지성인 되고 싶은 열망, 우리의 지적인 재능을 실제적인 삶에 적용시키고자 했던 욕망)에 반항했던가? 우리는 의사나 엔지니어가 될 수는 없어, 여호수아, 우리는 정치인이 될 거야, 도시의 삶에 우리의 영향력을 행사할 거야……. 그가 마제스틱 호텔의 테라스에서 팔을 벌려 그려 보였던 도시. 그는 숙명의 꼭두각시가 되기를 거부했다. 우리는 진이 빠진 채 우리가 우리의 의지로 선택한 운명에 도달했다. 그러나 최종 목적지에서 우리가 발견한 것은 모든 운명이 숙명이라는 사실이었다. 운명은 우리 손에서 빠져나가고, 철문이 닫히듯 삶의 문이 닫히고 만다. 이것이 네 삶이었다. 다른 삶은 없다. 네 삶은 네가 원하거나 상상했던 삶이 아니었다. 얼마나 많은 시간이 흘러야 우리는 깨달을 수 있을까? 우리의 의지가 아무리 강해도 운명을 점칠 수 없다는 사실을, 불확실함이 인생의 실제적 기후라는 사실을…….

우리가 공유하지 않은 운명과 비교해 볼 때 우리가 공유한 운명은 어떻게 나타났던가? 우리는 우리가 떼려야 뗄 수 없는 관계임을 알면서도 나름대로 각자의 인생을 선택했다. 우리는 우리가 형제라는 사실을 알기 전부터 카스토르와 폴룩스였다. 그러나 이제 우리는 카인과 아벨이 되고 말았다. 우리는 어렸을 때 서로를 상대로 싸우지 않았다. 우리는 우리에게 강요하는 듯싶었던 필연에 맞서 싸웠다. 우리가 어떻게 질 수 있었단 말인가?

원한다면 나를 심판해도 좋다. 나는 너를 심판하지 않을 것이다. 나는 단지 확인할 뿐이다. 프라가 거리의 아파트에서, 마제스틱 호텔에서 소칼로 거리를 내려다보며, 너의 얼굴은 조금씩 조금씩 너의 가면에게 자리를 양보했다. 너의 가면이 너의 진정한 얼굴이었다는 사실을 드러내기 위해……. 우리는 동물원에서 다른 네 마리 호랑이들에게 잡아먹힌 호랑이에 대해 이야기했다. 왜 다른 호랑이가 아니라 하필이면 그 호랑이가 잡아먹혔단 말인가?

"짐승을 풀어 놓고 해를 끼치는 거야. 그다음에는 그 짐승을 우리로 돌려보내면 돼."

예리고, 너는 짐승을 풀어 놓았어. 하지만 그 짐승을 제어할 수는 없었지. 호랑이는 동물원으로 돌아가지 않았어. 넌 너 자신을 짐승으로 만들었어, 내 형제여. 너는 권력의 자리에서 권력을 무너뜨리고 권력을 차지할 수 있다고 믿었어. 넌 내게 이렇게 말했지. 과격해져라, 거만해져라, 그러면 사람들이 너를 존경할 것이고, 심지어 너를 숭배할 것이다. 대중에게 운명을 점지해 주기만 하면 대중이 아무 생각 없이, 너는 너일 뿐 아무도 너를 막을 수 없다고 여기며, 너를 무작정 따를 것이라고 믿었어. 그리고 너는 반란에 실패하자 다른 사람들을 비난했어. 네 말을 듣지 않았던 대중을 배신자라고 비난했고, 너를 도와주지 않았던 막스 몬로이를 비난했고, 너보다 앞서 나간 발렌틴 페드로 카레라를 비난했고, 제때에 네 음모를 알아차린 안토니오 상히네스를 비난했고, 너보다 나를 더 좋아한 아순타를 비난했어.

나는 헤노바(제노바) 거리에서 걸음을 멈췄다. 글로리에타데 인수르헨테스로 이어지는 터널 입구였다. 도시의 그 시커먼 구멍이 내게 고통스러운 느낌을 안겨 주었다. 그 고통스러운 느낌 속에서 경쟁심과 죽음이 힘을 합쳐 우리를 비웃었고, 우리의 도전과 영감과 능력을 조롱했다…….

예리고, 무엇이 죄였단 말인가? 나는 멕시코 청년들이 가득 찬 광장으로 들어선다. 그들은 자신의 현재 모습을 버리기 위해 자신이 아닌 것으로 위장하고 있다. 마치 일종의 계시처럼 다른 사람들에 대한 너의 무관심이, 다른 사람들의 정신을 파고들 수 없는 너의 무능력이, 너의 거만함이, 세상에 흔해 빠진, 이 세상 대부분을 차지하는 것들에 대한 너의 거부가 내게로 떨어진다. 언젠가 너는 이렇게 말했지. 모보크라시, 마소크라시, 데모둠베스, 종족, 현재를 형상화하는 그 종족. 터널의 어둠 속으로 들어선다. 어느 순간 내 입술에 다른 입술이 부딪혀 온다. 우발적인, 예상치 못했던, 건조한, 낯선 입맞춤, 그 뒤로 냄새가 따른다, 내가 알고 싶은 냄새, 연기 한 줄기, 땀 한 방울, 끈적끈적한 그 무엇, 마리화나와 도화선이 타는 냄새, 토르티야와 가솔린 냄새가 뒤섞인 도시의 냄새…….

우리를 하나로 이어 주었던 입맞춤이 잽싸게, 허망하게 우리를 떼어 놓는다. 터널이 그 자체의 빛으로 밝아 오고, 에롤 에스파르사와 내가, 이전에는 별 볼 일 없었던 여호수아 나달이었다가 이제는 하나의 왕국을 지닌 여호수아 몬로이가 얼굴을 마주 본다…….

* * *

나는 에롤을, 빡빡머리 에스파르사를, 마치 내 과거, 내 청소

넌기, 내 조숙한 생각, 예리고와 함께했던 내 모든 것이나 되는 것처럼 껴안았다. 글로리에타데인수르헨테스에서 우연히 만난 에롤은 그 모든 것을 향수와 함께 간단하게 요약해서 내게 들려주었다.

그가 내게 무슨 말을 했던가? 그가 내게 무엇을 보여 주었던가? 그가 나를 어디로 데려갔던가? 그는 나를 그의 이모(Emo)들의 소굴로 데려갈 수 없었다. 그곳은 오직 젊은이들만 들어갈 수 있었고, 나와 같이 직장(혹은 장례식, 결혼식, 열다섯 살 소년 소녀의 무도회, 세례식, 예리고가 금지한 모든 곳)에 가기 위해 옷을 차려입은 사람들은 들어갈 수 없었다. 에롤이 나를 데려간 작은 광장에는 어린 청년들과 처녀들이 몇 그룹으로 나뉘어 조용히 앉아 있었다. 모두들 앞머리로 눈을 가려서 눈은 보이지 않았다. 모두를 목덜미에 크레이프를 두르고 있었다. 그들은 하나같이 검은색 옷을 입었고, 팔에는 상처가 있었으며, 손에는 문신이 새겨져 있었고, 모두들 말라깽이였고, 갈색인종보다 피부색이 더 어두웠다. 그들은 화단에 조용히 앉아 있다가 갑작스러운 충동에 이끌려 서로 키스를 나누었다. 그들은 별들로 몸을 장식했고, 머리에서 발끝까지 피어싱을 했다. 나는 그들이 내 시선을 받아들이는 동시에 내 시선을 피하는 느낌을 받았다. 나는 위험을 느끼고 눈길을 피하기도 했지만 몹쓸 궁금증에 이끌려 힐끔힐끔 쳐다보기도 했다. 도시의 중심부에 배꼽처럼 자리 잡은 천국과 같은 지옥으로, 지옥과 같은 천국으로 나를 안내한 에롤이 마침내 입을 열었다.

"저 아이들은 너의 시선을 즐기고 있어."

빼빼 마르고, 시커멓고, 별이 달리고, 해골 같고, 피어싱을 한 그 종족을 어떻게 소칼로 광장에 있는 종족과 비교하지 않을 수 있단 말인가? 예리고가 권력을 타도하기 위해 믿었던 그 종족. 필로파테르 신부가 산토도밍고에서 타자기를 쳐 가며 생활비를 벌도록 허용했던 그 권력. 예리고와 함께였다면 나는 절대로 이곳에 오지 않았을 것이다. 나는 에롤과 함께 그곳을 서성였다. 에롤은 멕시코의 새로운 종족 사이에서 베르길리우스가 되어 있었다. 에롤은 그 나이에도 불구하고(나와 동갑이었다.) 그들을 잘 아는 듯싶었다. 그 역시 바싹 마른 몸에 장발이었고, 검은색 옷을 입어서 그 나이로는 보이지 않았다. 에롤은 그들과 아주 가까운 사이였는지 한 소녀에게 다가가 뜨거운 키스를 나누고 소녀의 애인과도 키스를 나누었다. 소년이 내게 물었다.

"당신도 원하세요?"

나는 에롤을 쳐다보았다. 에롤은 나를 쳐다보지 않았다. 검은 옷을 입은 소년이 내 입에 입을 맞추며 내게 물었다. 고통에 대한 사명감이 있느냐고.

나는 대답하려고 노력했다. "나도 몰라. 나는 너와 달라."

"나를 비난하지 마세요." 소년이 대답했다.

"무슨 말이야?" 나는 에롤에게 물었다.

이성과 감정을 굳이 구별하지 말라는 뜻이야. 에롤이 말했다. 그들은 나를 자신들의 감정을 조절할 수 있는, 생각하는 사람으로 여겼어, 그들은 낯선 사람들을 그렇게 생각해. 그들은 네가 너의 감정을 해방하기를 원해. 나의 감정. 나는 소나로사 지역을 돌아다니며 그런 생각을 하지 않았던가? 내가 여기서 말하고 있는 내면화에 그 어떤 감정의 외면화를 덧붙일 수 있단 말인가. 새로운 세대의 바다가 내 앞에 펼쳐졌다. 바로 그 순간, 인수르헨테스에서, 에롤과 함께 이모 종족에 둘러싸여 있을 때, 나는 청년기로부터, 영원한 청년 여호수아로부터, 삶의 견습생으로부터 벗어났을 것이다. 그리고 나는 나로부터, 우리들로부터, 내가 지금까지 매 순간 예리고와 상히네스, 필로파테르 신부와 미겔 아파레시도와 함께 묘사하고 분석해 온 국가로부터 벗어나기로 결심한 젊은이들 속으로 파고들었을 것이다. 그것은 일종의 탈출이었다.

이제 글로리에타데인수르헨테스에서, 내 삶의 수요일 저물녘에, 나는 이런 느낌을 받았다. 국가는 이미 내게 속하지 않았고, 열다섯에서 스무 살 사이의 소년들이 국가를 차지했다. 수백만 명이나 되는 멕시코 청년들은 내 이야기를 함께 나누지 않았고, 심지어 나의 지리학을 거부하기까지 했다. 그들은 멕시코시티의 어느 공원의 작은 유토피아 안에 별도의 공화국을 창조했다. 그런 공화국은 과달라하라에도 케레타로에도 있었다. 다른 나라, 위협하고 위협받는 나라, 거부하고 거부당한 나라. 이미 나의 것이 아니었다.

에롤은 그날 오후 인수르헨테스의 침몰한 광장 주변을 거니는 동안 내 시선을 읽었을까?

"그들은 한 가지 고통을 다른 고통으로 대체하려고 해. 그래서 스스로 팔에 상처를 내. 그래서 귀에 구멍을 뚫어."

한 가지 고통을 다른 고통으로 대체한다고? 나는 친구에게 털어놓고 싶었다. 나에게도 역시 원시적인 미학이 있다고, 내게도 불만이 있다고, 나도 스트레스를 받는다고, 사랑을 포기할 수 없다고(루차 사파타, 아순타 호르단), 그래서 괴롭다고. 내 감정이 아니라 단지 나의 미학만이 달랐던 것은 아니었을까? 나는 이미 알았다. 광장의 청년들과 동일시되고 싶은 그 급박한 욕구는 실패로 끝날 운명이었다. 나는 생각했다. 그들과 동일하게 되려고 노력하는 것만으로도 가치가 있었다. 나는 육체적으로는 그 어둠에 묻힌 새로운 종족의 일부가 될 수 없었다. 그들은 낭만적이었고, 제때에 죽기를 원했고, 어른이 되려고 하지 않았고, 타락으로부터 벗어나려고 했다…….

그들은 낭만주의자들이었다. 나는 그렇게 생각했고, 에롤에게 그렇게 말했다. "낭만주의자들이야."

나는 짐작해 보았다. 인간의 열망, 가난과 평범함이라는 거대한 그늘에서 벗어나 자신을 드러내고 싶은 욕구, 가족, 종교, 정치에 의해 제한된 감정을 자유롭게 표현하고 싶은 욕망…….

"나를 비난하지 마세요."

"뭐라고들 불러?"

다르케토. 메탈레로. 스카토. 라즈텍. 딕시. 그들은 그룹, 크루(crews)를 이룬다. 그들은 서로를 보호한다. 그들은 서로 감사하게 생각한다. 그들은 이모들이다.

이모들의 세상의 평화(수동성)가 에롤이 바라지 않았던 폭력에 의해 갑자기 깨졌다. 에롤이 내 어깨를 붙잡고 그곳에서 나를 끌어내려고 했다. 헤노바, 푸에블라, 오악사카의 입구로 젊은이들 한 무리가 침입해 들어왔다. 개새끼들, 남창들, 꽃아라. 그들은 소리를 지르며 돌을 던졌다. 그동안 이모들은 얼굴을 가리고 말했다. 그들은 소리를 지르지 않았다. 평등, 관용, 존경. 그리고 공격자들에 맞서 싸웠다. 마침내 스케이트족들이 주도권을 잡고 스케이트로 공격자들을 물리쳤다. 이윽고 한시도 조용할 날이 없는 도시의 구석으로 천천히 어둠이 밀려들면서 평화가 다시 찾아왔다. 그 도시는 내 것이기도 했지만 내 것이 아니었다.

"막시 바타야와 사라 P를 죽여 버리고 싶어." 에롤이 말했다. 우리는 맥주를 마시기 위해 광장에 있는 어느 카페로 들어가 자리를 잡고 앉았다. "그 연놈이 내 어머니를 죽였어."

"너를 앞지른 사람이 있어." 내가 알려 주었다.

"누가? 어떤 놈들이?" 친구의 입술에 거품이 가득 묻었다.

"내 형 미겔 아파레시도."

"어디서? 누가?"

"산후안데아라곤 교도소에서."

"뭐? 그 연놈을 죽였단 말이야?"

뭐라고 대답해야 할지 알 수 없었다. 내가 아는 것이라고는 마리아치 막시와 엉덩이에 벌을 문신한 창녀가 '안전하게 있다.'라는 것뿐이었다. 그리고 그것으로 내 시대의 역사가 종결되었으며, 새로운 역사, 광장에 있는 소년들의 역사가 시작되었다. 나는 에롤을 일깨워 주었다. 그들도 언젠가는 성장해서 직장인, 상인, 관리, 가장이 될 거야. 그들의 부모들만큼 반항적이겠지. 파추코와 타잔, 히피와 이유 없는 반항아, 허풍쟁이와 차보 무리, 세대에 세대를 거쳐 반항아들이 나타나지만 결국에 가서는 사회에 길들여지는 것으로 끝나지…….

"에롤, 너 알아? 우리에 갇힌 다섯 마리 호랑이 중에서 왜 네 마리가 한편이 되어 다른 한 마리를 죽였는지, 너는 알아?"

"몰라, 친구, 내가 그걸 어떻게 알겠어."

우리는 다시 만나기로 약속했다.

* * *

“휴가를 가도록 해.” 내가 산타페의 사무실로 돌아갔을 때 아순타 호르단이 말했다. “꼴이 말이 아니야. 쉴 필요가 있어.”

나는 정신 건강을 위해 그것이 흉계일 거라는 생각을 지워 버렸다. 왜 모두들 내게 휴가를 주려고 안달일까? 나는 거울을 들여다보았다. “꼴이 말이 아니다.” 그건 타락했다는, 상처를 입었다는 뜻이다. 나쁜 동반자들 때문에 황폐해진 것일까? 그동안의 내 삶이 번갯불처럼 뇌리를 스치고 지나갔다. 마리아 에힙시아카, 엘비라 리오스, 루차 사파타, 필로파테르 신부, 막스 몬로이, 아순타 호르단, 그리고 예리고……. 그들은 나쁜 동반자들인가, 좋은 동반자들인가? 그들이 내 형편없는 꼴에 책임이 있단 말인가? 아직까지 내게는 염치가 충분히 남아 있었다. 그래서 나는 내 꼴에 책임을 질 수 있는 사람은 다른 사람이 아닌 오직 나 하나뿐이라고 말할 수 있었다.

거울을 들여다보았다. 건강해 보였다. 어느 정도는. 왜 내가 쉬어야 한다고 그렇게 끈질기게 강요한단 말인가?

“아카풀코로 가.”

“아.”

“막스 몬로이의 아름다운 집 한 채가 그곳에 있어. 라케브라다 쪽이야. 자, 여기 열쇠.”

그녀가 테이블 위로 열쇠 꾸러미를 던졌다. 그녀의 얼굴에는 비록 우정에서 우러나온 미소가 어려 있었지만 나를 경멸하는 의미도 담겨 있었다.

라케브라다로 가는 길목에 집이 있어. 아순타가 내게 설명했다. 1930년대 말에 지어진 집이었다. 그 당시 아카풀코는 어부들의 마을이었고 호텔도 두 개밖에 없었다. 마을 정중앙에 '라마리나'라는 호텔이 있었고, 언덕 위에 '라케브라다 호텔'이 있었다. 라케브라다 호텔 테라스에서는 용감한 다이빙 선수들이 파도가 밀려오기를 기다렸다가 날카로운 바위틈으로 물이 들어오면 그 좁은 물길 속으로 뛰어들었다.

이제 아카풀코는 거대한 도시로 성장해 있었다. 주민 수가 백만에 이르렀고, 호텔과 레스토랑과 콘도가 수백 개나 있었다. 해변은 앞서 언급한 호텔과 레스토랑과 콘도의 망가진 하수도에서 흘러나온 폐수로 오염되어 있었다. 도시는 남쪽으로 더욱더 넓게 팽창해 가고 있었다. 마르케스 항구에서 레볼카데로를 거쳐 바라비에하까지, 예전에 아카풀코가 세례 증명서처럼 자랑했던 깨끗한 물, 반반한 해변, 잃어버린 천국을 찾아 도시는 더욱더 넓어져 갔다.

어느 쓸쓸한 월요일, 나는 라케브라다에 있는 막스 몬로이의 집에 도착했다. 짐이라고는 가방 하나와 책 몇 권밖에 없었다. 언젠가는 「마키아벨리와 현대 국가」라는 변호사 자격 취득 논문을 끝낼 생각으로 다시 읽어 보고 싶었던 책들이었다. 어스킨 뮈어는 마키아벨리가 살았던 시대, 이탈리아의 각 나라, 사보나롤라, 보르자 가문을 통해 마키아벨리를 설명한다. 자크 히어스는 마키아벨리라는 열정적이지만 별로 엄격하지 못한 역사학자에게서, 매력적인 작품을 쓰고 카니발 노래를 작곡했으며, 문학적 상상력을 국가론에 적용한, 모든 세대에게 카니발은 진지한 것이고 호기심이 곧 법이라고 믿게 만든 시인과 작가의 면모를 발견한다. 마우리치오 피랄은 그 유명한 니콜로의 미소를 니콜로가 쓰지 않았던 책의 저자인 양 심문한다. 인생과 그 패러독스와 불확실성에 관한 책. 마이클 화이트는 마키아벨리가 잘못 이해된 인물이라고 주장한다. 그의 정신적인 명철함은 무시당하고 그의 꿍꿍이셈과 야망만 찬양받았다고 말이다. 세바스티안 다그라치아는 니콜로를 지옥으로 보냈는데, 지옥은 물론 그의 동시대인들이다. 프랑코 피도는 『자신의 적들의 성경』이라는 책을 쓴 작가의 패러독스를 연구한다. 그의 주장에 따르면 니콜로는 이사벨 여왕 시대의 극작가들에 의해 '올드 닉', 즉 악마로 변했다고 한다. 그리고 심지어 두체 무솔리니가 상스러운 언어로 그를 찬양했다고 한다. 피히테는 예수회 신부들을 두고 무식한 사람들이라고 말한다. 그 누가 '유럽에서 가장 유명한 이탈리아 사람'을 다루지 않았단 말인가? 특히 이탈리아 사람들은 도시, 신앙, 학문의 한계 안에서 그를 평가했다.

나는 그런 책들을 배낭에 넣어 왔다. 반드시 필요한 주석들이었다. 특히 전력을 다해 마키아벨리를 설명한 정치인들의 주석이 중요했다. 나폴레옹 보나파르트는 자신을 세습 군주가 아닌 마키아벨리적인 새로운 군주의 현현으로 생각했다. 하지만 그 역시 권력을 오래 유지하기 위해 노심초사했다. 그는 자신의 후손에게 권력을 넘겨주려고 했고, 그래서 그의 후손들은 세습 군주가 되고 말았다…….

내가 지금 이런 이야기를 늘어놓는 이유는 독자 여러분이 나의 선한 의도를, 나의 거창한 의도를 이해해 주길 바라기 때문이다. 나는 마키아벨리적인 문학과 함께 아카풀코로 물러났다. 어느 정도 울적하기도 했지만 그건 내 최근의 사생활에서 어쩔 수 없는 부분이었다. 나는 상상도 할 수 없었다. 진정한 마키아벨리

즘을 배낭에 넣어 오지는 않았지만, 그것은 라케브라다의 집에서 나를 기다리고 있었다. 만 위에 있는 구불구불한 산길을 기어 올라가면 바위투성이 정상에 이르고 곧 추락할 것만 같은 저택으로 들어갈 수 있다. 그 집은 1930년대에 지어진 어설픈 '캘리포니아적인' 집들과 별로 다르지 않았다. 태평양 위에 지어진 부엌, 방, 테라스로 사용되는 넓은 공간 등등. 아래쪽에는 좁다란 사유지 해변이 있었다. 하얀 도자기가 들어 있는 찬장도 눈에 익은 것이었다. 내 여간수 마리아 에힙시아카도 포개 놓은 작은 접시 다섯 개를 하나씩 꺼내 묽은 수프를, 걸쭉한 수프를, 닭고기 요리를, 야채 요리를, 후식……, 고구마를 차례로 내놓았더랬다.

"막스 몬로이는 시빌라 사르미엔토를 위해 이 집을 지었어." 내가 테라스에 도착했을 때 아순타 호르단이 갑자기 나타나 내게 말했다. 그녀가 내게로 다가왔다. 손에 하이볼을 들고 있는 그녀는 맨발이었으며, 내가 그녀의 옷장에서 들춰 본 적이 있는 팔라초 파자마를 입고 있었다. 품이 큰 블라우스. 통이 넓은 바지. 테가 달리고 금박 무늬가 있는 검은색 바지.

그녀가 내게 마실 것을 권했다. 나는 놀라지 않은 척했다. 그녀는 내게 많은 말을 하지 않았다. 그녀가 나를 놀랜 것은 이번이 처음은 아니었다. 그녀는 바다를 바라보았다.

"시빌라 사르미엔토는 단 한 순간도 이곳에 와서 살지 않았어. 이곳을 구경하려고도 하지 않았지……."

그녀가 내 쪽으로 시선을 돌렸다. 그녀는 나를 쳐다보지 않았다. 내가 무슨 물건인 양 취급했다. 필요하지만 불편한 물건.

아순타가 자기 혼자 웃어 댔다. "막스는 언젠가 그녀를, 세 아들의 어머니를 이곳으로, 아카풀코로 데려올 수 있을 거라고 생각했어. 바닷가에서의 조용한 삶을 그녀에게 줄 수 있을 거라고. 쳇. 그건 헛된 꿈이었어!"

아순타의 눈빛이 냉소적으로 변했다.

막스의 많은 헛된 꿈들 중 하나. 나는 콘차 부인이 막스를 지배해 왔던 독재적인 모권으로부터 그가 해방되는 장면을 상상해 보았다.

"복잡하면서도 단순한 사람." 아순타가 말을 이었다. "막스 몬로이는 잘 소화하지도 못해. 모든 것에 시간이 걸려. 그는 절대로 잘난 척하지 않아. 알아? 그가 알기를 원치 않는 일들이 있어. 원치 않는……, 그리고 다른 것도. 유용한 것과 복수 중에서, 결국 그에게 남는 것은 항상 유용한 것뿐이야."

잔을 부딪쳤다. 내게 윙크를 날리기까지 했다.

"나와는 정반대야……."

그녀가 웃었다. "그러다가 번개처럼 주먹을 날리지."

그녀가 내게 등나무 의자에 앉으라고 손짓했다. 나는 계속 서 있었다. 나는 암암리에 아순타 호르단을 독재자로 여겨 왔고, 적어도 그런 식으로나마 그녀에게 반항할 수 있었다. 하지만 그녀는 그따위를 중요하게 생각하지는 않았다.

"막스 몬로이!" 그녀가 일몰을 재촉하듯 소리쳤다. "문명화된 남자, 어느 정도 그렇지 않아? 합리적인 남자, 그렇게 보이지 않아? 항상 의견을 요구하지. 그는 남들의 의견에 항상 열려 있어. 아, 그는 비판은 받아들이지 않아. 의견과 비판은 서로 다른 것이니까. 그를 비판하는 것은, 그가 스스로는 생각할 수 없으므로, 안내해 주기를 원하기 때문에, 다른 사람의 의견을 필요로 한다고 생각하는 거야. 어림도 없어. 의견은 그 혐오스러운 두 극단 사이에서 멈춰야만 해. 여호수아, 내 착한 여호수아. 아첨과 비판 사이에서 말이야."

그녀는 말했다. 예를 들어, 사람이 살지 않는 이 쓸모없는 집을 비판할 수도 있을 거라고……. 유령을 위한, 미친 여자를 위한 저택. 아니, 유령 같은 미친 여자를 위한 저택.

그녀가 미소 지었다. "이곳을 배회하는 시빌라 사르미엔토를 상상해 봐. 자신이 어디에 있는지도 모르는, 바다도 쳐다보지 않고, 달이나 해에도 무관심하고, 허무의 포로, 그녀만큼 미친 희망의 포로인 그녀를. 막스가 돌아와 그녀를 정신병원에서 빼내 줄 거라는 희망. 혹은 적어도 다른 아이를 낳게 해 줄 거라는 희망. 또 다른 상속인을!"

"나를 고맙게 생각해야 해, 여호수아. 네가 편하게 지낼 수 있도록 이 집을 정리하기 위해 날아왔어. 이 집은 꽉 막혀 있었어. 이 더위 속에서! 집안 전체를 환기하고, 가구에서 먼지를 털어내고, 시트를 다림질하고, 수건과 비누를 갖다 놓고, 한번 둘러보란 말이야, 모두 너를 맞이하기 위해 그런 거야. 너는 그럴 자격이 있으니까……."

그녀는 내 눈에서 무엇을 보았기에 그런 말을 해야만 했던가? "걱정하지 마. 하인들은 모두 나갔어. 우리 두 사람뿐이야. 우리 둘뿐이란 말이야."

그녀가 내 뺨을 쓰다듬었다. 나는 참았다.

모든 것이 준비된 것은 아니라고 그녀가 말했다.

"봐. 수영장은 비어 있고, 낙엽과 쓰레기도 쌓여 있어. 내가 애를 썼는데도 버려진 듯한 분위기야. 잡초도 뽑아야만 해. 야자

나무는 시커멓고. 막스는 항상 '나를 이곳에 묻어 주면 좋겠다.' 라는 말을 하고 다녀. 참 이상하지, 그렇지 않아? 단 한 번도 찾아오지 않은 곳에 묻히고 싶다니 말이야……."

"자기가 묻힐 곳을 미리 찾아가는 사람은 아무도 없어요." 나는 감히 내 의견을 밝혔다.

"정말이네!" 그녀가 목소리를 높였다. "내가 항상 말하지 않았어? 넌 영리하다고 말이야, 여호수아, 넌 정말 영리해, 아주 영리해."

그녀가 내 가슴으로 위스키 잔에 든 술을 끼얹었다.

"더 이상 영리해지면 곤란해."

나는 조용히 있었다. 손으로 가슴을 만지지도 않았다. 나는 떨어지는 해를 멍청히 바라보았다. 그녀는 다시 열대지방의 호스티스와 같은 태도로 돌아갔다.

"나는 이웃을 원치 않아." 막스가 말했다.

아순타가 주변을 둘러보았다.

"그리고 그는 그렇게 했어, 여호수아. 이곳엔 아무도 없어. 깎아지른 산과 드넓은 바다만 있을 뿐이야."

"저 아래쪽에 해변도 있지요." 나는 그렇게 덧붙였고, 아순타가 불편해하는 것을 느꼈다.

"누가 그곳으로 배를 타고 올 거라는 기대는 하지 마." 그녀가 천박한 말투로 말했다.

나는 경망스러워지고 싶었다. "당신만 있으면 충분합니다, 아순타. 그러니 제게 한 푼 주시지요."

셔츠가 가슴에 달라붙었다.

"너는 샴페인과 함께 아침을 먹을 수 있어." 그녀는 조롱과 위협이 실린 말투로 말했다. "아무튼." 그녀가 바다를 등지고 섰다. "사치를 즐겨 봐. 그리고 한 가지만 생각해. 사치란 필요하지 않은 것을 손에 넣는 거야. 그에 반해, 인생이란 필요한 거야, 그렇지 않아?"

그녀가 웃었다. 그녀의 영혼이 서서히 옷을 벗기 시작했다. 갑자기가 아니었다. 나는 그녀를 안 순간부터 계속해서 그녀를 살펴보았다. 오만불손하고 곁을 내주지 않는 그녀. 칵테일파티에서 나돌아 다니며 휴대전화를 귀에 대고 조용히 하라고 외치던 그녀. 어느 누구와도 대화를 나누지 않는 그녀. 나는 있는 그대로의 그녀를, 그냥 그대로의 그녀를 이해해야만 했다. 관심이 많은 여자, 그래서 위험한 여자. 왜냐하면 극단적인 관심은 예상치 못했던 폭력적인 반작용을 유발할 수 있기 때문이다. 그것은 무언가를 알게 된 것에 대한 대가, 무언가를 너무 자세히 알게 된 것에 대한 대가이다.

나는 어느 날 젊은 청년으로서 그녀와 겉으로 드러난 그녀의 장점을 사랑하게 되었다. 장점이 있다면 말이다. 그런데 그녀는 서서히 장점을 잃어 갔고, 마침내 음흉한 흉계를 꾸미기까지 했다. 그녀는 예리고에게 자신이 내 애인이라고 소개했고, 그래서 내 형제를 미치게 만들었다. 내 형제는 목표가 없는 이상하고도 준엄한 삶에서 난생처음으로 엄청난 열정을 느꼈다. 그것은 정열이 없는 방종이었고, 사랑이 없는 애인이었다. 아순타의 악의는 사랑에 관한 내 능력과 예리고의 냉혹한 야망을 벗어난 것이라는 사실을 나는 깨달았다. 어떤 면에서 보자면 우리는 커다란 장기판의 졸이었다. 장기판의 결과는 그 형식적인 '안전하게 있다.'라는 것이었다.

"그럼 예리고는요?" 나는 계속 물고 늘어졌다. "예리고도 안전하게 있나요?"

"거기에 대해선 할 말이 없어."

"안전하게? 그게 뭔데요? 어떻게 있는데요? 아무도 내게 말해 주지 않을 겁니까?"

"너에게 보여 줄 수도 있어."

"뭘요? 그가 지금……."

"안전하게 있다는 것이 뭐지? 잠시만 더 기다려……."

"아순타, 막스와 같이 잔다는 것은 어떤 건가요?"

"너도 알잖아……."

"소리를 들었어요."

"우릴 봤단 말이야?"

"아주 어두웠어요. 말을 피하지 마요."

"암흑. 암흑이었어. 못난 염탐꾼 녀석……."

"어서요, 빼지 말고, 대답하세요……."

"바보같이 굴지 마. 내가 경고했어. 이 코주부 녀석아!"

"아순타, 그 모든 것이 사막의 잃어버린 구덩이로 돌아가지 않기 위해서가 아니었습니까? 당신이 아무도 아니었고, 거만하고 가증스러운 마초 남편을 섬겼던 바로 그 북부 마을로 돌아가지 않기 위해. 당신을 그곳에서 빼내 영향력 있는 최고의 기업인으로 만들어 준 사람에 대한 고마움의 표시가 아니었습니까?"

"그가 있건 없건 나는 그곳에서 빠져나왔을 거야." 아순타가 당혹스러운 표정으로 말했다.

"그랬겠지요. 당신은 용감하니까."

"나도 머리가 있어. 나도 상당히 영리한 편이야. 다만 막스는 우연히 나타난 일종의 행운이었어. 다른 기회도 얼마든지 있었을 거야."

"어떻게 우연에 기댈 수 있단 말입니까?"

"그건 필연이었어. 행운이 아니라. 그가 없었어도 빠져나올 방법을 찾아냈을 거야."

게임의 여왕? 위대한 막스 몬로이의 여주인? 그날 오후, 태평양을 앞에 두고 그런 생각들이 내 머릿속에서 부글거렸다.

그녀는 마치 내 생각을 읽기라도 한 듯 소리쳤다. "아무도 나를 축복하지 않았어. 아무도 나를 선택하지 않았어. 나 혼자 힘으로 이룬 거야. 내가……."

"당신은 막스 몬로이의 작품입니다." 나는 급소를 찔렀다.

"아무도 나를 축복하지 않았어. 나 혼자 힘으로 이룬 거야." 그녀가 괴로워했다.

"막스 없이 토레온에 홀로 남은 당신의 모습이 보입니다. 불만에 가득 찬 시골 아낙……."

마음 어느 구석에서 내 아버지를 옹호하는 말이 튀어나왔는지는 모르겠다. 아순타가 손톱으로 내 얼굴을 할퀼 거라는 사실은 알았지만……. 나는 그녀를 제지했다. 그녀의 팔을 붙잡았다. 그녀의 팔을 엉덩이 위로 끌어내렸다. 나는 열정적으로, 경멸감에 휩싸여 그녀에게 입을 맞췄다. 나는 자신의 감정을 제어할 수 없었다. 뒤죽박죽이었다. 아름다운 여인을 품에 안았을 때 모든 남자들이 느낄 수 있는 감정과 다르지 않았다. 그녀가 제아무리 나의 원수였다 해도…….

나는 잠시 내 이성을 붙들어 매고 감각을 풀어 놓았다. 우리 모두는 이성으로는 설명할 수 없는 마음을 지니고 있다. 아순타가 내 게걸스러운 입맞춤에 반응하지 않아도, 그녀의 팔이 내 몸을 껴안지 않아도 상관없었다. 나는 잠시 나 자신을 잊어버렸다. 그러고 나서야 내 행동을 후회했다. 그녀가 죄인이라는 생각이 들었다. 이 모든 상황(그녀 입술의 립스틱을 빨아먹으며 느꼈다.)에서 우리 모두가 영혼의 비밀 중 가장 은밀한 내용을 숨기고 있다는 사실을 깨달았다…….

한 마리 짐승처럼 날뛰는 인간의 감정은, 비록 호응을 받지 못한다 해도, 사랑과 권력과 아름다움에 대한 평상시의 위계질서를 일순간에 무너뜨릴 수 있기 때문이다. 아순타는 무슨 이유로 내가 입을 맞추고 몸을 더듬도록 허용했을까? 무슨 이유로 허락만 하고 반응하지 않았을까?

나는 그녀의 몸에서 벗어나 그녀의 말을 기다렸다. 그녀가 말했다.

"나는 존경받고 싶어 하는 못된 버릇이 있어." 그녀가 조롱하는 듯한, 심지어 즐기는 듯한 표정으로 말했다. "나는……."

"당연하지요. 문제는 당신의 외모가 당신의 진정한 욕망을 감추지 못한다는 것이죠. 내 생각에는……."

"그게 뭔데?" 그녀가 내 말을 막았다. "그게 뭔데? 내 욕망이 뭔데?"

"막스 몬로이를 섬기면서 막스 몬로이로부터 독립하는 것. 그건 불가능합니다." 나는 그 문제를 그렇게 이해했다. 궁지에 몰린 그녀를 도와주고 싶었다.

"막스는 나 자신으로부터 나를 보호해 줘." 이게 그녀의 대답이었다. "악운으로부터 나를 구해 주었지. 악운으로부터, 네 말이 맞아, 내 이전 삶의 저주받은 운명으로부터……."

"다른 사람들의 바람막이와 같은 역할을 하는 사람들이 있습니다. 당신은 막스의 바람막이입니다. 당신 자체는 존재하지 않아요." 나는 앙갚음을 하듯 말들을 뱉어 냈다. 그 장면을 끝내고 달아나고 싶었다. 그 엉터리 연극을 한시라도 빨리 끝내고 싶었다. 가방과 책을 챙겨서 아순타가 막스 몬로이라는 사람 주변에 쳐 놓은 거미줄로부터 영원히 달아나고 싶었다. 막스 몬로이가 내 아버지라고 밝혀졌다. 나는, 정신없이 중얼거렸다, 그 사람을 존경해야만 했다. 그 사람을 알고, 존경하고, 마키아벨리 대신 그 사람에게 다가가야만 했다. 이런 제길, 내가 무슨 생각을 하고 있단 말인가? 나는 내 마음을 뒤흔든, 유치한 꿈을 꾸던 나를 일깨워 준 호르단이라는 여자를 고맙게 생각했다. 나는 그때까지 꿈을 꾸고 있었다. 아무렇지도 않게 계속 내 삶을 살아갈 수 있을 것이라고, 논문을 쓰고 자격증을 얻을 수 있을 것이라고……. 그리고 그다음에는? 그다음에는?

의무란 욕망과는 별개의 것이라는 말을 나 자신에게 들려주며 나는 몽상에서 깨어났다. 저주받은 운명. 하지만 사실이었다.

아순타가 내 눈에서 무엇을 보았는지 누가 알겠는가. 나는 갑작스러운 광기로 그녀를 쳐다보았다.

"당신은 지나치게 영리해서 사랑받을 수 없습니다." 내 생각의 논리적인 결론인 양 나는 그렇게 말했다. "막스 몬로이는 이 점에 대해 어떻게 생각합니까?"

그녀가 신경질적으로 말을 하기 시작했다. 낯선 모습이었다. 내 질문에 대한 대답이 한시라도 빨리 해를 사라지게 할 수 있다는 듯, 그래서 가장 깊은 어둠 속에 우리 둘만 남을 수 있다는 듯. 그랬다. 하지만 그녀의 말은 조리가 없었고, 위장된 말들이었다. 나는 그녀의 말을 잊어버렸다. 그녀가 마침내 완전무결한, 단단한 논리로 돌아왔던 것이다.

미친 사르미엔토는 영원히 정신병원에 갇혀 있을 거야. 그녀가 말했다. 그녀의 목소리에 석양빛이 스며들었다.

네 형제 예리고는 안전하게 있어. 그녀가 말했다. 시커먼 구름 함대가 밤이 곧 닥칠 것을 예고했다.

네 형제 미겔 아파레시도는 아라곤의 감방에서 쇠약해지고 있어. 그는 감방에서 나오지 못할 거야. 자기 아버지인 막스 몬로이를 죽이게 될까 싶어 두려워하니까.

"그럼 막스 몬로이는? 그 사람은?"

"내가 이미 얘기했잖아. 막스 몬로이가 알고 싶어 하지 않는 일들이 있다고. 그는 자신이 죽어 간다는 사실을 알고 싶어 하지 않아. 상히네스가 그를 위해 유언장을 작성했어. 유언장에 따르면 상속인은 시빌라 사르미엔토, 미겔 아파레시도, 예리고 몬로이 사르미엔토, 여호수아 몬로이 사르미엔토……."

"그럼, 아순타, 당신은?" 나는 생각해 보지도 않고 물었다.

"나도 맨 꽁무니에 달려 있어." 북부 지방의 가엾은 소녀가 말했다. 지금 내 앞에서 위대한 경영인으로 변장하고 있는 시골 처녀. 팔라초 파자마도 없고, 세상 어느 곳과도 통할 수 있는 휴대전화도 없고, 손에 술잔도 없는 촌년. 그녀의 모습이 보였다. 옥양목 치마, 굽이 없는 구두, 파마머리, 화장한 얼굴, 도자기 귀고리, 금니.

나는 그런 모습의 그녀를 보았고, 그녀는 내가 그런 모습의 자신을 본다는 것을 알았다.

내 상상력은 그녀를 발가벗겨 사막으로 돌려보냈다.

"그럼, 아순타, 당신은?"

"나를 더 이상 놀리지 마." 차가운 분노가 그녀의 표정에 서려 있었다. "나는 항상 꼴찌야. 동냥아치 같은 신세지."

"그럼 모든 걸 상속받고 싶나요?"

"나는 모든 걸 차지할 자격이 있어. 막스 몬로이를 위해 나만큼 열심히 일한 사람은 아무도 없으니까."

"어떻게 할 작정입니까?"

"나는 모든 것을 상속받고 싶어."

"어떻게 할 작정입니까?"

"너도 알잖아."

"감히 그렇게 하지는 못할 겁니다. 당신이 찾는 게 뭔지 나는 알아요. 내가 막스에게 말할 겁니다. 내가……."

아니. 그녀가 눈을 차갑게 빛내며 머리를 흔들었다. 아무도 아무것도 막스에게 말할 수 없어, 아무도, 아무도 없을 테니까, 나밖에 없을 거야. 여자가 말했다. 발광하는 의지, 지극히 사악한 눈빛, 철저한 이기심, 확신. 세상이 우리를 위해 존재한다는 확신과 세상이 우리를 버릴 수도 있다는 경악스러운 불안. 울창한 낙원과 같았던 아순타 호르단의 얼굴은 석회질 사막의 먼지 한 줌으로 변했다. 두 정원이 하나로, 젊은 시절의 상상력이 빚어낸 험악한 황무지로 변했다……. 아순타 호르단의 얼굴. 스러져 가는 석양빛이 그녀에게 위대한 보복자와 같은 거의 신화적인 분위기를 선사했는지도 모른다. 섹스에 대한 질투가 아니라 돈에 대한 질투로 미쳐 버린 메데아. 엄청난 재산을 상속받기 위한 열망으로 미쳐 버린 여인. 그녀는 몰랐던가. 돈은 누구의 것도 아님을, 돈은 돌고 돌아 마침내 수명이 다하면 쓰레기통에 버려진다는 사실을. 그녀는 알았을 것이다. 그녀는 스스로 질투심 강한 메데아에서 권력을 지닌 고르곤으로 상승했다. 한 제국의 욕심꾸러기 여왕. 피가 질질 흐르는 눈, 무시무시한 얼굴, 뱀의 머리카락을 갖추지 못하면 제국은 손가락 사이로 빠져나갈 것이다. 그날 오후 태양과 바다가 아순타에게 그런 모습을 부여했다. 포세이돈이 그녀를 사랑했고, 우리 아버지 막스 몬로이가 그녀를 차지했다. 황금의 비수가 그녀의 피에서 탄생할 수 있도록 그녀를 죽여야 했던가? 그녀가 예리고를 죽였던 것처럼(정말 그를 죽였을까?) 나를, 미겔 아파레시도를, 시빌라 사르미엔토를, 막스 몬로이를 죽이기 전에 그녀를 죽일 수 있는 황금의 비수. 아순타 호르단의 눈부신 암흑의 눈에서 나는 단순한 운명과 복잡한 야망을 볼 수 있었다. 아순타 호르단이 나를 바위로 변화시키기 위해 나를 쳐다볼 시간이 있었던가? 그게 아니면…….

"비록 나를 죽인다 해도 난 널 계속 지켜볼 거야." 내가 어떤 소리에 놀라 그녀에게서 떨어져 나왔을 때 그녀는 위스키 냄새와 카민 냄새를 풍기며 말했다. 나뭇가지 밟는 소리가 등 뒤에서 점점 크게 들려왔다. 그리고 헤나로 루발카바의 얼굴이 불쑥 나타났다. 금발의 재빠른 남자. 그 뒤로 피부색이 어두운 사람들 한 무리가 땀을 흘리며 어수선하게 나타났다. 모두들 커다란 낫으로 무장하고 있었다. 루발카바가 직접 내 목을 향해 낫을 휘둘렀고, 내 머리는 피를 흘리며 물이 말라 버린 수영장 바닥으로, 빈 병들 사이로, 갈라진 시멘트 사이에 무질서하게 자라난 잡초 사이로 굴러떨어졌다…….

에필로그
승천

내 잘린 머리가 여기 있다. 멕시코 게레로 주 연안, 태평양 바닷가에 야자열매처럼 버려져 있다.

내 머리는 내 몸을 그리워하지 않는다. 내 목 아랫부분이 어디에 있는지 나는 모른다. 어쩌면 머리가 없는 내 몸 역시 '안전하게' 있을 것이다. 어쩌면 내 몸의 희생은 내 영혼이 순전히 생장하는 존재에서 벗어나 새로운 친교의 삶을 구하기 위한 조건인지도 모른다. 친교의 삶. 짐승의 삶이 바로 그런 게 아닌가? 내가 지금 몸을 잃어버리고 헛된 꿈을 꾸는 건 아닐까? 내 영혼이 영혼만이 살 수 있는 장소로 승천할 수 있다고 말이다. 뿌리 뽑힌 영혼은 짐승이 아니란 말인가?

영혼에 대해. 얼마나 이상한 일인가! 전혀 예상치 못했다! 어떻게 그럴 수가! 수년 전에 배웠던 지식으로 돌아가지는 못해도 적어도 가까이 다가갈 수는 있지 않겠는가. 내가 소금과 거품으로 이루어진 이 필사본에서 수차례에 걸쳐 이야기한 젊은 시절의 독서. 물질과 형식. 능력과 행위. 오로지 죽음만이 내게 확실히 알려 준다. 나는 능력이 있는 행위일 뿐이고, 자신의 형식을 찾아 나선 물질일 뿐이다. 나는 이제 내 영혼을 새롭게 태어난 감각의 약속으로 느낀다. 하지만 지금은 내용이 없다. 그래서 모든 것을 받아들일 수 있다. 나는 가능한 어떤 것이다. 나는 내 존재의 극단에서 나 자신을 향해 말한다. 아직 나는 내가 아니다. 나는 내가 죽었다는 패러독스 덕에 불멸의 존재가 되었다. 단지 그 이유로…….

혼령, 영혼, 짐승. 내 머리는 해변에 누워 있고, 남쪽 바다의 미지근한 파도가 내 머리를 씻긴다. 내가 혼동하고 있는지도 모른다. 내가 내 영혼에 대해 이야기하는 것인지, 그와 동시에 내 짐승에 대해 이야기하는 것인지 알 수 없다. 하지만 내가 짐승의 영혼으로 돌아갔다면 그건 내가 태아로, 짐승과 인간의 형태로, 그 두 가지 종이 유사해지는 순간으로, 그 두 가지 종이 일치하는 순간으로 돌아갔다는 의미다.

나는 그곳에서 멈춘다. 정신에 박차를 가해 내가 원치 않는 진화의 결과물로 나를 보내기 위해서라면 생각만으로도 충분하기 때문이다. 은밀하게 회복한 세상과의 우애로부터, 그리고 내 형제들과의 우애로부터 점점 멀어지기 때문에 나는 진화의 결과물을 원하지 않는다. 그들의 이름이 무엇이었던가? 우리는 모두 몇 명이었던가? 둘? 셋? 거대한 바다가 내 잘린 머리를 바다달팽이로 만들어 버렸다. 그리고 오로지 바다만 간직할 수 있고 파도만 중얼거릴 수 있는 옛날이야기를 반복해서 들려준다……. 옛날에 두 형제가 살았는데……. 파도가 밀려올 때마다 그들의 얼굴이 돌아오고, 그들의 몸이 돌아오고, 그들의 이름이 돌아온다. 인자하면서도 잔인한 파도는 우주의 모든 움직임을 앞으로 밀었다가 뒤로 잡아당긴다…….

내 머릿속에서 어이없는 생각이 스치고 지나간다. 카스토르와 폴룩스. 내 형제 예리고와 나는 서로 엇갈리며 불멸을 향유했다. 내가 하루 이상 불멸을 즐길 수 있을까? 그래서 그 결과로 내 형제가 불멸을 즐기지 못하도록 막을 수 있을까? 내 형제도 그렇게 할 수 있을까? 그래서 나를 내동댕이칠 수 있을까? 그래서 내가 하루도 더 살지 못하고 떠돌아다니게 될까? 나는 말들을 바라보며 그 끔찍한 생각을 말한다. 말 한 무리가 파도 위를 어지럽게 내달린다. 너는 말들을 향해 물을 달라고, 물을 달라고, 큰 소리로 외친다. 사방이 물이지만 너는 물을 마실 수 없을 것이다. 너는 이 물을 따라 전력으로 달려갈 것이다. 너는 바다를 파헤칠 것이다. 너는 너의 기억의 등불로 뱃사람을 보호할 것이다. 너는 돛대 끝에 불을 밝힐 것이다. 너와 네 형제, 우리는 서로에게서 삶, 사랑, 전투, 권력, 영광의 감정을, 암컷을 납치하는 심정을 느낄 것이다. 우리는 불이 붙은 돛대를 붙잡을 것이고, 바다의 준마는 우리를 운명에서 뽑아낼 것이다. 내가 이 해변에서 발견했고 찾아와 머무는 이 운명에서…….

펠리컨 한 마리가 해변 근처에서 비틀거린다.

놈의 소리가 내 귀에 들린다.

"구더기는 일종의 실수야." 놈이 말한다.

그 소리만으로도 충분하다. 나는 내가 있는 곳으로, 삶을 잃어버린 그 끔찍한 상황으로, 우리 모두의, 인류 전체의, 설명할 수 없는 죽음의 끝없는 홀로코스트로 돌아온다……. 내가 불멸의 존재가 되는 것을 포기하자 엇갈리는 불멸도, 바다의 말들도,

불이 붙은 돛대도, 죽이거나 죽임을 당하는 것의 두려움도, 그 어떤 것도 나타나지 않는다. 다만 낫으로 잘려 나간 머리가 여기 누워 있을 뿐이다. 잃어버린 몸은, 횡격막으로 나뉜 구멍투성이의 몸통은, 심장, 폐, 늑막, 위장, 간장, 방광, 창자, 신장 등이 들어 있는 몸통은 이곳에 없다. 내게 무엇이 더 남아 있단 말인가?

아아아아아! 나는 만족스럽게 생각한다. 비록 잘린 머리이기는 하지만 나는 내 머리의 주인이다. 판상근, 승모근, 기관. 설골이 내 혀를 계속해서 붙잡아 준다. 내 얼굴에는 입이 있다. 내 두개골에는 뇌수가 들어 있다. 내 뇌는, 여기 누워 있는 내 뇌로부터 아직도 회백질이 코를 통해 흘러나오고, 백질이 눈을 통해 흘러나온다. 잃어버린 내 몸의 움직임을 관장하던 소뇌는 이제 어디에 있단 말인가? 이게 무슨 자세인가? 이제는 균형도 잡을 수 없단 말인가?

숨 쉬기. 혈액순환. 잠자기. 모든 것을 잃어버려 고통스럽다. 머리의 새로운 영역이 가장 오래된 영역에 활기를 넣어 주기 위해 사라질 수 있다고 믿다니, 이 얼마나 황당한 꿈인가. 피부. 항문. 머리. 몸통. 사지. 그것들이 나였다. 처음에 나는 내 화장실 거울을 통해 나를 봤다. 나는 스물일곱 살이다. 내 뺨을 만져 본다. 나는 턱수염과 코밑수염을 면도한다. 너무 늦기 전에 내 육체를 회수해야 한다. 눈을 감는다. 내 얼굴을 상상해 본다. 원주민 같은 검은 머리. 거의 투명해 보이는 얼굴뼈, 그 눈구멍에 깊숙이 잠긴 어두운 눈. 보이지 않는 눈썹. 상냥해 보이는 입. 가는 입술. 미소 짓는 입. 크지도 작지도 않은 귀. 마른 얼굴. 뼈에 달라붙은 피부. 바다 깊은 곳에서 그곳까지 뚫고 들어온 한 줄기 빛으로 자라나는 야행성 잡초 같은 머리카락.

앞당겨진 죽음의 거대한 모자반류 해초.

바다가 짧은 파도로 부풀어 올라 내 커다란 코의 구멍에 닿기도 전에 바닷물을 마시도록 강요한다. 코주부, 코쟁이, 코 대장, 주먹코…….

* * *

바로 그 순간 엄청나게 큰 검은색 해조들이 바다와 하늘에서 동시에 나타났고, 기적이 일어났다. 흩어져 있던 내 머리와 몸이 하늘에서 합류했고, 내가 아는, 내 귀에 익은 목소리가 내게 말했다. 하늘이 열린다, 추방의 시간은 끝났다, 폭풍이 우리를 데려간다, 나를 기억하느냐, 나는 에제키엘이다, 세상의 날개를 합하여 불구덩이와 파도에서 사람을 구원하는 예언자, 여호수아, 네게 속한 바람에 너를 실어 보내노니, 너는 그곳에서 새로운 동반자를 만날 것이다. 영혼이 천국이나 지옥으로 간다고 믿다니, 구름이나 불길로 이루어진 새로운 회랑으로 간다고 믿다니, 그건 오해야, 엄청난 오해. 영혼은 천국에도 지옥에도 들어갈 수 없다. 그곳은 닫힌 공간이니까. 영혼은 무한한 공간에 살고 있다. 내 날갯소리를 들어 보아라, 이 세상에 존재했던 모든 이들의 목소리를 들어 보아라. 내가 네게 말해 주겠지만 네 눈으로도 볼 수 있을 것이다, 여호수아. 굳은 얼굴과 완고한 심장을 보게 될 것이다. 너는 네 반역자들의 집을 보게 될 것이다. 네 아버지. 너의 형제들. 바빌로니아의 창녀. 그들은 자신들을 감시하며 너를 보호하는 여자 예언자가 있다는 사실을 모른다. 그들은 전갈들 위에 앉아 있다. 그들은 종이를 먹으며 그걸 신들의 음식이라고 생각한다. 그들은 네 말이 듣기 싫기 때문에 네 말을 듣지 않는다. 그들이 듣지 않더라도 너는 그들에게 고하라. 너는 커다란 음성이고, 위대한 경고이다. 도시가 죽어 간다, 그들에게 알려라, 나 에제키엘 예언자의 날개에 올라탄 여호수아, 도시가 네 앞에 장애물을 설치할 것이다, 도시가 경계를 강화할 것이다, 영혼이 너를 관통했고 그래서 순종하지 않았기 때문에. 너의 질서, 야망, 승진, 편리, 약속의 집에 굴복하지 않았다. 여호수아, 너는 네 집에 갇히지 않았다, 입천장에 혀를 묶어 두지 않았다. 너는 금식했고, 질병과 전쟁, 몰락과 수치, 범죄로 더럽혀진 지성소를, 황폐한 성전을, 우상 앞에 무릎 꿇은 살아 있는 시체들을 목격했다. 보라, 여호수아, 높은 곳에서 고통으로 몸부림치는, 썩은 냄새가 진동하는 도시를 보라. 네가 그 도시를 영원히 떠났다고 생각하느냐? 네가 네 집을 완공하지 않고 버렸다고 생각하느냐? 아, 여호수아, 오직 죽음만이 우리가 미래를 볼 수 있도록 허용한다. 만일 우리가 영원히 살게 된다면 우리는 미래가 될 터이니 미래를 알 수 없을 것이다. 만일 우리가 지상에 계속 머문다면 우리의 개성을 계속해서 믿을 터이니 우리를 따르는 진실을 볼 수 없을 것이다. 진실은 다른 사람, 다른 사람들이다. 하지만 의심할 여지 없이 유일한 인물이 있다. 섭리가 위임한, 신들이 임명한, 자연이 제작한 그 인물이 너를 보호한다. 그는 천사가 아니라 선한 악마이다. 너를 따르는 존재, 네가 보았고 또 보지 못한, 네가 알았고 또 알지 못한, 네가 얼싸안았고 또한 저버렸던 존재, 네게 모든 것을 주었던 여인, 너를 시험했고 너를 남자로 인정했던 한 여인, 네가 홀로, 우리 모두와 마찬가지로, 나 같은 예언자들도 예외 없이, 우리의 운명에 도달해야 했을 때 네 곁을 떠난 여인. 그녀는 떠났다. 그녀는 정을 떼기 위해 너를 속였다. 그녀는 처음부터 네게 필요한 것을 알았다. 느보 산과 비스가 산에서 바닷가에 이르기까지 유대 땅에서 네가 전투를 치러야 할 이유를 알았다. 너의 개인적인 전투, 여호수아, 반복할 수 없는 너 자신을 위한 전투. 하지만 너는 외롭지 않았다, 여호수아, 네게는 동료가 있었다. 하나밖에 없는 너의 가까운 조력자, 너는 진정으로 그녀를 사랑했고, 그녀도 진정으로 너를 사랑했다. 그녀는 네게 모든 것을 바쳤고, 때로는 반항했고, 때로는 역겨워했다. 하지만 언제나 열정적이었다. 열정은 삶에 반드시 필요한 것, 열정은 고통이다. 상반되는 것들을 참아야 하고, 병으로 고통받아야 하고, 쾌락과 고통을 위해 영혼을 움직여야 한다. 욕망하고 흥분한다. 너의 열정의 악마는 누구였던가?

삶의 일상 속에서 길을 잃은 너는 몰랐다, 여호수아. 누군가가 너를 알았고, 그 이후로 계속 너를 따라다녔다. 때로는 자리를 비우기도 했지만. 보이지 않는 존재, 그러나 항상 네 곁에 있었다. 너의 여자-악마, 너의 개인적인 악마……. 살다 보면 폭력과 습관이, 폭력에게 저지당한 습관이, 혹은 그 반대의 것이, 여호수아, 너의 판단력을 방해하기 때문이다. 시간이 부족할 때, 네 삶의 마지막 순간에도 선한 악마와 악한 악마를 구별할 수 없도록 만든다. 너의 여간수였던 마리아 에힙시아카, 잠시 스치고 지나간 엘비라 리오스 간호사. 너의 모순대당인 지혜롭고 융통성 있는 안토니오 상히네스 변호사. 스스로 감옥에 갇힌, 그리고 자신 안에 갇힌 음침한 네 형제 미겔 아파레시도. 너의 또 다른 형제 예리고. 네가 그렇게 사랑했고 또 그만큼 증오했던, 인간이 사랑과 증오 사이에서 얼마나 많이 변할 수 있는지 네게 알려 준 그 형제. 네가 알지 못하는 네 어머니 시빌라 사르미엔토. 너는 그녀에게 안타까움의 조가만을 바칠 수 있을 뿐이다. 멀리 떨어져 있는 네 아버지 막스 몬로이. 자기 자신과의 게임을 즐기는, 도저히 속을 알 수 없는 사람. 절대로 패하지 않는다고 자부하는 인간. 거짓을 진실로, 진실을 거짓으로 만들어 버리는 인간. 젊은이들에게 위협을 느끼는 늙은 겁쟁이들의 권력을 확고히 만드는 인간. 젊은이들은 늙은이들이 창조한 모든 사물의 검증된 근본을 뒤집어엎으려고 한다. 막스는 그것을 두려워했다. 그는 너와 네 형제를 시험했다. 그것은 너희들이 자신의 정체를 모른 채 모든 편리함을 동원해 싸움에 임할 수 있는지를 알아보기 위해서가 아니었다. 그가 미겔 아파레시도에게 강요했던 잔인하고 비인간적인 운명을 피하고 싶었기 때문도 아니었다. 그는 너희들을 두려워했다. 그는 너희들을 자유롭게 방치했지만 결국에 가서는 어처구니없는 궤변으로 다시 너희들을 억압했다. 살아가는 데 필요한 모든 것을 주겠다, 그러니 나를 위협하지 마라. 아순타는 그걸 알았다. 너는 아느냐? 그 늙은이는 너희들을 두려워했다. 만일 아순타가 재산을 상속받지 못하도록 너희들을 제거했다면, 막스는 아순타의 행위를 그녀의 충성심으로 이해했을 것이다. 그것은 너희들이 상속을 받지 못하게 하는 것이 아니라, 너와 에리고의 존재를 없애는 일이었다. 몬로이가 감옥에 가두지 않은 몬로이의 자식들. 미겔 아파레시도의 운명에서 너와 네 형제 에리고는 너희들에게 일어나지 않은 사실을 본 것이 아니라 너희들에게 일어날 수도 있었던 사실을 보았던 것이다. 부모와 자식들이 서로를 잡아먹을 것이고, 반역자들의 집이 전갈들 위에 세워질 것이고, 황폐해진 가정은 소멸할 것이고, 시체들이 우상 앞에서 머리를 조아릴 것이고, 집들은 횃불이 될 것이고…….

"그럼 루차 사파타는?"

우리는 알 수 없는 방향을 향해 멕시코의 산맥 위로 날아다녔다. 강물은 고원지대를 황폐화하며 언덕에서 바다로 서둘러 흘러갔다. 나는 염전과 소택지를 바라보았다. 달아나는 새들과 계곡에 있는 소 떼와 바위틈에 있는 산양들을 보았다. 우리는 뼈 무더기 위를 날았다. 에제키엘이 중얼거렸다. 저 뼈들에 대해 예언하라, 저것은 하느님의 명령이다. 에제키엘은 끔찍한 천둥 번개 소리에 싸여 산들 위로 날아다녔다. 예언하라, 여호수아, 이 모든 뼈들이 네 집이 될 것이라고 예언하라. 에제키엘이 나를 떨어뜨릴 수도 있었음에도, 나는 루차 사파타를 보지 못한 채 두 번씩이나 죽고 싶지 않았지만 죽음을 각오하고 그의 말을 거역했다.

"루차 사파타."

어쩌면 그것이 내 기도에 대한 응답이었을 것이다. 루차 사파타는 이제 나의 마지막 기도였다. 나는 뭉게구름 속에서 내가 알던 사람을 발견했다. 나는 그쪽으로 날아갔다. 알베르토-알베르티나의 모습이 보였다. 그녀는 소녀 상태로 돌아가 있었다. 벌거벗은 모습, 그녀의 넓적다리에 노곤해 보이는 V, 그녀의 성기에 반짝이는 맑은 ↓. 그녀가 나를 알아보고 인사를 건넸다. 그리고 산후안데아라곤 교도소 수영장에서 빠져 죽은 아이들이 손을 흔들며 그녀에게 달려들었다. 더 이상 옷을 입지 않아도 된다며 기뻐하는 벌거벗은 추치타, 바보들의 집단에 속해 있던 메를린, 부잣집에 스며들기 위해 이용당했던 바보들, 그녀는 지금도 바보였지만 행복해 보였다. 반쯤 벌어진 입과 흐르는 콧물. 그리고 아주 슬픈 표정의 펠릭스, 이제는 내가 교도소를 방문했을 때 그의 얼굴에서 보았던 예전의 잘못에서 벗어나 있었지만 이 사이에는 토르티야와 계란 찌꺼기가 여전히 끼어 있었다. 아이들이 환호성을 지르며 내게 인사했다. 내가 그들과 합류한 것을 기뻐하는 듯싶었다. 아직 내게는 그들의 상황이 미스터리였다. 갑자기 뭉게구름이 희미하고 환한 새털구름으로 변했다. 날이 지려는 듯했다. 구름은 흩어지며 안개로 변했다. 여기서는 천사의 모습을 볼 수 없을 듯싶었다. 이곳의 하늘은 거짓이었다. 구름은 결국 공중에 걸린 얼음, 수증기였다. 그것은 이제 곧 자신의 근원으로, 자신의 운명으로, 저 드넓은 바다의 품으로 돌아갈 것이다. 내가 떠나온 바다. 나는 내가 그곳에서 나왔는지도, 그곳으로 돌아갈 수 있을지도 알 수 없었다.

아이들이 내게 인사했기에 나는 기분이 좋다. 나를 화나게 하는 게 하나 있다. 화산 자락에 있는 반쯤 무너진 오두막에서 누군가가 나타난다. 몸을 웅크리고, 검은 옷을 입고, 손에 야구방망이를 들고, 검은 모래의 화산 지역 한 켠에서 누군가가 나타난다. 내 늙은 네메시스, 마리아 에힙시아카, 내 어린 시절의 여간수, 그녀가 방망이를 흔들며 소리친다. 울부짖는 것도 같고 노래를 부르는 것도 같다. 훼방을 놓으며 죽어 가는 늙은이, 훼방을 놓으며 죽어 가는 노파…….

나는 감사하게 생각했다. 하늘의 공동묘지에는 엘비라 리오스도, 루차 사파타도 없었다.

예리고도 없었다.

아순타 호르단도 없었다.

"루차 사파타!"

그러나 에제키엘은 내 말을 귓등으로도 듣지 않았다. 우리는 아나우악 고원 위를 날아다녔다. 자갈과 수풀 사이에, 부드러운 풀과 뻣뻣한 잡초 사이에 감춰진 어느 장소로부터 내 귀에 익숙한 소리가 들려왔다. 때로는 애절한 가락, 때로는 강요하는 듯한 어조, 그것은 안티구아 콘셉시온의 목소리였다. 에제키엘이 언급한 모든 재앙 속에서도 살아남은 여자, 그녀는 예언자와 한바탕 전쟁을 치르고 있었다. 그를 믿지 마라, 내 아들 여호수아야, 너는 네 동반자를 내게 주었어, 그 무엇도 더 이상 우리를 갈라놓지 않기를 바란단다, 너를 공중으로 끌고 다니며 괴롭히는 가짜 예언자를 믿지 마라, 이 어리석은 바보 녀석아, 아무것도 믿지 마라, 권력은 행할 수 있는 곳에서 행해진단다, 삶에서나 죽음에서나, 원하는 곳에서가 아니라 가능한 곳에서, 이것이 바로 입이 크고 검은 날개가 달린 그 주책바가지 에제키엘과 내가 다른 점이란다, 그에게 물어봐, 윤리가 있는 정치가 존재하는지, 그에게 물어봐, 정치의 궁전과 돈의 성전 밖에 무엇이 존재하는지……, 물어보란 말이다, 예리고…….

에제키엘이 날개를 저었다. 너무 늦었다. 에제키엘은 무덤에서 우리를 향해 소리를 지르는 안티구아 콘셉시온을 무시하며 말했다. 조용히 해, 이 할망구야, 군대를 동원하지 않아도 해는 지기 마련이야. 그러자 그녀가 깔깔 웃어 대며 대답했다. 태초부터 탄원자의 권리는 신성하단 말이야, 내게 손자를 돌려줘, 손자를 놓아 달란 말이야, 이 야바위꾼 예언자야, 똥이나 처먹을 망나니야, 네 포로를 풀어 줘, 그는 내 손자야, 내 것이란 말이야, 떨어질 자유가 있단 말이야, 어서!

죽음의 길을 열 수 있는 자유가 있지. 에제키엘은 안티구아 콘셉시온을 더 이상 상대하지 않고 그렇게 중얼거렸다. 내 아이들을 풀어 줘, 그들은 이제 카인과 아벨이 아냐, 이제는 더 이상 서로 싸우지 않아, 이제는 그들이 굴복해야만 하는 필연에 맞서 싸워, 내 말 들려? 이 날개 젖은 야만인아, 우리 인간은 살아 있는 동안 파도의 거품에 불과해, 위대한 것은 죽음이 용서하지 못하는 사건이야, 죽음이 이 세상에서 가장 위대하니까, 내 말 알아들어? 이 날개 달린 주둥이야, 네가 여호수아에게 뭘 줄 수 있다고? 빵도, 토르티야도, 부침개도 줄 수 없는 주제에! 이 빌어먹을 마법사 놈아, 내 손자를 돌려줘, 제발 부탁이야, 공정해지란 말이야! 그러자 예언자가 말했다. 자신이 죽어야 할 존재라는 사실을 모르는 것이 부당한 거야, 죽음은 불멸의 정의야. 안티구아 콘셉시온이 소리친다. 그는 필연적으로 내 것이야. 에제키엘이 대답한다. 필연은 너와 어울리지 않아. 이제 심술궂은 할머니가 흐느낀다. 카인과 아벨을 내게 돌려줘, 내 품에서 서로 화해할 수 있도록. 에제키엘이 대답한다. 그들은 서로 싸우지 않아, 그들이 굴복해야 하는 의지와 운명에 맞서 싸울 뿐이야.

"그들은 몽유병자들이야." 늙은이가 소리쳤다. "내가 그들을 깨울 거야."

"그들은 운명이야." 에제키엘이 중얼거린다. 그리고 더욱더 높은 곳으로 날아오른다. 안티구아 콘셉시온이 묻혀 있는 묘지가 점점 멀어진다. 그녀가 소리친다. 모든 걸 다 잃었어, 여호수아를 속이지 마, 이 뻔뻔스러운 놈아, 왜 고생을 사서 하는 거야, 다른 집은 놔두고 네 집이나 보살펴…….

목소리가 스모그와 자동차 소음 사이로 사라졌다.

나는 고집스럽게 물었다. "루차 사파타는?" 나를 질식시키는 모든 일들을 없애 버리고 싶었다.

바로 그 순간 에제키엘이 내 목덜미를 잡으며 말했다. 그녀는 너의 선한 악마였어, 네 동반자였어, 내가 이미 얘기했잖아. 우리는 산을 뒤로 하고 고원지대 정상으로 날아올랐다. 멕시코시티가 끝없이 펼쳐졌다. 한낮의 빛 속에서는 희미해 보이던 도시가 석양빛을 받아 반짝였다. 에제키엘이 하느님의 말을 중얼거렸다. 너에게 피를 요구할 것이다, 피가 너를 쫓아갈 것이다, 피는 너를 증오하지 않을 것이다, 루차 사파타는 너의 복수의 천사가 될 것이다, 루차 사파타는 단 한 번도 너를 배신한 적이 없었던 유일한 사람이다, 이제 그녀가 너를 위해 복수할 것이다, 이 높은 곳에서 그녀를 보아라, 조용히 유토피아 건물로 스며드는 그녀를 보아라, 심장이 뛸 때도, 폐가 부풀어 오를 때도 너의 이름을 부르지 않는다, 그녀는 마침내 그 건물 안에 공포의 씨를 뿌린다, 아무도 그녀를 막을 수 없다, 엔세나다 데 엔세나다도 그녀를 막을 수 없다, 이것은 모든 규칙을 깨뜨린다, 전혀 예상치 못한 일이다, 루차는 바람에 이끌려 도착한다, 공기에서 그녀를 구분할 수 있는 사람은 아무도 없다, 하지만 모두가 허리케인의 불길을 느낄 수 있다, 루차 사파타가 전력을 기울여 유리를 깨고, 문을 부순다, 루차는 아순타 호르단의 지성소에 이르러 컴퓨터에 코를 박고 있는 아순타를 공격한다, 아순타는 칼을 피할 틈이 없다, 루차가 아순타를 계속해서 칼로 찌른다, 얼음의 칼질, 꿈의 칼질, 불면의 칼질, 절망의 칼질, 칼날이 허공을 가르며 아순타 호르단의 목으로, 등으로, 젖가슴으로, 눈으로 파고든다, 아순타는 손을 흔들며 방어한다, 칼날이 성기에 닿기라도 한 듯

치마를 가리고, 피를 닦아 내려고 애를 쓰다가 컴퓨터 위로 넘어진다. 컴퓨터는 의미도 없고, 수신인도 없는 문장을 어딘가로 보낸다…….

사람들이 루차 사파타를 덮친다.

그녀를 붙잡는다.

더 이상은 보지 마, 여호수아. 이제 그만. 지상에서의 너의 운명은 완수되었어. 살상용 화살은 이미 다 떨어졌어. 유령들의 이름은 이미 다 언급되었어. 도시의 범죄를 참아 내야 해. 도시에 대해 예언하도록 해. 그리고 이제, 여호수아, 등 뒤로 들리는 모든 소음은 다 잊어버리고, 두루마리를 들고 완성되지 않은 이야기를 읽어 나가도록…….

이것이 각 부족의 이름들이다. 아직 살아 있는 네 형제 미겔 아파레시도가 아라곤 교도소에서 그 이름들을 말한다.

작품 해설

카를로스 푸엔테스는 어떤 작가인가

카를로스 푸엔테스 마시아스(Carlos Fuentes Macías, 1928년 11월 11일 출생)는 멕시코의 국민 작가로 현존하는 스페인어권 작가 중에서 가장 유명한 인물이다. 그는 현대 라틴아메리카 문학에 지대한 영향을 끼쳤으며, 그의 작품은 여러 나라 언어로 번역, 소개되었다.

카를로스 푸엔테스는 파나마시티에서 태어났고, 그의 부모는 멕시코 외교관이었다. 그는 어린 시절에 키토, 몬테비데오, 리우데자네이루, 워싱턴, 산티아고, 부에노스아이레스에서 살았으며, 열여섯 살 때 멕시코로 돌아와 1965년까지 살았다. 1959년에 영화배우 리타 마세도와 결혼하는데, 소문난 바람둥이였던 그는 1973년 끝내 리타 마세도와 이혼했다. 그는 잔느 모로, 진 시버그 등 여러 영화배우와 바람을 피운 것으로 알려졌다. 그러다가 무명의 저널리스트였던 실비아 레무스와 1976년 파리에서 결혼했는데, 그의 첫 부인인 리타 마세도는 1993년에 자살을 시도했다.

푸엔테스는 부모님의 뒤를 따라 1965년에 외교관이 되어 런던, 파리(멕시코 대사) 등 여러 나라의 수도에서 생활했다. 하지만 1978년에 멕시코의 전 대통령 구스타보 디아스 오르다스를 스페인 대사로 임명한 것에 항의하며, 프랑스 주재 대사직을 사임했다. 그는 또한 브라운, 프린스턴, 하버드, 펜실베이니아, 조지메이슨, 컬럼비아, 캠브리지 등 여러 대학에서 강의했고, 최근에는 브라운대학교에서 강단에 섰다. 그는 미국의 사회학자 찰스 라이트 밀스의 친한 친구였으며, 자신의 소설 『아르테미오 크루스의 최후』를 밀스에게 헌정하기도 했다.

푸엔테스에게는 자녀가 세 명 있었지만 지금까지 생존해 있는 자식은 한 명뿐이다. 1962년에 태어난 세실리아 푸엔테스 마세도는 현재 텔레비전 방송 프로덕션에서 일하고 있다. 그의 아들 카를로스 푸엔테스 레무스는 스물다섯 살이던 1999년에 혈우병으로 인한 합병증으로 사망했다. 또한 1974년에 태어난 딸 나타샤 푸엔테스 레무스 역시 2005년 멕시코시티에서 원인 불명으로 사망했다.

푸엔테스는 스물여덟 살 때 첫 번째 소설 『청명한 땅』을 발표했다. 대도시 멕시코시티를 주인공으로 삼은 이 소설은 곧바로 현대의 고전이 되었다. 참신한 문장으로 쓰인 이 소설은 스페인 문화와 인디오 문화와 메스티소 문화가 뒤섞인 멕시코의 복잡한 문화를 통찰할 수 있게 도와준다. 멕시코인들은 지역적으로 같은 장소에 살지만 문화적으로는 각각 떨어져 살아간다는 것을 보여 주는 작품인 셈이다.

푸엔테스는 자신이 펜과 잉크와 종이만 사용하는 전근대적인 작가라고 말한다. 그는 묻는다. "언어에 더 이상 무엇이 필요하단 말인가?" 그는 또한 처음부터 성공을 위한 비결에 의지하는 작가들을 혐오한다고 말한다. 글쓰기 강연에서는 글이란 "나는 누구를 위해 쓰는가?"라는 질문에서 시작한다고 주장하기도 했다.

1959년, 푸엔테스는 『양식』을 발표한다. 중소도시(과나후아토를 모델로 삼은 듯싶다.)에 사는 중산층의 삶을 다룬 이 소설은 푸엔테스의 소설 중에서 가장 읽기 쉬운 작품일 것이다.

1960년대에 발표한 소설 『아우라(1962)』와 『아르테미오 크루스의 최후(1962)』는 실험적인 서술 기법을 사용하여 역사와 사회와 정체성에 대해 이야기한다.

1967년, 알레호 카르펜티에르, 훌리오 코르타사르, 미겔 오테로 실바와 만난 푸엔테스는 라틴아메리카의 추장들(지도자들)에 대한 전기를 써 볼 계획이라고 밝혔지만, 그 계획은 실현되지 않았다. 하지만 푸엔테스의 계획은 알레호 카르펜티에르의 『방법에의 의지(El recurso del método, 1974)』와 독재자들을 다룬 여러 소설에 영향을 끼쳤다.

1985년에 발표한 소설 『늙은 그링고』는 멕시코 작가의 작품 중 최초로 미국에서 베스트셀러가 되었고, 1989년에 그레고리 펙과 제인 폰다를 주연으로 해서 「올드 그링고」라는 제목으로 영화화되었다.

1994년에 출간한 『디아나 혹은 외로운 사냥꾼』은 미국의 영화배우 진 시버그와의 연애 사건을 다루고 있지만 그 진위는 여전히 의심스럽다.*

푸엔테스는 신문 《엘 파이스》와 《레포르마》에 정기적으로 정치와 문화에 관한 칼럼을 싣는다. 그는 멕시코 사회의 이면에 숨은 문화적, 경제적 상황을 예리하게 주시하는 엄격한 비평가이기도 하다.

『의지와 운명』은 어떤 작품인가

카를로스 푸엔테스는 자신의 작품 『의지와 운명』에 관한 인터뷰(2008년 10월 14일, 스페인 마드리드)에서 그의 작품이 폭력이라는 심각한 도전에 직면한 살벌한 사회를 찍은 엑스레이 사진이라고 밝혔다. 카를로스 푸엔테스는 루이스 이그나시오 룰라 다 실바 브라질 대통령과 함께 2008년 10월 13일에 '돈키호테 인터내셔널 어워드(International Don Quijote de la Mancha Award)'를 수상했다. 이 상은 스페인어를 세상에 널리 알린 공로자에게 주어지는 상이다.

또한 카를로스 푸엔테스는 AFP와의 인터뷰(2008년 11월 11일)에서 이런 말을 했다. "우리는 작가가 되기를 원하지만 독자들은 예언자를 원합니다."

『의지와 운명』에서 주인공은 자신이 그해의 천 번째 희생자라고 말하는데 멕시코의 현실을 비추어 볼 때 이 말은 절대 과장이 아니다. 멕시코에서는 실제로 범죄로 인한 끔찍한 죽음

* 우리나라에서는 『미국은 섹스를 한다』라는 제목으로 1996년에 번역, 소개되었다.

이 잇따르고 있다.

푸엔테스는 AFP와의 인터뷰에서 이렇게 말했다. "2006년에 게레로 주에서 목이 잘려 죽은 사람들이 발견되기 전에 나는 이 소설을 쓰기 시작했습니다. 현실이 허구를 능가합니다."

이제 이 작품의 줄거리를 살펴보자. 피를 나눈 두 형제가 카인과 아벨처럼 아버지의 애인을 차지하기 위해 대결한다. 그들의 아버지는 이 나라에서 가장 강력한 인물이다. 『의지와 운명』은 멕시코의 과거와 현재를 다룬 비현실적이면서도 현실적인 장편소설로, 푸엔테스가 심혈을 기울인 작품이다.

작품은 여호수아 나달의 잘린 머리가 어느 태평양 해변에서 잔물결에 흔들리며 과거를 회상하는 것으로 시작한다. 그는 그해 천 번째로 살해된 사람이다. 멕시코에서는 인구의 반 정도가 실업 상태이며, 먹을거리가 부족하고, 제대로 된 교육을 받지 못한다. 그리고 이 나라에서는 범죄가 만연하며, 악이 선으로, 의지와 운명의 자연스러운 결과물로 받아들여진다. 멕시코에는 비극이 존재하지 않는다. 모든 것이 텔레비전 연속극으로 변한다. 여호수아는 세상을 이해하려고 노력하고, 그의 친한 친구 예리고는 카인을 꿈꾼다. 그러나 두 사람의 대립이 시작된다. 두 사람의 의지는 아순타 호르단이라는 여자의 음모와 배신에 의해 더욱더 격렬하게 대결한다. 또 다른 여인 루차 사파타는 관대함과 사랑의 위험에 대한 경고를 상징한다. 이 장편소설(그야말로 장편이다.)에는 여러 인물이 등장한다. 혁명가적 기질의 필로파테르 신부, 대사업가 막스 몬로이, 대사업가와 대통령 사이에서 중재역을 맡는 변호사 안토니오 상히네스,

자기 자신의 의지로 감옥에 갇힌 미겔 아파레시도, 그리고 멕시코의 과거 이야기를 들려주는 안티구아 콘셉시온 등.

우리에 갇힌 다섯 마리 호랑이들 중에서 네 마리가 단합하여 한 마리를 잡아먹는다. 왜 그런 일이 벌어지는가? 이 작품은 이런 식의 질문을 던지고 그에 답한다. 소설은 복잡하고 난해하다. 푸엔테스가 항상 비슷비슷한 작품만 쓴다고 투덜거리는 독자도 있다. 푸엔테스의 작품을 처음 대하는 독자는 이 책을 펼치는 순간 '아차' 싶을지도 모른다. 하지만 시도해 보라. 오묘한 맛을 느낄지도 모르니까.

2010년 7월

김현철

작가 연보

1928년 11월 11일 파나마시티에서 출생. 외교관인 아버지 라파엘 푸엔테스 보 에티거와 어머니 베르타 마시아스 리바스는 모두 멕시코인임.

1934년 미국 워싱턴에서 헨리 쿡 초등학교에 다님.

1940년 칠레 산티아고에서 중학교에 다님.
《칠레 민족연구소 회보》에 단편을 발표.

1944년 멕시코로 돌아와서 고등학교에 다님.

1946년 문학을 공부하려 했으나 먼저 법학을 공부하라는 알폰소 레예스의 권유로 멕시코 국립 자치대학교 법학부 입학.

1950년 제네바 국제 고등과학원에서 경제학 박사 학위 취득. 학창 시절에 마르크스주의를 지지해 공산당에 가입함. 국제노동기구 멕시코 대표로 활동.

1954년 첫 단편집 『가면의 세월(Los días enmascarados)』

발표.

외무부 언론 담당 부책임자로 일함.

1955년 엠마누엘 카르바요, 옥타비오 파스와 함께 《멕시코 문학지(Revista Mexicana de Literatura)》 창간.

1957년 외무부 문화 담당 총책임자가 됨.

1959년 멕시코 여배우 리타 마세도와 결혼.

멕시코 국립 자치대학교 문화부 부원장이 되었으나 곧 모든 대외활동을 접고 창작에 몰두.

1958년 첫 장편 『청명한 땅(La región más transparente)』 발표.

1959년 단편집 『양식(Las buenas conciencias)』 발표.

1962년 『아르테미오 크루스의 최후(La muerte de Artemio Cruz)』와 『아우라(Aura)』 발표.

1964년 단편집 『맹인의 노래(Cantar de ciegos)』 발표.

1966년 리타 마세도와 이혼.

1967년 『성역(Zona sagrada)』, 『허물벗기(Cambio de piel)』 발표.

1969년 『생일(Cumpleaños)』과 에세이 『중남미의 새로운 소설(La nueva novela hispanoamericana)』 발표.

1970년 희곡 『애꾸눈 왕(El tuerto es rey)』, 『고양이는 모두 검다(Todos los gatos son pardos)』 발표.

1972년 정치 비평서 『멕시코의 시간(El tiempo mexicano)』, 소설 『디아나 혹은 외로운 사냥꾼(Diana o la cazadora solitaria)』, 에세이 『몸과 제물(Cuerpos y ofrendas)』 발표.

1973년 단편집 『착몰(Chac Mool y otros cuentos)』 발표.

1974년 프랑스 주재 멕시코 대사로 임명.

1975년 『우리들의 대지(Terra nostra)』 발표.

1976년 실비아 레무스와 결혼.
문학비평집 『세르반테스 독서 비평(Miguel de Cervantes o la crítica de la lectura)』 발표.

1977년 『우리들의 대지』로 로물로 가예고스 문학상 수상.
케임브리지, 프린스턴, 하버드 대학교 등에서 강의.(1982년까지.)

1978년 『히드라의 머리(La cabeza de la hidra)』 발표.

1979년 알폰소 레예스 문학상 수상.

1980년 『소원한 가족(Una familia lejana)』 발표.

1981년 『불타 버린 물(Agua quemada)』 발표.

1982년 희곡 『달빛 아래 난초(Orquídeas a la luz de la luna)』 발표.

1984년 멕시코 국가 문학상 수상.

1985년 『늙은 그링고(Gringo viejo)』 발표.

1986년 『미완의 콜럼버스(Cristóbal nonato)』와 비평서 『타인과 나(Myself with others)』 발표.

1987년 세르반테스 문학상 수상.

1990년 『콘스탄시아(Constancia y otras novelas para vírgenes)』, 『캠페인(La campaña)』, 에세이 『용감한 신세계(Valiente mundo nuevo)』, 희곡 『새벽의 의식(Ceremonias del alba)』 발표.

1992년 역사 비평서 『파묻힌 거울(El espejo enterrado)』

발표.

1993년 『오렌지 나무, 시간의 순환(El naranjo o los círculos del tiempo)』, 에세이 『소설의 지리학(Geografía de la novela)』, 『두 마을에 주는 연설문(Tres discursos para dos aldeas)』 발표.

1994년 『디아나, 고독한 사냥꾼(Diana o la cazadora solitaria)』 발표.

1995년 『유리 국경(La frontera de cristal)』 발표.

1999년 『라우라 디아스의 세월(Los años con Laura Díaz)』 발표.

아들 카를로스 푸엔테스 레무스 사망.

2000년 『멕시코 태양 신화—천년의 기억(Los cinco soles de México—Memoria de un milenio)』 발표.

2001년 죽은 아들을 기리며, 소설 『이네스의 본능(Instinto de Inez)』 발표.

2002년 에세이 『나의 신념(En esto creo)』 발표.

2003년 『독수리의 왕좌(La silla del águila)』 발표.

2004년 에세이 『부시에 반하여(Contra Bush)』 발표.

2005년 에세이 『68세대(Los 68)』 발표.

2006년 『행복한 가족들(Todas las familias felices)』 발표.

2008년 『의지와 운명(La voluntad y la fortuna)』 발표.

세계문학전집 252

의지와 운명 2

1판 1쇄 펴냄 2010년 7월 16일
1판 11쇄 펴냄 2023년 1월 13일

지은이 카를로스 푸엔테스
옮긴이 김현철
발행인 박근섭, 박상준
펴낸곳 (주)민음사

출판등록 1966. 5. 19. (제 16-490호)
서울특별시 강남구 도산대로1길 62(신사동) 강남출판문화센터 5층 (우편번호 06027)
대표전화 02-515-2000 팩시밀리 02-515-2007
www.minumsa.com

ISBN 978-89-374-6252-8 04800
ISBN 978-89-374-6000-5 (세트)

세계문학전집 목록

45 젊은 예술가의 초상 조이스 · 이상옥 옮김 서울대 권장도서 100선
46 카탈로니아 찬가 오웰 · 정영목 옮김
47 호밀밭의 파수꾼 샐린저 · 공경희 옮김 《타임》 선정 현대 100대 영문소설 | 미국대학위원회 선정 SAT 추천도서 | 《뉴스위크》 선정 100대 명저 | BBC 선정 꼭 읽어야 할 책
48·49 파르마의 수도원 스탕달 · 원윤수, 임미경 옮김
50 수레바퀴 아래서 헤세 · 김이섭 옮김 노벨 문학상 수상 작가 | 국립중앙도서관 선정 청소년 권장도서
51·52 내 이름은 빨강 파묵 · 이난아 옮김 노벨 문학상 수상 작가
53 오셀로 셰익스피어 · 최종철 옮김 서울대 권장도서 100선
54 조서 르 클레지오 · 김윤진 옮김 노벨 문학상 수상 작가
55 모래의 여자 아베 코보 · 김난주 옮김
56·57 부덴브로크 가의 사람들 토마스 만 · 홍성광 옮김 노벨 문학상 수상 작가
58 싯다르타 헤세 · 박병덕 옮김 노벨 문학상 수상 작가
59·60 아들과 연인 로렌스 · 정상준 옮김 《뉴스위크》 선정 100대 명저
61 설국 가와바타 야스나리 · 유숙자 옮김 노벨 문학상 수상 작가 | 서울대 권장도서 100선
62 벨킨 이야기 · 스페이드 여왕 푸슈킨 · 최선 옮김
63·64 넙치 그라스 · 김재혁 옮김 노벨 문학상 수상 작가
65 소망 없는 불행 한트케 · 윤용호 옮김 노벨 문학상 수상 작가
66 나르치스와 골드문트 헤세 · 임홍배 옮김 노벨 문학상 수상 작가
67 황야의 이리 헤세 · 김누리 옮김 노벨 문학상 수상 작가
68 페테르부르크 이야기 고골 · 조주관 옮김
69 밤으로의 긴 여로 오닐 · 민승남 옮김 노벨 문학상 수상 작가 | 미국대학위원회 선정 SAT 추천도서
70 체호프 단편선 체호프 · 박현섭 옮김
71 버스 정류장 가오싱젠 · 오수경 옮김 노벨 문학상 수상 작가
72 구운몽 김만중 · 송성욱 옮김 서울대 권장도서 100선 | 국립중앙도서관 선정 청소년 권장도서
73 대머리 여가수 이오네스코 · 오세곤 옮김
74 이솝 우화집 이솝 · 유종호 옮김 논술 및 수능에 출제된 책(1998~2005)
75 위대한 개츠비 피츠제럴드 · 김욱동 옮김 《타임》 선정 현대 100대 영문소설
76 푸른 꽃 노발리스 · 김재혁 옮김
77 1984 오웰 · 정회성 옮김 《타임》 선정 현대 100대 영문소설 | 《뉴스위크》 선정 100대 명저
78·79 영혼의 집 아옌데 · 권미선 옮김
80 첫사랑 투르게네프 · 이항재 옮김
81 내가 죽어 누워 있을 때 포크너 · 김명주 옮김 노벨 문학상 수상 작가
82 런던 스케치 레싱 · 서숙 옮김 노벨 문학상 수상 작가
83 팡세 파스칼 · 이환 옮김
84 질투 로브그리예 · 박이문, 박희원 옮김
85·86 채털리 부인의 연인 로렌스 · 이인규 옮김
87 그 후 나쓰메 소세키 · 윤상인 옮김
88 오만과 편견 오스틴 · 윤지관, 전승희 옮김 미국대학위원회 선정 SAT 추천도서
89·90 부활 톨스토이 · 연진희 옮김 논술 및 수능에 출제된 책(1998~2005)
91 방드르디, 태평양의 끝 투르니에 · 김화영 옮김
92 미겔 스트리트 나이폴 · 이상옥 옮김 노벨 문학상 수상 작가
93 빼드로 빠라모 룰포 · 정창 옮김

94 **차라투스트라는 이렇게 말했다** 니체 · 장희창 옮김 국립중앙도서관 선정 청소년 권장도서
95·96 **적과 흑** 스탕달 · 이동렬 옮김 국립중앙도서관 선정 청소년 권장도서
97·98 **콜레라 시대의 사랑** 마르케스 · 송병선 옮김 노벨 문학상 수상 작가 | BBC 선정 꼭 읽어야 할 책
99 **맥베스** 셰익스피어 · 최종철 옮김 서울대 권장도서 100선 | 미국대학위원회 선정 SAT 추천도서
100 **춘향전** 작자 미상 · 송성욱 풀어 옮김 서울대 권장도서 100선
101 **페르디두르케** 곰브로비치 · 윤진 옮김
102 **포르노그라피아** 곰브로비치 · 임미경 옮김
103 **인간 실격** 다자이 오사무 · 김춘미 옮김
104 **네루다의 우편배달부** 스카르메타 · 우석균 옮김
105·106 **이탈리아 기행** 괴테 · 박찬기 외 옮김
107 **나무 위의 남작** 칼비노 · 이현경 옮김
108 **달콤 쌉싸름한 초콜릿** 에스키벨 · 권미선 옮김
109·110 **제인 에어** C. 브론테 · 유종호 옮김 BBC 선정 꼭 읽어야 할 책
111 **크눌프** 헤세 · 이노은 옮김 노벨 문학상 수상 작가
112 **시계태엽 오렌지** 버지스 · 박시영 옮김 《타임》 선정 현대 100대 영문소설 | 《뉴스위크》 선정 100대 명저
113·114 **파리의 노트르담** 위고 · 정기수 옮김 미국대학위원회 선정 SAT 추천도서
115 **새로운 인생** 단테 · 박우수 옮김
116·117 **로드 짐** 콘래드 · 이상옥 옮김 《뉴스위크》 선정 100대 명저
118 **폭풍의 언덕** E. 브론테 · 김종길 옮김 미국대학위원회 선정 SAT 추천도서
119 **텔크테에서의 만남** 그라스 · 안삼환 옮김 노벨 문학상 수상 작가
120 **검찰관** 고골 · 조주관 옮김
121 **안개** 우나무노 · 조민현 옮김
122 **나사의 회전** 제임스 · 최경도 옮김 미국대학위원회 선정 SAT 추천도서
123 **피츠제럴드 단편선 1** 피츠제럴드 · 김욱동 옮김
124 **목화밭의 고독 속에서** 콜테스 · 임수현 옮김
125 **돼지꿈** 황석영
126 **라셀라스** 존슨 · 이인규 옮김
127 **리어 왕** 셰익스피어 · 최종철 옮김 서울대 권장도서 100선 | 《뉴스위크》 선정 100대 명저
128·129 **쿠오 바디스** 시엔키에비츠 · 최성은 옮김 노벨 문학상 수상 작가
130 **자기만의 방 · 3기니** 울프 · 이미애 옮김
131 **시르트의 바닷가** 그라크 · 송진석 옮김
132 **이성과 감성** 오스틴 · 윤지관 옮김
133 **바덴바덴에서의 여름** 치프킨 · 이장욱 옮김
134 **새로운 인생** 파묵 · 이난아 옮김 노벨 문학상 수상 작가
135·136 **무지개** 로렌스 · 김정매 옮김
137 **인생의 베일** 서머싯 몸 · 황소연 옮김
138 **보이지 않는 도시들** 칼비노 · 이현경 옮김
139·140·141 **연초 도매상** 바스 · 이운경 옮김 《타임》 선정 현대 100대 영문소설
142·143 **플로스 강의 물방앗간** 엘리엇 · 한애경, 이봉지 옮김 미국대학위원회 선정 SAT 추천도서
144 **연인** 뒤라스 · 김인환 옮김
145·146 **이름 없는 주드** 하디 · 정종화 옮김
147 **제49호 품목의 경매** 핀천 · 김성곤 옮김 《타임》 선정 현대 100대 영문소설

148 성역 포크너 · 이진준 옮김 노벨 문학상 수상 작가 | 퓰리처상 수상 작가

149 무진기행 김승옥

150·151·152 신곡(지옥편 · 연옥편 · 천국편) 단테 · 박상진 옮김 《뉴스위크》 선정 100대 명저

153 구덩이 플라토노프 · 정보라 옮김

154·155·156 카라마조프가의 형제들 도스토옙스키 · 김연경 옮김

157 지상의 양식 지드 · 김화영 옮김 노벨 문학상 수상 작가

158 밤의 군대들 메일러 · 권택영 옮김 퓰리처상 수상 작가

159 주홍 글자 호손 · 김욱동 옮김 서울대 권장도서 100선 | 미국대학위원회 선정 SAT 추천도서

160 깊은 강 엔도 슈사쿠 · 유숙자 옮김

161 욕망이라는 이름의 전차 윌리엄스 · 김소임 옮김

162 마사 퀘스트 레싱 · 나영균 옮김 노벨 문학상 수상 작가

163·164 운명의 딸 아옌데 · 권미선 옮김

165 모렐의 발명 비오이 카사레스 · 송병선 옮김

166 삼국유사 일연 · 김원중 옮김 서울대 권장도서 100선

167 풀잎은 노래한다 레싱 · 이태동 옮김 노벨 문학상 수상 작가

168 파리의 우울 보들레르 · 윤영애 옮김

169 포스트맨은 벨을 두 번 울린다 케인 · 이만식 옮김

170 썩은 잎 마르케스 · 송병선 옮김 노벨 문학상 수상 작가

171 모든 것이 산산이 부서지다 아체베 · 조규형 옮김 《타임》 선정 현대 100대 영문소설

172 한여름 밤의 꿈 셰익스피어 · 최종철 옮김 미국대학위원회 선정 SAT 추천도서

173 로미오와 줄리엣 셰익스피어 · 최종철 옮김 미국대학위원회 선정 SAT 추천도서

174·175 분노의 포도 스타인벡 · 김승욱 옮김 노벨 문학상 수상 작가 | 《타임》 선정 현대 100대 영문소설

176·177 괴테와의 대화 에커만 · 장희창 옮김

178 그물을 헤치고 머독 · 유종호 옮김 《타임》 선정 현대 100대 영문소설

179 브람스를 좋아하세요... 사강 · 김남주 옮김

180 카타리나 블룸의 잃어버린 명예 하인리히 뵐 · 김연수 옮김 노벨 문학상 수상 작가

181·182 에덴의 동쪽 스타인벡 · 정회성 옮김 노벨 문학상 수상 작가

183 순수의 시대 워튼 · 송은주 옮김 《뉴스위크》 선정 100대 명저 | 퓰리처상 수상작

184 도둑 일기 주네 · 박형섭 옮김

185 나자 브르통 · 오생근 옮김

186·187 캐치-22 헬러 · 안정효 옮김 《타임》 선정 현대 100대 영문소설 | 《뉴스위크》 선정 100대 명저 | BBC 선정 꼭 읽어야 할 책

188 숄로호프 단편선 숄로호프 · 이항재 옮김 노벨 문학상 수상 작가

189 말 사르트르 · 정명환 옮김

190·191 보이지 않는 인간 엘리슨 · 조영환 옮김 《타임》 선정 현대 100대 영문소설

192 왑샷 가문 연대기 치버 · 김승욱 옮김 퓰리처상 수상 작가

193 왑샷 가문 몰락기 치버 · 김승욱 옮김 퓰리처상 수상 작가

194 필립과 다른 사람들 노터봄 · 지명숙 옮김

195·196 하드리아누스 황제의 회상록 유르스나르 · 곽광수 옮김

197·198 소피의 선택 스타이런 · 한정아 옮김 퓰리처상 수상 작가

199 피츠제럴드 단편선 2 피츠제럴드 · 한은경 옮김

200 홍길동전 허균 · 김탁환 옮김

201 요술 부지깽이 쿠버 · 양윤희 옮김

202 북호텔 다비 · 원윤수 옮김

203 톰 소여의 모험 트웨인 · 김욱동 옮김

204 금오신화 김시습 · 이지하 옮김

205·206 테스 하디 · 정종화 옮김 미국대학위원회 선정 SAT 추천도서 | BBC 선정 꼭 읽어야 할 책

207 브루스터플레이스의 여자들 네일러 · 이소영 옮김

208 더 이상 평안은 없다 아체베 · 이소영 옮김

209 그레인지 코플랜드의 세 번째 인생 워커 · 김시현 옮김 퓰리처상 수상 작가

210 어느 시골 신부의 일기 베르나노스 · 정영란 옮김

211 타라스 불바 고골 · 조주관 옮김

212·213 위대한 유산 디킨스 · 이인규 옮김 서울대 권장도서 100선 | BBC 선정 꼭 읽어야 할 책

214 면도날 서머싯 몸 · 안진환 옮김

215·216 성채 크로닌 · 이은정 옮김

217 오이디푸스 왕 소포클레스 · 강대진 옮김 서울대 권장도서 100선

218 세일즈맨의 죽음 밀러 · 강유나 옮김

219·220·221 안나 카레니나 톨스토이 · 연진희 옮김 서울대 권장도서 100선

222 오스카 와일드 작품선 와일드 · 정영목 옮김

223 벨아미 모파상 · 송덕호 옮김

224 파스쿠알 두아르테 가족 호세 셀라 · 정동섭 옮김 노벨 문학상 수상 작가

225 시칠리아에서의 대화 비토리니 · 김운찬 옮김

226·227 길 위에서 케루악 · 이만식 옮김 《타임》 선정 현대 100대 영문소설 | 《뉴스위크》 선정 100대 명저

228 우리 시대의 영웅 레르몬토프 · 오정미 옮김

229 아우라 푸엔테스 · 송상기 옮김

230 클링조어의 마지막 여름 헤세 · 황승환 옮김 노벨 문학상 수상 작가

231 리스본의 겨울 무뇨스 몰리나 · 나송주 옮김

232 뻐꾸기 둥지 위로 날아간 새 키지 · 정회성 옮김 《타임》 선정 현대 100대 영문소설

233 페널티킥 앞에 선 골키퍼의 불안 한트케 · 윤용호 옮김 노벨 문학상 수상 작가

234 참을 수 없는 존재의 가벼움 쿤데라 · 이재룡 옮김

235·236 바다여, 바다여 머독 · 최옥영 옮김

237 한 줌의 먼지 에벌린 워 · 안진환 옮김 《타임》 선정 현대 100대 영문소설

238 뜨거운 양철 지붕 위의 고양이 · 유리 동물원 윌리엄스 · 김소임 옮김 퓰리처상 수상작

239 지하로부터의 수기 도스토옙스키 · 김연경 옮김

240 키메라 바스 · 이운경 옮김

241 반쪼가리 자작 칼비노 · 이현경 옮김

242 벌집 호세 셀라 · 남진희 옮김 노벨 문학상 수상 작가

243 불멸 쿤데라 · 김병욱 옮김

244·245 파우스트 박사 토마스 만 · 임홍배, 박병덕 옮김 노벨 문학상 수상 작가

246 사랑할 때와 죽을 때 레마르크 · 장희창 옮김

247 누가 버지니아 울프를 두려워하랴? 올비 · 강유나 옮김

248 인형의 집 입센 · 안미란 옮김

249 위폐범들 지드 · 원윤수 옮김 노벨 문학상 수상 작가

250 무정 이광수 · 정영훈 책임 편집 서울대 권장도서 100선

251·252 **의지와 운명** 푸엔테스 · 김현철 옮김
253 **폭력적인 삶** 파솔리니 · 이승수 옮김
254 **거장과 마르가리타** 불가코프 · 정보라 옮김
255·256 **경이로운 도시** 멘도사 · 김현철 옮김
257 **야콥을 둘러싼 추측들** 욘존 · 손대영 옮김
258 **왕자와 거지** 트웨인 · 김욱동 옮김
259 **존재하지 않는 기사** 칼비노 · 이현경 옮김
260·261 **눈먼 암살자** 애트우드 · 차은정 옮김 《타임》 선정 현대 100대 영문소설
262 **베니스의 상인** 셰익스피어 · 최종철 옮김
263 **말리나** 바흐만 · 남정애 옮김
264 **사볼타 사건의 진실** 멘도사 · 권미선 옮김
265 **뒤렌마트 희곡선** 뒤렌마트 · 김혜숙 옮김
266 **이방인** 카뮈 · 김화영 옮김 노벨 문학상 수상 작가 | 미국대학위원회 선정 SAT 추천도서
267 **페스트** 카뮈 · 김화영 옮김 노벨 문학상 수상 작가 | 국립중앙도서관 선정 청소년 권장도서
268 **검은 튤립** 뒤마 · 송진석 옮김
269·270 **베를린 알렉산더 광장** 되블린 · 김재혁 옮김
271 **하얀 성** 파묵 · 이난아 옮김 노벨 문학상 수상 작가
272 **푸슈킨 선집** 푸슈킨 · 최선 옮김
273·274 **유리알 유희** 헤세 · 이영임 옮김 노벨 문학상 수상 작가
275 **픽션들** 보르헤스 · 송병선 옮김 서울대 권장도서 100선
276 **신의 화살** 아체베 · 이소영 옮김
277 **빌헬름 텔 · 간계와 사랑** 실러 · 홍성광 옮김
278 **노인과 바다** 헤밍웨이 · 김욱동 옮김 노벨 문학상 수상 작가 | 퓰리처상 수상작
279 **무기여 잘 있어라** 헤밍웨이 · 김욱동 옮김 미국대학위원회 선정 SAT 추천도서
280 **태양은 다시 떠오른다** 헤밍웨이 · 김욱동 옮김 《타임》 선정 현대 100대 영문 소설
281 **알레프** 보르헤스 · 송병선 옮김
282 **일곱 박공의 집** 호손 · 정소영 옮김
283 **에마** 오스틴 · 윤지관, 김영희 옮김
284·285 **죄와 벌** 도스토옙스키 · 김연경 옮김 미국대학위원회 선정 SAT 추천도서
286 **시련** 밀러 · 최영 옮김
287 **모두가 나의 아들** 밀러 · 최영 옮김
288·289 **누구를 위하여 종은 울리나** 헤밍웨이 · 김욱동 옮김 노벨 문학상 수상 작가
290 **구르브 연락 없다** 멘도사 · 정창 옮김
291·292·293 **데카메론** 보카치오 · 박상진 옮김
294 **나누어진 하늘** 볼프 · 전영애 옮김
295·296 **제브데트 씨와 아들들** 파묵 · 이난아 옮김 노벨 문학상 수상 작가
297·298 **여인의 초상** 제임스 · 최경도 옮김 미국대학위원회 선정 SAT 추천도서
299 **압살롬, 압살롬!** 포크너 · 이태동 옮김 노벨 문학상 수상 작가
300 **이상 소설 전집** 이상 · 권영민 책임 편집
301·302·303·304·305 **레 미제라블** 위고 · 정기수 옮김
306 **관객모독** 한트케 · 윤용호 옮김 노벨 문학상 수상 작가
307 **더블린 사람들** 조이스 · 이종일 옮김

308 **에드거 앨런 포 단편선** 앨런 포 · 전승희 옮김 미국대학위원회 선정 SAT 추천도서

309 **보이체크 · 당통의 죽음** 뷔히너 · 홍성광 옮김

310 **노르웨이의 숲** 무라카미 하루키 · 양억관 옮김

311 **운명론자 자크와 그의 주인** 디드로 · 김희영 옮김

312·313 **헤밍웨이 단편선** 헤밍웨이 · 김욱동 옮김 노벨 문학상 수상 작가

314 **피라미드** 골딩 · 안지현 옮김 노벨 문학상 수상 작가

315 **닫힌 방 · 악마와 선한 신** 사르트르 · 지영래 옮김

316 **등대로** 울프 · 이미애 옮김 《타임》 선정 현대 100대 영문소설 | 《뉴스위크》 선정 100대 명저

317·318 **한국 희곡선** 송영 외 · 양승국 엮음

319 **여자의 일생** 모파상 · 이동렬 옮김

320 **의식** 노터봄 · 김영중 옮김

321 **육체의 악마** 라디게 · 원윤수 옮김

322·323 **감정 교육** 플로베르 · 지영화 옮김

324 **불타는 평원** 룰포 · 정창 옮김

325 **위대한 몬느** 알랭푸르니에 · 박영근 옮김

326 **라쇼몬** 아쿠타가와 류노스케 · 서은혜 옮김

327 **반바지 당나귀** 보스코 · 정영란 옮김

328 **정복자들** 말로 · 최윤주 옮김

329·330 **우리 동네 아이들** 마흐푸즈 · 배혜경 옮김 노벨 문학상 수상 작가

331·332 **개선문** 레마르크 · 장희창 옮김

333 **사바나의 개미 언덕** 아체베 · 이소영 옮김

334 **게걸음으로** 그라스 · 장희창 옮김 노벨 문학상 수상 작가

335 **코스모스** 곰브로비치 · 최성은 옮김

336 **좁은 문 · 전원교향곡 · 배덕자** 지드 · 동성식 옮김 노벨 문학상 수상 작가

337·338 **암 병동** 솔제니친 · 이영의 옮김 노벨 문학상 수상 작가

339 **피의 꽃잎들** 응구기 와 시옹오 · 왕은철 옮김

340 **운명** 케르테스 · 유진일 옮김 노벨 문학상 수상 작가

341·342 **벌거벗은 자와 죽은 자** 메일러 · 이운경 옮김 퓰리처상 수상 작가

343 **시지프 신화** 카뮈 · 김화영 옮김 노벨 문학상 수상 작가

344 **뇌우** 차오위 · 오수경 옮김

345 **모옌 중단편선** 모옌 · 심규호, 유소영 옮김 노벨 문학상 수상 작가

346 **일야서** 한사오궁 · 심규호, 유소영 옮김

347 **상속자들** 골딩 · 안지현 옮김 노벨 문학상 수상 작가

348 **설득** 오스틴 · 전승희 옮김

349 **히로시마 내 사랑** 뒤라스 · 방미경 옮김

350 **오 헨리 단편선** 오 헨리 · 김희용 옮김

351·352 **올리버 트위스트** 디킨스 · 이인규 옮김

353·354·355·356 **전쟁과 평화** 톨스토이 · 연진희 옮김

357 **다시 찾은 브라이즈헤드** 에벌린 워 · 백지민 옮김

358 **아무도 대령에게 편지하지 않다** 마르케스 · 송병선 옮김

359 **사양** 다자이 오사무 · 유숙자 옮김

360 **좌절** 케르테스 · 한경민 옮김 노벨 문학상 수상 작가

361·362 **닥터 지바고** 파스테르나크 · 김연경 옮김 노벨 문학상 수상 작가
363 **노생거 사원** 오스틴 · 윤지관 옮김
364 **개구리** 모옌 · 심규호, 유소영 옮김 노벨 문학상 수상 작가
365 **마왕** 투르니에 · 이원복 옮김 공쿠르상 수상 작가
366 **맨스필드 파크** 오스틴 · 김영희 옮김
367 **이선 프롬** 이디스 워튼 · 김욱동 옮김 퓰리처상 수상 작가
368 **여름** 이디스 워튼 · 김욱동 옮김 퓰리처상 수상 작가
369·370·371 **나는 고백한다** 자우메 카브레 · 권가람 옮김
372·373·374 **태엽 감는 새 연대기** 무라카미 하루키 · 김연경 옮김
375·376 **대사들** 제임스 · 정소영 옮김
377 **족장의 가을** 마르케스 · 송병선 옮김 노벨 문학상 수상 작가
378 **핏빛 자오선** 매카시 · 김시현 옮김
379 **모두 다 예쁜 말들** 매카시 · 김시현 옮김
380 **국경을 넘어** 매카시 · 김시현 옮김
381 **평원의 도시들** 매카시 · 김시현 옮김
382 **만년** 다자이 오사무 · 유숙자 옮김
383 **반항하는 인간** 카뮈 · 김화영 옮김 노벨 문학상 수상 작가
384·385·386 **악령** 도스토옙스키 · 김연경 옮김
387 **태평양을 막는 제방** 뒤라스 · 윤진 옮김
388 **남아 있는 나날** 가즈오 이시구로 · 송은경 옮김
389 **앙리 브륄라르의 생애** 스탕달 · 원윤수 옮김
390 **찻집** 라오서 · 오수경 옮김
391 **태어나지 않은 아이를 위한 기도** 케르테스 · 이상동 옮김 노벨 문학상 수상 작가
392·393 **서머싯 몸 단편선** 서머싯 몸 · 황소연 옮김
394 **케이크와 맥주** 서머싯 몸 · 황소연 옮김
395 **월든** 소로 · 정회성 옮김
396 **모래 사나이** E. T. A. 호프만 · 신동화 옮김
397·398 **검은 책** 오르한 파묵 · 이난아 옮김 노벨 문학상 수상 작가
399 **방랑자들** 올가 토카르추크 · 최성은 옮김 노벨 문학상 수상 작가
400 **시여, 침을 뱉어라** 김수영 · 이영준 엮음
401·402 **환락의 집** 이디스 워튼 · 전승희 옮김
403 **달려라 메로스** 다자이 오사무 · 유숙자 옮김
404 **아버지와 자식** 투르게네프 · 연진희 옮김
405 **청부 살인자의 성모** 바예호 · 송병선 옮김
406 **세피아빛 초상** 아옌데 · 조영실 옮김
407·408·409·410 **사기 열전** 사마천 · 김원중 옮김 서울대 권장도서 100선
411 **이상 시 전집** 이상 · 권영민 책임 편집
412 **어둠 속의 사건** 발자크 · 이동렬 옮김
413 **태평천하** 채만식 · 권영민 책임 편집
414·415 **노스트로모** 콘래드 · 이미애 옮김
416·417 **제르미날** 졸라 · 강충권 옮김
418 **명인** 가와바타 야스나리 · 유숙자 옮김 노벨 문학상 수상 작가
419 **핀처 마틴** 골딩 · 백지민 옮김 노벨 문학상 수상 작가

세계문학전집은 계속 간행됩니다.